Le secret de Katie Byrne

Barbara Taylor Bradford

Le secret de Katie Byrne

FRANCE LOISIRS

Titre original : *The Triumph of Katie Byrne*
Traduction de Colette Vlérick

Éditions du Club France Loisirs,
avec l'autorisation des Presses de la Cité.

France Loisirs
123, boulevard de Grenelle, Paris
www.franceloisirs.com

ISBN 2-7441-6076-8

Je dédie ce livre à mon mari, Bob, avec tout mon amour et ma reconnaissance pour le talent avec lequel il rend la vie passionnante.

Le baiser de la mort

Connecticut 1989

... et s'éloigner de ce dernier
baiser plaintif qui aspire deux âmes
et les dissout toutes deux.

JOHN DONNE

Le lâche accomplit son œuvre avec
un baiser.

OSCAR WILDE

1

La jeune fille était assise sur un banc étroit au milieu de la scène. Penchée en avant, le coude sur le genou, elle avait la tête appuyée sur la main. Toute son attitude traduisait une profonde concentration.

Elle était très simplement vêtue en jeune page, d'une tunique lâche en tricot gris, ceinturée de cuir noir sur un collant noir, avec des chaussons de danse. Ses longs cheveux d'or roux étaient coiffés en deux tresses étroitement enroulées autour de sa tête, qui lui faisaient une sorte de turban cuivré brillant sous la lumière du projecteur. Elle avait dix-sept ans, s'appelait Katie Byrne et ne vivait que pour le théâtre.

Elle s'apprêtait à jouer pour son public favori – deux spectatrices seulement mais ses meilleures amies, Carly Smith et Denise Matthews. Elles étaient assises sur d'inconfortables chaises en bois face à la scène improvisée dans la vieille grange de Ted Matthews, l'oncle de Denise. Carly et Denise avaient le même âge que Katie. Leur amitié remontait à leur enfance. Elles vivaient dans la campagne du Connecticut et faisaient toutes les trois partie de la troupe de théâtre amateur de leur lycée.

Katie avait choisi de présenter un extrait de Shakespeare à la fête de Noël du lycée. Il ne restait que deux mois pour se préparer et elle avait commencé à répéter. Carly et Denise travaillaient également leurs textes et répétaient avec elle dans la grange presque tous les jours.

Katie releva enfin la tête, porta son regard bleu aussi loin que possible avant de le fixer sur le mur du fond, comme si elle y voyait quelque chose d'invisible pour les autres. Puis elle prit une profonde inspiration et se lança :

– « Etre ou ne pas être : telle est la question. Y a-t-il pour l'âme plus de noblesse à endurer les coups et les revers d'une injurieuse fortune, ou à s'armer contre elle pour mettre fin à une marée de douleurs ? Mourir... [1] »

Katie s'interrompit.

Elle se releva brusquement et vint au bord de la scène, prenant ses amies à témoin. Elle secoua la tête d'un air découragé alors qu'elle affichait toujours une profonde confiance en elle et une grande maîtrise de ses émotions.

– C'est mauvais, se plaignit-elle.

– Mais non, tu es fantastique ! s'écria Carly.

Elle se leva à son tour et s'approcha de la scène, cette même scène de fortune où elles avaient fait leurs débuts quand elles n'étaient encore que des enfants.

– Personne ne joue Shakespeare comme toi, affirma-t-elle. Tu es la meilleure, Katie.

– Carly a raison, renchérit Denise en rejoignant son amie au pied de la scène. Tu as une telle façon de jouer les mots, de les dire. Tu sais en faire ressortir tout le sens. Personne n'a jamais joué Hamlet aussi bien que toi.

Katie éclata de rire.

– Merci, Denise, mais il y a eu quelques acteurs avant moi... Laurence Olivier et Richard Burton pour ne citer qu'eux... C'étaient les plus grands acteurs classiques de la scène anglaise, comme Christopher Plummer aujourd'hui. Ecoute, je n'arrête pas de te le dire, cela repose entièrement sur la compréhension du *sens* des mots, de l'intention et des motivations qui les soutiennent. Et sur la ponctuation. Il faut savoir quand dire une tirade sans faire de pause et quand s'arrêter pour respirer...

Elle laissa sa phrase en suspens. Ce n'était pas le moment de donner encore un cours de théâtre à Denise.

1. *Hamlet*, acte III, scène 1, la Pléiade, éd. Gallimard.

Elle retourna s'asseoir sur son banc, reprit la position du penseur dans laquelle elle se sentait bien et réfléchit.

Quoi qu'en disent ses amies, aussi fort que soit leur enthousiasme, Katie savait qu'elle n'était pas bonne, cette fois. Elle manquait de concentration et ne comprenait pas très bien pourquoi. A moins que ce fût à cause du sentiment de culpabilité lié au fait de répéter alors que sa mère n'allait pas bien et avait besoin d'elle à la maison. Or, Katie avait égoïstement décidé de prendre quand même le temps de travailler son monologue d'*Hamlet* et elle avait persuadé ses amies de la suivre à la grange après les cours.

Alors, répète ! lui ordonna une petite voix intérieure. Katie prit quelques profondes inspirations, se décontracta la gorge, laissa le silence de la scène l'envelopper et la calmer.

En quelques minutes, elle fut prête et se lança dans sa tirade, toute sa confiance naturelle retrouvée.

Carly, qui écoutait de toutes ses oreilles, se sentit transportée par la voix de Katie, comme toujours. Cette voix possédait une résonance enchanteresse, expressive et pleine de nuances. Rien d'étonnant, pensa Carly, compte tenu de l'entraînement permanent que s'imposait Katie. Tout le monde savait à quel point elle prenait le théâtre au sérieux. Katie se montrait appliquée, disciplinée et absolument décidée à réussir. Katie savait comment jouer les textes qu'elle avait choisis sans avoir besoin de beaucoup de cours, alors qu'elle et Denise s'en tiraient comme elles pouvaient. Heureusement, elles s'amélioraient grâce aux conseils et aux encouragements inlassables de leur amie.

Elles avaient commencé à jouer ensemble sept ans plus tôt, petites filles de dix ans aux yeux éblouis. Ted, l'oncle de Denise, les avait autorisées à utiliser la vieille grange qui se trouvait dans un coin reculé de sa propriété. Elles l'avaient transformée en un théâtre de fortune. A l'époque, elles s'étaient fait une promesse, celle d'aller à New York, un jour, pour y commencer de vraies carrières d'actrices. Réussir à Broadway était leur grand rêve. Katie continuait à leur jurer qu'elles partiraient toutes les trois là-bas à la fin du lycée et qu'elles réussiraient. Carly espérait que la prédiction de Katie se réaliserait et que leurs noms brilleraient en haut de l'affiche, mais il lui arrivait de douter.

Denise, quant à elle, n'éprouvait aucun doute. Assise à côté de Carly, écoutant Katie bouche bée d'admiration, elle était absolument certaine de voir leur rêve bientôt matérialisé. Katie était très douée, nul ne pourrait le nier, et grâce à ses leçons, Carly et elle ne cessaient de progresser. A New York, elles partageraient le même appartement, suivraient les mêmes cours de théâtre et deviendraient des comédiennes professionnelles. Tout se déroulerait comme prévu, le rêve se réaliserait, elle en était convaincue.

Katie se leva soudain, se dirigea vers le devant de la scène et reprit :

– « Mourir : dormir; c'est tout. Calmer enfin, dit-on, dans le sommeil les affreux battements du cœur; quelle conclusion des maux héréditaires serait plus dévotement souhaitée ? Mourir, dormir; dormir... rêver peut-être... »

Sans une seule erreur ni hésitation, elle acheva la plus célèbre tirade de Shakespeare. Sa voix bien modulée s'élevait ou tombait selon qu'elle donnait de l'ampleur à certains mots ou en minimisait d'autres. Elle jouait superbement. Après ses doutes du début, son apparente perte de confiance, elle s'était élancée avec assurance.

Quand elle se tut, elle demeura immobile pendant quelques instants, ses yeux couleur de bleuet encore fixés dans le lointain, puis battit plusieurs fois des paupières avant de regarder Carly et Denise. Enfin, elle leur fit un grand sourire, consciente d'avoir réussi.

Ses amies commencèrent à applaudir et sautèrent sur la scène avec enthousiasme. Elles la serrèrent dans leurs bras en la félicitant.

– Merci, dit Katie en leur retournant leurs sourires et leurs embrassades. Mais ne pensez-vous pas que je devrais répéter encore une fois demain, juste pour être vraiment sûre de moi ?

Elles se reculèrent toutes deux d'un pas et la regardèrent bouche bée.

– Toi, tu n'as pas besoin de répéter ! s'écria vivement Denise. Mais nous, si ! Il faut que tu nous aides, demain. Sinon, je n'arriverai jamais à sortir correctement ma tirade de Desdémone. Et Carly a encore des problèmes avec Portia, n'est-ce pas, Carly ?

– Un peu, oui, dit Carly d'un ton pitoyable.

Sa voix changea, se fit plus positive pour ajouter :

– Mais toi, Katie, tu es tout simplement renversante !

– Nous ne te laisserons pas accaparer la scène, demain ! déclara Denise d'une voix faussement menaçante. Tu vas nous faire travailler parce que nous en avons besoin. Et si tu ne veux pas, tu risques de partir à Broadway toute seule !

– Jamais ! Vous viendrez avec moi, s'exclama Katie.

Elle passa un bras autour de chacune de ses amies, regardant Denise avec admiration. Denise avait des yeux bruns veloutés et brillants, pleins d'une profondeur secrète. Elle était toujours de bonne humeur et heureuse de vivre, toujours prête à rire. Avec ses longs cheveux blonds et son teint transparent, elle dégageait une sorte d'aura dorée. Elle offrait l'image de la beauté américaine typique, avec un corps mince, bien galbé, et des jambes interminables.

Carly, qui était la plus proche amie de Katie depuis le berceau, formait un grand contraste avec Denise. Elle était plus calme, avec une tendance à l'introspection et l'air parfois un peu éthéré. Sa silhouette séduisante et plutôt spectaculaire contredisait sa nature douce et effacée. Katie se dit que, même dans sa tenue de lycée, elle rayonnait de sensualité. Avec son beau visage, bien qu'un peu petit, ses courtes boucles noires et ses yeux violets, elle ressemblait à Elizabeth Taylor jeune.

Avec un soudain élan d'émotion, Katie sentit toute son affection pour elles l'envahir... Carly et Denise étaient ses meilleures amies et elle les aimait de tout son cœur.

– On y va toutes les trois, ou aucune ! reprit-elle avec emphase. Et je serai très contente de répéter avec vous demain. Mais écoutez-moi bien, toutes les deux ! Vous jouez bien mieux que vous ne le croyez. Ne l'oubliez pas !

A ces mots, le sourire de Carly et de Denise s'épanouit mais elles ne firent aucun commentaire et, bras dessus bras dessous, les trois amies descendirent de la scène.

Comme toujours, elles s'assirent autour de la table avec une bouteille de Coca. Elles avaient hâte de discuter le jeu de Katie et de parler des extraits qu'elles avaient choisi de présenter. C'est Carly qui changea de sujet quand elle se raidit sur sa chaise pour poser à Katie la question qui la préoccupait.

– Crois-tu que ta tante Bridget pourra nous trouver un appartement à New York ? Crois-tu vraiment que nous y arriverons ?

Katie répondit d'un mouvement de la tête affirmatif.

– Oui. J'en suis certaine. Elle m'a dit que nous pouvons habiter avec elle dans son loft aussi longtemps que nous le voudrons.

– Madame Cooke est sûre que nous serons acceptées à l'Académie américaine d'art dramatique, intervint Denise. Elle a même dit qu'elle nous aiderait. Arrête de te tracasser, conclut-elle en serrant la main de Carly.

Carly soupira puis se laissa aller contre le dossier de sa chaise. Rassurée, elle se remit à siroter son Coca. Quand elle reprit la parole, ce fut d'une voix pensive.

– Vous rendez-vous compte ? L'année prochaine, à la même époque, nous serons à la ville, en train de suivre des cours de théâtre, et nous camperons dans le loft branché de la tante Bridget.

– Hum ! Ce n'est pas vraiment « branché », s'exclama Katie avec une grimace. Je dirais plutôt : confortable.

Ayant dit cela, elle sauta sur ses pieds et se dirigea d'un pas vif vers le renfoncement qui leur servait de loge. Elle ouvrit le rideau, entra et secoua la tête d'un air navré.

– Je dois me dépêcher. Je suis déjà en retard pour aider maman à préparer le dîner.

Elle jeta un coup d'œil sur les costumes de Portia et de Desdémone jetés n'importe comment au milieu d'autres éléments de costumes.

– Désolée, je n'ai vraiment pas le temps de vous aider à ranger.

– Ne t'en fais pas, la rassura Carly. De toute façon, c'est sans importance s'il y a du désordre. Personne ne vient dans la grange à part nous.

– Oncle Ted m'a dit que, après toutes ces années, elle est à nous, expliqua Denise.

Son regard passa de Carlie à Katie et elle leur sourit avant de prendre l'exemplaire d'*Othello* posé sur la table. Elle commença à tourner les pages, cherchant le passage qu'elle travaillait.

Katie disparut derrière le rideau. Carly ouvrit *Le Marchand de Venise* pour étudier la célèbre tirade de Portia sur la « qualité du pardon », se demandant si elle la posséderait jamais à fond, à nouveau inquiète, comme elle l'était depuis des semaines.

Il suffit à Katie de quelques secondes pour ressortir de la « loge », vêtue de sa tenue de lycéenne. Elle finissait d'enfiler sa veste à la diable.

– On se voit demain au lycée ! leur jeta-t-elle en courant vers la porte de la grange.

Denise lui adressa un de ces sourires éclatants dont elle avait le secret, et Carly, levant les yeux, lui demanda :

– Katie ? Peux-tu apporter la grande perruque noire pour demain, s'il te plaît ? Je crois que ce serait bien pour jouer Portia.

– Bonne idée ! Cela t'ira très bien. Je te l'apporterai demain au lycée, Carly.

Elle leur adressa un salut nonchalant en agitant la main par-dessus son épaule et quitta la grange.

2

Katie referma la lourde porte de la grange derrière elle et resserra sa veste sur ses épaules. Le froid était tombé pendant qu'elle répétait et elle frissonna en se hâtant pour rejoindre la route nationale en haut de la colline. Elle pensait encore à Carly et à Denise. Elles jouaient tellement mieux qu'elles ne le croyaient ! C'étaient de bonnes comédiennes qui connaissaient leur travail et savaient ce qu'elles faisaient. Mais elles manquaient de confiance en elles. Elles avaient réellement besoin de prendre de l'assurance. C'était leur principale difficulté.

Mme Cooke, le professeur qui dirigeait le groupe de théâtre et enseignait l'art dramatique au lycée, leur prédisait un grand avenir dans les prochaines années en raison de leur talent et de leur acharnement au travail. Katie était heureuse que Heather Cooke croie en elles au point d'encourager leur vocation.

Tout en grimpant la côte, elle imaginait ce que serait leur vie à New York et à l'Académie. Elle mourait d'impatience de voir ce moment arriver, sachant que ses deux amies éprouvaient la même hâte.

Soudain, juste à la périphérie de son champ de vision, elle enregistra un mouvement rapide près des énormes rhododendrons qui poussaient à profusion sur le flanc de la colline. Elle s'arrêta aussitôt, se retourna à moitié, scrutant d'un regard intrigué les épais buissons vert foncé. Mais tout était calme, silencieux, sans le moindre signe de vie.

Katie haussa les épaules et reprit l'ascension de la pente. Cet éclair noir derrière son épaule devait être un chevreuil. Ils étaient très nombreux dans les collines de Litchfield et ils devenaient de plus en plus hardis. Tous les jardins, y compris celui de sa mère, en témoignaient.

Quelques minutes plus tard, elle parvint au sommet de la colline, un plateau dénué de végétation. Il s'étendait jusqu'à la nationale qui desservait New Milford puis Kent et les autres agglomérations de la région.

Katie s'arrêta au bord de la route pour laisser passer un camion puis traversa en courant. En deux secondes, elle rejoignit ensuite le chemin de terre qui traversait les grands prés derrière Dovecote Farm, un point de repère local. Il y avait de pittoresques silos et des granges peints en rouge. En été, les champs de blé mûrissant prenaient une somptueuse couleur dorée.

Tout en marchant, elle leva les yeux vers le ciel. Il avait pris une teinte gris foncé peu engageante. Le crépuscule descendait lentement et le contour des champs s'estompait. Pour rentrer plus vite, elle se mit à courir mais réalisa bientôt qu'elle devait ralentir. La brume se levait, flottant comme un voile gris devant elle. Les arbres et les haies disparaissaient, transformés en formes étranges, imprécises et presque menaçantes. Elle connaissait ce chemin depuis l'enfance et aurait pu le suivre les yeux fermés. Elle adopta pourtant une allure prudente, craignant de trébucher dans le brouillard qui s'épaississait.

Des vaches meuglèrent dans le lointain et, encore plus loin, un chien se mit à aboyer. Ces sons pourtant distants la rassurèrent par leur familiarité. Elle ressentait vivement la solitude qui imprégnait la campagne déserte, avec une inhabituelle impression de mélancolie qui la mettait mal à l'aise. Par ailleurs, il faisait de plus en plus froid. Elle serra sa veste autour d'elle, pressant à nouveau le pas à cause de l'heure tardive. Comme toujours, elle s'inquiétait pour sa mère.

Il ne lui fallut pas longtemps pour arriver au bout du chemin et rejoindre enfin la vaste avenue qui menait au quartier où elle vivait avec ses parents et ses deux frères, Niall et Finian.

Malvern avait été fondée en 1799. On disait « la ville » en parlant de Malvern mais, en réalité, c'était à peine un village – des maisons éparpillées, deux ou trois magasins, un cimetière, une église blanche construite en haut de la colline et une salle des fêtes juste à côté. Katie avait toujours vu l'église comme une courageuse petite sentinelle veillant sur les maisons nichées si confortablement en contrebas, au creux des collines.

Elle fut soulagée en sentant sous les pieds la surface lisse du macadam de la rue principale. Elle se retourna pour jeter un coup d'œil à la campagne noyée de brume derrière elle et réalisa soudain à quel point elle était heureuse d'en être sortie. Ces champs vides avaient quelque chose d'étrange, presque fantomatique.

Katie ralentit l'allure et aborda de son pas régulier la côte qui montait vers l'église. Quand elle arriva au sommet, elle s'arrêta un instant pour contempler Malvern à ses pieds. Les fenêtres des maisons scintillaient, çà et là, tandis qu'une odeur mêlée de feu de bois et de feuilles mortes flottait jusqu'à elle dans l'air froid du soir. Elle eut brusquement conscience de la précocité de l'automne et sourit en elle-même. L'automne était sa saison favorite, celle où les feuillages se revêtaient d'or, de roux et de rouge ; la saison où sa grand-mère faisait des tartes aux pommes et des gâteaux à la cannelle ; la saison où toute sa famille se préparait pour Thanksgiving et Noël. L'automne marquait le début des vacances, une période que sa mère adorait. Quand Katie longea la forêt à droite de la route, ses narines palpitèrent, assaillies par la puissante odeur des pins.

Tout devenait si rassurant une fois quittés les champs détrempés ! Elle serait bientôt chez elle, dans la maison où sa mère l'attendait. Elles prépareraient le dîner, mettraient la table ensemble et serviraient toute la famille. Un sourire illumina le visage pâle de Katie et fit briller ses yeux.

Elle aimait ses deux amies et aurait fait n'importe quoi pour elles mais sa mère passait avant tout. Elle l'idolâtrait et se sentait plus proche d'elle que de quiconque. Elle l'identifiait en esprit à une princesse irlandaise de conte de fées. Elle était si belle avec son épaisse chevelure rousse et ces yeux d'un bleu intense dont Katie avait hérité ! Pour Katie, la voix de sa mère avait la douceur du miel, chaude, vibrante, rendue encore plus vivante par une pointe d'accent chantant.

Penser à sa mère la galvanisa et elle se remit à courir. Ses pieds volaient pour redescendre de l'autre côté de la colline.

3

Quand elle arriva en vue de la maison familiale, Katie se sentit soulagée et continua de courir de toutes ses forces.

De taille moyenne, la maison asseyait sa silhouette compacte sur une petite butte en retrait de la rue principale. Katie n'avait jamais connu d'autre foyer et, comme ses parents et ses frères, elle aimait cette maison.

Ce soir-là, quelques-unes des fenêtres du rez-de-chaussée étaient brillamment éclairées et des panaches de fumée sortaient en spirale de la cheminée. Toute la maison semblait dire amicalement « bienvenue chez nous ».

Katie embrassa tout cela du regard sans cesser de grimper quatre à quatre les marches en pierre qui traversaient la pelouse en pente douce jusqu'à la terrasse dallée de la façade.

Elle fit une petite pause pour admirer sa maison et sourit de plaisir. Avec sa façade doublée de larges planches horizontales peintes en blanc, ses volets vert foncé et son toit noir en pente, elle était caractéristique de l'architecture coloniale de la Nouvelle-Angleterre.

La bâtisse datait des années 1880 et les structures avaient solidement résisté au temps. Le père de Katie avait toutefois dû restaurer ou moderniser certaines des pièces.

Michael Byrne avait toujours aimé l'architecture des premiers colons de l'Amérique et possédait suffisamment de connaissances sur le sujet pour en tirer quelque fierté. Il avait même su transformer sa passion d'enfance en une entreprise très rentable quelques années après avoir quitté l'école. Il faisait partie des rares artisans locaux spécialistes du style colonial. Cela lui avait permis de trouver de nombreux contrats de construction et de restauration dès qu'il s'était établi à son compte.

Le père et le frère aîné de Katie, Niall, mettaient un point d'honneur à ce que leur maison se présente toujours sous son meilleur jour. Ils consacraient presque tous leurs loisirs à l'entretenir. Katie avait l'impression de ne jamais les voir sans un pinceau à la main. Même son frère cadet, Finian, l'intellectuel de la famille, posait parfois ses livres pour prendre lui aussi un pinceau et un pot de peinture blanche. Elle s'étonnait souvent de voir ce garçon de douze ans aussi fou de leur maison que les deux autres mâles de la famille.

Quand elle parvint à la terrasse, elle bifurqua sur sa droite en direction de la porte de derrière. Comme elle franchissait le seuil, une bouffée d'air délicieusement tiède l'enveloppa. Elle accrocha sa veste à une patère et se rua dans le couloir qui menait à la grande cuisine familiale. La cuisine avait toujours été le centre de la maison, le lieu où tout le monde finissait par se retrouver. C'était une pièce accueillante et confortable. Ce soir-là, elle luisait d'une chaude lumière rose venue des anciennes lampes en verre d'époque victorienne, disposées avec art autour de la pièce. Il s'y mêlait l'éclat du feu qui brûlait haut dans la grande cheminée de pierre.

Les ustensiles de cuivre rose et jaune chatoyaient dans cet éclairage tamisé, et les plus accueillants des bruits ajoutaient encore de la vie à l'ensemble... les craquements des bûches dans l'âtre, le sifflement de la bouilloire sur le poêle, le tic-tac de l'horloge sur la cheminée et, à l'arrière-plan, la musique douce diffusée par la radio.

L'air lui-même y était spécial, chargé du mélange d'odeurs le plus appétissant... Une tarte aux pommes refroidissait sur une planche à côté de l'évier ; des miches de pain cuisaient dans le four ; un irish stew, un ragoût irlandais, mijotait dans une énorme cocotte d'où s'échappait un filet de vapeur odorante.

L'espace d'un instant, Katie s'arrêta dans l'ombre du seuil, s'imprégnant de cette atmosphère familière qu'elle aimait tant et qui la remplissait de joie, mélange de confort et de bonne cuisine, sans compter la chaleur, si agréable après le froid. Mais, par-dessus tout, elle appréciait la sécurité, cette certitude de ne pas être seule que lui procurait le fait d'appartenir à une famille aimante.

Ses amies n'avaient pas sa chance, elle le savait. Elle en aimait d'autant plus sa famille. Carly trouvait le plus souvent une maison vide quand elle rentrait chez elle. Sa mère travaillait dans une maison de retraite, avec des horaires très irréguliers, et son père était mort depuis plusieurs années.

La situation de Denise ressemblait beaucoup à celle de Carly, d'une certaine façon. Ses parents possédaient un petit bar-restaurant à Kent, une bourgade voisine. Ils servaient les clients à n'importe quelle heure du jour ou de la nuit. Malgré cela, d'après Denise, l'affaire n'était pas très rentable. Katie se demandait souvent pourquoi ils s'acharnaient à rester ouverts. Sans doute ne savaient-ils pas gagner leur vie autrement.

Katie avait très tôt compris qu'elle était la plus chanceuse d'elles trois. Elle avait vraiment tiré le gros lot. Sa mère travaillait aussi, mais chez elle. Elle s'occupait de la comptabilité et du secrétariat de l'entreprise familiale Byrne. Son bureau était installé dans une petite pièce au dernier étage de la maison. Cela lui permettait d'être toujours présente pour Katie et Finian. Quant à Niall, à dix-neuf ans, il travaillait déjà avec son père.

Katie entra enfin dans la cuisine. Sa mère se tenait devant la cuisinière, une cuillère en bois à la main. Elle se redressa et regarda par-dessus son épaule au bruit des pas de Katie.

En voyant sa fille, le visage de Maureen Byrne s'illumina.

– Ah ! Vous voilà, Katie Mary Bridget Byrne ! Mais encore en retard, dirait-on.

– Désolée, maman, vraiment désolée. J'avais encore une répétition et je n'ai pas pu y échapper.

Katie, qui avait traversé la cuisine en courant, prit sa mère dans ses bras et la serra très fort. Maureen Erin O'Keefe Byrne, pour lui donner son nom complet, était vraiment la meilleure. Personne ne lui arrivait à la cheville.

Katie enfouit son visage dans les cheveux de sa mère.

– Je vais me faire pardonner, maman, chuchota-t-elle. Je m'occupe du dîner maintenant, je vais mettre la table et je ferai la vaisselle. Mais dis-moi que tu ne m'en veux pas.

Maureen se dégagea de l'étreinte de sa fille et plongea dans son regard bleu, le même que le sien.

– Ne sois pas stupide, dit-elle en riant. Bien sûr que je ne suis pas fâchée contre toi ! Et ne t'inquiète pas, il n'y a presque plus rien à faire, du moins pour la cuisine. Mais tu pourrais peut-être mettre la table... Ce serait une très bonne idée.

Katie accepta d'un mouvement de la tête.

– J'ai vraiment honte de t'avoir laissée tomber, maman, s'exclama-t-elle. Je t'ai laissée tout faire alors que tu n'es pas bien. J'aurais dû rentrer plus tôt.

Elle se mordit la lèvre, envahie de culpabilité. Elle savait que sa mère était encore très faible après une bronchite qui avait duré six semaines.

– Arrête, Katie, ce n'est pas grave et je me sens bien mieux, aujourd'hui. De plus, Finian m'a aidée.

Le rire en cascade de Maureen s'éleva de nouveau.

– Ce garçon est en train de devenir l'assistant rêvé, tu verras ! dit-elle.

Katie se mit à rire avec elle et jeta un coup d'œil circulaire.

– A propos, où se trouve cette perle rare ?

– Je le soupçonne d'être devant la télévision dans la pièce du fond. Je lui ai dit qu'il en aurait le droit dès qu'il aurait épluché les légumes, sorti la poubelle et lavé les casseroles qui traînaient dans l'évier. Il est vraiment gentil.

– Maman, dit Katie d'une voix pensive, je me demande pourquoi Finian a soudain décidé de devenir un modèle de sagesse. Aurait-il une arrière-pensée ?

– J'en suis convaincue, Katie. Il a certainement une bonne raison de vouloir me faire plaisir, répondit Maureen en soulignant sa pensée d'un hochement de tête.

Elle eut un sourire indulgent avant de poursuivre :

– C'est un gentil petit garçon, mais il est très futé et, comme toi, je pense qu'il complote quelque chose. Mais quoi ? Je n'en ai pas la moindre idée.

– Moi non plus.

Katie, comme sa mère, reconnaissait l'intelligence de Finian. Il avait une capacité de réflexion impressionnante pour un enfant de douze ans. Sous certains aspects, il avait bien plus que son âge.

Maureen avait reporté son attention sur ce qui se passait dans ses casseroles. Elle remua doucement les oignons qui commençaient à dorer dans la poêle.

– C'est pour ajouter au ragoût d'agneau, expliqua-t-elle. Cela donnera du goût. Ensuite, je t'aiderai à mettre la table et à...

Sa phrase se perdit dans une violente quinte de toux. Elle posa rapidement sa cuillère et prit un mouchoir dans la poche de son tablier pour s'en couvrir la bouche.

Elle ne pouvait plus s'arrêter de tousser et Katie s'alarma. Elle regardait sa mère d'un œil inquiet.

– Ça va, maman ? demanda-t-elle. Veux-tu que j'aille te chercher quelque chose ? Je peux t'aider ?

Incapable de répondre, Maureen détourna simplement la tête.

– Mais assieds-toi donc ! s'écria Katie. Je me charge de tout.

Maureen réussit enfin à reprendre son souffle.

– Ça va, ma chérie, dit-elle d'une voix encore faible. Il n'y a pas de quoi t'affoler !

– Repose-toi maintenant, maman. Je n'ai pas besoin de toi pour mettre la table, déclara Katie d'une voix raffermie.

Elle se dirigea aussitôt vers le vaisselier qui occupait tout un angle de la pièce, prit les assiettes blanches de tous les jours et des couverts. Elle commença à les disposer sur la table carrée couverte d'une nappe à carreaux rouges et blancs, et placée devant la grande baie vitrée.

Maureen s'était complètement remise de sa quinte de toux et recommença à ajouter les oignons au ragoût.

– Quand tu auras fini, dit-elle sans lever les yeux, j'aimerais bien que tu nous prépares une tasse de thé, veux-tu ?

– Oui, maman. Bien sûr.

Maureen finit par aller se mettre le dos au feu, observant sa fille qui s'activait. Katie était sa fierté et sa joie. Elle l'adorait, elle la gâtait à l'excès mais tempérait son amour par une grande discipline. Maureen surveillait étroitement le travail de ses enfants, surtout quand il s'agissait de l'école, des devoirs et des tâches ménagères.

Elle me ressemble tellement, pensa-t-elle, en particulier sur le plan physique. Elles n'avaient pourtant pas le même caractère, la même personnalité. A ce point de vue, elles étaient profondément différentes. Katie se montrait plus ambitieuse et volontaire que sa mère ; elle demandait tellement plus à la vie. Katie voulait tenir le monde entier dans ses mains... Elle voulait la scène, les feux de la rampe, l'excitation, les applaudissements, le succès et la gloire. Oui, elle voulait tout cela et, se dit Maureen, elle l'aurait. Sans aucun doute !

Pendant quelques instants, Maureen pensa à sa propre vie. Grâce à Dieu, se dit-elle, j'ai eu ce que je voulais ;

pourquoi Katie n'y arriverait-elle pas ? Ses rêves et ses désirs, ses espoirs et ses aspirations étaient à l'opposé de ceux de sa mère mais tout aussi réels. Maureen rêvait de se marier et de fonder une famille. Elle avait eu la chance de rencontrer un homme merveilleux, qui l'avait aimée, qui l'aimait toujours, et qu'elle aimait. Enfin, elle avait de beaux enfants, sains de corps et d'esprit, qui ne se droguaient pas et se conduisaient de façon responsable. Sans compter une maison confortable, un beau jardin et une vie heureuse à la campagne avec sa famille. Tout cela représentait les plus grandes ambitions de Maureen, le rêve de sa vie, et elle l'avait obtenu. Elle avait eu beaucoup de chance depuis son arrivée en Amérique.

Cela remontait à 1960. Elle avait exactement l'âge de Katie aujourd'hui, dix-sept ans. Sa sœur Bridget en avait dix-neuf. Elles avaient émigré avec leurs parents, Sean et Catriona O'Keefe, pour s'installer à New York. Ils avaient eu de la chance en ce sens qu'ils avaient tous trouvé du travail assez vite. Bridget avait opté pour une carrière dans l'immobilier et était entrée dans une firme petite mais prestigieuse. Maureen était devenue mannequin pour la célèbre styliste Pauline Trigère qui, au premier coup d'œil, avait estimé que sa longue silhouette mince était idéale pour présenter ses vêtements à la coupe impeccable.

Sa mère, Catriona, avait également trouvé un emploi dans la mode, mais d'une autre façon. Elle avait été embauchée comme vendeuse à l'étage des créateurs de mode de Bloomingdale. Son père, Sean, un artisan de haut niveau, s'était rapidement fait un nom en réalisant les projets d'un créateur de meubles.

En y repensant, Maureen prit conscience qu'elle avait réellement de très bons souvenirs des jours passés dans leur appartement du quartier de Forest Hills. Ils avaient agréablement organisé leur vie et s'étaient toujours félicités d'avoir eu le courage de tout quitter pour les Etats-Unis. Cependant, comme les années passaient, ils s'étaient lassés de la ville et avaient désiré échapper à son rythme d'enfer. Ils avaient rêvé de trouver un endroit plus tranquille qui leur rappelle la campagne irlandaise qu'ils aimaient tant. Un jour, en rendant visite à des amis qui venaient d'emménager dans le nord-ouest du Connecticut, ils s'aperçurent qu'ils avaient trouvé leur paradis. « C'est ce qu'il nous faut ! » avait déclaré sa mère, ce jour-là. Ils l'avaient tous approuvée et la décision n'avait pas tardé : c'était là qu'ils voulaient vivre.

Cela leur avait pris un an mais Maureen et ses parents avaient fini par quitter New York pour New Milford où ils avaient déniché une maison confortable, pleine de charme et d'un prix abordable. Bridget, passionnée par son travail dans l'immobilier, avait choisi de rester en ville pendant la semaine et de rejoindre sa famille pour le week-end.

Maureen avait vingt-trois ans quand sa famille s'était installée à la campagne, et elle avait rencontré Michael Byrne dès les premiers mois de leur arrivée à New Milford. Ils s'étaient aimés au premier regard. Michael correspondait à son idéal d'homme, tel qu'elle l'avait toujours imaginé. Grand, brun, beau et attentionné, avec une nature aimante. Quand ils se marièrent, Maureen avait vingt-cinq ans et Michael vingt-sept. Leur union avait bien marché dès le début et leur entente durait toujours.

Cela fait vingt ans que je suis mariée, pensa Maureen avec surprise. Elle en fronça les sourcils d'étonnement. Le temps avait passé à une vitesse incroyable. Déjà quarante-cinq ans ! Elle ne pouvait y croire. Elle ne sentait pas son âge et, de plus, savait qu'elle ne le paraissait pas. Elle soupira, songeant à tout ce qu'elle voulait encore faire dans la vie. Il faudrait se dépêcher, avant d'être trop vieille, avant que Michael soit trop vieux. Elle devait lui rappeler leur projet de voyage en Irlande.

Maureen leva les yeux. Katie s'activait devant la cuisinière, remplissant d'eau une théière de terre brune. Elle pouvait bien posséder son caractère et sa personnalité propres, mais pas nier qu'elle était la fille de Maureen Byrne ! D'allure, les deux femmes étaient presque identiques, avec le même teint, les mêmes cheveux et la même silhouette.

Maureen se décida enfin à s'asseoir dans le grand fauteuil à oreilles à côté du feu. Elle s'installa confortablement sans quitter sa fille des yeux. Katie, l'enfant du milieu et sa seule fille. Elle avait toujours su au fond de son âme de Celte que Katie n'était pas comme les autres enfants. La personnalité et le caractère de sa fille étaient déjà forgés à sa naissance. A trois ans, Katie savait exactement qui elle était et ce qu'elle voulait. Maureen disait souvent à Michael que leur fille montrait, vis-à-vis d'elle-même, une rare lucidité qui se traduisait par sa profonde confiance en elle. Mais Michael n'avait pas besoin qu'on le lui fasse remarquer. Il savait que sa fille sortait de l'ordinaire. Katie ne s'était pourtant jamais conduite avec prétention et n'avait jamais témoigné d'une précocité mal placée. Maureen se souvenait d'avoir parfois regardé sa petite fille de trois ans en voyant déjà la femme qu'elle deviendrait, tant sa personnalité était affirmée.

Peut-être sommes-nous tous ainsi, pensa Maureen, sans que cela soit évident chez tout le monde. Elle revit sous cet angle l'enfance de Niall et de Finian, mais ils avaient été... Comment dire ? En fait, ils avaient été des petits garçons très normaux, certainement pas aussi maîtres d'eux et déterminés que leur sœur.

Katie interrompit le cours de ses pensées en s'approchant du feu avec leurs deux tasses de thé. Elle en présenta une à sa mère puis s'assit dans l'autre fauteuil.

– Merci, ma chérie, dit Maureen.

Elle prit une gorgée de la boisson chaude.

– Cela fait du bien, murmura-t-elle en souriant. Donc, tu es allée répéter à la grange ?

Katie acquiesça de la tête.

– Oui, je crois que je « tiens » enfin mon Hamlet. J'ai toujours cru que les monologues étaient des passages faciles, mais pas du tout, maman ! Du moins, pas si tu veux les dire correctement.

Elle s'interrompit, soupira et fit une grimace.

– Je dis que j'y suis arrivée, reprit-elle, mais il y a encore beaucoup de points à améliorer. On peut toujours faire mieux, conclut-elle avec un hochement de tête, et la perfection est dure à atteindre.

Maureen sourit, se demandant quel auteur Katie venait de citer. Par moments, sa fille parlait comme une femme très âgée, surtout quand elle était plongée dans les auteurs classiques.

– Et les autres ? demanda Maureen. Comment Carly et Denise s'en sortent-elles ?

– Elles sont bonnes, maman, tu peux me croire. Le problème, c'est qu'elles ne s'en rendent pas compte, mais je pense que j'arriverai à leur donner confiance en elles. Tout est une question de confiance en soi.

Une chose dont tu n'as jamais manqué, pensa Maureen sans le formuler à haute voix.

– Tu aurais dû les amener pour dîner avec nous, Katie, dit-elle. Il y a toujours assez pour tout le monde, surtout quand je fais de l'irish stew. Ton père dit que j'en prépare assez pour une armée !

– J'ai failli le leur proposer mais j'ai craint que cela ne te donne trop de travail. Tu as été tellement malade.

– Je vais bien mieux, ma chérie.

La porte de la cuisine s'ouvrit à la volée et Finian entra en courant.

– Salut, Katie ! cria-t-il.

– Salut, Fin'.

– Je préfère Finian, déclara le garçon du haut de ses douze ans.

– Oh, excuse-moi, répondit Katie en dissimulant un sourire amusé.

Cette revendication était une nouveauté chez son frère.

– Il n'y a pas de mal, mais je m'appelle Finian. Tu as encore besoin de moi, maman ? demanda-t-il en se tournant vers elle.

– Non, Fin'... euh, Finian. Mais je te remercie de me l'avoir demandé. Veux-tu une tasse de thé ?

– Non merci.

Il souligna sa réponse de la tête et se dirigea vers le réfrigérateur.

– Je préfère un Coca.

– Et tes devoirs, Finian ? demanda sa mère.

Il pivota sur ses talons et lui adressa un long regard.

– J'ai fini.

– Quand ? demanda Maureeen qui fronçait les sourcils, effleurée par le doute.

– Tout de suite, pendant que j'étais dans la pièce du fond. Je n'avais presque rien à faire, ce soir, juste des maths, expliqua-t-il avec un mouvement d'épaules dégagé.

Maureen hocha la tête et lui adressa un sourire approbateur puis reprit sa tasse de thé.

Katie se redressa brusquement dans son fauteuil avec un drôle d'air.

– Quelle idiote ! s'écria-t-elle. J'ai laissé mon cartable à la grange ! Oh, maman, mes devoirs ! Qu'est-ce que je vais faire ? Je dois y retourner, dit-elle en sautant sur ses pieds.

– Pas maintenant, Katie ! s'exclama Maureen. Il fait déjà noir et tu sais très bien que je ne te laisserai pas partir seule à travers champs à cette heure-ci. Alors, n'y pense plus.

– Mais j'ai besoin de mes livres, dit Katie d'une voix désespérée.

– Oui, je le sais, mais tu devras attendre le retour de Niall. Il t'accompagnera. Mieux encore : il te conduira à la grange avec son pick-up. Ce sera plus rapide. Fin', va éteindre sous le ragoût, s'il te plaît. Et moi, je ferais mieux de sortir le pain du four.

– C'est Finian, maman ! grogna le garçon. Je m'appelle Finian, comme dans *L'Arc-en-ciel de Finian.* C'est une comédie musicale.

Maureen le considéra un instant. Quelle serait sa prochaine trouvaille ?

4

Dans le pick-up, assise à côté de son frère, Katie s'astreignit à rester parfaitement immobile et silencieuse. Elle était certaine de l'ennuyer en l'obligeant à la conduire jusqu'à la grange pour reprendre son cartable.

Quand il était rentré de son travail, peu de temps auparavant, il n'avait pas eu l'air fâché de la demande de sa mère et avait accepté aussitôt d'emmener Katie. En revanche, depuis qu'ils avaient quitté la maison en direction de la nationale, il n'avait pas desserré les dents.

Katie l'avait plusieurs fois regardé de côté, perplexe. Devait-elle lui parler ou non ? En général, il était plutôt bavard avec elle. Ils discutaient de tout et il se confiait volontiers à elle, comme elle se confiait à lui. Niall n'avait que deux ans de plus que Katie et ils avaient toujours été très proches, liés par une profonde amitié. Pour eux, Finian avait d'abord été un bébé qu'ils traitaient avec condescendance ou indifférence. Puis un jour, il s'était montré bien trop intelligent pour qu'ils puissent encore l'ignorer. Ils avaient donc fini par l'accepter, l'avaient même traité avec gentillesse, mais ne l'avaient jamais accepté dans leur cercle étroit. A la grande surprise de ses aînés, Finian n'avait jamais semblé y attacher la moindre importance.

Katie et Niall se connaissaient par cœur et, lui jetant un nouveau regard, Katie finit par se rendre compte de son expression soucieuse. Il conduisait de façon détendue mais son visage d'habitude souriant était crispé. Que se passait-il ? Peut-être avait-il des difficultés avec sa petite amie, Jennifer Wilson. Niall attirait les femmes. A dire vrai, elles se jetaient à sa tête, et cela n'avait rien d'étonnant. Niall était aussi bel homme que son père, avec des cheveux noirs et des yeux verts. Ses traits étaient nettement dessinés, comme ceux de son père. La virilité qui s'en dégageait remontait à leurs ancêtres Byrne, qui avaient quitté l'Irlande au XIXe siècle pour s'installer dans le Connecticut.

Ce fut finalement Niall qui rompit le silence.

– Tu es bien silencieuse, ce soir, Katie, dit-il.

Elle sursauta, se redressa sur son siège et se mit à rire.

– Je pourrais en dire autant de toi, Niall ! Tu crois que je n'ai pas remarqué que tu as l'air soucieux ? Quelque chose ne va pas ?

– Non, non, rien... J'étais juste en train de réfléchir... à ton sujet.

– A mon sujet ?

– En particulier à ton idée d'aller à New York l'année prochaine. Tu crois vraiment que papa et maman te laisseront partir ?

– Bien sûr !

Katie se tourna vers Niall pour mieux le voir dans la clarté diffuse.

– T'auraient-ils dit quelque chose ? poursuivit-elle d'un ton vif. Ils ne veulent pas me laisser partir ? Allons, dis-le-moi, Niall. Nous n'avons jamais eu de secrets !

Comme il ne répondait pas, elle insista d'une voix enjôleuse.

– S'il te plaît, dis-le-moi...

– Ils ne m'ont rien dit, je t'en donne ma parole ! Mais je sais qu'ils n'aiment pas beaucoup cette idée.

– Pourquoi ?

– Ne fais pas l'idiote, Katie, cela te va mal. C'est évident, voyons ! Ils pensent que tu es trop jeune pour vivre seule dans une grande ville.

Il lui glissa un regard en coin puis se concentra à nouveau sur la route.

– Je suis sûr qu'ils te demanderont d'attendre un an ou deux.

– Maman ne m'a jamais parlé de cela, ni papa. Alors, pourquoi me racontes-tu ce genre de choses maintenant ? dit-elle, soudain très en colère.

– Je crois que je ne t'aurais rien dit si tu ne m'avais pas demandé ce qui n'allait pas. Je voulais seulement être franc avec toi et c'était réellement à cela que je pensais... à ton départ pour New York. Je suppose que cela m'est venu à l'esprit parce qu'on va à la grange où tu passes le plus clair de ton temps.

– Je comprends mais écoute-moi, Niall. Je n'irai pas à New York toute seule. Carly et Denise viendront avec moi. Tu oublies aussi que tante Bridget nous attend. Nous vivrons chez elle.

– Pour combien de temps ? s'exclama Niall. Tante Bridget a un poste important dans l'immobilier et une vie personnelle. Elle n'aura pas envie de vous avoir dans les jambes... en tout cas, pas pour très longtemps !

Katie retint la réplique qui lui venait spontanément aux lèvres. Elle choisit plutôt de prendre une profonde respiration et se rencogna sur son siège. Ses parents en avaient-ils parlé avec Niall ou pas ? Dans l'hypothèse affirmative, pourquoi refusait-il d'en discuter avec elle ? Il ne lui avait jamais rien caché. Elle reprit la conversation d'une voix contenue.

– Niall, dis-moi la vérité, comme tu l'as toujours fait. Papa et maman t'ont-ils parlé de mes projets ?

– Non, Katie. Je te donne ma parole qu'ils ne m'ont parlé de rien. Je te disais seulement ce que j'en pense, personnellement. Je les connais. Ils veulent te protéger et ils ont raison. Je suis comme eux, sur ce point.

– Traître ! grogna-t-elle. Tu ne m'en avais jamais parlé. Au contraire, tu as toujours dit que je devais aller à l'Académie d'art dramatique après le lycée. Et maintenant, sans prévenir, tu changes d'avis. Je n'ai jamais voulu qu'une seule chose : devenir comédienne. Tu sais que c'est toute ma vie.

Niall eut un petit soupir. Il aurait dû se douter de la réaction de sa sœur. Il commençait à regretter de lui avoir donné son avis.

– Ne nous disputons pas, petite sœur, dit-il d'une voix conciliante. Je suis désolé d'avoir mis le sujet sur le tapis. Oublie tout ça. Je n'ai rien dit. Le moment venu, je suis sûr qu'ils te laisseront partir, surtout si tante Bridget te soutient. Le fait que tu seras avec Carly et Denise facilitera les choses. Après tout, ce n'est pas comme si tu allais à New York toute seule.

– Bien sûr, et j'espère que papa et maman seront d'accord, répondit Katie.

Elle commençait à se détendre. Estimant qu'il valait mieux laisser le sujet de côté, elle changea de conversation.

– Comment va Jennifer ? Tu n'as pas parlé d'elle depuis un moment.

– Disons que je prends de la distance, grogna-t-il avant de rire d'une curieuse façon. Elle devient une vraie peste, si tu veux savoir la vérité ! Croirais-tu qu'elle s'est mis en tête de se marier ?

– Avec toi ? demanda Katie d'une voix qui filait vers l'aigu.

– Qui d'autre ?

– Mais tu es trop jeune, Niall !

– Je suis tout à fait d'accord. De toute façon, Jennifer est assez agréable mais je n'ai pas envie de m'engager avec elle pour la vie. Ce n'est pas la femme qui me convient. Je ne l'ai pas encore rencontrée.

Katie resta un instant sans rien dire.

– C'est drôle, à une époque j'ai cru que tu l'avais trouvée, murmura-t-elle.

Niall ne répondit rien mais ses mains se crispèrent sur le volant.

– L'année dernière, reprit Katie au bout d'un certain temps, j'ai eu l'impression que tu étais amoureux de Denise. Tu avais une façon de la regarder... On ne pouvait pas s'y tromper. J'étais persuadée que tu étais amoureux d'elle. Il me paraissait évident que tu avais enfin compris que c'est quelqu'un de remarquable.

– C'est vrai... Mais le problème n'était pas de mon côté. Denise veut absolument devenir actrice, faire carrière, aller à New York avec toi et Carly. C'est cela qu'elle veut, pas moi ou un autre homme. L'année dernière, quand je sortais avec elle, est-ce qu'elle t'a parlé de moi ?

Katie fit non avec la tête.

– Non, je te l'ai déjà dit. Elle m'a seulement dit qu'elle te trouvait très agréable. Je te l'avais déjà répété, à l'époque, conclut-elle en fronçant les sourcils.

– Je sais, répondit Niall à mi-voix. Denise ne veut pas d'un petit ami, du moins pas pour l'instant. Elle veut la gloire avec un *g* majuscule ! Avoir son nom en lettres de néon sur la façade d'un théâtre.

– C'est vrai, reconnut Katie. Mais Denise est tellement belle, tellement adorable ! Jennifer Wilson ne lui arrive pas à la cheville...

– Je sais.

Niall ralentit. Ils arrivaient sur les terres de Ted Matthews. Niall quitta la route et franchit l'entrée du domaine. Il traversa une grande étendue plate et déserte puis descendit lentement vers le vallon qui se trouvait au pied de la colline. La grange s'y adossait à un bouquet d'arbres.

Comme ils approchaient, Niall s'étonna.

– Denise et Carly doivent encore être là, Katie. Tout est allumé.

– Elles restent souvent longtemps après moi, expliqua Katie. Elles aiment répéter et travailler ensemble. Parfois, elles en profitent aussi pour faire leurs devoirs. Leurs maisons ne sont pas très gaies, tu sais. Personne ne les attend.

– Oui, je sais.

Niall arrêta le pick-up devant l'entrée de la grange et serra le frein à main.

Katie ouvrit la porte de son côté et sauta au sol. Le froid la fit frissonner. Elle remonta le col de sa veste et courut vers la grange. A sa grande surprise, la porte bâillait, grande ouverte.

La refermant derrière elle, elle entra en souriant.

– Carly ! Denise ! appela-t-elle. Que se passe-t-il ? Pourquoi la porte est-elle ouverte avec un froid pareil ?

Aucune réponse. La grange était vide.

Stupéfaite, Katie resta quelques instants sans réaction. Du regard, elle fit rapidement le tour de la grange et remarqua aussitôt le désordre. Deux chaises avaient été renversées, l'abat-jour de la vieille lampe en céramique pendait sur le côté, comme si on l'avait violemment heurté, et la nappe bleue de la table où elles buvaient leur Coca traînait sur le sol, à moitié arrachée. Continuant son inspection, elle découvrit les deux manteaux de ses amies accrochés aux patères et, par terre, juste à côté, leurs sacs d'école. Il y avait même le sien, sans qu'elle puisse se souvenir de l'avoir posé à cet endroit. Au contraire, elle se rappelait clairement l'avoir jeté dans un coin, n'importe comment. Or, leurs trois cartables étaient à présent alignés avec soin. C'était vraiment bizarre.

La peur l'envahit brutalement.

A ce moment, elle entendit Niall qui entrait et elle tourna la tête vers lui.

– Où est Denise ? demanda-t-il. Et Carly ?

Il prit instinctivement sa sœur par le bras, ayant comme elle enregistré les traces de désordre.

Katie se tourna vers lui.

– Je ne sais pas, dit-elle en se mordant la lèvre. Elles doivent être ailleurs... dehors...

– Sans leur manteau ?

Il fronça les sourcils, le regard fixé sur elle.

Pendant quelques instants, Katie resta incapable de parler. La peur montait en elle, et elle eut soudain l'impression que ses jambes allaient la lâcher. Tout son instinct lui criait qu'il y avait un problème.

– Il y a quelque chose qui ne va pas, Niall, dit-elle lentement d'une voix tremblante.

– Je suis tout à fait d'accord avec toi.

Niall prit une profonde inspiration avant de poursuivre :

– Nous ferions mieux d'aller les chercher. Elles ne doivent pas être loin. Il fait très noir mais j'ai une lampe torche dans la camionnette.

– Il y en a une aussi dans le tiroir de la table. En cas d'urgence.

– Alors, prends-la, Katie, et allons-y.

5

Dehors, il faisait froid et humide, et de plus en plus noir. De lourds nuages occultaient la lune. Une impression inquiétante flottait dans l'air. C'était palpable.

Katie se sentait tendue et terrifiée. Son esprit fonctionnait à toute vitesse. Des pensées horribles surgissaient, incontrôlables. La normalité avait volé en éclats. Son instinct lui criait qu'il était arrivé quelque chose. Quelque chose d'affreux. Elle essaya de s'en libérer mais le pressentiment d'un événement funeste s'imposait à elle.

Le froid humide la transperçait jusqu'aux os et elle frissonnait en attendant son frère qui était allé chercher sa lampe électrique dans le pick-up. Elle-même serrait dans sa main la torche qu'elle avait prise dans la grange. Sa mère la lui avait donnée longtemps auparavant et Katie se réjouit d'avoir pensé à remplacer les piles peu de temps auparavant.

Elle sursauta. Les phares de Niall venaient de s'allumer sans qu'elle s'y attende. Toute la zone devant la grange fut soudain baignée de lumière. Niall la rejoignit en courant. Il la prit par le bras dans un geste protecteur et se mit a parler à toute vitesse.

– Ecoute-moi bien, Katie. On reste ensemble, on ne se lâche pas d'une semelle. Je ne veux pas que tu t'éloignes toute seule. D'accord ?

– Oui ! De toute façon, c'est la dernière chose que j'aie envie de faire, répondit-elle d'une voix étouffée.

Elle se serra contre son frère et hésita avant de livrer le fond de sa pensée.

– Il n'y a que deux possibilités, Niall. Ou bien elles sont parties en urgence ou bien on les a emmenées.

– Emmenées ? répéta-t-il. Qui les aurait emmenées ? Et où ?

Il avait froncé les sourcils et ses yeux gris-vert s'étaient assombris.

– Je ne sais pas, mais, à cause du désordre, nous pouvons être sûrs de la présence d'un intrus, ou de plusieurs.

Elle désigna la grange d'un mouvement de la tête.

– Carly et Denise ne sont peut-être plus là, tu sais. Elles sont peut-être loin, maintenant.. Si elles ont été... emmenées... enlevées...

– Bon Dieu, mais de quoi parles-tu, Katie ? grogna Niall. Pourquoi voudrait-on enlever Carly et Denise ? Pourquoi dis-tu cela ?

– Il y a plein de gens bizarres, tu le sais très bien. Des drogués, des obsédés sexuels, des cinglés, des tueurs en série.

Niall la regarda, bouche bée, visiblement frappé par ses mots. Une expression inquiète et apeurée déforma son visage.

– Il n'y a pas de temps à perdre. Commençons par l'arrière de la grange.

Il l'entraîna rapidement vers le bosquet qui poussait au nord de la vieille bâtisse.

– Elles sont peut-être allées chez Ted Matthews, Niall, dit Katie.

– Oui, c'est une possibilité.

Ils explorèrent ensemble l'arrière de la grange, balayant la nuit de leurs lampes électriques, éclairant les arbres et les buissons, criant les noms de Carly et de Denise.

Personne ne répondit et ils ne virent rien de particulier. Pas d'herbe écrasée, de brindilles cassées, d'arbustes abîmés ou d'empreintes de pas. Pas la moindre trace des deux jeunes filles.

Niall finit par s'arrêter pour faire face à Katie et la regarda droit dans les yeux.

– Nous pensons tous les deux que quelqu'un est entré dans la grange, dit-il. Quelqu'un qu'elles n'attendaient pas. Ou bien ce quelqu'un les a emmenées de force ou bien il leur a fait tellement peur qu'elles se sont enfuies. D'accord ?

Katie fit un signe de tête affirmatif.

– Et si elles se sont enfuies, si elles avaient vraiment peur, elles ont vraisemblablement couru vers la ferme de Ted. Ce n'est pas tout près mais c'est quand même moins loin que notre maison ou la leur.

– Pourquoi ne seraient-elles pas allées vers la route ? demanda Niall d'un air perplexe.

– Certainement pas, répondit vivement Katie. Pour cela, il faut remonter la colline et c'est encore plus dur en courant. Elles ont dû sortir à toute vitesse et courir droit devant elles, directement dans les bois en face de la porte. Après les bois, le terrain est plat jusqu'à la ferme de Ted. C'est facile de courir dans les champs. En passant par là, on arrive très vite chez Ted.

– Tu as raison. Nous allons donc fouiller les bois. Denise et Carly s'y sont peut-être cachées et elles ont peur de se montrer. Si nous ne les trouvons pas, nous appellerons Ted de la cabine téléphonique.

Cette cabine se trouvait sur le bas-côté de la route par laquelle ils étaient venus.

Katie prit la main de son frère. Elle se sentait très tendue et son cœur battait la chamade. Une brusque vague d'appréhension la mit au bord de la nausée. La certitude s'imposait à elle que ses amies avaient eu un problème après son départ. Elle adressa au Ciel une rapide prière, souhaitant que Carly et Denise soient en sécurité, saines et sauves.

Niall la tint fermement par la main pendant qu'ils refaisaient le tour de la grange. Ils dépassèrent le pick-up et entrèrent sous le couvert. Plutôt qu'un bois, c'était un gros bosquet, mais les arbres poussaient serrés les uns contre les autres et il y régnait une nuit d'encre. Dans l'étroit sentier, on ne pouvait marcher qu'en file indienne. Niall insista pour que Katie passe devant lui. Ainsi, il ne la quittait pas des yeux. Il n'avait pas l'intention de prendre le moindre risque.

Tout en avançant d'un pas régulier, Katie appelait de toutes ses forces.

– Carly ? Denise ? C'est moi, Katie. Etes-vous là ?

– Denise ? Carly ? Où êtes-vous ? criait Niall encore plus fort.

Toujours pas de réponse.

Ils poursuivirent leur progression, promenant le rayon de leurs lampes de part et d'autre du sentier, scrutant le sous-bois. Katie s'arrêta soudain et leva la main.

– Tu as entendu, Niall ? souffla-t-elle par-dessus son épaule.

– Quoi ?

– Un bruit de feuilles, juste devant nous.

– Non, je n'ai pas entendu. Ce doit être un animal, un chevreuil peut-être.

Incapable de respirer, pétrifiée, Katie se souvint de l'éclair sombre qu'elle avait enregistré du coin de l'œil, quelques heures plus tôt, près du massif de rhododendrons sur la colline quand elle rentrait chez elle. Elle se reprocha d'avoir laissé ses amies seules dans la grange. Elle aurait dû les obliger à rentrer avec elle. Mais elles y restaient souvent très tard. Ce n'était pas nouveau. Tant qu'elles étaient dans la grange, elles se tenaient compagnie au lieu d'être seules, chacune chez elle.

Y avait-il vraiment eu quelqu'un en train de rôder du côté des rhododendrons ? Katie avala péniblement sa salive. Sa bouche se dessécha et elle se demanda si l'intrus s'était trouvé sur la colline dans l'après-midi. Dans ce cas, elle avait dû passer très près de lui. Ou d'eux. Un frisson glacé la parcourut.

– J'entends quelque chose, moi aussi, chuchota Niall.

Il la serra contre lui, la main sur son épaule.

Pour Katie, le bruit, quel qu'il fût, paraissait beaucoup plus fort, plus net. On aurait dit que quelqu'un était en train de courir dans le sous-bois, remuant les feuilles mortes au passage et cassant des branches. Si c'était un animal, il devait être de belle taille.

– Qui est là ? cria Niall.

– Carly, Denise, c'est moi et Niall ! cria Katie, les mains en porte-voix.

Toujours aucune réponse. Mais le bruit s'arrêta instantanément.

On n'entendait plus rien.

Niall et Katie attendirent sans faire un mouvement, écoutant de toutes leurs forces. Rien ne bougeait, pas une feuille ne frémissait. Le bois était plongé dans un silence absolu.

Katie prit son souffle et fit un pas en avant.

Niall la suivit, encore plus inquiet. Mais il voulait rassurer Katie.

– C'était un chevreuil, petite sœur, ou un cerf, murmura-t-il. Oui, cela ressemble plus à un cerf. Rien de plus, Katie. Un animal.

Il parlait avec autant d'assurance que possible, sans être sûr qu'elle le croyait.

Et Katie, en effet, ne le croyait pas. Elle pensait à autre chose. Elle respira plusieurs fois profondément pour se calmer et reprit sa marche en avant d'un pas décidé.

Katie fût la première à découvrir Carly. Elle balançait sa torche pour éclairer les abords du sentier quand le froid rayon de lumière blanche frappa le corps de Carly. Son amie était dans une petite clairière au bord du sentier, à côté d'un bosquet de buissons. Elle était couchée sur le dos, immobile.

– C'est Carly ! s'écria Katie.

Elle se rua vers son amie, le cœur battant d'angoisse. Quand la lumière de sa torche tomba sur le visage de Carly, Katie recula avec un cri d'horreur. Carly avait tant de sang sur le visage qu'on devinait à peine ses traits.

Katie se mit à hurler le nom de Niall, incapable de bouger.

Quand son frère la rejoignit, elle s'accrocha à lui et se mit à crier d'une voix aiguë, qui ne lui ressemblait pas.

– Carly est couverte de sang ! Mon Dieu ! Elle n'est pas morte, ce n'est pas possible ! Qui lui a fait ça ?

Elle se retint au bras de Niall, tremblant de tout son corps. Ses jambes menaçaient de la lâcher. Puis elle enfouit son visage contre l'épaule de son frère, comme pour effacer l'image de son amie ensanglantée.

Niall braqua sa lampe sur Carly et détourna aussitôt le regard, aussi choqué que Katie.

Il finit par se reprendre et lui parla d'une voix étouffée.

– Je veux voir Carly de plus près. Tu pourras tenir debout toute seule ? Viens, je vais t'aider à t'appuyer contre l'arbre, ici. Ça ira ?

– Oui, répondit-elle en sanglotant.

Niall dut presque porter sa sœur. Dès qu'il eut réussi à l'adosser à un arbre, il traversa rapidement la clairière. L'odeur du sang l'assaillit et il détourna la tête pour respirer de l'air frais. Sans savoir comment, il parvint à se maîtriser. Il se pencha enfin sur Carly. Le sang venait d'une blessure à la tête, à la racine des cheveux. Il coulait sur le front et les joues de la jeune fille. Il réalisa que son visage ne présentait pratiquement pas de marques de coups. De toute évidence, c'était à la tête qu'on l'avait frappée, et à plusieurs reprises. Elle avait les yeux fermés mais une artère de son cou pulsait faiblement et elle respirait. Même si c'était à peine un souffle, cela signifiait qu'elle vivait, il en était presque certain. Il chercha son poignet. Là aussi, le pouls battait faiblement mais c'était un signe de vie.

Niall se redressa et revint vers le sentier. Katie était toujours appuyée contre l'arbre où il l'avait installée.

– Carly est vivante. Je vais voir si Denise est dans les environs.

– Merci, mon Dieu... dit Katie.

Ses sanglots reprirent, mais c'étaient des sanglots de soulagement.

Il suffit de quelques secondes à Niall pour trouver Denise, une quinzaine de mètres plus loin. Elle aussi gisait sur le dos, au milieu d'une zone d'herbe sèche au bord du sentier.

– Denise, murmura-t-il en s'agenouillant à côté d'elle.

Il dirigea le rayon de sa torche sur le visage de Denise et, comme sa sœur en découvrant Carly, eut un mouvement de recul. Sa gorge se serra tandis que ses larmes jaillissaient. Il se mit à trembler. Il n'avait pas besoin de prendre son pouls pour savoir que Denise était morte. Les doux yeux de velours brun qu'il connaissait si bien étaient grands ouverts, fixés sur le vide de la mort.

Il ne put retenir un sanglot et se releva rapidement, submergé de chagrin. Il essuya d'un brusque revers de main son visage inondé de larmes, puis reporta les yeux sur Denise. Cette fois, il vit ce qu'il n'avait pas encore remarqué : sa jupe était remontée jusqu'à la taille. On avait arraché son collant et son slip. Niall ferma les yeux de toutes ses forces et étouffa de la main les cris de fureur qui lui montaient aux lèvres. Denise avait été violée.

– Salaud ! Ignoble salaud ! grogna-t-il d'une voix étouffée.

Il sanglotait sans pouvoir se contrôler. Qui avait pu lui faire cette chose si vile, cette chose innommable ? Qui l'avait violée et tuée ? Son adorable Denise, si innocente. Dix-sept ans ! Toute une vie détruite avant d'avoir commencé. Comme ça. Le salaud.

Niall aurait voulu rabattre sa jupe, la couvrir de sa veste, lui rendre un peu de dignité et de respect dans la mort. Mais il savait que c'était la dernière chose à faire. Luttant pour reprendre le contrôle de lui-même, il revint vers le sentier, à peine porté par ses jambes qui se dérobaient. Comment annoncer cela à Katie ?

– Denise... Elle est partie, Katie. Elle a été... tuée... dit-il d'une voix étouffée, se mordant les lèvres pour ne pas hurler.

Le chagrin déformait ses traits tandis qu'une terrible colère modifiait sa voix.

Katie laissa échapper un sanglot déchirant et s'accrocha à lui.

– Non, Niall ! Non, c'est impossible. Oh ! non, mon Dieu, non !

Il la prit dans ses bras et la serra très fort.

– Je veux la voir, murmura enfin Katie.

– Non, il ne faut pas.

– Si. J'en ai besoin.

Elle se libéra de son étreinte et courut, le rond de lumière de la torche dansant devant elle. Elle ne s'arrêta que devant le corps de Denise. Ses yeux s'agrandirent et se voilèrent de douleur. Elle regarda encore son amie puis se détourna, pliée en deux, les bras autour de son propre corps, déchirée par une terrible souffrance. Ses larmes ruisselaient et elle se mit à hurler.

– Non, pas Denise ! Oh ! mon Dieu, non, pas Denise ! Ce n'est pas juste. Ce n'est pas juste !

6

Katie freina, serra le frein à main et sauta du pick-up. Elle courut vers la cabine téléphonique de la zone de stationnement, se saisit du combiné et composa le 911.

Le service d'urgence répondit immédiatement et Katie demanda le bureau des ambulances. L'instant suivant, elle était en ligne avec la coordinatrice des services de secours, pompiers et urgences médicales.

– Il faut une ambulance tout de suite ! Mon amie est blessée, c'est une question de vie ou de mort, cria Katie d'une voix terrifiée. On l'a frappée à la tête et elle saigne. Elle vit encore mais à peine. S'il vous plaît, envoyez une ambulance, c'est urgent.

– D'où appelez-vous ?

– Je suis dans une cabine sur la nationale 7, juste après Malvern, entre New Milford et South Kent, expliqua-t-elle rapidement.

Elle donna d'autres détails pour préciser l'endroit où elle se trouvait.

– Quel est votre nom ? demanda la coordinatrice.

– Katie Byrne. Je suis de Malvern.

Elle répondit encore à quelques questions aussi précisément que possible avant de révéler la suite d'une voix tremblante.

– Mon autre amie, Denise... on... on l'a tuée.

Elle termina sa phrase sans pouvoir retenir ses larmes.

– Tenez bon, Katie, dit gentiment la coordinatrice. Et ne raccrochez pas, je vous passe la police. Donnez-leur tous les détails possibles, dites-leur tout ce que vous savez. L'ambulance part tout de suite.

Katie attendit, cramponnée au téléphone, et, une minute plus tard, une voix d'homme retentit dans le combiné.

– Coordination de la police nationale. Dites-moi exactement ce qui s'est passé, Katie.

– Une de mes amies est horriblement blessée et l'autre est... est morte.

Elle avait répondu d'une voix plus contrôlée en essayant d'être aussi concise que possible.

– Nous venons de les trouver, mon frère et moi, poursuivit-elle. Il y a environ un quart d'heure. Nous ne savons pas ce qui s'est passé ni comment c'est arrivé. Il faut une ambulance pour Carly.

– Elle est déjà en route. Dites-moi où vous êtes, Katie.

Katie le lui expliqua, frissonnant dans le vent froid. Je dois faire un cauchemar, se répétait-elle. Elle ne pouvait croire qu'elle était en train de parler de Denise et de Carly à la police. A peine quelques heures plus tôt, à quatre heures de l'après-midi, elles étaient toutes les trois en train de rire dans la grange et de faire des projets d'avenir.

– Restez où vous êtes, Katie, dit le policier. Ne quittez pas cet endroit. Nous arrivons dès que nous pouvons. Il y a plusieurs voitures de patrouille dans ce secteur. Vous n'aurez donc pas à attendre longtemps.

– J'attendrai sur la nationale, à l'entrée de la route qui descend à la grange, dit encore Katie avant de raccrocher.

Elle se laissa aller, le front contre le téléphone, et ferma les yeux. Elle voulait être forte. Elle voulait aussi que Carly reste en vie. Je vous en supplie, mon Dieu, pensa-t-elle en une prière silencieuse, ne la laissez pas mourir. Faites qu'elle vive. Il faut te battre, Carly, il faut te battre.

Toujours frissonnant malgré le col de sa veste qu'elle avait remonté, elle courut au pick-up et sauta sur le siège mais redescendit aussi vite. Elle avait oublié que Niall lui avait demandé d'appeler leur mère.

Elle mit une pièce dans la fente et composa le numéro de sa maison.

– C'est moi, maman, dit-elle en entendant la voix de sa mère.

– Où êtes-vous, tous les deux ? demanda Maureen d'un ton assez fâché. Ton père ne va pas tarder à rentrer et il voudra dîner. Finian a faim, lui aussi.

– Maman, il est arrivé quelque chose, commença Katie. Puis la voix lui manqua et elle ne put continuer.

– Qu'est-ce qui se passe, Katie ? Il y a un problème ?

La voix de Maureen exprimait de l'inquiétude, à présent. Il avait dû arriver quelque chose de grave. Katie n'avait pas l'habitude d'exagérer les événements.

– Oui, maman, quelque chose de... terrible. Carly est très gravement blessée et Denise...

Elle s'interrompit et tenta de déglutir mais sa voix s'étrangla et seul un murmure sortit de sa gorge.

– Maman, Denise est morte. Elle a été violée et tuée... et Carly a reçu des coups terribles. Cela s'est passé après mon départ de la grange.

– Oh ! mon Dieu, mon Dieu ! Non, Katie, pas elles ! Ma chérie, où es-tu ? Tu n'as rien ? Où est Niall ? Je veux lui parler.

Maureen s'était mise à crier d'une voix rendue aiguë par la peur. Elle paniquait, incapable de se maîtriser.

– Il n'est pas là, maman. Il est resté avec Carly. C'est arrivé dans le bois. C'est là... qu'on les a attaquées.

De la main, Katie étouffa ses sanglots, mais sans grand succès.

– Ecoute-moi, ma chérie, dit Maureen d'une voix étranglée. Passe-moi Niall.

– Je ne peux pas, maman ! Il s'occupe de Carly, je te l'ai déjà dit. Il est resté à côté d'elle au cas où son agresseur reviendrait. Il m'a envoyée appeler une ambulance depuis la cabine de la nationale. Ils m'ont passé la police et ils arrivent.

– Katie, Katie, écoute-moi. Je veux que tu rentres tout de suite. Tout de suite. Je ne veux pas que tu restes là-bas. Tu n'es peut-être pas en sécurité. On ne sait pas qui a fait ça... Il pourrait encore traîner dans le coin, non ? Peut-être qu'il te cherche. Vous étiez toujours ensemble, toutes les trois, tout le monde le sait. Peut-être qu'il le sait, lui aussi. Rentre tout de suite. Ton père sera là dans un instant et il ira chercher Niall. Remonte vite dans le pick-up et rentre immédiatement. Tu m'entends, Katie ?

– Oui, maman, mais je ne peux pas. J'aimerais bien mais je dois rester ici. On ne voit pas la grange depuis la route, tu le sais. Je suis donc obligée d'attendre les secours. Je rentrerai quand Carly sera dans l'ambulance et en route pour l'hôpital.

– Rentre, ma chérie, s'il te plaît, pleura Maureen.

– Je vais bien maman, je te le jure. Je ne tarderai pas à rentrer, promit Katie.

Et elle raccrocha.

Katie arriva au bas de la route, s'arrêta devant la grange et courut vers le bois, les doigts serrés sur sa lampe. Elle s'avança de quelques pas sous le couvert et prit sa respiration.

– Niall ! Niall, je suis là ! cria-t-elle de toutes ses forces.

Elle porta sa voix aussi loin que possible, comme elle s'entraînait à le faire sur scène.

De loin, une faible réponse lui parvint.

– Très bien, Katie. Pas de problème, je t'entends.

Elle pivota sur les talons, revint au pick-up et remonta la côte pour attendre les secours. Le sang battait violemment à ses tempes et elle se sentait reprise par la nausée. Elle s'appliqua à calmer sa respiration comme elle le faisait dans les coulisses pour chasser le trac. Toutefois, sa sensation de nausée ne venait pas d'un banal trac mais d'une terreur trop réelle. Et si le tueur la guettait, comme sa mère le craignait ?

Elle attendit au bord de la route, à l'abri dans le pick-up. Cinq minutes seulement s'écoulèrent avant que retentisse une sirène. La voiture de patrouille apparut au loin, fonçant dans la nuit.

Comme il arrivait dans le sens inverse, le policier dut se garer sur le bas-côté opposé. Il sortit et courut vers le pick-up.

Katie descendit sa vitre et le regarda s'approcher. Elle avait le visage tiré, les yeux gonflés de larmes.

– Vous êtes Katie Byrne ? demanda-t-il.

– Oui. L'ambulance arrive ?

– C'est une question de minutes. Je n'étais pas loin et j'ai répondu immédiatement à l'appel radio. Où cela s'est-il passé ?

– Je vais vous montrer.

Katie ouvrit sa porte, sauta au sol et guida le policier sur l'étroit terre-plein. Elle pointa le doigt vers le bas de la côte.

– Là, dans le bois, dit-elle. Juste en face de la vieille grange. Mon frère Niall attend sur place. Il a pensé qu'il valait mieux rester à côté de Carly pour la protéger. Au cas où son agresseur serait encore dans les environs...

Katie s'interrompit net. Sa voix s'était mise à trembler et elle pleurait de nouveau.

– Ça va aller, Katie, dit le policier.

Elle ravala ses larmes, secoua la tête et tenta de se maîtriser.

– Voulez-vous que j'attende l'ambulance ici pendant que vous descendez ? Pour leur montrer le chemin ?

– Ce ne sera pas nécessaire. Ils arrivent.

On entendait une sirène dans le lointain. En quelques instants, son gyrophare éclaboussant la route d'éclats de lumière rouge, une ambulance vint s'arrêter derrière la voiture de police.

Katie remonta dans le pick-up de son frère. Elle était frigorifiée et s'étonna de se sentir épuisée. Elle regarda le policier courir vers l'ambulance et parler au chauffeur. Il lui désigna le vallon puis rejoignit sa propre voiture. L'ambulance se mit en route et Katie la suivit.

Quelques instants plus tard, la voiture de police roulait derrière elle, son gyrophare et sa sirène en action.

Après leur avoir montré le sentier, Katie se mit un peu à l'écart et regarda l'équipe médicale courir entre les arbres avec une civière.

Ils revinrent au bout de quelques minutes, portant Carly qui vivait toujours. C'est un miracle, pensa Katie. Elle frôlait le désespoir depuis la sinistre découverte, certaine que son amie ne survivrait pas à ses blessures. Mais Carly s'était accrochée. Elle avait réussi. Merci, mon Dieu, merci.

Les médecins s'affairèrent autour de Carly, vérifiant les signes vitaux avant de la mettre dans l'ambulance.

Katie se serrait contre Niall. Ils se tenaient tous les deux près de la grange, à quelques mètres seulement de Carly. Comme elle est pâle, pensa Katie, et tellement immobile ! Immobile comme la mort. Mais, quelques instants plus tôt, les médecins avaient levé le pouce pour indiquer qu'elle réagissait.

« Elle respire », avait dit l'un d'eux.

– Elle va s'en sortir ? demanda Katie au médecin qui venait d'aider à mettre la civière dans l'ambulance.

Il lui jeta un coup d'œil par-dessus l'épaule et hocha la tête.

– Je pense. Je l'espère.

L'ambulance démarra, emportant Carly, et Katie serra très fort la main de Niall. Il lui jeta un regard rapide.

– As-tu appelé maman ? demanda-t-il.

– Oui, je lui ai expliqué ce qui était arrivé. Elle en est malade. Je crois que je ferais mieux de rentrer, maintenant, Niall. Je lui ai dit que je reviendrais dès que Carly serait dans l'ambulance.

– Ce n'est pas possible, Katie. Tu dois rester. Le policier aura besoin de nous quand il aura fini d'examiner le corps de Denise...

Niall suspendit sa phrase et tendit l'oreille.

– On dirait encore des sirènes. Sans doute d'autres voitures de police.

Katie le regarda bouche bée, apparemment sans comprendre. Niall lui rendit son regard puis baissa les yeux.

– Denise a été assassinée, dit-il d'une voix douloureuse. Dans moins d'une demi-heure, cet endroit va grouiller de policiers.

7

C'était le genre de crime qu'il détestait. Des jeunes filles incapables de se défendre, frappées sans pitié et assassinées. Des proies innocentes, des proies faciles. Mac MacDonald agitait ces sombres pensées en longeant la bande de plastique jaune que deux policiers étaient en train de tendre autour du bois pour isoler les lieux du crime et éviter de détruire d'éventuels indices.

John « Mac » MacDonald, chef de la brigade criminelle de la police de l'Etat du Connecticut, savait depuis longtemps que la découverte d'un crime de cette nature le faisait bouillir de rage. Mais il avait appris à se retenir d'exploser. Pendant des années, il s'était exercé à se discipliner et à se contrôler. Cela ne signifiait pas, toutefois, qu'il réussissait à contenir sa colère en permanence. Il passait la plupart des week-ends à taper dans le punching-ball de la salle d'entraînement installée au sous-sol de sa maison. Il imaginait être en train de taper à tour de rôle sur tel ou tel criminel. Cela le soulageait, dans une certaine mesure, mais il était conscient que cela n'empêchait en rien le viol et le meurtre de jeunes femmes. Il avait deux filles adolescentes et s'inquiétait en permanence à leur sujet. Il leur faisait sans cesse la leçon : qu'elles soient prudentes dans la rue et se méfient de tout.

Des images de leurs adorables visages lui vinrent à l'esprit et il fit l'effort de les chasser. Ce n'était pas le moment de se laisser distraire. Au contraire, il avait besoin de toute sa concentration. Il ne devait penser qu'à une seule chose : trouver le coupable très vite.

Mac s'arrêta pour parler à l'un des policiers en train d'installer la bande jaune.

– Vous étiez le premier sur les lieux, je crois ? lui dit-il d'un ton décontracté et amical.

Le policier souligna sa réponse d'un hochement de tête.

– Oui, mon lieutenant. J'ai tout de suite pris les dispositions nécessaires pour que rien ne soit dérangé, et les médecins ont aussi fait attention à ne pas détruire de traces. Ils sont arrivés, ils ont mis la blessée sur la civière et ils sont repartis. Cela ne leur a pris que quelques secondes.

– Et l'autre jeune fille était déjà morte quand vous êtes arrivé.

A nouveau, c'était une affirmation, pas une question.

– Oui. Pauvre gosse !

Le policier hocha la tête avec tristesse.

– C'est vraiment ignoble, grogna-t-il en recommençant à tendre le ruban jaune.

Mac soupira discrètement et prit la direction du bois. Il savait ce que ressentait cet homme. Il savait aussi que, aussi longtemps vivrait-il, il réagirait toujours violemment quand on maltraitait une femme. Il rêvait de pouvoir donner aux coupables une leçon qu'ils n'oublieraient jamais. Un salaud avait commis un crime abominable contre deux jeunes femmes quelques heures plus tôt ; la colère durcissait les yeux gris pâle de Mac et transformait ses traits en un masque glacial. Il ne laissait jamais paraître ses émotions sur son visage étroit taillé à coups de serpe. Cela lui avait valu le surnom de Mac the Knife [1], mais personne ne se serait hasardé à le lui dire en face.

Accélérant l'allure, Mac suivit l'étroit sentier qui menait au cœur de ce bois où gisait le cadavre d'une jeune fille de dix-sept ans, une image qui le rongeait.

Il savait que le docteur Allegra Marsh, le médecin légiste, était déjà sur place. Elle était arrivée quelques minutes avant lui d'après deux détectives de son équipe

1. Mac le Couteau, nom d'un personnage de *L'Opéra de quat'sous* de Bertolt Brecht, mis en musique par Kurt Weill. Une des interprétations les plus célèbres de la chanson « Mac the Knife » est celle d'Ella Fitzgerald. *(N.d.T.)*

qui étaient en train de passer la grange au peigne fin. De plus, sa Cherokee vert foncé était garée à côté de la fourgonnette noire du service de médecine légale.

Mac aimait beaucoup Allegra Marsh et l'admirait. Pour commencer, elle ne faisait pas d'histoires. Sur les lieux d'un crime, elle appelait toujours les choses par leur nom et, pour tout, elle se montrait toujours aussi directe. Ils avaient travaillé ensemble sur d'innombrables cas et elle n'avait jamais essayé de se décharger sur lui. D'une certaine façon, elle en faisait toujours plus que son devoir ne l'exigeait.

Ensuite, c'était la plus brillante des médecins légistes qu'il ait jamais connus. A sa façon, elle participait à l'enquête, comme lui, mais avec des méthodes différentes. Ils étaient bons amis, rien de plus, bien que Mac soit veuf depuis longtemps et Allegra toujours célibataire. Avec elle, il fallait respecter certaines limites, quoique parfois... Mais c'était une autre histoire.

Même si on ne lui avait pas signalé la présence d'Allegra, l'éclairage intense diffusé par ses projecteurs sur batterie lui aurait suffi pour la deviner. Tout le monde connaissait ces projecteurs.

Quand il arriva à moins de deux mètres d'elle, Mac s'arrêta.

– Une vilaine nuit, Allegra, dit-il.

Elle était agenouillée au sol avec un des membres de son équipe et leva les yeux pour saluer Mac d'un signe de tête. Ses cheveux blonds brillèrent dans la lumière du projecteur.

– Salut, Mac. Une vilaine nuit, tu peux le dire.

Elle soupira avant d'ajouter :

– C'est un fou furieux qui lui a rendu visite ce soir, il n'y a aucun doute sur ce point.

– Qu'est-ce que tu as trouvé ?

– Mort par strangulation. Strangulation manuelle. Le larynx est écrasé. De très gros hématomes autour du cou. Elle a été attaquée de façon très violente. Elle a aussi été violée, mais je suppose que tes hommes te l'ont déjà appris.

– Oui, je suis au courant.

Il contemplait le cadavre et ne put retenir un soupir.

– Bon Dieu, elle était tellement jeune...

– Et vierge, ajouta Allegra.

– En plus ?

– Oui, je le pense. Evidemment, je n'aurai de certitude qu'après l'autopsie, mais il y a du sang mélangé au sperme. J'ai déjà recueilli un certain nombre d'échantillons d'ADN sur son corps. Du sperme, du sang qui doit lui appartenir, et des pellicules. Il y a de la peau et un peu de chair sous ses ongles. Encore des cheveux. Des cheveux d'une autre couleur. Et ceci.

Allegra lui montra les grandes pinces qu'elle tenait dans la main droite et qui lui servaient en général à recueillir les échantillons d'ADN. Il s'agissait en l'espèce d'un mégot de cigarette.

– On vient juste de trouver cette merveille partiellement dissimulée sous le corps.

Elle glissa délicatement le mégot dans l'enveloppe transparente que lui tendait son assistant et poursuivit :

– Je suis certaine que cette fille ne s'était pas assise ici pour fumer, Mac. Elle fuyait quelqu'un. Il s'agit d'une négligence de son agresseur. Il l'a jeté et l'a oublié.

Elle reprit sa pose accroupie.

– Il y a de la salive dessus. Avec un peu de chance, c'est celle de notre homme, commenta-t-elle avec une lueur de satisfaction dans ses yeux sombres.

Il approuva d'un mouvement de tête.

– As-tu déjà une idée de l'heure de la mort ?

– Vers six heures, six heures et quart. Je serai plus précise après l'autopsie. Mais je parierais qu'il n'était pas plus de six heures vingt.

Tout en parlant, Allegra rangeait sa triste récolte dans l'une des deux boîtes à instruments en métal qu'elle trouvait si pratiques. Puis elle se tourna vers son assistant.

– On met le corps dans le sac, Ken.
– J'arrive, répondit-il.
Il s'accroupit à côté d'Allegra. Ils soulevèrent le corps et le firent glisser dans le sac. Ken remonta la fermeture Eclair. Ils se relevèrent d'un même mouvement, soulevèrent le corps et le posèrent sur la civière.
– Merci, Ken, dit Allegra. J'envoie Cody pour t'aider à porter le corps. Après, tu pourras démonter les éclairages.
– D'accord, dit-il en commençant à ranger son propre sac de médecin.
Allegra enroula ses gants de latex jusqu'au bout de ses doigts, souffla dedans pour leur redonner leur forme et les mit dans une de ses boîtes métalliques. Elle se redressa, la boîte à la main. Mac se saisit de l'autre et ils quittèrent ensemble les lieux du crime, se hâtant sur le sentier.
– Ce n'est pas un endroit facile pour travailler, dit Mac.
– J'ai vu pire. Ce n'est pas si mauvais. L'équipe médicale n'a rien dérangé et nous avons fait très attention.
– Je sais, Allegra. Mais il ne faut pas se voiler la face. Un bois n'est pas l'idéal pour trouver des indices après un crime aussi brutal.
– Exact. De plus, le sol est durci en ce moment. Il n'y aura pas d'empreintes. As-tu déjà parlé au frère et à la sœur, dans la grange ?
– Oui, mais très rapidement. Je suis arrivé après toi, Allegra. La fille est en état de choc mais elle reste très précise dans son récit, très claire. Ils ne peuvent pas nous apprendre grand-chose sur ce qui s'est passé puisqu'ils sont arrivés après.
Ils restèrent silencieux pendant quelques secondes, se frayant un chemin dans le bois. Quand ils émergèrent devant la grange, toute la zone grouillait de voitures et de policiers. Ils les esquivèrent et se hâtèrent vers la Jeep d'Allegra. Mac rompit brusquement le silence.
– Katie dit avoir remarqué quelque chose de noir et qui se déplaçait très vite cet après-midi, quand elle est

partie. Il était environ cinq heures moins dix et la nuit commençait à tomber. Elle escaladait la colline, là-bas, quand elle a cru voir quelque chose. Elle s'est arrêtée pour examiner les rhododendrons. Elle s'est demandé ce qu'elle avait failli voir. Elle a pensé qu'il devait s'agir d'un animal, sans doute un chevreuil, et elle a estimé inutile de pousser ses recherches. J'ai envoyé un de mes hommes avec un agent de police pour jeter un coup d'œil là-bas.

Allegra s'arrêta et se tourna vers Mac en fronçant les sourcils.

– Heureusement qu'elle n'a pas insisté, s'exclama-t-elle. Si c'est notre homme qui se cachait là-haut, il s'en serait certainement pris à elle aussi.

– Tu as raison. J'espère que Carly Smith reprendra bientôt conscience et pourra nous dire ce qui s'est passé et qui a fait cela. C'est notre seul témoin visuel et nous attendons beaucoup d'elle.

Allegra lui adressa un regard significatif. Mac remarqua aussitôt son expression soucieuse.

– Un problème ? demanda-t-il.

Elle resta silencieuse pendant quelques instants.

– D'après ce que j'ai cru comprendre, dit-elle enfin d'une voix sourde, cette pauvre fille a reçu des coups terribles à la tête. J'espère qu'elle s'en remettra, mais cela pourrait aussi être très grave.

– Qu'est-ce que tu essaies de me dire, Allegra ? Qu'elle risque de mourir ? demanda Mac en montant le ton.

Elle hésita une fraction de seconde.

– Non, pas nécessairement. Mais elle pourrait rester dans le coma.

– Merde !

– Espérons que non, surtout pour elle, murmura Allegra en posant sa boîte en métal à l'arrière de la Jeep.

8

Michael Byrne fonçait, pied au plancher, le visage crispé par l'anxiété. Ses yeux inquiets ne quittaient pas la route.

Comme il regrettait d'avoir été retardé par son client ! Celui-ci, un certain Bill Turnbull, était en train de refaire sa maison et voulait l'agrandir. Le rendez-vous était devenu non seulement très prenant mais interminable. Cela avait traîné, et Michael était rentré chez lui beaucoup plus tard que d'habitude. Maureen l'attendait à la porte de derrière.

Il avait tout de suite vu son expression bouleversée et, quand elle lui avait raconté l'affreuse histoire en pleurant, il avait eu l'impression de se transformer en bloc de glace. Il ne supportait pas l'idée que sa fille se soit trouvée en danger.

Dès que Maureen avait eu fini, il lui avait dit de rester à l'intérieur et de fermer à clef. Puis il s'était rué vers sa Jeep en lui criant qu'il allait chercher Katie et Niall à la grange.

Au début, il n'avait qu'une seule idée en tête : Katie était saine et sauve. Ni blessée ni tuée. Mais bien vivante. Cela relevait du miracle. Elle passait son temps à répéter dans cette vieille grange. Si elle n'était pas partie plus tôt pour pouvoir aider sa mère à la maison, elle aurait vraisemblablement figuré parmi les victimes, elle aussi. Cette idée lui était intolérable et il ne pouvait s'empêcher de trembler de tout son corps.

Il ne voulait qu'une chose : voir sa fille, s'assurer lui-même qu'elle n'avait rien et la ramener à la maison avec lui. Sa Katie... Il aimait beaucoup ses fils Niall et Finian mais il tenait à sa fille comme à la prunelle de ses yeux. Katie était sa raison de vivre, depuis le jour de sa naissance.

A dire vrai, elle lui rappelait sa sœur Cecily, morte d'une méningite à douze ans quand lui-même en avait quinze. La mort de sa sœur avait été un terrible chagrin. Il l'avait adorée et protégée tout au long de sa trop courte vie. Après sa mort, il s'était souvent demandé si, inconsciemment, il n'avait pas toujours su qu'elle ne resterait pas longtemps sur terre.

Cecily était une grande rousse toute en jambes, comme Katie, mais la ressemblance physique s'arrêtait là car, pour le reste, Katie était le portrait de sa mère. Il retrouvait pourtant sa sœur dans d'autres aspects de sa fille, son charme éthéré, sa gaieté, son caractère ouvert et chaleureux. Il y avait chez Katie une pureté, une innocence, qu'il n'avait rencontrées que chez Cecily. Enfin, à l'image de cette tante qu'elle n'avait jamais connue, Katie possédait réellement un esprit libre.

Il se réjouissait de savoir Niall avec Katie. Rien n'aurait pu le rassurer davantage. Puis la pensée de la famille de Denise lui vint à l'esprit. Rien ne pourrait adoucir la peine de Peter et Loïs Matthews, ni celle de Ted qui, veuf et sans enfants, adorait son unique nièce.

Michael frissonna de nouveau à l'idée de l'affreuse mort de Denise. Il la connaissait depuis qu'elle était toute petite, comme Carly, mais Carly était vivante, grâce au Ciel. Pourvu que ses blessures ne soient pas trop graves... Janet, la mère de Carly, restée veuve très tôt, avait travaillé très dur pour élever Carly le mieux possible. Barry Smith avait fait partie des amis de Michael et, comme tout le monde, il avait été bouleversé quand celui-ci était mort d'un cancer de la lymphe. Barry était trop jeune pour mourir. Depuis ce jour-là, Janet n'avait cessé de se débattre dans les difficultés sans jamais renoncer. Michael avait souvent entendu Maureen se demander comment elle pouvait s'en sortir.

Voilà deux familles qui allaient devoir affronter des moments très difficiles, pensa-t-il, la bouche pincée de tristesse. Mais Maureen et lui feraient de leur mieux pour les aider dans cette terrible épreuve. Il soupira silencieusement et ses mains se crispèrent un peu plus sur le volant. Il ne pouvait imaginer ce que représentait d'enterrer son enfant. L'idée même le révoltait. Un enfant assassiné, qui plus est...

Michael ralentit en arrivant à l'entrée du chemin de terre. Il s'y engagea lentement et s'arrêta aussitôt. Le passage était bloqué par une voiture de police.

Il ouvrit sa fenêtre et un policier surgit à la portière, comme sorti de nulle part. Il examinait déjà les traits de Michael.

– Je peux vous aider, monsieur ?

– Je dois passer, monsieur l'agent.

– Désolé, monsieur, c'est impossible. Pas ce soir.

– Mais je dois passer ! Mes deux enfants sont là-bas, à la grange. Ce sont eux qui ont découvert Denise Matthews et Carly Smith.

– Votre nom, s'il vous plaît ?

– Michael Byrne. J'habite à Malvern.

Michael sortit son permis de conduire et le présenta au policier qui l'étudia soigneusement et parut satisfait de son examen.

– C'est bon, dit-il. Vous pouvez y aller. Demandez l'officier chargé de l'enquête, le lieutenant MacDonald.

– Celui de *L'Opéra de quat'sous* ? demanda Michael en levant un sourcil noir.

L'agent ne put retenir une petite grimace amusée.

– Ah ! Vous connaissez le lieutenant ?

– Plutôt ! J'étais à l'école avec lui.

Michael commença à descendre la côte à petite vitesse et fut aussitôt frappé par l'intense activité qui régnait en contrebas, devant la grange. Il compta cinq voitures de police, plusieurs fourgons sans indication d'appartenance à un service, et de nombreuses silhouettes d'hommes en uniforme ou en civil.

Un frisson glacé lui parcourut le dos à l'idée que ses enfants puissent être impliqués dans l'affaire, même sans l'avoir voulu. La seule présence de Mac MacDonald soulignait la gravité de l'affaire. Il avait la réputation d'un enquêteur que rien n'arrêtait. Mac et Michael ne s'étaient pas vus depuis plusieurs années, mais Michael avait lu des articles sur lui dans la presse locale et avait suivi ses succès pas à pas. C'était un grand soulagement de savoir l'enquête confiée à un policier aussi professionnel que Mac.

Michael se gara et sauta de la Jeep. Mac se trouvait à quelques mètres, en train de parler à une jolie blonde appuyée contre une Cherokee. Michael attendit que Mac lève les yeux et le voie. Il le salua de la main et fit le tour de sa Jeep.

Un instant plus tard, ils se serraient la main et se lançaient de grandes tapes dans le dos.

– Mes gosses sont là, Mac. Je suis venu les chercher, dit Michael dès qu'ils eurent fini leurs effusions.

– Ils vont bien, Mike, et ils sont prêts à partir. Ils ont fait leur déposition.

– Pourquoi cela a-t-il été si long? demanda Mike, les sourcils froncés.

D'un regard lourd de questions, il interrogeait les yeux gris acier du policier.

– C'est ma faute, Mike, je suis arrivé assez tard. Mes gars voulaient que je parle à tes enfants.

Mac pivota rapidement sur ses talons. Allegra Marsh les rejoignait.

– Désolé de t'interrompre, Mac, mais je dois partir. Je voulais juste te dire au revoir.

– Allegra, je te présente Michael Byrne, mon vieux copain d'école. C'est le père de Katie et Niall. Mike, je te présente Allegra Marsh, notre médecin légiste.

Allegra tendit la main à Michael qui la salua d'une inclinaison de la tête et s'éclaircit la voix.

– Je n'arrive pas à croire qu'une chose pareille est arrivée ici, dit-il d'une voix sourde. C'est un endroit plutôt tranquille, sans histoires, en tout cas pas de ce genre.

Allegra lui lança un long regard plein de compassion.

– Je comprends ce que vous voulez dire. Des drames comme celui-ci causent toujours un choc terrible. C'est affreux.

Sa peine et sa sympathie transparaissaient dans le ton de sa voix, et Michael la regarda mieux. Il vit une femme chaleureuse, d'une quarantaine d'années et d'une beauté pleine de retenue, de réserve.

– C'est un crime de la pire espèce, intervint Mac. Cela représente un sale boulot pour nous. Allegra a raison, c'est affreux. C'était presque encore des gosses...

Il s'interrompit brutalement à l'idée que Katie avait sans doute échappé de peu à ce massacre. Michael dut lire dans ses pensées.

– Ma Katie est partie d'ici assez tôt, aujourd'hui, dit-il, et j'en rends grâces au Ciel.

Il reporta ensuite son regard sur Allegra avant de revenir à Mac.

– A-t-on la moindre idée de l'identité du coupable ?

– Non, répondit Mac d'un ton laconique.

Il prit le bras de Michael Byrne.

– Viens, on va retrouver tes gosses et tu pourras les ramener. Ils viennent de passer un sale moment mais ils nous ont bien aidés. Beaucoup aidés, même.

– Bonsoir, dit Allegra.

Elle commença à s'éloigner d'eux puis fit un brusque demi-tour.

– Je t'appellerai demain matin en arrivant, Mac. Espérons que les « trois glorieuses » le seront vraiment.

– J'espère, répondit Mac. Je l'espère de toutes mes forces.

– Qu'est-ce qu'elle voulait dire avec ces « trois glorieuses » ? demanda Michael tandis qu'ils se dirigeaient vers la grange.

– Ce sont les trois premières journées d'une enquête que nous appelons comme ça parce qu'elles sont cruciales pour la suite. Nous savons au bout de ces soixante-douze heures si le crime sera rapidement élucidé ou non. Si nous n'y sommes pas arrivés au bout de ces trois jours, eh bien...

Mac haussa les épaules sans terminer sa phrase. Michael le retint par la manche.

– Tu essayes de m'expliquer que si l'assassin n'est pas trouvé d'ici lundi, tu ne le trouveras jamais ?

– Oui, répondit Mac d'une voix blanche.

Choqué, Michael le regarda bouche bée avant de retrouver toute sa pugnacité.

– Soixante-douze heures et tu abandonnes ? s'exclama-t-il.

– Nous, nous n'abandonnons jamais, le rassura Mac. Mais si nous n'avons pas résolu l'affaire à l'issue de ce délai, nous savons que nous sommes devant un cas particulièrement difficile. Pas de preuves, pas d'indices solides, pas de pistes... Cela veut dire qu'un gros travail nous attend. Mais je te le répète, Mike, nous n'abandonnons jamais !

9

Michael Byrne ne vit qu'une seule chose en entrant dans la grange, le visage de sa fille. Tout le reste baignait dans une sorte de brouillard. Katie avait les traits pâles et tirés avec une expression d'horreur dans le regard. Il faillit hurler et, en s'approchant, remarqua à quel point elle était crispée sur sa chaise, tendue et angoissée. Il se précipita vers elle, fou d'inquiétude.

Quand Katie vit entrer son père avec Mac MacDonald, son visage se transforma, son regard bleu s'éclaira et elle courut se jeter dans ses bras.

Michael la serra contre lui, ses bras autour d'elle comme pour ne plus jamais la laisser partir. Comment le pourrait-il ? Comment pourrait-il encore un seul instant la perdre de vue ? Le monde était plein de fous et de criminels, et sa petite fille si douce, si innocente, restait sans protection ni défense quand elle était seule.

Il leva les yeux vers Niall qui s'approchait. Le soulagement de Michael en revoyant ses deux enfants se refléta dans ses yeux verts, si semblables à ceux de son fils.

Il mit un bras autour des épaules de Niall et le serra contre lui en même temps que Katie, tous les trois unis dans la même étreinte silencieuse. Ils s'écartèrent enfin un peu les uns des autres et, sans se lâcher, regardèrent les policiers. Mac fut le premier à prendre la parole.

– Merci, Katie, dit-il. Et merci à toi aussi, Niall. Vous nous avez tous les deux beaucoup aidés.

– Que va-t-il se passer, maintenant ? interrogea Niall en fixant Mac.

– Nous poursuivons l'enquête en rassemblant tous les indices, expliqua Mac. Mes hommes sont en train de ratisser toute la région en demandant si personne n'a vu un homme à la conduite suspecte. On a mis en place des barrages routiers. Et demain matin, à la première heure, nous reviendrons pour passer de nouveau le terrain au peigne fin. Dès que vous serez partis, nous allons bloquer toute la zone et poster des agents pour empêcher qu'on vienne brouiller les traces.

– Denise a été étranglée, n'est-ce pas ? dit Katie d'une voix étouffée dont le tremblement trahissait l'émotion.

Mac acquiesça de la tête, ses yeux gris acier s'adoucissant pour la regarder.

– Nous en saurons plus demain quand le docteur Marsh aura fini. J'aurai aussi le rapport des techniciens du laboratoire de médecine légale qui étaient là, tout à l'heure. Le moindre indice, aussi insignifiant soit-il, nous aidera à trouver l'assassin de Denise, Katie.

Katie baissa la tête et laissa échapper un soupir. Une vague de chagrin et d'angoisse l'envahit et, malgré ses efforts pour se contrôler, ses yeux se remplirent de larmes à la pensée de ses amies. Elle s'appuya contre l'épaule de son père, luttant pour se reprendre. Elle voulait tant se montrer courageuse et forte !

– Pouvons-nous emporter le cartable de Katie ? demanda Niall à Mac.

– Bien sûr, répondit-il avant de se tourner vers Dave Groome. Du moins, je suppose que cela ne pose pas de problème, Dave ? Les gars du labo ont certainement relevé les empreintes ?

– Plutôt deux fois qu'une, Mac ! Nous avons examiné les trois sacs. On n'a plus besoin de celui de Katie.

Tout en parlant, le policier prit le sac de livres de Katie sur la table et le lui tendit avec un petit signe amical.

– Merci, murmura Katie.

Elle contempla son cartable pendant quelques instants puis fronça les sourcils.

– Je viens juste de me souvenir d'un détail, dit-elle.

Comme elle ne poursuivait pas, Dave Groome l'interrogea du regard. Il avait pris sa déposition un peu plus tôt et avait été impressionné par son sang-froid. Elle lui avait répondu avec calme et précision. C'était une jeune fille sensée et intelligente qui lui inspirait une certaine admiration.

– Qu'y a-t-il, Katie ? tenta-t-il. Vous vous souvenez de quelque chose ?

Elle acquiesça d'un mouvement de la tête, le front toujours crispé, et prit une grande inspiration.

– Ce n'est peut-être rien, mais...

Elle s'interrompit pour fixer le mur du fond, où une rangée de patères avait été installée pour leurs manteaux. La police avait emporté les deux manteaux de Denise et Carly et la rangée était vide. Katie sentit sa gorge se serrer et les larmes lui monter aux yeux.

Elle réussit enfin à parler d'une voix qui ne tremblait pas trop.

– C'est au sujet de mon cartable. A la maison, quand je me suis rendu compte que je l'avais oublié ici, j'ai essayé de me souvenir de l'endroit précis où je l'avais laissé mais j'en ai été incapable. Or, tout à l'heure, en arrivant avec Niall, c'est la première chose qui m'a frappée. Il était là-bas, appuyé contre le mur, avec ceux de Carly et Denise. Ils étaient tous les trois alignés par terre, en dessous de leurs manteaux. Le mien n'y était pas, bien sûr, puisque je l'ai sur moi. Nos cartables étaient très soigneusement alignés et j'ai pensé : tiens ! trois cartables sur un rang, comme dans la comptine... *trois belles demoiselles sur un rang*. Et je me suis soudain rappelé que je ne l'avais pas mis là ! Je l'avais jeté par terre dans la loge derrière le rideau.

Elle désigna le rideau accroché dans le coin de la grange.

– Et, reprit-elle, je n'ai pas pu m'empêcher de penser que c'était... très bizarre. Qui a touché à mon sac ? Et qui les a alignés tous les trois de cette façon, sur une seule rangée bien nette ?

– Pensez-vous que l'agresseur a pris votre cartable et l'a mis avec celui de Denise et de Carly ? Car c'est bien ce que vous êtes en train de nous dire, Katie ? demanda Dave.

– Oui, dit-elle en soulignant sa réponse de la tête. Qui d'autre aurait pu le faire ?

Dave la regarda d'un air pensif.

– Peut-être que l'une de vos amies a arrangé elle-même les sacs de cette façon, dit-il au bout d'un moment de réflexion.

Katie fit un énergique signe négatif de la tête.

– Je ne le crois pas du tout. A partir du moment où nous sommes arrivées dans la grange, elles ne l'ont plus eu sous les yeux, à aucun moment. Je suis la seule à avoir mis mon costume de scène, cet après-midi, parce que j'étais la seule à répéter. Elles ne sont donc pas du tout entrées dans le coin qui nous sert de loge.

– N'auraient-elles pas pu remarquer que vous n'aviez pas votre cartable en partant ? insista-t-il.

– Elles étaient trop occupées pour remarquer quoi que ce soit, expliqua Katie. Elles se concentraient sur leurs rôles et, de toute façon, je suis partie en courant. J'étais pressée. Non, je suis certaine qu'elles ne s'en sont pas aperçues.

Il y eut un silence que Mac rompit.

– Désolé, Katie, je crains que nous ne devions garder votre cartable, en définitive. L'assassin l'a peut-être manipulé. Le laboratoire va l'examiner sous toutes les coutures, au cas où il y aurait la moindre trace de son passage. S'il n'y a rien, nous vous le rendrons.

Katie fit signe qu'elle comprenait et lui tendit son cartable.

– Avez-vous des nouvelles de Carly ? demanda-t-elle. Je veux dire : des nouvelles de l'hôpital ?

– Elle est toujours inconsciente mais son état reste stable, répondit Mac. Elle est dans de bonnes mains, à l'hôpital de New Milford.

– Pensez-vous que je pourrai aller la voir demain ?

– Cela devrait être possible.

– Merci, Mac, interrompit Michael d'un ton brusque.

Il voulait absolument ramener ses enfants et commença à les pousser vers la sortie.

– Allons-y, les enfants, ajouta-t-il.

Mac les accompagna jusqu'à la porte et prit Michael par l'épaule.

– Nous le trouverons, Mike, dit-il. J'en suis certain. On reste en contact.

Après le départ de Michael et de ses enfants, Mac s'assit sur une des chaises, s'adossa confortablement et ferma les yeux pour mieux se concentrer sur le meurtre et les événements qui avaient dû le précéder. Il lui fallait des indices, des preuves. Il avait aussi besoin de parler avec les deux policiers arrivés sur les lieux du crime avant lui et de leur demander leur avis.

Finalement, il se redressa et accrocha le regard de Charlie Graham.

– Alors, qu'est-ce que tu as trouvé du côté des rhododendrons, Charlie ?

– Deux choses, Mac. Un mégot que j'ai demandé aux gars du labo de récolter, ainsi qu'un sac de feuilles écrasées. Certaines étaient mouillées et nous avons eu l'impression qu'il s'agissait d'urine. Il y avait un homme, là-bas, pas un chevreuil. Vraisemblablement l'agresseur.

Mac eut un signe de tête approbateur.

– Et dans le bois, là où on a trouvé le corps ? Je suppose que l'homme a dû laisser des traces.

– C'est exact, répondit Charlie. Le labo a récupéré des échantillons de feuilles et d'herbe où il a laissé des traces. A mon avis, l'assassin était encore là quand Katie et Niall sont arrivés et ont commencé à appeler les deux filles.

– Cela a certainement sauvé la vie de Carly, affirma Dave Groome qui les rejoignait à ce moment.

Il prit une des chaises qui entouraient la table et s'assit à côté de Mac et Charlie.

– Il s'apprêtait sans doute à l'achever quand Katie et Niall sont arrivés, ajouta-t-il. Sans eux, elle aurait connu le même sort que Denise Matthews.

Mac acquiesça de la tête. A l'idée de l'ordure qui avait violé et tué une si jeune fille, il sentit son sang se glacer. Ce type avait-il, en effet, prévu de violer aussi Carly ? Ou bien voulait-il seulement la tuer ? Il changea de position sur sa chaise, incapable de garder son calme.

– Il ne pouvait pas laisser de témoin derrière lui, n'est-ce pas ? dit-il d'une voix pensive. Quelqu'un qui aurait pu l'identifier, comme Carly le fera quand elle aura repris conscience.

– C'est exact, dit Dave dont le regard trahissait la concentration.

– Keith et Andy ne sont pas encore rentrés ? demanda Mac.

– Non, répondit Charlie. Tu leur as confié une sale mission, Mac, en les envoyant prévenir les parents de

Denise et la mère de Carly. Keith nous a appelés par radio tout à l'heure. Ils ont emmené Mme Smith à l'hôpital pour voir sa fille. Je pense qu'ils ne vont pas tarder, maintenant.

Un moment de silence s'installa entre eux. Ils étaient tous trois perdus dans leurs pensées. Ce fut Dave qui, finalement, posa d'une voix lente la question importante :

– Et toi, Mac ? D'après toi, que s'est-il passé ici, cet après-midi ?

– A mon avis, les filles ont été suivies par un type qui s'est caché là-haut, au milieu des rhododendrons. Après le départ de Katie – je suis certain qu'il l'a vue –, il est descendu de sa cachette et il est entré dans la grange. Il y a eu une dispute. Les filles ont pris peur et se sont enfuies droit dans les bois. Il les a poursuivies et les a attaquées toutes les deux. Ensuite, il a violé Denise et l'a étranglée.

– Qu'a dit le médecin légiste ? demanda Charlie.

– Qu'il s'agissait d'une agression très violente commise par un fou furieux. Elle nous en dira plus demain, après l'autopsie.

Mac s'interrompit, regarda alternativement Dave et Charlie tout en se frottant le menton d'un air pensif.

– On n'a pas trouvé d'arme sur les lieux, reprit-il. Cela signifie que l'agresseur l'a emportée.

– Il a pu se servir d'un bout de bois, d'une pierre ou de je ne sais quoi de pratique qu'il a trouvé sur place, suggéra Charlie.

– A moins qu'il ait apporté quelque chose qui puisse servir de matraque ? dit Mac.

– C'est vrai, reconnut Dave. Plus vite on aura établi un profil de ce type, mieux cela vaudra. En avait-il après les trois filles ? Ou seulement après Denise ? Est-ce quelqu'un d'ici ou un étranger de passage ? Un tueur en série en cavale ? Qui est-ce ? Et où est-il, maintenant ?

– J'aimerais pouvoir répondre à toutes tes questions, Dave. Ensuite, on pourrait se mettre les pieds sous la table ! Mais je ne peux pas. Pas encore. Pourtant, il y a une chose... Je pense très sincèrement qu'il est du coin. Peut-être pas de Malvern ou des localités les plus proches, mais de la région.

– Qu'est-ce qui te fait écarter l'idée d'un étranger, Mac ? L'idée d'un vagabond ne te paraît pas plausible ?

– Non, Dave, vraiment pas, répondit Mac avec un lent mouvement de la tête.

– *Trois belles demoiselles sur un rang*, comme dit Katie, rappela Charlie.

Dave se leva, marcha jusqu'à la fenêtre puis se retourna pour faire face à Mac.

– Et que fais-tu des cartables alignés contre le mur ? dit-il. Bizarre, non ?

Mac eut un geste de la main qui montrait son ignorance.

– J'ignore ce que cela signifie, et si cela a un sens.

– J'ai tendance à faire confiance au jugement de Katie, dit Dave. Si elle affirme que ses amies ne l'auraient pas fait, je pense qu'on peut la croire. Peut-être que l'agresseur est revenu ici pour vérifier qu'il n'avait rien laissé derrière lui. Il a vu les cartables et il les a alignés.

– Mais pourquoi ? demanda Mac.

Dave eut un geste des épaules.

– Qui sait ? Peut-être un message qu'il nous a laissé, si c'est un cinglé.

Il revint s'asseoir lourdement. Une idée venait de le frapper.

– Katie pourrait-elle se trouver en danger ? demanda-t-il d'un ton soucieux.

– Non, je suis certain que non, répondit Mac d'un ton plein d'assurance.

Il réfléchit un instant. Cela serait-il possible, malgré tout ?

– Nous en saurons plus quand nous aurons le rapport du labo sur son cartable, reprit-il.

Il laissa encore passer quelques instants.

– L'agresseur, ajouta-t-il, essaiera de passer inaperçu, de ne pas attirer l'attention. Il se tient tranquille, en ce moment. Il doit penser que nous n'avons aucun moyen de remonter jusqu'à lui.

Il se leva et commença à arpenter la grange.

– Demain, on commencera par l'enquête de voisinage. Interrogatoire des amis de Denise, de ses camarades d'école, et plus particulièrement de ses petits copains...

– D'après Katie, interrompit Dave, elle n'en avait pas, à l'exception de Niall qui est sorti avec elle l'année dernière. Niall dit qu'il ne s'est rien passé et je suis certain qu'il ne ment pas. A propos de Niall, il nous a donné son emploi du temps de la journée.

– Il a donc un alibi ? dit Mac.

Dave fit un signe de tête affirmatif.

– Oui. Il a fini son travail à Roxbury vers quatre heures vingt. Il s'occupe de la rénovation d'une maison. Ensuite, il s'est rendu à la quincaillerie de Washington Dépôt et a acheté un piton spécial pour accrocher un tableau. Après quoi, il a roulé jusqu'à Marbledale où il a retrouvé un de ses copains dans un bar. Ils ont pris un Coca avec des frites. Il a quitté le bar vers six heures moins vingt pour rentrer à Malvern où il est arrivé quelques minutes après six heures. Apparemment, il est presque aussitôt reparti pour conduire sa sœur à la grange.

– Donc, Niall est hors de cause, je préfère ça, dit Mac à mi-voix, comme s'il ne parlait que pour lui-même.

– Même si l'agresseur est de la région, cela peut être quelqu'un que Denise ne connaissait pas, fit remarquer Dave.

– Tu as raison, reconnut Mac. Allons voir ce qui se passe dehors. Ensuite, on rentre. J'aimerais voir ce que nous avons comme éléments de départ pour l'enquête. Je veux exploiter au maximum nos « trois glorieuses ».

Dave et Charlie traversèrent la grange à sa suite.

– On dirait que nous allons avoir du fil à retordre, grogna Dave à mi-voix. Espérons qu'on pourra quand même dormir un peu !

10

Du regard, Maureen Byrne fit le tour de sa cuisine, cherchant un peu de réconfort dans le spectacle de son univers familier.

Chaque chose était à sa place, comme toujours. La vieille pendule en cuivre tictaquait sur la cheminée, les lampes victoriennes diffusaient leur lumière douce et le feu flambait joyeusement dans la grande cheminée de pierre.

Même l'air était encore imprégné des délicieuses odeurs des plats qu'elle avait préparés dans l'après-midi, l'irish stew, le pain et la grande tarte aux pommes. Cet après-midi, se répéta-t-elle en silence, mais cela paraissait à des années-lumière à présent. Tant de choses s'étaient passées en quelques heures à peine.

En dépit de son allure familière, la cuisine lui semblait différente. Et le changement venait de la souffrance, du chagrin, de tant d'autres émotions encore, qui alourdissaient l'atmosphère, empoisonnaient la chaleur, le confort et la rustique beauté de la pièce.

Avec un soupir étouffé, Maureen contempla sa famille réunie autour de la table. Ils ne parlaient pas, gardaient leurs pensées pour eux-mêmes, le visage triste. L'inquiétude et le souci de leur bien-être obscurcirent ses yeux bleu pâle. Aucun d'eux ne mangeait. Ils n'avaient pas touché à son ragoût, pas même Finian, et elle les comprenait. Elle non plus n'avait pas pu avaler une bouchée et sa fourchette restait là où elle l'avait posée.

Les terribles événements de la journée avaient bouleversé Maureen et tous les membres de sa famille. Ils étaient encore sous le choc de l'assassinat de Denise et de la violente agression subie par Carly, anéantis par la brutalité des faits. Qui aurait pu imaginer cela ? Le chaos avait fracassé leurs vies si simples, banales et protégées.

Plus rien ne serait jamais comme avant. Eux-mêmes ne seraient plus jamais comme avant. Maureen en était convaincue.

Son regard sensible se posa sur sa fille. Elle s'inquiétait surtout pour Katie, à cause de l'étroitesse de sa relation avec les deux victimes. Elles étaient ses amies intimes depuis l'enfance. Katie avait les yeux rougis par les larmes et le visage gonflé. Maureen se demanda désespérément comme l'aider à vivre cet horrible drame. Comment aider Niall et Finian, également ? Et Michael, et elle-même ? Ils étaient tous deux aussi profondément affectés que leurs enfants.

Une odeur de café chatouilla soudain les narines de Maureen. C'était prêt. Elle se leva brusquement, prit son assiette et leur parla d'un ton bref.

– Je vous propose de prendre un café et de partir à l'hôpital. Personne n'a envie de manger, ce soir. Personnellement, je suis incapable d'avaler une bouchée et je pense que vous aussi. Katie, Finian, aidez-moi à débarrasser la table. Cela ira plus vite à plusieurs.

– Oui, il vaudrait mieux y aller, dit Michael en consultant sa montre. Il est déjà neuf heures moins dix.

Katie prit son assiette et celle de Niall et alla les vider dans la poubelle installée sous le plan de travail, de l'autre côté de la cuisine. Finian en fit autant avec son assiette, puis encore Katie avec celle de son père. Pendant ce temps, Maureen versait le café dans quatre mugs et du lait dans un pot en verre. Finian et Katie l'aidèrent à tout apporter à table.

Katie prit quelques gorgées puis se leva à nouveau.

– Je vais me laver les mains et la figure, maman, et prendre mon manteau, si cela ne t'ennuie pas, dit-elle d'une voix étranglée.

– Bien sûr, ma chérie.

– Nous aussi, on ferait mieux de se préparer, dit Niall.

Il jeta un regard à Finian et se leva à son tour.

– Excuse-nous, maman.

Maureen inclina la tête.

– Je vais sortir la Jeep, papa, dit Niall par-dessus son épaule.

– Merci, fiston, j'en ai pour une minute, répondit Michael.

Il se tourna ensuite vers Maureen.

– On finira de débarrasser plus tard, lui dit-il. Nous devons partir, maintenant. Je m'inquiète pour la mère de Carly. Janet doit être dans un état terrible et je suis sûr qu'elle est seule à l'hôpital.

– Je le pense aussi, répondit Maureen en se levant.

En voyant le visage tiré et soucieux de son mari, Maureen éprouva un sentiment de culpabilité. Quand Michael était rentré, peu de temps auparavant, avec Katie et Niall, elle avait insisté pour qu'ils mangent avant d'aller à l'hôpital. Elle avait refusé d'écouter quoi que ce soit.

« Vous avez besoin d'avoir quelque chose de chaud dans le ventre pour tenir le coup », avait-elle décidé en servant le ragoût.

Michael avait tenté de résister. Il voulait se rendre tout de suite à New Milford, sans perdre de temps. Katie l'avait soutenu mais Maureen avait réussi à les convaincre de manger avant de repartir. Mais elle devait s'avouer que son mari avait eu raison. Personne n'avait eu envie de son irish stew, et elle-même pas plus que les autres. En définitive, ils avaient perdu un temps précieux à traîner dans la cuisine, l'air triste.

– Désolée, Michael, j'ai eu tort. J'aurais dû t'écouter, murmura-t-elle. C'était stupide et inutile de vouloir vous obliger à manger. Si je n'avais pas voulu vous forcer, nous serions déjà à l'hôpital.

Michael se leva et lui répondit par un bref sourire plein d'affection. Puis il la prit doucement par la taille et l'entraîna vers l'entrée où se trouvait son manteau.

Maureen aspira l'air froid puis suivit Michael jusqu'à la Jeep que Niall avait laissée devant le garage. Le ciel était d'un noir d'encre, où de rares étoiles luisaient faiblement. Les premières gouttes de pluie qui frappèrent son visage étaient glacées.

Michael l'aida à s'installer sur la banquette arrière, sa place habituelle avec Katie et Finian. Au moment où il claquait la portière, un éclair zébra la nuit et le tonnerre gronda.

– Il y a un orage qui se prépare, dit Maureen tandis que Michael se glissait derrière son volant.

Elle frissonna et pelotonna sa mince silhouette dans son manteau matelassé.

Michael lui lança un regard par-dessus son épaule.

– Je le crains, ma chérie, répondit-il. Mais nous devons nous arrêter chez les Matthews après l'hôpital, orage ou pas. Ils doivent être effondrés et je n'ai pas réussi à les avoir au téléphone.

Il aurait fait n'importe quoi pour aider les parents de Denise.

– Peter et Loïs sont peut-être allés chez Ted. Ils sont très proches, commença Maureen.

Elle s'arrêta abruptement. La portière venait de s'ouvrir et Katie, puis Finian, grimpèrent dans la Jeep. Maureen se poussa pour leur faire de la place, Niall s'assit à côté de son père et ils démarrèrent enfin.

Katie se blottit aussitôt contre sa mère, la prenant par le bras. Elle avait besoin du réconfort et de la sécurité de sa présence.

Maureen savait que Katie avait besoin d'elle et le comprenait. Toutes les défenses de sa fille étaient détruites. Elle était encore sous le choc, vulnérable et blessée. Rien d'étonnant à ce qu'elle veuille être avec ses parents, et encore plus avec sa mère.

Le silence régnait dans la Jeep des Byrne.

Ils roulaient vers New Preston et le ravissant petit lac Waramaug, en direction de la nationale 202 qui les conduirait directement à New Milford.

En général, quand ils se trouvaient ensemble en voiture, ils bavardaient et riaient, racontaient des histoires. Parfois, ils chantaient leurs airs préférés. Toute la famille Byrne avait le sens de la musique. Niall, en particulier, possédait une voix remarquable. Dès qu'il ouvrait la bouche, les autres se taisaient pour l'écouter. Finian disait souvent que Niall avait raté sa vocation et qu'il aurait dû faire partie d'une troupe de comédie musicale ou devenir pop star. Mais le reste de la famille se contentait de rire, à commencer par Niall.

Ils n'avaient pas envie de chanter, cette fois, rendus silencieux par leur tristesse et, pour Maureen, également par la peur. Au plus profond d'elle-même, elle tremblait pour Katie. Elle n'en avait encore parlé ni à son mari ni à sa fille.

Maureen n'était pas stupide ; comment aurait-elle oublié qu'un assassin rôdait dans la région ? Ce pouvait être un fou, un psychopathe, comme l'avait suggéré Finian dont la science l'étonnait toujours. Où cet enfant avait-il appris ces choses-là ?

Et comment être certain que ce psychopathe ne s'en prendrait pas ensuite à Katie ? Peut-être avait-il eu l'intention de tuer les trois filles mais avait-il été dérangé dans ses projets ? Sa petite Katie, sa fille unique et adorée. Maureen se sentit la bouche sèche avec une sensation de vide au creux du ventre...

Des idées aussi épouvantables la révulsaient mais elle ne pouvait les ignorer. Son bon sens lui disait qu'il valait mieux affronter la situation, en parler avec Katie et avec son mari. Katie possédait un côté très réaliste en dépit de sa nature artistique, de son innocence et de son manque d'expérience. Cet aspect de son caractère avait toujours rassuré Maureen sur les capacités de jugement de sa fille. Elle saurait faire les bons choix dans la vie.

En y pensant, Maureen comprit que Katie serait la première à comprendre qu'elle devait être prudente, rester sur ses gardes et ne pas prendre de risques. Elle se sentit un peu moins inquiète mais se promit d'avoir une conversation avec elle à ce sujet. Mais elle devrait attendre un moment plus favorable. Dans l'immédiat, l'état de Carly était au premier plan de leurs préoccupations. Parler d'autre chose paraîtrait affreusement égoïste.

Comme si elle avait perçu les pensées de sa mère, Katie se serra un peu plus étroitement contre elle.

– Crois-tu que Carly va mourir, maman? murmura-t-elle.

Maureen se tourna vers elle, lui passa un bras autour des épaules et l'étreignit.

– J'espère que non, ma chérie. Mais il ne faut pas se faire trop d'illusions, compte tenu de la gravité de ses blessures. Des coups aussi violents sur la tête peuvent être fatals. Mais peut-être qu'elle n'est pas aussi atteinte qu'on l'a cru dans un premier temps. Ses blessures pourraient se révéler plus superficielles qu'elles n'en avaient l'air. Il ne faut pas perdre espoir. Disons-nous qu'elle va guérir. Nous prierons pour qu'elle n'en garde pas de séquelles.

Katie se redressa brusquement.

– Maman! Je n'y avais pas pensé! Ce serait horrible si son cerveau était endommagé. Si elle se retrouvait à l'état de... de légume.

Katie n'avait que dix-sept ans et ne put s'empêcher de trembler à cette idée. Elle ferma les yeux de toutes ses forces, submergée par la peur.

– Essaie de ne pas t'inquiéter, Katie, dit sa mère en lui prenant la main. Souviens-toi de ce que je t'ai toujours répété, ma chérie. Il n'y a rien de pire que le défaitisme. C'est un gaspillage de temps et d'énergie. Alors, ne commence pas à te torturer sans savoir ce qui se passe vraiment. Pense plutôt que Carly va se remettre très vite. Elle a besoin de nous et nous devons lui apporter une présence positive.

– Tu as raison, maman. On va tous la soutenir, répondit Katie qui retrouvait son courage.

A ce moment, Finian se pencha par-dessus Katie pour regarder sa mère à travers ses lunettes à verres épais.

– Elle restera peut-être dans le coma comme Sunny von Bülow, maman. Peut-être qu'elle n'en sortira jamais !

– Tais-toi ! siffla Maureen en agitant son doigt d'un air menaçant.

Décidément, elle ne saurait jamais ce que Finian allait sortir !

– J'ai aperçu quelques journalistes devant l'entrée, dit Michael en arrivant à l'hôpital de New Milford. Mais ils ne savent pas qui nous sommes. Nous allons donc entrer comme si de rien n'était. Ne vous occupez pas d'eux, surtout toi, Finian ! Et restez près de moi.

– Promis, papa ! répondit Finian d'une voix très excitée.

– Allons-y ! s'exclama Maureen.

Prenant la situation en main, elle ouvrit sa portière, sortit de la voiture et attendit Katie et Finian. Elle se saisit aussitôt de la main de Finian, qui ne fut pas trop content. C'était digne d'un bébé, à son avis. Il tenta de lui échapper mais elle tint bon.

La famille Byrne franchit en groupe le seuil de l'hôpital. Michael se rendit à l'accueil.

– Bonsoir, dit-il à l'infirmière.

Elle leva les yeux vers lui, lui adressa un demi-sourire et le salua de la tête.

– Nous sommes des amis de Mme Smith, expliqua-t-il. De Mme Janet Smith. Sa fille Carly est en soins intensifs.

– Je sais, répondit l'infirmière en continuant à ranger des papiers.

– Comment va Carly ? Etes-vous au courant ?

– Pas de changement, d'après ce que j'ai cru comprendre.

– Nous aimerions voir Mme Smith et Carly, si c'est possible.

– Votre nom, s'il vous plaît ?

– Michael Byrne, de Malvern. Voici ma femme...

Il se tourna, prit Maureen par le bras et la fit approcher du bureau.

– Et mes enfants, ajouta-t-il en les désignant.

L'infirmière les examina par-dessus ses lunettes avant de revenir à ses papiers, comme si elle vérifiait quelque chose.

Quelques minutes s'écoulèrent sans qu'elle ajoute un mot et Michael sentit l'impatience le gagner.

– Pouvez-vous nous dire où chercher Mme Smith ? demanda-t-il.

– Vous n'avez pas besoin de la chercher. Elle est dans la deuxième salle d'attente dans le couloir, répondit-elle d'un ton contrarié et embarrassé.

Katie s'en aperçut aussitôt et s'avança vers elle.

– Bonsoir, madame Appelby ! Vous souvenez-vous de moi ? Katie Byrne ? Je suis en cours avec Florence.

L'infirmière la considéra quelques instants puis la reconnut enfin.

– Ah, oui ! C'est toi, cette bonne comédienne que j'ai vue dans les spectacles du lycée. L'amie de Carly et de Denise...

L'infirmière se pencha par-dessus son bureau et prit un ton confidentiel.

– Quelle histoire horrible, ce meurtre, n'est-ce pas ?

Katie recula, soudain glacée, incapable d'ajouter un mot.

Michael la prit par le bras d'un air protecteur et sourit à l'infirmière de son air le plus cordial.

– Merci beaucoup, madame Appleby, dit-il de sa voix la plus charmeuse. Nous allons voir Mme Smith.

Ils trouvèrent la salle d'attente, à mi-chemin dans le long couloir. Katie se précipita en apercevant la mère de son amie.

Elle était assise, toute seule, sur un petit canapé à deux places, angoissée et désemparée. Ses cheveux blond platine coupés court étaient hérissés, comme si elle n'avait cessé d'y passer les mains. Le visage livide, elle avait de grands cernes mauves et une expression de terreur dans ses yeux gris pâle rougis par les larmes. Comme toujours, elle portait un pantalon noir et un pull assorti. Son imperméable beige était posé sur l'accoudoir du canapé. D'une main crispée, elle tenait son sac à main sur ses genoux.

Elle leva la tête en entendant les pas de Katie. Elle cligna des yeux, étonnée, comme si elle ne la reconnaissait pas tout de suite. Elle finit par se ressaisir.

– Oh, Katie ! Tu es là... dit-elle d'une voix rauque.

– Je suis désolée d'arriver si tard, madame Smith, dit Katie. La police avait besoin de Niall et moi. Ils nous ont gardé pendant des heures pour nous interroger. Papa est venu nous chercher et nous sommes rentrés pour prendre maman et Finian.

– Nous sommes venus dès que possible, Janet, intervint Maureen d'une voix douce.

Elle s'assit à côté de Janet qui la regarda du coin de l'œil et lui adressa un signe de tête assez sec.

– Comment va Carly ? demanda Katie en s'agenouillant à côté de la mère de son amie.

– Heureusement, elle ne saigne plus. Elle est encore inconsciente mais le neurologue pense qu'elle se réveillera dans les prochains jours.

Katie eut un grand soupir de soulagement et sourit pour la première fois depuis des heures.

– Quelle bonne nouvelle ! Nous nous sommes tellement inquiétés pour elle. Pensez-vous que je pourrais la voir ? demanda-t-elle avec un regard anxieux.

Janet lui rendit son regard mais secoua la tête et pinça ses lèvres minces.

– Non. Moi-même, j'ai à peine pu l'entrevoir. Elle est pleine de tuyaux reliés à je ne sais quelles machines et il y a deux policiers devant sa porte.

Ses larmes jaillirent et elle tenta de retenir un sanglot.

– C'est épouvantable de penser... qu'elle est peut-être encore en danger. Ma pauvre petite fille...

Emue par la souffrance de Janet, Maureen lui passa un bras autour des épaules.

– Je suis sûre qu'il ne lui arrivera plus rien. Les policiers sont là par précaution.

Katie posa une main sur les genoux de Mme Smith.

– Carly l'a vu. Elle peut donc l'identifier. C'est pour cela que la police la protège. Au cas où il viendrait. Mais il ne viendra pas et vous ne devez pas vous inquiéter : ils vont l'attraper.

Pendant un moment, Janet eut l'air perdu, faisant du regard le tour de la salle d'attente. Ses yeux revinrent finalement sur Katie.

– Tu crois qu'ils y arriveront ? Qu'ils vont l'attraper ?

– Oui, j'en suis certaine. Carly va s'en sortir. Elle est jeune, solide et en bonne santé. C'est une battante et elle s'en sortira.

Essuyant ses larmes du revers de la main, Janet secoua la tête.

– Au moins, elle est en vie, pas comme...

Elle ne put finir sa phrase mais ils savaient tous ce qu'elle avait voulu dire.

Maureen se pencha sur elle.

– Dites-nous si nous pouvons vous aider, Janet. Vous n'avez qu'à nous le demander, vous ne nous dérangerez pas. Vous pouvez compter sur nous.

Janet la remercia d'un signe de tête puis tourna les yeux vers Michael et les deux garçons, debout dans un coin.

– C'est gentil d'être venu, Michael, et toi aussi Niall.

Elle essaya de sourire mais sans grand succès. Elle serra la main de Maureen comme si elle voulait s'y accrocher.

– Merci, Maureen, merci, Katie de m'offrir votre aide. Mais, sincèrement, personne ne peut rien faire. Tout dépend des médecins.

– Vous n'aurez qu'à nous téléphoner, intervint Michael. Vous ne nous dérangerez pas du tout. Nous voulions juste vous dire que vous avez des amis.

– Dans ces moments difficiles, ajouta Finian.

– Merci, Finian, dit Janet à qui sa remarque venait d'arracher un faible sourire.

Garnement ! pensa Maureen qui préféra s'abstenir de tout commentaire.

Janet reporta son attention sur Katie.

– La police m'a dit que c'est toi qui as trouvé Carly. Que tu les as trouvées toutes les deux. Dis-moi tout, s'il te plaît. Je veux tout savoir.

– J'avais oublié mon cartable à la grange, expliqua Katie. Quand Niall est rentré, il m'a emmenée. La lumière était allumée et j'ai pensé que Denise et Carly étaient restées pour répéter le plus tard possible. Ou bien pour faire leurs devoirs. Mais elles n'étaient pas là. Quand nous avons vu leurs manteaux, nous sommes partis à leur recherche. Nous avons d'abord trouvé Carly, étendue sur le sol et la tête en sang. Mais Niall a constaté qu'elle respirait encore. Denise était un peu plus loin. Elle était déjà... morte. Niall m'a envoyée téléphoner pour demander une ambulance et il est resté à côté de Carly.

Janet Smith chercha Niall du regard.

– Merci d'être resté avec Carly, dit-elle d'une voix étranglée. Vous lui avez sans doute sauvé la vie, Niall. A-t-elle... dit quelque chose ?

Niall s'approcha du canapé.

– Je crains que non, madame Smith, dit-il. Je pense qu'elle était déjà inconsciente.

Janet baissa la tête et, soudain, se remit à pleurer, le visage dans les mains. Elle ne pouvait plus s'arrêter. Les larmes coulaient à travers ses doigts, sur son sac et ses genoux.

Au bord des larmes, elle aussi, Maureen prit Janet dans ses bras dans une tentative pour la réconforter. Elle comprenait trop bien ce que ressentait la mère de Carly.

Quant à l'autre mère prise dans cette tragédie... Elle n'osait même pas penser à ce qu'elle devait endurer. Pauvre Loïs ! Son adorable Denise était à présent sur une table glacée à la morgue. Cette seule idée était intolérable.

Janet finit par se calmer un peu et ses sanglots s'espacèrent. Maureen lui parla de sa voix la plus douée possible.

– Janet, je me doute que vous n'avez pas faim, mais pouvons-nous vous emmener prendre quelque chose, ne serait-ce qu'une tasse de thé ou un verre ?

– C'est très gentil, Maureen. Vous et Michael, vous avez été si gentils avec moi depuis la mort de Barry. Mais je n'ai pas faim et, puisque les médecins ne veulent pas que je reste, je pense que je vais rentrer chez moi. Je ne sers à rien, ici, et ils ne me laisseront pas m'approcher de Carly. Pas ce soir, en tout cas. Ils me l'ont dit. J'ai pu entrer dans sa chambre juste avant votre arrivée.

Elle eut un petit gémissement.

– Oh, non ! Désolée, je crois que je vais me remettre à pleurer.

Mais elle ravala ses larmes et réussit à se contrôler.

– Je suis venue ici dans la voiture de la police, reprit-elle. Ma voiture est donc à la maison. Pourriez-vous me ramener ? Cela me rendrait service, Maureen.

– Bien sûr, Janet. Venez, nous vous ramenons.

Dehors, l'orage s'était déchaîné. Le tonnerre et les éclairs se succédaient sans discontinuer. Une pluie violente frappait les vitres du hall de l'hôpital.

– Je passe devant, dit Michael. Attendez-moi ici, j'amène la voiture. Cela vous évitera de vous faire tremper.

Il jeta un rapide coup d'œil à sa femme.

– Le mieux serait que Janet s'installe avec toi et les enfants, à l'arrière.

– Il y a assez de place pour tout le monde, affirma Maureen.

Quelques instants plus tard, ils quittaient l'hôpital en courant pour s'entasser dans la Jeep et, aussitôt assis, essuyer leurs visages ruisselants à l'aide de mouchoirs en papier.

Maureen et Michael essayèrent de lancer la conversation mais sans résultat. Ils finirent par renoncer, comprenant que Janet n'était pas dans un état d'esprit propice à la discussion. A un moment, Maureen lui demanda si elle désirait qu'elle-même ou Katie reste dormir chez elle, mais Janet refusa. Elle préférait être seule.

La route n'était pas longue jusqu'à sa maison et la Jeep s'arrêta bientôt devant son allée. Après avoir renouvelé ses remerciements, elle courut aussi vite que possible jusqu'à sa porte, l'ouvrit, se retourna, leur adressa un signe de la main et disparut à l'intérieur.

– Cela m'ennuie de la laisser seule, maman, dit Katie d'une petite voix. J'espère que ça va aller.

– Je ne m'inquiète pas pour elle, répondit Maureen. Elle a une grande force intérieure. Et puis, il faut voir les choses en face. Carly est vivante et, d'après les médecins, elle devrait reprendre conscience avant la fin de la semaine.

– Carly a eu de la chance, intervint Niall.

– Oui, heureusement que toi et Katie êtes arrivés à temps, ajouta Michael. Et maintenant, je suggère de passer chez les Matthews et de leur demander si nous pouvons faire quelque chose pour eux.

Peter et Loïs Matthews habitaient tout près. Michael se gara au bord de la route et, accompagné de Maureen, alla sonner. La maison était plongée dans l'obscurité.

– Ils sont peut-être déjà couchés, dit Maureen en levant les yeux vers les fenêtres de l'étage.

– Cela m'étonnerait, répondit Michael.

Il sonna de nouveau puis frappa à l'aide du heurtoir de cuivre, mais il n'obtint pas plus de réponse. Ils attendirent encore quelques instants avant de prendre le bras de Maureen.

– On est en train de se faire tremper pour rien, ma chérie. Rentrons.

De retour dans la Jeep, Maureen eut à nouveau recours à la boîte de mouchoirs en papier pour s'essuyer le visage.

– Penses-tu qu'ils sont chez Ted ? demanda-t-elle.

– C'est possible, dit Michael en démarrant. Mais c'est trop loin pour y aller maintenant. Trop tard, également. J'appellerai Ted de la maison.

– On devrait avoir un parapluie, dans cette voiture, papa, déclara Finian de sa voix aiguë. Maman ne se ferait pas autant mouiller.

– J'en ai mis un, l'autre jour, lui dit Michael, mais il a mystérieusement disparu.

– Les petites fées l'ont emporté, rétorqua Finian.

C'était la phrase que Maureen utilisait systématiquement dès qu'un objet disparaissait.

Ils éclatèrent tous de rire.

– Je suppose que la pluie va gêner le travail de la police, papa ? dit ensuite Katie.

– Malheureusement, oui. Mais Mac est un excellent policier, le meilleur, et si quelqu'un peut résoudre l'affaire, c'est lui.

11

Katie s'assit devant la cheminée de la cuisine. Elle était encore en pyjama, emmitouflée dans sa robe de chambre en laine bleue. Une tasse de thé entre les mains, elle laissait flotter ses pensées, le regard perdu dans les flammes.

Après leur retour de l'hôpital, Maureen les avait envoyés ôter leurs vêtements mouillés et se préparer pour la nuit. Ensuite, elle leur avait servi de la soupe chaude et des sandwiches à la dinde froide. Katie avait apprécié la soupe, malgré son manque d'appétit, mais n'avait rien pris d'autre.

Dans son dos, autour de la table de la cuisine, elle entendait sa mère gronder doucement Finian pour avoir mangé trop vite son sandwich. La radio diffusait en sourdine un concerto pour piano. Le morceau se termina trop vite à son goût et elle se sentit revenir à la réalité avec un choc déplaisant. Son esprit revint sur l'horrible soirée, dans un mélange d'images violentes.

En face d'elle, dans les flammes, elle crut voir ses amies qui la regardaient... Carly et Denise, ensemble. Le visage de Carly, séduisant et sensuel et, en même temps, curieusement doux et tendre. Ses boucles noires brillantes, ses irrésistibles fossettes au creux des joues, et ses yeux de la couleur des pensées. Carly s'en sortirait, Katie en éprouva soudain la certitude absolue. Elle connaissait son amie presque aussi bien qu'elle-même et la savait douée d'un puissant instinct de survie. C'était une battante qui ne se laisserait pas couler... Ce fut ensuite au tour du visage de Denise de se faire plus net dans le jeu dansant des flammes, son ravissant visage si calme et si gentil, ses yeux de velours brun, doux et affectueux. Autour de ce beau visage, le halo des cheveux blonds répandus sur ses épaules en longues mèches d'or... Puis l'image de Denise disparut dans le feu... Seule demeura celle de Carly.

Katie soupira longuement. Cela paraissait impossible mais c'était vrai. Denise était réellement partie. Elle l'avait perdue, ils l'avaient tous perdue. Elle sentit sa gorge se serrer et déglutit péniblement. *Elle ne verrait plus jamais Denise*. Ne l'entendrait plus jamais rire, ne partagerait plus jamais avec elle rêves et espoirs.

La mort. Elle n'y avait jamais été confrontée jusqu'à ce jour. Cela faisait si mal ! Katie sentit ses yeux se mouiller et les ferma très fort en se laissant aller contre le dossier de sa chaise. Immobile, elle essaya de réfléchir.

Aujourd'hui, elle avait vécu le pire jour de toute sa vie. Cela avait pourtant si bien commencé ! Le matin même, sous un beau soleil d'automne, elle s'était rendue au lycée à pied, excitée à l'idée de leur fête de fin d'année. Il y avait aussi les vacances d'automne qui commenceraient après Thanksgiving, le dernier jeudi de novembre. Carly et Denise l'attendaient à la porte du lycée et elles s'étaient rendues ensemble aux cours d'anglais et d'histoire, leurs préférés. Elles avaient ensuite déjeuné ensemble et l'après-midi, à la fin des cours, elles s'étaient rendues à la grange, toujours ensemble. Trois filles qui faisaient des projets d'avenir, heureuses de vivre, pleines de rires et d'enthousiasme... Elle se revoyait en train de répéter son monologue, puis les applaudissements de Carly et Denise, ses plus grandes admiratrices depuis toujours et ses meilleurs soutiens.

Elle revoyait le long trajet du retour à travers les champs déserts et noyés de brume, si étranges dans la lumière déclinante. Et, au bout du chemin, la cuisine chaude et lumineuse. Après, tout allait très vite. Niall l'emmenait récupérer ses livres alors que, sans rien soupçonner, à mille lieues d'imaginer qu'une tragédie était en train de se jouer, elle ne pensait qu'à ses projets pour l'année suivante. Et, brutalement, la découverte de Carly et de Denise dans les bois. Comment supporter ces images de ses amies les plus chères, maltraitées au-delà de toute expression, l'une frappée avec une horrible sauvagerie et l'autre violée puis assassinée ?

Katie se redressa sur sa chaise en tremblant, but une gorgée de thé chaud et fit l'effort de chasser les images insoutenables. A la radio, on passait un morceau qu'elle ne reconnaissait pas.

Et, soudain, par-dessus la musique, s'éleva la voix de Niall.

– Papa, maman, je vais me coucher. Je n'en peux plus.

Elle l'entendit s'approcher d'elle pour lui souhaiter une bonne nuit. Comme toujours, il se montrait un frère merveilleux, aimant et attentionné. Elle sentit une main se poser sur sa tête avec une gentille caresse, tandis qu'il se penchait vers elle.

– Tu as eu une journée horrible, lui dit-il à voix basse, sa tête contre la sienne. Essaie quand même de dormir et de ne pas te torturer l'esprit. Cela ira mieux demain.

Elle chercha son regard et tenta de lui sourire.

– Cela ne peut qu'aller mieux, Niall. Cela ne pourrait pas être pire, n'est-ce pas ? Et merci... de t'être occupé de moi ce soir.

Il l'embrassa et elle caressa la main qu'il avait posée sur son épaule. Il n'y avait pas meilleur frère que lui. Il essaya lui aussi de sourire, puis la laissa.

Katie l'entendit encore parler à Finian.

– Allons, mon vieux, il est temps de se coucher. On monte ensemble.

– Ecoute ça, Niall, répondit Finian en se levant. Papa m'a dit que M. Turnbull veut bien me montrer le barrage des castors à côté de son étang. Tu savais que les castors ont des dents très aiguisées pour pouvoir abattre des arbres ? Et ils construisent leurs maisons sous l'eau en plus de faire des barrages !

– Allons-y, Finian. Tu me raconteras tout sur ces industrieuses petites bêtes quand tu seras couché.

Maureen se mit alors à tousser. Katie se tourna vers elle, inquiète, mais sa mère prit une gorgée d'eau et sa toux se calma aussitôt.

Katie se retourna vers le feu. Peu après, sa mère commença à remplir le lave-vaisselle et, curieusement, ces bruits familiers la réconfortèrent. Katie se leva.

– Veux-tu que je t'aide, maman ?

– Non, j'ai presque fini, répondit Maureen. Je te rejoins dans une minute pour boire mon thé avant de me coucher.

Ce fut ensuite au tour de Michael de se lever pour aller téléphoner. Il laissa longuement sonner puis reposa le combiné avec un mouvement de frustration.

– Toujours pas de réponse chez les Matthews ! s'exclama-t-il. C'est incroyable, compte tenu des circonstances, Maureen.

– Et ils ne sont pas non plus chez Ted, ajouta-t-elle. Ils ont peut-être préféré prendre une chambre dans un motel pour rester seuls.

– Papa ! s'exclama Katie. Je me souviens que Denise allait parfois passer quelques jours chez une tante, la sœur de sa mère. Elle habite à Lichtfield. La tante Doris... Mais j'ignore son nom de famille. C'est trop bête ! Les Matthews sont peut-être allés chez elle. Mme Matthews doit être effondrée. Elle a peut-être eu envie d'être avec sa sœur.

– C'est possible.

Michael se tourna vers Maureen.

– Reste-t-il du thé, ma chérie ?

– Il est froid, maintenant, mais je vais en refaire pour nous trois.

Ils s'installèrent tous les trois devant le feu avec la théière. Aucun d'eux ne parlait. Katie restait enfermée dans le silence, l'esprit empli de pensées pénibles.

– On a eu tort, murmura-t-elle enfin d'un ton morne.

– Tort à quel sujet ? s'enquit Maureen.

– D'aller voir la mère de Carly à l'hôpital.

– Que veux-tu dire par « on a eu tort » ? demanda Michael à son tour, l'air intrigué.

– Je veux dire que cela n'a servi à rien. C'était une perte de temps. Que nous soyons venus ou pas n'avait pour elle aucune importance. Elle a fait l'effort d'être polie mais nous aurions tout aussi bien pu nous abstenir de la déranger !

Michael fronça les sourcils d'un air intéressé, et jeta un regard pensif à sa fille.

– C'est vrai, Katie, dit-il. Janet est une femme assez spéciale. Tu sais que Barry était un de mes amis d'enfance. Quand il est mort, ta mère et moi avons voulu aider Janet à passer le cap mais elle n'avait manifestement pas envie qu'on s'occupe d'elle.

– Elle n'apprécie pas l'intimité ni même la familiarité avec les gens, renchérit Maureen. Du moins, c'est mon impression. C'est dommage, mais elle a gardé ses distances avec tout le monde, c'est-à-dire les amis de Barry. Mais cela ne fait pas forcément d'elle une mauvaise femme, n'est-ce pas ?

– Non, elle a seulement quelque chose de froid, répondit Katie. Froid et retenu. D'une certaine façon, je regrette que nous y soyons allés. C'était tellement... banal.

– Banal ? répéta Maureen. Quelle drôle d'idée !

Elle lança un regard étonné à sa fille. Parfois, celle-ci la surprenait, de la même façon que Finian avec ses curieuses réflexions.

– Banal, maman, et visiblement sans intérêt pour Mme Smith. Même quand elle nous a remerciés, c'était hors de propos. Elle n'a pas dit ce que l'on dit d'habitude.

Michael se sentait une fois de plus impressionné par la finesse de sa fille.

– Maintenant que tu en parles, Katie, dit-il, je pense que tu as raison. Mais nous devions quand même aller à l'hôpital, ne serait-ce que pour Carly. Et pour nous. Comment aurions-nous pu faire autrement ? Nous connaissons Carly presque depuis sa naissance et c'est ta meilleure amie. C'était la moindre des choses d'y aller. Je suis sûr que ta mère est d'accord avec moi.

– Je le sais, papa, et moi aussi je pense comme toi. Je voulais seulement dire que, à mon avis, la mère de Carly ne nous a remerciés d'être venus que par politesse. Elle n'avait pas envie de nous voir.

– Peut-être que si, Katie, dit Maureen. Nous ne pouvons pas en être certains. Janet a toujours été si... retenue. Elle contrôle ses émotions et ne laisse jamais rien paraître. Pourtant, elle ne doit pas avoir grand-chose à cacher ! Elle n'a même rien à cacher, à mon avis. Elle a peut-être simplement du mal à exprimer ses sentiments...

Maureen n'acheva pas sa phrase et se contenta de hausser les épaules.

– Ce qui compte, c'est d'avoir fait ce que nous devions faire. Et nous retournerons prendre des nouvelles de Carly, jusqu'à ce qu'elle soit guérie.

– Avez-vous remarqué, demanda Katie, que Mme Smith n'a pas une seule fois mentionné le nom des Matthews ou de Denise ? Ne trouvez-vous pas cela bizarre ?

– Elle s'est retenue au moment de prononcer le nom de Denise, murmura Michael d'un ton pensif.

– C'est vrai. Je crois que tout le monde s'en est aperçu, dit Maureen avec un grand soupir. C'était un peu choquant. Pas un mot, pas une pensée pour Denise et ses parents.

Ils restèrent silencieux pendant quelques minutes, plongés dans leurs réflexions. Michael finit par lever les yeux vers sa fille.

– Es-tu absolument certaine que Denise n'avait pas de petit ami ? demanda-t-il.

Katie secoua la tête avec véhémence.

– Oui, papa, et Carly non plus. Elle n'a pas de petit ami et n'en a jamais eu. Tu le sais bien ! Nous ne pensions qu'à partir à New York pour devenir comédiennes. Depuis plusieurs années, nous ne parlons que de cela et c'est notre seul but. Les garçons n'ont jamais eu la moindre place dans tout ce que nous faisions, papa.

– C'est ce que je pensais, j'en étais certain, et je l'ai expliqué à Mac MacDonald.

– J'ai dit la même chose au détective Groome. Il n'a pas arrêté de me poser des questions sur Denise et un éventuel petit ami. Je lui ai répété qu'elle n'en avait pas et qu'elle n'avait pas non plus d'admirateur caché !

Un peu plus tard, Michael s'occupa de fermer les portes de la maison puis ils montèrent se coucher. Sur le palier, avant qu'elle aille dans sa chambre, ses parents embrassèrent Katie pour la nuit.

Il lui fallut à peine quelques instants pour se pelotonner sous sa couette, les doigts pressés sur ses paupières pour empêcher ses larmes de couler encore. Elle respira profondément et fit un effort pour se calmer et dormir.

Elle commençait à s'assoupir quand on frappa légèrement à sa porte. Sa mère ouvrit et passa la tête.

– Tu dors ? chuchota Maureen.

– Pas encore, maman.

Maureen se glissa dans la chambre, s'assit au bord du lit et caressa la joue de Katie en la regardant avec affection.

– J'ai de la peine pour toi, ma chérie. Ce sont des moments très durs à passer.

Elle se pencha et prit sa fille dans ses bras.

– Je sais que tu as mal. Nous sommes tous très tristes mais il faut se donner du temps. Tu vas avoir besoin de beaucoup de courage, ma chérie. Les prochains jours vont être très durs mais aussi les prochains mois. Tu n'as pas à avoir honte de ton chagrin, c'est normal. Faire son deuil prend du temps. C'est ce que je voulais te dire... Ne t'empêche pas de pleurer ou d'être triste parce que Denise te manque. Et n'oublie pas que Carly a besoin de toi, Katie. Elle aura besoin de tous ses amis et de toute l'aide que nous pourrons lui apporter.

Katie, la tête cachée dans l'épaule de sa mère, répondit d'une voix étouffée.

– Je sais, maman.

– Il y a encore une chose... N'oublie jamais que ton père et moi, nous sommes là.

– Je sais, maman.

Maureen desserra son étreinte et Katie se rassit contre ses oreillers. Elle leva les yeux vers sa mère puis lui caressa la joue du bout du doigt.

– Je t'aime, maman.

– Moi aussi je t'aime, ma chérie.

Maureen quitta silencieusement la chambre et Katie referma les yeux. Malgré ses efforts pour dormir, elle passa une partie de la nuit à penser à ses amies. Des images pénibles surgissaient dans son esprit : on leur faisait du mal, elles avaient besoin d'elle... Elle finit par s'endormir d'épuisement.

Katie se réveilla en sursaut.

Elle s'assit dans son lit, explorant la chambre du regard, comme s'il y avait un intrus. Mais elle était seule dans l'obscurité. Quelque chose l'avait pourtant réveillée.

Il faisait glacial dans la pièce. Les rideaux flottaient par la fenêtre qu'elle avait laissée ouverte. Elle rejeta sa couette pour aller la fermer et ne se recoucha pas tout de suite, absorbée dans la contemplation du paysage.

La pleine lune brillait dans un ciel de velours noir, dégagé, sans un seul nuage. Les étoiles scintillaient avec une clarté de cristal. L'orage était passé. Le jardin de sa mère était superbe, resplendissant sous le clair de lune après la pluie. Katie ferma la fenêtre mais, en se détournant pour regagner son lit, elle aperçut une forme sombre qui traversait rapidement la pelouse pour se perdre sous les arbres.

Elle se pétrifia, incapable de bouger, prise de tremblements. Qu'était-ce ? Un chevreuil ? Ou un homme ?

Ce n'est pas possible, pensa-t-elle, je ne vais pas recommencer à voir des ombres. Elle appuya le visage contre la fenêtre, scrutant la nuit. Mais, bien sûr, il n'y avait rien ni personne. Elle serra les paupières puis rouvrit les yeux d'un seul coup avant de reprendre son examen du jardin. Aucun signe de vie. L'espace sous sa fenêtre était désert. Il n'y avait que le clair de lune et des ombres.

Elle avait très froid, à en claquer des dents, et courut se réfugier dans son lit, se demandant ce qu'était ce mouvement dans la nuit. Elle n'avait pas vraiment peur, car elle se sentait en sécurité dans la maison, avec ses parents et ses frères. Elle savait que son père avait soigneusement fermé toutes les portes.

Pourtant... La peur s'était insinuée dans son esprit. Y avait-il un homme à ses trousses ? Et si c'était le cas, de qui s'agissait-il ? Qui avait massacré Carly et tué Denise ? Un homme qu'elles connaissaient toutes les trois ? A toutes ces questions, elle n'avait pas le moindre début de réponse...

12

Mac MacDonald poussa la porte de la salle d'autopsie, avança d'un pas et s'arrêta sans entrer plus avant.

– Bonjour, Allegra.

Allegra Marsh était penchée sur une table étroite. Un corps y était allongé. Elle leva les yeux, fit un bref salut de la tête.

– Bonjour, Mac, répondit-elle d'une voix un peu étouffée par le masque qu'elle portait.

Elle remonta le drap sur le corps, se détourna, ôta son masque et jeta ses gants en latex dans la poubelle.

– C'est la victime d'hier soir ? demanda Mac en désignant le corps d'un rapide regard.

– Oui, c'est Denise Matthews. Je viens de terminer l'autopsie.

Mac se sentit soulagé. Il ne l'aurait admis pour rien au monde, et surtout pas devant Allegra, mais il appréciait peu de se trouver dans la salle d'autopsie. Ce matin même, il n'en avait pris le chemin qu'à contrecœur, mais il savait qu'il devait voir Allegra Marsh. Il s'était donc armé de courage. Même s'il détestait les salles d'autopsie et les morgues, cela faisait partie de son travail.

A présent que le cadavre était dissimulé sous un drap, il pouvait s'approcher.

– Qu'as-tu trouvé ? demanda-t-il.

– Pas grand-chose de plus que ce que nous savions déjà, je crains. Et toi ?

– Même chose. La situation des lieux du crime jouait contre nous dès le départ mais, avec l'orage de cette nuit, nous n'avons plus rien. Tout ce qui a pu nous échapper a été effacé par la pluie. L'endroit est transformé en mare de boue.

– J'ai les échantillons d'ADN que j'ai prélevés hier soir mais, pour pouvoir s'en servir, il faudrait un suspect. On pourra comparer dès que tu auras arrêté quelqu'un. Juste une petite chose : quelques fibres de laine que j'ai trouvées sur le corps et qui proviennent vraisemblablement d'un pull-over.

Mac hocha la tête.

– Confirmes-tu ton estimation de l'heure de la mort ?

– Oui, vers six heures et quart, hier soir.

Allegra fit le tour de la table et alla s'adosser à une armoire non loin de Mac. Elle avait l'air triste et soupira avant qu'une brusque colère flambe dans ses yeux.

– Elle a été étranglée de façon très violente, comme Je te l'ai déjà dit. Elle a d'énormes hématomes et le larynx totalement écrasé. De nombreuses traces de coups sur les bras et les seins...

– Mais elle était habillée ! interrompit Mac de façon péremptoire.

– Il l'a frappée assez brutalement pour lui faire des bleus à travers plusieurs épaisseurs de vêtements. Je ne vois pas d'autre explication. Cela m'étonnerait qu'il se soit donné la peine de la déshabiller puis de la rhabiller ! Je pense plutôt qu'il l'a tenue en serrant très fort. Il doit avoir une poigne de fer et beaucoup de force. En tout cas, il a fait preuve d'une incroyable sauvagerie, Mac ; il lui a aussi démis l'épaule.

– Oh ! merde alors ! dit-il avec un soupir choqué.

Allegra laissa passer un bref silence avant de poursuivre.

– Le sang mélangé au sperme... ce n'est pas celui de la fille, Mac.

Mac eut un léger mouvement de recul et fronça les sourcils.

– Que dis-tu ?

– Que le sang trouvé dans le liquide séminal relevé sur le cadavre n'est pas celui de Denise Matthews. Donc, c'est celui de l'agresseur...

– Le sang de l'agresseur ! interrompit Mac. Mais comment est-ce possible ?

– Je ne peux pas en être certaine, Mac, mais je peux imaginer quelques possibilités. Elle l'a peut-être griffé en se débattant. Elle avait des ongles très longs et très durs. J'ai trouvé des fragments de peau et de chair sous ses ongles, ainsi que des particules de fibres de laine. Elle lui a peut-être griffé les jambes assez fort pour le faire saigner. A moins qu'elle ne lui ait écorché le pénis. Quoi qu'il en soit, Mac, il y a du sang, et ce sang est celui de l'agresseur. Il n'y a pas d'autre possibilité car je peux affirmer que ce n'est absolument pas celui de Denise.

– Tu m'as dit qu'elle était vierge.

– Non. J'ai dit qu'elle était peut-être vierge et que je pourrais être plus précise après l'autopsie.

– Alors, oui ou non ?

Allegra secoua la tête d'un air dubitatif.

– Comment pourrais-je avoir une certitude absolue, Mac...

Elle hésita un instant puis reprit d'un ton pensif.

– Ecoute, je pense qu'elle n'était plus vierge car, en ce cas, elle aurait saigné, même très peu. Or, il ne s'agit pas de son sang. Ce n'est pas le même groupe sanguin. Pour être plus précise, en général, quand l'hymen est déchiré, il y a saignement, surtout chez les très jeunes filles. Je répète, Mac : il n'y avait pas la moindre trace du sang de Denise Matthews dans le liquide séminal prélevé aussi bien dans son vagin que sur son corps.

– Alors, elle avait un petit ami.

– Je le pense. Elle en avait un, ou elle en avait eu un.

– Si seulement nous savions qui, cela pourrait nous aider. Je me demande...

Mac fit une pause, se frottant le menton de la main, interrogeant Allegra du regard.

– L'agresseur est peut-être son petit ami... qui serait devenu agressif pour une raison ou une autre ?

– Peut-être, répondit Allegra d'un ton dubitatif. Tout ce que je sais, c'est que ses parties génitales sont très endommagées. Il a été brutal. Il l'a prise de force. Je te l'ai dit dès hier soir. Pour moi, c'est un viol très brutal. Je vais essayer d'être encore plus claire, Mac... Cela a été abominable. Il l'a attaquée avec la plus grande violence et cette fille n'était pas du tout consentante. Elle s'est battue pour lui échapper.

– Bon Dieu ! La pauvre fille...

Tout en réfléchissant, Mac arpentait la salle. Il s'arrêta soudain devant Allegra.

– Michael Byrne m'a affirmé que Denise, comme Katie et Carly, n'avait pas de petit ami. D'après lui, elles ne pensaient qu'à leur future carrière d'actrice. Je le crois. Je connais Michael depuis toujours, ou presque. Il est parfaitement fiable.

– Je pense aussi qu'il dit la vérité. Il n'a aucune raison de te mentir, Mac. En revanche, je suis certaine que Denise a eu des relations sexuelles avec un homme dans les deux dernières années.

– Niall, le fils de Michael, est sorti avec Denise, l'année dernière. Il m'a dit que cela n'était pas allé très loin. Quelques rendez-vous et c'est tout. Je le crois. Il est aussi franc que son père et je doute que ce soit lui qui ait défloré Denise.

Allegra approuva de la tête.

– Tu apprendras peut-être quelque chose d'intéressant en interrogeant ses camarades du lycée.

– Mes gars y sont en ce moment. Je les rejoindrai en partant d'ici.

– Et du côté des parents ? Ils n'ont pas dû t'être très utiles... Que t'ont-ils dit ?

– Pas grand-chose, Allegra. Ils sont effondrés. Ils se sont réfugiés chez la sœur de Mme Matthews. Et ils m'ont plus ou moins dit la même chose que Michael. Denise n'avait pas de petit ami, elle ne pensait qu'à aller à New York pour devenir actrice.

– Tu n'as donc pas la moindre piste ?

– Rien.

Mac s'appuya lourdement sur le bureau, l'air découragé.

– C'est très frustrant, dit-il avec un soupir. Tu as plus d'échantillons d'ADN qu'il n'en faut mais, comme tu l'as dit, ils ne nous servent à rien tant que nous n'avons pas de suspect.

– Je pourrais... Je pourrais peut-être en tirer une sorte de portrait-robot, le type d'homme auquel appartient l'agresseur, dit-elle d'un ton prudent.

Mac lui lança un regard perçant, soudain intéressé, et se redressa de toute sa taille.

– Vas-y. Je t'écoute, dit-il.

– Comme je te l'ai expliqué, il lui a sans doute fait ces bleus à travers ses vêtements. Elle a des traces de coups sur les bras, les seins et le dos. Pour moi, c'est un signe de grande force. L'agresseur doit donc être un homme très fort, avec une poigne de fer. J'ai trouvé sur le corps de Denise des poils pubiens qui ne lui appartiennent pas. Ils sont bruns. Il y avait aussi des cheveux bruns, de toute évidence ceux de l'agresseur puisqu'elle est blonde. D'après le labo, les fibres de laine sont des fibres de cachemire. Je vois donc un homme grand, probablement large d'épaules et très fort, et brun. Et il apprécie les pulls en cachemire. Je reconnais que ce n'est pas grand-chose, Mac.

– Mais c'est mieux que rien, Allegra. Je reste convaincu que c'est quelqu'un de la région. C'est irrationnel mais mon instinct m'a toujours bien servi, dans le passé. De plus, pour autant que nous le sachions, on n'a repéré aucun étranger dans la région au cours des dernières quarante-huit heures.

– Mac, peux-tu me donner un rapide scénario de ce qui s'est passé, à ton avis ? Tu l'as déjà fait, pour d'autres affaires.

– Je ne sais pas, mais quelque chose me dit que c'est un homme d'ici. Un type capable de harcèlement. Il les a peut-être épiées pendant des jours ou des semaines sans qu'elles s'en rendent compte. Il en a repéré une, ou peut-être les trois. Et il s'est décidé quand il les a vues retourner à la grange. Il savait que c'était le seul endroit où elles étaient vulnérables parce qu'elles y allaient toujours seules. De plus, l'endroit est isolé. Mais ce ne sont que des spéculations.

– Un psychopathe ?

– Possible... Oui. En fait, à mon avis, c'est plus que probable. Mais il peut mener une vie en apparence tout à fait normale. Il n'a peut-être jamais tué auparavant. Mais ce ne sera peut-être pas la dernière fois...

Allegra ne répondit rien, se contenta de hocher la tête avec tristesse et se dirigea vers une table métallique. Il était difficile de ne pas éprouver de peine en voyant une belle jeune fille de dix-sept ans violée et assassinée avec un tel sang-froid. Refoulant ses émotions, elle prit plusieurs enveloppes brunes et les montra à Mac.

– Ce sont les photos du corps que mon équipe a prises hier soir, sur les lieux du crime. Ils en ont fait d'autres ce matin, avant et pendant l'autopsie. Si tu veux y jeter un coup d'œil...

Mac hésita puis répondit d'un ton bref :

– Autant le faire maintenant pour en être débarrassé. Ensuite, je dois filer. Il faut que j'aille à Malvern.

13

Le pâle soleil d'hiver avait depuis longtemps disparu à l'horizon et le crépuscule s'étendait peu à peu, allongeant les ombres sur la pelouse et dans le jardin.

Katie était assise à son bureau, dans sa chambre. Elle contemplait le ciel qui s'obscurcissait, repensant aux événements de la journée. Au rez-de-chaussée, toute sa famille s'était rassemblée dans la cuisine, buvant du thé et du café. Ils étaient tous venus dîner très tôt après les funérailles. Elle et sa mère avaient dressé le couvert dans la salle à manger avant de se rendre à l'église mais, en définitive, ils avaient préféré la cuisine.

« C'est beaucoup plus intime », Maureen, avait dit mamie Catriona.

Tout le monde l'avait approuvée. Il y avait sa tante Bridget, arrivée de New York la veille au soir et qui dormait chez eux ; et ses quatre grands-parents, Sean et Catriona O'Keefe du côté maternel, Patrick et Géraldine Byrne du côté paternel. Mairead, la sœur de son père, une femme que tout le monde adorait, était aussi venue avec son mari, Paddy Macklin. Sa tante Moura, en revanche, était malade et n'avait pu se déplacer, de même que sa tante Eileen, retenue à Los Angeles par son travail.

Katie ne put réprimer un petit soupir. Elle se pencha, les coudes sur son bureau, et se prit la tête dans les mains. Elle souffrait d'une terrible migraine. Des pensées si diverses se bousculaient dans son esprit... Elle se demandait si elle arriverait jamais à y mettre de l'ordre. C'est alors qu'elle se souvint de son journal intime. Sa mère lui en avait offert un très peu de temps auparavant. Il était relié en cuir vert foncé et sur la couverture, en lettres dorées, étaient gravés les mots : JOURNAL POUR CINQ ANS. Jusque-là, elle avait pris beaucoup de plaisir à le tenir, à coucher ses impressions sur le papier. Peut-être devrait-elle le faire, ce soir... écrire ces pensées si lourdes. Cela l'aiderait à y mettre de l'ordre. Elle sortit son journal du tiroir de son bureau, l'ouvrit là où elle l'avait laissé et prit son stylo.

1er novembre 1989
Jour de l'enterrement de Denise

Ce matin, en me levant, je me sentais très triste sans savoir pourquoi. Et puis, d'un seul coup, tout m'est revenu. On allait enterrer Denise.

Presque toute ma famille y est allée. Tous les hommes portaient un costume sombre et les femmes des vêtements noirs. Ma mère avait mis le beau manteau noir et la robe noire qu'elle a achetés il y a huit ans. Ma tante Bridget était aussi en noir.

Il faisait si beau cet après-midi que cela m'a donné envie de pleurer à l'idée que Denise ne verrait plus jamais cela. Le soleil brillait dans un ciel sans nuages, d'un bleu si clair, si frais et si doux qu'il avait l'air d'avoir été fraîchement peint. Et, contre ce bleu si pur, les couleurs des arbres éclataient : rouge, or, roux, jaune, cuivre et rose... Tout était si net, si bien dessiné dans la lumière, qu'on en avait le souffle coupé.

Après la messe, on s'est rendus au cimetière. Il y avait foule. Toute notre classe était venue, ainsi qu'une partie des professeurs. Mme Cooke, notre professeur d'art dramatique, était là aussi, avec Jeff, son mari. La mère de Carly est restée avec nous, aux côtés des parents de Denise et de son frère aîné, Jim. Il était venu de Hartford avec sa femme, Sandy. Jim et son père ont dû soutenir la mère de Denise qui était au bord de l'évanouissement. Elle pleurait.

Je n'arrêtais pas de penser à Denise, de revoir son visage. L'idée de ses derniers moments me hantait. Je n'arrivais pas à me l'ôter de l'esprit. Elle a dû avoir tellement peur quand cet homme l'a attaquée. Le lieutenant MacDonald a dit à papa qu'elle s'est défendue. C'est insupportable ! Et l'idée de Carly qui gît inconsciente, incapable d'aider Denise. Oui, Denise a dû être terrifiée. Et l'agresseur qui la frappe, qui la viole et l'étrangle. Cela fait trop mal. Le seul fait d'y penser me fait horriblement mal. Je crois que je ne pourrai jamais l'oublier.

J'aurais dû être à la grange avec elles. Cela ne se serait pas produit. Je suis sûre que l'assassin n'aurait pas osé s'en prendre à nous trois. On aurait pu se défendre. J'ai beaucoup de force. Et nous nous serions sauvées toutes les trois.

On avait choisi des lis blancs qui ont été posés sur le cercueil avec les roses rouges de ses parents et une couronne d'œillets roses et blancs envoyée par Mme Smith. Quand on a descendu le cercueil de Denise dans sa tombe, j'ai cru que je ne pourrais pas le supporter. Ne jamais la revoir... J'ai jeté quelques lis dans la tombe et Niall a fait comme moi. Sandy, la belle-sœur de Denise, a mis une rose rouge.

Quand les fossoyeurs ont commencé à pelleter la terre dans la tombe, le bruit de la terre qui tombait sur le cercueil et les fleurs m'a paru atrocement définitif... Je n'ai pas pu m'empêcher de pleurer et mon père nous a tous ramenés à la maison. Nous avons présenté nos condoléances aux Matthews à l'église mais je sais que cela ne les consolera pas.

A la maison, papa a servi du whisky à son père, à papy Sean et à oncle Paddy. Ma mère, qui ne boit jamais autre chose que du sherry, en a demandé un pour elle aussi. Papa a ressorti la bouteille et, finalement, tout le monde en a pris, sauf Niall, Finian et moi. Même tante Bridget en a bu.

Maman avait préparé plus tôt son fameux poulet grand-mère, un poulet en cocotte, et je suis allée l'aider à le réchauffer. Elle avait mis un tablier blanc sur sa robe noire et elle avait l'air si triste et si perturbée que cela m'a fait encore pleurer. Elle n'arrêtait pas de me mettre un bras autour des épaules pour me serrer contre elle. Et quand je l'ai regardée, j'ai vu qu'elle pleurait également. Je sais qu'elle a toujours à l'esprit qu'elle aurait pu me perdre moi aussi et qu'elle ne cesse de remercier Dieu de m'avoir gardée en vie. Elle le remercie tous les jours.

Les « trois glorieuses », comme Mac MacDonald les appelle, sont dépassées depuis longtemps. D'après papa, il est en colère et très frustré parce que son équipe se heurte à un mur, du moins pour l'instant.

Je suis retournée au lycée la semaine dernière mais ce n'est plus pareil, sans Denise et Carly. Carly est toujours dans le coma et ils ne savent pas combien de temps cela va durer. Je n'arrête pas d'aller la voir mais c'est comme si elle était morte.

Je me sens si triste sans elles... Nous nous connaissions presque depuis toujours. Elles font partie de ma vie et, maintenant, il ne reste que moi. Je suis toute seule et rien n'a plus d'importance.

Je n'ai pas envie de jouer, en ce moment. Je ne veux même pas participer au spectacle de l'école. L'idée de monter sur scène me fait mal. Je préfère abandonner. Je n'irai pas à l'école d'art dramatique l'année prochaine. Ce ne serait pas la même chose, sans elles. Je n'aurais jamais dû les entraîner à la grange, ce jour-là... C'est ma faute si Denise est morte et si Carly se trouve dans le coma, comme un légume.

Je ne sais pas ce que je ferai à la fin du lycée. J'ai dit à maman que je dois trouver quelque chose d'autre, travailler dans l'immobilier avec ma tante Bridget, par exemple. A New York. Apparemment, cela ne dérangerait pas mes parents que j'y aille. Je crois qu'ils ont peur que l'assassin traîne autour de Malvern et s'en prenne à moi. J'ai l'impression qu'ils seraient plus tranquilles si je quittais la région.

Je comprends ce qu'ils ressentent. A moi aussi, il m'arrive d'avoir peur. Je me torture les méninges à essayer d'imaginer qui a pu violer et tuer Denise, mais aucun nom ne me vient à l'idée. Je ne vois aucun suspect possible.

Quand j'ai dit à papa que j'avais vu quelqu'un dans le jardin le soir du meurtre, il a aussitôt appelé la police. Il y avait des empreintes de pas près des arbres au fond du jardin. C'était très net car le sol était humide à cause de l'orage. La police les a mesurées et en a fait des moulages mais, depuis, il n'y a rien eu de neuf.

Le jour même, papa a fait installer un système d'alarme et, depuis, maman vient me chercher tous les jours au lycée. Si elle ne peut pas, c'est papa ou Niall. Il fait sombre très tôt, en ce moment, et ils ne veulent pas prendre le moindre risque. Je préfère cela, moi aussi, car je n'ai pas envie de traverser les champs à pied. C'est un vrai désert.

Le soir, j'ai du mal à m'endormir. J'ai sans arrêt l'image de Denise devant les yeux. Elle était si gentille, tellement adorable. Je ne peux pas m'empêcher de pleurer. J'ai du chagrin en permanence, il n'y a pas de répit. Je sais ce que doit éprouver sa famille... Perdre une fille de dix-sept ans et aussi belle doit vous briser le cœur.

Quand je vais voir Carly, je lui tiens la main et je lui parle. Je lui récite Shakespeare parce qu'elle aimait beaucoup ses œuvres, mais elle n'a aucune réaction, pas même un battement de cils...

– Katie, Katie ? Tu peux descendre ? appela Maureen depuis le rez-de-chaussée.

Katie posa son stylo, ferma son journal et le glissa dans son tiroir. C'est alors seulement qu'elle réalisa que ses joues étaient trempées de larmes. Elle s'essuya le visage du bout des doigts et sortit sur le palier.

– Oui, maman ? Qu'y a-t-il ?

– Tes grands-parents s'en vont. Descends leur dire bonsoir.

– J'arrive.

Obéissante, elle dévala l'escalier quatre à quatre. Mamie Catriona l'attendait au pied de l'escalier et la serra très fort contre elle avant de céder la place à papy Sean. Puis ce fut le tour de papy Patrick et de mamie Géraldine qui se montrèrent aussi affectueux l'un que l'autre pour embrasser leur unique petite-fille et lui souhaiter une bonne nuit. Ensuite, la tante Mairead et l'oncle Paddy l'embrassèrent à plusieurs reprises puis Mairead lui serra le bras avec un sourire très affectueux.

Katie comprit alors quelle était leur pensée commune, à tous... Ils remerciaient Dieu qu'elle soit encore vivante.

Le don de l'amitié

Londres-Yorkshire 1999

L'amitié est l'Amour sans ses ailes.
LORD BYRON

... il n'y a rien de plus essentiel pour être heureux que le don de l'amitié.
SIR WILLIAM OSLER

14

La jeune femme qui traversait Haymarket par un froid mercredi soir d'octobre n'avait aucune idée de la sensation créée par son passage. Plus d'une tête, des femmes aussi bien que des hommes, se tournait pour la regarder tandis qu'elle s'éloignait en direction du théâtre Royal.

Sa haute silhouette souple et mince, vêtue d'une cape noire sur un tailleur-pantalon noir, ne pouvait passer inaperçue. Les seules touches de couleur étaient apportées par des yeux d'un bleu étonnant dans un visage pâle aux traits fins, et une masse flamboyante de cheveux roux qui lui encadraient le visage comme une auréole.

Au théâtre, elle se rendit directement au guichet et prit place dans la queue. Quand ce fut son tour, elle annonça « Katie Byrne » à l'employé derrière la vitre. Il fouilla dans un tas d'enveloppes et finit par lui tendre son billet.

Peu après, elle se laissait guider par l'ouvreuse jusqu'à son siège, situé dans l'axe de la scène, au huitième rang. C'était l'une des meilleures places de toute la salle et elle le savait.

Comme toujours dès qu'elle entrait dans un théâtre, Katie se sentit très excitée, tendue dans l'attente de ce qui allait arriver. Un fourmillement d'enthousiasme lui parcourait tout le corps tandis qu'elle contemplait le rideau de velours rouge, guettant l'instant où il se lèverait. Alors, la pièce l'absorberait, l'emporterait dans un autre monde.

En plus de ses propres émotions, une ambiance de forte anticipation régnait dans le théâtre et Katie la perçut aussitôt. La pièce était intitulée *Charlotte et ses sœurs* et se jouait depuis deux mois, recueillant des critiques dithyrambiques. On jouait à guichets fermés. Le succès était assuré pour plusieurs mois, sinon plusieurs années.

On avait écrit beaucoup de choses sur la pièce et l'auteur, une jeune femme dont personne n'avait entendu parler auparavant et qui avait écrit la pièce à ses moments perdus. Elle s'appelait Jenny Hargreaves, était originaire de Harrogate, une ville du nord de l'Angleterre où elle travaillait comme chroniqueuse dans un magazine régional.

Charlotte et ses sœurs racontait l'histoire des célèbres sœurs Brontë du village de Haworth, sis dans les landes balayées par le vent du Yorkshire. Elles y ont écrit des œuvres importantes comme *Jane Eyre, Les Hauts de Hurlevent* et *Le Locataire de Wildfell Hall.*

Katie ouvrit son programme, parcourut le résumé des différents actes puis s'intéressa à la distribution. Les rôles de Charlotte, Emily et Anne étaient tenus par trois actrices anglaises aussi célèbres que douées. Katie brûlait d'impatience de les voir jouer. Elle se sentait tout à fait prête et désireuse de faire l'expérience de la « suspension du jugement ». Je vais abandonner mon esprit critique, se dit Katie, je veux croire chaque mot qui sera prononcé. Elle se le répétait toujours avant le début d'une représentation – je veux croire que tout cela est réel, que j'assiste à des scènes de la vraie vie.

Soudain, l'agitation de la salle, le flot des gens qui se faufilaient entre des rangées de fauteuils déjà occupés pour gagner leurs propres places, tout cela s'arrêta. Le silence envahit le théâtre et la lumière baissa. Le rideau se leva. Les mains serrées l'une contre l'autre, Katie n'eut plus d'yeux que pour le spectacle.

Elle se trouva instantanément projetée dans l'action, captivée par l'histoire des trois sœurs et de Branwell, leur frère doué mais décadent, et de leur père si pieux, le révérend Patrick Brontë, pasteur de la paroisse de Haworth dans le Yorkshire.

Confortablement assise dans son fauteuil, elle voyait se dérouler la vie quotidienne dans le presbytère au cœur des landes désolées, là où les fenêtres donnaient sur le cimetière, là où tous les arbres étaient penchés du même côté parce que le vent soufflait en permanence, toujours dans la même direction. Les comédiens jouaient tous de façon superbe. Les trois actrices se donnaient totalement. Pour Katie, elles ne jouaient pas les sœurs Brontë, elles *étaient* les sœurs Brontë. Le talent avec lequel elles incarnaient leurs rôles la fascinait. Les acteurs qui tenaient les rôles masculins ne l'impressionnaient pas moins.

L'entracte arriva mais Katie ne quitta pas son fauteuil pour se dégourdir les jambes comme le reste de la salle. Elle ne voulait pas briser le charme, risquer de détruire la magie de l'atmosphère que les comédiens avaient su créer. Elle attendit avec impatience que la pièce reprenne et, quand le rideau se releva, elle se sentit de nouveau totalement emportée par le texte de l'auteur, le jeu des acteurs, les décors et les costumes, comme tous les spectateurs l'étaient.

Katie aurait voulu que la pièce ne s'arrête jamais.

Piétinant au milieu de la foule qui se pressait pour sortir, elle ne pouvait que se répéter avec émerveillement qu'elle venait d'assister à une sorte de miracle. Elle savait qu'elle avait vu quelque chose de vraiment remarquable, qui l'avait émue au-delà de toute mesure. Et n'était-ce pas le but ?

Enfin arrivée dans la rue, Katie chercha du regard le chauffeur qui, lui avait-on dit, l'attendrait pour la conduire au restaurant.

Elle l'aperçut, qui l'attendait au coin de la rue, à côté de la voiture des Dawson. Elle hâta le pas.

– Bonsoir, Joe, dit-elle en lui souriant.

Elle n'avait pas oublié la courtoisie dont il avait fait preuve la dernière fois qu'il l'avait conduite à son rendez-vous avec Melanie Dawson.

Il lui rendit son sourire, touchant sa casquette du bout des doigts.

– Bonsoir, mademoiselle Byrne.

Il ouvrit la portière arrière et elle se glissa sur les coussins.

– C'est au Ivy, ce soir, ajouta-t-il en refermant la porte.

Katie s'adossa confortablement et se détendit, l'esprit encore plein du spectacle. La voiture roulait vers le quartier de Soho où se trouvait le restaurant. Elle était profondément heureuse que Melanie lut ait offert de lui obtenir une place. A vrai dire, Melanie avait toujours fait preuve envers elle de beaucoup de gentillesse. Leur amitié durait depuis quatre ans. Katie se sentait flattée de l'affection qu'avait pour elle cette femme élégante et applaudie, célèbre dans le monde du théâtre, et à qui tout réussissait. Elle savourait d'avance la soirée, impatiente de partager ses impressions. Melanie lui demandait toujours son opinion et montrait de l'intérêt pour son avis, y compris sur des sujets autres que le théâtre.

Melanie Dawson aperçut Katie. Le maître d'hôtel la guidait vers la table qu'elle avait retenue dans ce restaurant réputé et fréquenté par tout le show-business. Elle se leva pour l'accueillir. Les deux femmes s'embrassèrent et s'assirent.

– Tu es superbe, Katie ! s'exclama Melanie. Londres te réussit. Mais je l'ai déjà dit la dernière fois que je suis venue ici avec Harry.

Cela fit rire Katie qui approuva de la tête.

– Oui, je pense que c'est vrai. J'ai beaucoup apprécié les cours de l'Académie royale d'art dramatique. Comment va Harry ?

– Il va très bien. Il t'embrasse. En ce moment, il est coincé à New York. Il a des problèmes avec une pièce mais, le connaissant, je suis certaine qu'ils seront vite résolus.

Melanie fit signe à l'un des serveurs et jeta un regard interrogateur à Katie.

– Qu'aimerais-tu boire ?

– Tu sais que je ne bois pas beaucoup mais, ce soir, un peu de champagne me ferait plaisir. C'est assez léger.

– Une bouteille de Veuve-Clicquot, demanda Melanie au serveur.

Elle se retourna ensuite vers Katie.

– Que penses-tu de la pièce ?

– Je l'ai adorée. Mille mercis de m'avoir obtenu une place, Melanie. C'est tellement gentil d'avoir pensé à moi !

Emportée par la passion, elle se pencha vers Melanie avant de poursuivre.

– Par moments, je me suis sentie très émue. N'est-ce pas cela, le théâtre ? Vivre des émotions, être touché, éprouver ce qu'éprouvent les personnages, s'identifier à eux, vivre tout ce qui leur arrive comme si cela nous arrivait personnellement... Ils jouent tous de façon superbe. C'est vraiment une très belle distribution.

– Je n'aurais pas dit mieux, mais cela ne m'étonne pas de toi. Je connais ta finesse d'esprit, Katie.

Katie sourit et se contenta d'accepter le compliment en toute simplicité. Elle trouvait Melanie d'une élégance remarquable avec ses boucles d'oreilles en perles grises et son ensemble en soie gris foncé, de toute évidence un modèle coûteux d'un styliste renommé. C'était une femme d'une beauté frappante. Elle avait des yeux brun foncé, comme ses cheveux courts et parfaitement coupés. Elle s'habillait toujours avec un instinct très sûr, pensa Katie. En fait, c'était vrai pour tout ce qu'elle faisait.

Le serveur était déjà là avec un seau à glace et le champagne, qu'il entreprit de leur servir.

Elles heurtèrent légèrement leurs verres, se portant un toast l'une à l'autre. Après une première gorgée, elles reposèrent leurs flûtes et Melanie prit le temps de regarder Katie.

– Qu'as-tu pensé de Branwell ? demanda-t-elle enfin.

Katie eut un lent mouvement de la tête.

– J'ai été très étonnée de voir à quel point il était moderne... Un ivrogne, un parieur et un drogué, qui n'a rien fait de sa vie et encore moins de son talent. Je ne savais pas grand-chose de la vie des sœurs Brontë. Je ne connaissais que leurs œuvres mais cette pièce m'a passionnée, je dirais même fascinée. Jonathan Rhyne est magnifique dans le rôle de Branwell, mais ils sont tous excellents.

– Je suis d'accord. C'est vraiment du théâtre, et du meilleur, mais, en ce qui me concerne, mon personnage préféré est celui d'Emily, peut-être parce que j'ai toujours adoré *Les Hauts de Hurlevent*.

– Je trouve aussi qu'Emily est très intéressante et pourtant...

Katie fit une pause, se mordillant la lèvre d'un air pensif.

– J'allais dire, reprit-elle, qu'elle paraît très mystérieuse dans cette pièce, mais je ne suis pas certaine que ce soit le mot juste.

– Tu as tort car, dans la réalité, c'était une femme pleine de mystère. Elle n'acceptait de publier la moindre ligne qu'à contrecœur, comme si elle voulait à tout prix protéger sa vie privée, son intimité, son âme même. Ce fut un esprit libre avec une dimension mystique, et sans doute la seule des sœurs Brontë qui mérite le qualificatif de « grande ». De mon point de vue, Emily Brontë est un des génies de la littérature anglaise.

– Tu me donnes envie de la relire ! s'exclama Katie.

Elle s'apprêtait à poursuivre mais s'interrompit. Un homme venait de s'arrêter devant leur table.

– Chris ! Comment vas-tu ? s'exclama Melanie.

L'homme sourit.

– Très bien, Melanie. Et toi ?

– En pleine forme ! Chris, je voudrais te présenter à l'une de mes amies, Katie Byrne. Katie, je te présente Christopher Plummer, mais je sais que je n'avais pas besoin de te le dire !

L'acteur sourit à Katie, qui lui retourna son sourire et lui tendit la main.

– Es-tu libre pour un déjeuner ou un dîner, Chris ? reprit Melanie. Combien de temps resteras-tu à Londres ?

– Quelques jours seulement. Appelle-moi, nous trouverons peut-être un moment pour nous voir.

Il leur sourit à nouveau et les salua avant de les quitter.

– C'est fabuleux ! souffla Katie. Je n'aurais jamais espéré le rencontrer. C'est un de mes acteurs préférés.

– Pour moi, c'est le meilleur, confirma Melanie.

Elle prit les menus posés sur la table et en tendit un à Katie.

– Je ne sais pas de quoi tu as envie mais, en ce qui me concerne, je vais prendre leur « fish and chips [1] » avec de la purée de pois. C'est une catastrophe pour la ligne mais je n'y résiste pas quand je viens ici.

– Ce sera la même chose pour moi, dit Katie en riant. Moi non plus, je ne peux pas résister, même si je ne viens pas très souvent ici.

– Tu sais, c'est un plat national, et je le comprends !

Le serveur revint prendre leur commande, remplit leurs verres et s'éloigna.

– Combien de temps penses-tu rester à Londres, Katie ?

– Je ne sais pas encore, dit-elle avec un léger mouvement d'épaules. En fait, c'est une réponse stupide puisque je le sais, du moins jusqu'à un certain point. Mes parents se rendent en Irlande en novembre et, ensuite, ils viennent à Londres pour Thanksgiving. Mon frère Finian est à l'université d'Oxford, je crois te l'avoir déjà dit. C'est le cerveau de la famille ! Nous nous retrouverons donc tous ici... Non, pas tout à fait : Niall, mon frère aîné, ne vient pas, pour autant que je sache. Mais il est capable de nous faire la surprise. Quoi qu'il en soit, j'ai encore des cours à l'Académie jusqu'au début de décembre et je sais

1. Filets de poisson frit accompagnés de frites. Plat typique et très populaire. *(N.d.T.)*

que mes parents voudront que je retourne dans le Connecticut pour passer Noël en famille. Je n'ai encore rien décidé pour l'année prochaine mais je reviendrai probablement à Londres le plus vite possible. J'adore vivre ici.

– Qui n'aimerait pas ! approuva Melanie.

Elle prit le temps de s'éclaircir discrètement la voix, de déguster une gorgée de champagne, et elle se lança :

– J'ai acheté les droits de la pièce, Katie.

Katie la regarda d'un air étonné.

– Quelle pièce ?

– Tu demandes quelle pièce ? gloussa Melanie. Celle que je voulais que tu voies ce soir, *Charlotte et ses sœurs*.

– Tu as fait cela !

Katie était abasourdie, incapable de cacher sa surprise. Melanie hocha la tête avec satisfaction.

– J'avais pris une option longtemps avant la première et, la semaine dernière, j'ai acheté les droits pour les Etats-Unis au producteur britannique. J'ai aussi acheté les droits pour le cinéma.

– Bravo ! Harry doit être ravi.

– Oui, il l'est pour moi. Cette fois, je produis le spectacle moi-même. Le lancement aura lieu à Broadway l'année prochaine. On dira que c'est ma contribution aux fêtes du millénaire !

Katie lui sourit chaleureusement.

– Je sais à quel point tu voulais trouver quelque chose de vraiment fort. A présent, c'est fait.

Le serveur s'approchait avec leur commande et les servit. Tout en dégustant leur « fish and chips », elles poursuivirent leur conversation à propos de Londres, de relations communes, du théâtre en général. Quand elles eurent terminé, elles demandèrent une camomille. Melanie choisit ce moment pour surprendre à nouveau Katie.

– Il y a quelque chose dont je veux te parler sérieusement.

– Oui ? De quoi s'agit-il ? demanda Katie.

Elle scrutait l'expression de Melanie, curieuse de savoir ce qu'elle avait en tête.

– Je monte la pièce sur les sœurs Brontë à Broadway et je veux que tu joues le rôle d'Emily. C'est pour cela que je t'ai invitée, ce soir. Je t'offre le deuxième rôle. C'est la raison pour laquelle je voulais que tu voies la pièce. Il ne s'agissait pas simplement de te faire plaisir.

Suffoquée, Katie ne put que la regarder, incapable de dire un mot.

– Eh bien, Katie, dis quelque chose ! Oui, non, peut-être...

Katie reprit son souffle.

– Melanie, c'est merveilleux. C'est une proposition extraordinaire.

– Donc, tu acceptes ! s'exclama Melanie avec un grand sourire, visiblement très contente.

– Pas exactement, commença Katie.

Elle s'arrêta et secoua la tête avec une petite grimace.

– Je pense que j'aimerais beaucoup avoir ce rôle, mais comment en être sûre ? Je ne veux pas te dire oui et, ensuite, changer d'avis.

Melanie Dawson poussa un grand soupir.

– Comme la dernière fois ? Je ne comprends pas bien pourquoi tu t'entêtes à refuser les rôles que je t'offre, mais si tu refuses celui d'Emily Brontë, ce sera la troisième fois. Je finirai par me demander si tu veux réellement faire une carrière de comédienne.

– Tu sais bien que oui ! Les deux autres rôles n'étaient pas pour moi, Melanie, et tu le sais. Harry était du même avis que moi. J'étais trop âgée pour la jeune fille de *Plainspeaking* et, pour la comédie musicale, je n'aimais pas le rôle. De plus, tu n'ignores pas que je ne chante pas très bien.

– Il n'y avait presque pas de parties chantées, dans ce rôle, et tu aurais pu les jouer en play-back ! Mais nous nous écartons du vrai sujet. N'as-tu pas envie de jouer à Broadway, Katie ?

– Bien sûr que si ! J'en rêve depuis toujours, mais je ne veux pas me tromper. Je suis américaine, Melanie, et Emily Brontë était anglaise. Je ne suis pas certaine de jouer juste. Il y a également d'autres considérations.

– Par exemple ?

– Eh bien...

Katie détourna le regard, se mordillant la lèvre, faisant mine de s'intéresser à ce qui se passait dans la salle. Quand ses yeux se fixèrent de nouveau sur Melanie, elle lui répondit dans un murmure, d'une voix calme et pleine de sincérité :

– Je crois que je ne veux pas vivre à New York, Melanie.

– Oh ! C'est différent.

Melanie l'observa longuement, se disant pour la énième fois qu'un élément de son passé perturbait Katie. Elle lui avait déjà demandé plusieurs fois si elle avait un problème, mais Katie avait toujours répondu par la négative. Outre son flair de productrice de théâtre, Melanie se flattait de posséder une bonne intuition des gens. Or, elle était convaincue que, dans le cas de Katie, il y avait réellement un problème, peut-être quelque handicap dont, de toute évidence, Katie n'avait pas l'intention de parler. Aucune comédienne saine d'esprit ne refuserait de jouer le rôle d'Emily Brontë à Broadway dans une pièce à succès ! Pas une actrice du talent et de la classe de Katie ! A moins de... d'un obstacle. Il y en a un, conclut Melanie, et c'est pour cela qu'elle ne veut pas retourner à New York.

Melanie prit une profonde inspiration avant de poursuivre.

– J'engage Georgette Allison pour le rôle principal de Charlotte, et Harrison Jordan pour celui de Branwell. Deux stars, comme tu le sais, Katie. Cela ne peut pas te faire de tort de jouer avec eux ?

Katie posa la main sur le bras de Melanie.

– Je te remercie du fond du cœur, Melanie. Je veux vraiment ce rôle... mais je veux être absolument certaine de pouvoir le tenir avant de te dire oui.

L'expression de Melanie se détendit. Elle et son mari aimaient beaucoup la jeune femme et lui trouvaient l'étoffe d'une grande comédienne. D'une star, en réalité. Encore fallait-il qu'elle le veuille.

– D'accord, ma chérie. Tu me donneras ta réponse demain.

15

Son téléphone portable collé contre l'oreille, Xenia Leyburn arpentait le bureau de sa maison de Farm Street, dans l'élégant quartier de Mayfair. Elle était en ligne avec son associé de New York, qu'elle écoutait attentivement.

– Je suis sûre de pouvoir le faire rapidement, finit-elle par répondre. J'y réfléchis, Alan, et je t'envoie une télécopie ou un mail dès demain. Mais que fait-on pour les invitations ? Il faut s'en occuper tout de suite, je suppose ?

A ce moment, elle entendit du bruit et, tout en continuant sa conversation à travers l'Atlantique, elle se dirigea vers la porte du bureau pour voir ce qui se passait. C'était Katie Byrne qui rentrait. Elle la salua de la main et reporta son attention sur ce que lui disait son interlocuteur.

– Bien, dit-elle. Il n'y a donc pas de problème de ton côté ni du mien. On se reparle demain, Alan. Au revoir !

Xenia sortit de son bureau et regarda Katie fixer la chaîne de sécurité, fermer le verrou et donner un double tour de clef à la porte d'entrée. Elle éclata de rire.

– Ce n'est pas nécessaire, Katie ! s'exclama-t-elle. Cette maison est mieux protégée que Fort Knox une fois que l'alarme est branchée. Tu devrais le savoir, depuis le temps que tu es ici.

– Mieux vaut prévenir que guérir, rétorqua Katie avec un sourire. Je ferme toujours les portes à clef. C'est une habitude.

– Ça, je m'en étais rendu compte, dit rapidement Xenia entre ses dents.

Il valait mieux changer de sujet.

– Comment s'est passée ta soirée ? demanda-t-elle.

Katie, qui était en train d'enlever sa cape noire et de la suspendre à un cintre dans l'armoire de l'entrée, répondit par-dessus son épaule :

– La pièce est formidable, vraiment remarquable. Après, j'ai rejoint Melanie au Ivy.

– Oh ! Très chic, remarqua Xenia. Veux-tu une tasse de thé avant d'aller dormir ? poursuivit-elle en se dirigeant vers la cuisine.

– Je ne dirais pas non.

Katie suivit Xenia dans la cuisine, au bout du couloir, et s'assit à la petite table qui trônait au milieu de la pièce.

– La distribution est superbe, reprit-elle, et la pièce réellement extraordinaire. Je ne connaissais pas grand-chose de l'histoire des Brontë, bien que j'aie toujours aimé leurs livres.

Xenia mit la bouilloire à chauffer et alla s'asseoir à côté de Katie.

– D'une certaine façon, leur vie est un roman, dit-elle. Je ne suis donc pas étonnée que cela donne une bonne pièce. En fait, tous les membres de la famille ont eu des vies hautes en relief, même s'ils en ont passé la plus grande partie à Haworth, dans les landes du Yorkshire.

– Tu connais bien l'histoire des Brontë ?

– Bien sûr, Katie ! Pour moi, c'est de l'histoire locale. Tu n'as quand même pas oublié que j'ai vécu dans le Yorkshire pendant presque toute mon enfance ?

– Si, je l'avais oublié, mais c'est parce que pour moi tu es l'incarnation du cosmopolitisme !

Xenia éclata de rire et ébouriffa son épaisse chevelure brune.

– Oh, oui ! *Miss Cosmopolitan*, c'est très chic ! dit-elle.

Elle se remit à rire.

– Katie, tu sais très bien que, au fond de moi, je suis restée une fille de la campagne.

Katie prit un air dubitatif.

– Ce n'est pas exactement de cette façon que je te vois ! Pas plus que tes autres amis, je pense. Tu as commencé à courir le monde avec ton père dès l'âge de six ans, en menant la grande vie dans les meilleurs hôtels de Londres, Paris et New York !

– N'oublie pas Cannes, Nice, Vienne et Los Angeles !

Xenia lui fit une petite grimace amicale et sauta sur ses pieds en entendant siffler la bouilloire. Elle sortit deux mugs du placard, y mit des sachets de thé et versa l'eau brûlante.

– C'est du thé vert, cela te va ?

– Merci, c'est mon préféré.

Xenia posa une des tasses devant Katie et se rassit avec la sienne.

– Tu sais, à dix-sept ans, juste à la fin du lycée, pendant un certain temps j'ai trouvé que le monde était un endroit très compliqué. Je pense que la responsabilité en revient à mon père et à cette vie d'hôtel que j'ai menée avec lui.

Katie fronça les sourcils par-dessus le bord de sa tasse.

– Que veux-tu dire ? Je ne comprends pas bien.

Xenia se pencha vers elle et entreprit de s'expliquer.

– Dans chacun des hôtels où nous séjournions, le concierge servait à mon père, et aussi à moi, d'homme à tout faire. Tu veux poster une lettre, réserver une place dans un avion ou dans un train, une chambre d'hôtel dans une autre ville ou un autre pays, louer une voiture, retenir une table dans un restaurant, prendre rendez-vous chez le coiffeur ? Appelle le concierge, il va s'en occuper. C'était la devise de mon père. Il était sincèrement convaincu que si tu connaissais le concierge du Dorchester à Londres et celui du George V à Paris, tu n'avais à te soucier de rien. Le monde t'appartenait. Ces chers concierges arrangeraient tout pour toi, où que tu veuilles aller, et quoi que tu désires.

Xenia avala une gorgée de thé avant de poursuivre.

– Peux-tu imaginer que, pendant des années, je n'ai pas eu la moindre idée de la façon dont on postait une lettre ? J'avais toujours donné mon courrier à la réception des hôtels. Aux concierges, pour être précise.

Katie eut un petit sourire.

– Cela paraît t'avoir profondément perturbée mais je trouve que c'est une jolie histoire. De toute façon, si ma mémoire est bonne, tu n'étais pas en permanence avec ton père. Tu m'as dit qu'il t'arrivait d'être avec ta mère. Elle ne t'a jamais emmenée à la poste ? Ou expliqué comment te débrouiller dans la vie ?

Xenia secoua la tête en signe de dénégation.

– D'abord, la maison familiale de ma mère se trouve dans une zone très reculée du Yorkshire. C'est là qu'elle vivait, à l'époque, et moi aussi quand j'étais avec elle. Il y avait aussi son frère, mon oncle William. Ensuite, elle n'allait pas très bien, quand j'étais petite. Je pense que c'est son état de malade chronique qui a gâché leur relation de couple parce qu'elle ne pouvait pas mener une vie normale. Peut-être s'agissait-il de troubles psychosomatiques... Je ne sais pas. Toujours est-il que, comme elle allait mal, dans mon enfance j'ai passé beaucoup de temps avec Timothy Leyburn et sa sœur, Verity. Ma mère avait vécu presque toute son enfance avec leur père. Pour moi, ils formaient donc une autre famille. Tim, Verity et moi, nous vivions dans un monde irréel à Burton Leyburn... C'est une maison extraordinaire, vraiment unique. Cela formait un contraste incroyable avec la vie de globe-trotter que je menais au côté du producteur de cinéma qu'était mon père !

– Je peux l'imaginer ! Il doit beaucoup te manquer, murmura Katie affectueusement.

Elle savait à quel point son père lui manquerait s'il était mort.

– Oui, il me manque beaucoup, répondit Xenia. C'était un père merveilleux, même s'il était un peu fou parfois. Il avait une personnalité très originale, tu sais, Katie. Tu l'aurais adoré. C'était un très bel homme, né en Russie, et dont la famille avait émigré juste avant la Révolution alors qu'il n'était encore qu'un petit garçon. Il avait été élevé à Paris et à Nice par sa mère. Ils se sont finalement installés à Hollywood. Il était complètement « accro » à Londres, aux costumes sur mesure, au jeu et au cinéma. Et à moi, bien entendu. Il m'adorait.

– Une personnalité étonnante, si je comprends bien.

Xenia se contenta de sourire en buvant son thé, pleine de tristesse au souvenir de son père, Victor Alexandrovitch Fedorov.

Elles restèrent un moment assises en silence devant leur tasse de thé. Elles avaient sympathisé dès leur première rencontre, deux ans plus tôt, à New York, chez Bridget, la tante de Katie. Elles étaient devenues amies et partageaient un appartement à Londres depuis un an. Bien qu'issues de milieux très différents, elles se comprenaient parfaitement. Entre elles, même le silence restait confortable. Elles appréciaient beaucoup la compagnie l'une de l'autre.

– Tu m'as déjà dit que tu as grandi en compagnie de Tim, mais étais-tu amoureuse de lui, à cette époque ? demanda Katie, interrompant le cours des pensées de Xenia.

– Oh oui ! dit Xenia en soulignant sa réponse d'un hochement de tête. J'ai toujours été amoureuse de Tim.

Katie remarqua l'expression triste qui passait dans les grands yeux clairs de Xenia. Réalisant qu'elle avait abordé un thème délicat, elle préféra changer de sujet.

– Tu sais quoi ? Melanie m'a présentée à Christopher Plummer, ce soir. Il dînait aussi au Ivy et il est venu la saluer.

– C'est un remarquable comédien, approuva Xenia.

Elle leva un élégant sourcil brun d'un air interrogateur.

– Il va jouer dans une des productions de Melanie ?

– Je l'ignore, mais je ne crois pas.

Katie laissa passer un petit silence puis toussota pour s'éclaircir la voix.

– En fait, Melanie m'a proposé un rôle, ce soir.

– C'est vrai ? Quel genre de rôle ?

– Le deuxième dans *Charlotte et ses sœurs*, celui d'Emily Brontë.

– C'est absolument merveilleux, Katie. Bravo !

– Ne parle pas trop vite ! Je ne sais pas si je vais accepter.

– Tu ne sais pas ? Mais pourquoi ? Tu ne peux pas laisser passer une chance pareille !

Xenia jeta un regard intrigué à Katie et fronça les sourcils avec un mouvement de tête incrédule.

– Pour quelle raison hésites-tu ?

– Je ne suis pas certaine d'en être capable. Emily était anglaise et moi je suis américaine, et...

Katie s'interrompit brusquement, l'air troublée.

– Ne sois pas ridicule, lui reprocha Xenia d'un ton vif. Bien sûr que tu en es capable ! Tu es une comédienne pleine de talent et une bûcheuse. Ce rôle, ce sera du gâteau, pour toi !

– Merci, mais je reste très dubitative. J'ai dit à Melanie que la nuit me porterait conseil et que je lui donnerais ma réponse demain.

– J'espère que ce sera oui, répondit Xenia avec indignation. Tu dois accepter. Ecoute, tu ne signes pas le contrat demain et, donc, tu pourras toujours te rétracter si tu penses que cela vaut mieux. Dans un premier temps, accepte !

– Je ne peux pas faire cela. Ce ne serait pas correct vis-à-vis de Melanie.

Xenia se leva et se mit à arpenter la cuisine, une expression pensive dans ses beaux yeux gris.

Elle finit par s'arrêter à côté de Katie et lui posa une main sur l'épaule.

– Voilà ce que nous allons faire. Demain matin, tu téléphoneras à Melanie Dawson pour lui dire que tu acceptes. Ensuite, je t'emmènerai dans le Yorkshire pour quelques jours. On prendra le train du matin pour aller chez Verity, à Burton Leyburn.

« Vendredi ou samedi, je te conduirai à Haworth et tu pourras communier avec l'esprit d'Emily Brontë dans ces landes désertes qu'elle aimait tant et où elle a passé tellement de temps avec son chien, Keeper. Nous irons au Black Bull où Branwell se soûlait si horriblement et nous nous promènerons dans les rues du village. Nous pourrons même aller à Top Withens par les landes. C'est une longue marche mais cela en vaut la peine. La maison est en ruine à présent mais on prétend qu'elle a servi de modèle aux Hauts de Hurlevent. On peut aussi passer une heure ou deux au presbytère. Il abrite le musée Brontë, maintenant. De nombreux manuscrits y sont exposés, y compris une partie des *Juvenilia*, les histoires des royaumes imaginaires de Gondal et Angira que les Brontë ont écrites dans leur enfance. Elles sont très romantiques et annoncent déjà leurs romans d'adultes. »

Xenia reprit son souffle, le regard fixé sur Katie.

– Qu'en dis-tu ? L'idée te plaît ?

– Oui...

De nouveau, Katie paraissait hésiter.

– Ecoute-moi, Katie ! Quand tu auras vu où ils vivaient, quand tu auras vu la tristesse des landes et le ciel tourmenté, tu comprendras beaucoup mieux les Brontë, Emily en particulier. Cet endroit est tellement battu des vents, tellement dur, implacable en réalité, qu'il ne pouvait que les influencer, peser sur leurs caractères et, en définitive, sur leurs écrits. Sans compter que tu trouveras beaucoup de livres sur les Brontë dans la bibliothèque de Burton Leyburn. Tu auras de quoi lire. Ne me dis pas non !

Katie restait silencieuse.

– Allons, Katie ! Dis-moi oui ! s'écria Xenia, de plus en plus impatientée.

Katie était touchée par l'invitation de Xenia. Elle la regarda pensivement et finit par acquiescer de la tête.

– Tu es vraiment adorable, dit-elle. Mais ton travail ? Je croyais que tu devais organiser une soirée pour fêter le millénaire et que tu avais des problèmes ?

– Et comment ! répondit Xenia. Nous n'arrivions pas à trouver une salle correcte ou disponible pour le réveillon du Nouvel An. Nous commencions à paniquer, Alan et moi, et, aujourd'hui, un couple de New York qui donnait une réception pour son anniversaire de mariage l'a annulée. Ils divorcent ! Ils avaient réservé la salle de bal de l'hôtel Plaza et voilà ! Nous avons une salle de réception libre pour notre client. Problème résolu ! L'autre point qui tracassait Alan était celui du thème de la fête. La salle de bal du Plaza est très grande pour une soirée privée mais je crois que j'ai trouvé une idée qui lui plaît.

– C'est-à-dire ?

– Je lui ai proposé de transformer la salle de bal en réplique du Palais d'Hiver de Saint-Pétersbourg. Il avait des doutes, au début, mais quand la cliente a su à quoi je pensais, elle a crié au génie ! J'appellerai Alan demain pour lui dire que je suis dans le Yorkshire, au cas où il aurait besoin de moi. Ce qui est formidable, c'est que je peux travailler sur le projet à Burton Leyburn. La maison va m'inspirer. Quand tu l'auras vue, tu comprendras ce que je veux dire.

Katie réalisa soudain qu'il était très important pour Xenia qu'elles aillent dans le Yorkshire, où elle avait passé une partie de son enfance. Cela devenait évident quand on voyait son teint d'habitude si pâle s'animer, ses joues rosir et ses yeux briller. Cela avait une signification spéciale pour elle.

– D'accord, dit Katie. J'irai dans le Yorkshire avec toi, Xenia.

– Et tu accepteras le rôle d'Emily ?

Katie prit une profonde inspiration.

– D'accord. J'appellerai Melanie demain pour lui dire que je le veux et que je vais passer quelques jours dans le Yorkshire pour me documenter sur les Brontë... Je pourrai toujours renoncer en rentrant à Londres.

Pas tant que je serai vivante ! pensa Xenia. Mais elle s'abstint de faire part de ses réflexions à son amie.

16

Le lendemain, elles n'échangèrent que quelques paroles pendant la première moitié de leur voyage. Xenia était plongée dans des documents de travail, notes et télécopies, tandis que Katie revoyait ses cours.

Elles commandèrent leur déjeuner environ une heure après le départ du train. Quand on les servit, elles relevèrent enfin les yeux et se sourirent par-dessus leurs entrées.

– On ne se rend pas compte du temps qui passe quand on fait quelque chose que l'on aime, n'est-ce pas ? dit doucement Katie avec un petit rire.

Xenia partagea son rire mais changea rapidement de ton et d'expression.

– Je déteste la paperasse, grogna-t-elle. Malheureusement, avec Bella en arrêt maladie, je dois faire son travail en plus du mien. D'un autre côté, je ne devrais pas me plaindre car cela marche très bien. Tu te rends compte ? Quand je t'ai rencontrée à New York, il y a deux ans, je n'étais l'associée d'Alan que depuis un an. Nous avons eu de la chance de nous développer comme nous l'avons fait en trois ans à peine.

– C'est normal ! Les événements que vous organisez correspondent toujours exactement à ce qu'il fallait faire, Xenia. C'est toujours spécial, très original. Je dirais même unique. Toi et Alan, vous avez un flair incroyable. Le succès de votre entreprise n'a donc rien d'étonnant.

– Merci, Katie, tu me fais plaisir.

Xenia goûta le potage à la queue de bœuf qu'elle avait commandé puis rompit son petit pain et le beurra.

Katie l'observait. Comment Xenia pouvait-elle rester aussi mince ? Elle avait trente-quatre ans, soit sept de plus que Katie, mais paraissait beaucoup plus jeune. En dépit de ses manières raffinées et cosmopolites, elle avait une allure d'adolescente. Elle parlait quatre langues, le russe, l'anglais, le français et l'italien. Elle avait reçu une solide instruction et possédait une culture étendue dans les domaines de l'art et de la littérature. Et, bien entendu, dans celui du cinéma puisqu'elle avait été élevée par un père producteur de films.

Poursuivant le cours de ses pensées, Katie s'émerveillait encore de la minceur de Xenia malgré son vigoureux appétit. Elle ressemblait à un mannequin parisien, avec sa fine ossature, sa silhouette adolescente et ses longues jambes. Quand Katie pensait à elle, le mot qui lui venait le plus souvent à l'esprit était « élancée ». Ce qui frappait le plus chez Xenia, c'était son épaisse chevelure brune qui lui tombait sur les épaules et ses grands yeux gris transparents. Son visage au teint délicat avait la forme d'un cœur, et ses hautes pommettes, pour Katie, signaient ses origines slaves.

A moins que ce soit mon imagination, pensa soudain Katie qui observait discrètement Xenia en train de dévorer une tomate.

Katie s'était souvent interrogée sur Xenia et son passé, car certains fragments en étaient voilés de mystère. Elle ne lui avait posé une question personnelle qu'une seule fois – à propos de sa mère – et avait essuyé une rebuffade sans appel.

Depuis, elle avait laissé Xenia libre de se confier à elle quand elle le décidait, ce qui lui arrivait fréquemment. Katie éprouva un brusque et inattendu sentiment de culpabilité. Qui était-elle pour critiquer Xenia ? Elle-même n'avait jamais été particulièrement bavarde au sujet de sa propre vie. Elle devait également paraître à Xenia assez mystérieuse et secrète.

– J'ai appelé Verity très tôt ce matin, déclara soudain Xenia en levant les yeux. Elle monte à cheval tous les jours, en général à l'aube. Je devais donc l'attraper avant qu'elle parte galoper dans des champs sans fin et sauter des haies jusqu'à la limite de ses forces et de celles de son cheval. Elle est ravie de notre arrivée. Elle enverra Lavinia nous chercher à la gare d'Harrogate avec la camionnette.

– Qui est Lavinia ? demanda Katie dont la curiosité était éveillée.

– La fille d'Anya, la cuisinière de Verity. Elle est née au village et a grandi à Burton Leybum. Elle fait un peu de secrétariat pour Verity et d'autres petits boulots comme aller chercher les invités à la gare, ce genre de choses. En réalité, c'est une artiste professionnelle, et une bonne artiste.

Katie prit son verre d'eau et se recula sur son siège pour laisser le serveur débarrasser son assiette à salade. Elle attendit qu'il se soit éloigné pour relancer la conversation.

– A propos, j'ai écouté tes conseils, Xenia, et j'ai appelé Melanie. Elle était très contente que j'accepte le rôle, mais je me sentirai très mal si je me rétracte.

– Je n'ai pas l'intention d'écouter de telles bêtises, ma chère amie ! Alors, boucle-la !

A peine Xenia avait-elle prononcé ces mots qu'elle rougit, l'air très gênée. Elle eut un hochement de tête consterné.

– Ma grand-mère russe se retournerait dans sa tombe si elle m'entendait te parler de cette façon, Katie. Je ne voulais pas être grossière. Excuse-moi.

– Tu n'as pas à t'excuser, tu n'as pas été grossière, Xenia.

Katie laissa passer quelques instants de silence avant de poser une autre question :

– Tu as bien connu ta grand-mère russe ?

Katie espérait que Xenia ne se fermerait pas comme une huître ainsi que cela lui était plus d'une fois arrivé dans le passé. Les questions sur Tim et sa famille en particulier semblaient interdites et rendaient Xenia muette.

– Quand j'étais petite, oui, répondit Xenia d'une voix normale. Mon père m'emmenait souvent la voir à Paris ou à Nice. C'était une femme remarquable et très belle... Je veux dire que je me rendais compte de ce qu'avait dû être sa beauté dans sa jeunesse. Elle était encore assez étonnante, une vieille dame très imposante. Une *grande dame* [1] est l'expression qui la décrit le mieux, je pense. J'avais dix-sept ans quand ma grand-mère est morte, à Nice, quelques mois après mon départ de l'école de Lady Eden à Londres...

Xenia fit une petite grimace amusée.

– Et, bon Dieu, reprit-elle, qu'est-ce qu'on pouvait être à cheval sur les bonnes manières dans cette école ! Pire que ma grand-mère, si c'est possible !

Le serveur revenait avec leur omelette et la conversation reprit un tour plus impersonnel. Elles refusèrent le dessert, se contentant d'un café noir, puis retournèrent à leurs travaux respectifs.

Katie vint assez rapidement à bout de ses cours. Comme Xenia, submergée par les papiers, ne levait pas la tête, Katie se pelotonna sur son siège et s'absorba dans le spectacle du paysage qui défilait tandis que le train roulait vers le Yorkshire.

Elle finit par fermer les yeux, laissant ses pensées dériver. A quoi ressemblait cette maison où on l'attendait et qui, apparemment, représentait tant pour Xenia ? Elle n'en avait aucune idée, en dehors du fait qu'elle devait être très grande. Quand Xenia en parlait, c'était en général en faisant référence aux gens qui y vivaient ou s'en occupaient, comme Pell, par exemple, le jardinier de Verity. D'après Xenia, il avait non pas la main verte, mais deux mains magiques avec les plantes ! Ou bien Dodie, la femme de ménage, qui croyait avoir un don de voyance. Ou encore Pomeroy, l'ancien responsable de l'entretien des bottes mais qui ne l'était plus vraiment car il n'y avait plus beaucoup de bottes à nettoyer. Et, une heure plus tôt, Xenia avait mentionné Anya, la cuisinière, et sa fille Lavinia, née au village, habitante de la maison, secrétaire

1. En français dans le texte. *(N.d.T.)*

de Verity, mais peintre en réalité. Verity semblait vivre seule, à l'exception de cet hétéroclite assemblage d'aides en tous genres et de son soupirant de toujours, Rex Bellamy, que tout le monde appelait Boy et qui séjournait parfois chez elle. Quel curieux mélange, pensa Katie juste avant de s'assoupir, bercée par le rythme du train et la chaleur du wagon.

Elle se réveilla en sursaut au bruit du train qui freinait et des passagers de la voiture-restaurant qui s'agitaient soudain. Clignant des yeux, elle interrogea Xenia du regard.

– On est arrivées ? demanda-t-elle. Nous sommes à Harrogate ?

– Non, à Leeds. Grosse cité industrielle. Ancien centre du prêt-à-porter, aujourd'hui supplanté par Hong Kong ou un autre endroit de ce genre. Mais ça repart. Leeds, je veux dire. C'est devenu le centre financier du nord du pays et une très importante ville universitaire. L'université de Leeds est une des plus cotées, à présent.

Katie fit un signe de tête indiquant qu'elle était au courant.

– J'ai lu plusieurs articles à ce sujet.

Xenia referma son attaché-case, le posa sur le siège à côté d'elle, jeta un coup d'œil circulaire et se pencha vers Katie par-dessus la table, l'air très sérieuse.

– Il y a quelque chose que je veux te dire, commença-t-elle. D'une certaine façon, j'ai des excuses à te faire, Katie, car je ne t'ai pas dit la vérité. Bon, je ne t'ai pas vraiment menti, j'ai seulement omis quelque chose, mais Verity me répète toujours que c'est une forme de mensonge.

Katie retourna son regard à Xenia.

– Je ne suis pas certaine d'être d'accord avec Verity, mais dis-moi ce qui te tracasse.

Xenia ne répondit pas.

– Dis-le-moi, insista Katie.

Xenia restait silencieuse, les yeux toujours fixés sur Katie, qui se sentit légèrement mal à l'aise sous ce regard scrutateur.

– Tu peux tout me dire, Xenia, dit-elle d'une voix douce. Je ne me fâcherai jamais contre toi. Pourquoi as-tu l'air si soucieuse ? Cela ne peut pas être très grave.

Xenia déglutit lentement avant de répondre d'une voix calme.

– Je ne suis pas divorcée de Tim.

– Ah ! dit seulement Katie, abasourdie.

– Je t'ai laissée le croire, Katie. En fait, tu as tenu pour acquis que j'étais divorcée quand je t'ai dit que j'avais été mariée.

Les mots se précipitèrent soudain dans la bouche de Xenia.

– Je n'ai rien dit parce que c'était plus facile pour moi. Je préférais que tu me considères comme divorcée. Cela m'évitait de te dire la vérité. Et je ne...

– Tu veux dire que tu es toujours mariée avec Tim, si je comprends bien ?

– Non, ce n'est pas cela. Pas du tout.

Xenia fit une légère pause pour reprendre sa respiration.

– Tim est mort, dit-elle. Il a été tué dans un accident de la route. Je ne l'ai jamais dit à personne parce que je n'ai pas envie d'entendre les gens s'apitoyer et me présenter leurs condoléances. Cela me fait trop mal. Mais je voulais que tu le saches, maintenant, car, à Burton Leyburn, il aurait suffi de quelques heures, peut-être de quelques minutes, pour que tu apprennes que Tim est... n'est plus là. Cela m'aurait mise dans une situation impossible.

Katie posa sa main sur celles de Xenia, qu'elle tenait serrées l'une contre l'autre devant elle.

– Je suis désolée pour toi... Cela a dû être terrible. Tu n'as pas besoin d'ajouter un seul mot. Si tu as envie de parler, je suis là. Tu es mon amie et je tiens à toi.

– Tu es vraiment chic, Katie, dit Xenia en serrant la main de son amie dans les siennes. Tu dois penser que je me suis conduite en dissimulatrice.

– Non, pas du tout, répondit Katie d'une voix affectueuse.

Elle savait que c'était elle qui cachait son passé.

17

La jeune femme qui les attendait à la gare de Harrogate et se dirigeait vers elles d'un pas vif était si belle que Katie n'en crut pas ses yeux. Elle mesurait environ un mètre soixante-dix, avec une silhouette très mince, des cheveux noirs courts et lisses.

Elle avait quelque chose d'enfantin et Katie avait vaguement l'impression de la connaître alors qu'elles ne s'étaient jamais rencontrées. Lavinia portait un pantalon collant en lainage noir, des ballerines et un pull à col montant noir. Une courte veste de lainage rouge vif rehaussait son ensemble.

Lavinia et Xenia s'embrassèrent puis Xenia prit le bras de Katie et les présenta l'une à l'autre. Elles se saluèrent cordialement et, voyant de près le souriant visage de Lavinia, Katie comprit aussitôt pourquoi il lui paraissait si familier. Lavinia était le sosie d'Audrey Hepburn dans sa jeunesse. Elle avait les mêmes grands yeux sombres et expressifs, les mêmes épais sourcils noirs bien dessinés, la même frange souple qui lui tombait sur le front.

Les présentations terminées, Lavinia leva une main en un geste léger pour les inviter à la suivre.

– On y va! Verity m'a demandé de vous ramener à temps pour le thé, et tu sais ce que le thé de l'après-midi représente pour elle, Xenia. C'est devenu un véritable rituel et on n'a pas intérêt à l'oublier!

Sans attendre les commentaires de Xenia, elle pivota sur ses talons et fit signe au porteur. Il avait empilé leurs bagages sur un chariot qu'il poussait le long du quai d'un air très affairé. L'habitude qu'avait Lavinia de prendre les choses en main apparut encore dans la façon dont elle les guida à travers la gare en direction du parc de stationnement.

Quelques instants plus tard, le porteur chargeait les bagages dans le coffre d'une ancienne Bentley Continental couleur bordeaux à capote de cuir beige patiné par les intempéries. Katie remarqua ce qui lui parut des armoiries peintes sur la porte du côté du conducteur, juste en dessous de la vitre. Elle tenta de distinguer les symboles mais sans succès et se sentit dévorée de curiosité.

– Tu devrais t'asseoir à l'arrière, Xenia, suggéra Lavinia. Cela te permettrait de mieux montrer la région à Katie.

– Excellente idée, reconnut Xenia.

Elle cligna de l'œil à l'intention de Katie et ouvrit promptement la porte.

– Tu ne préfères pas être à l'avant avec Lavinia? demanda Katie.

– Non, cela me fera plaisir de jouer les guides pour toi. Lavinia me racontera plus tard les cancans. Elle adore jouer au chauffeur, n'est-ce pas, Lavinia?

Le rire léger de Lavinia s'éleva dans l'air frais d'octobre mais elle ne dit rien, s'assit derrière le volant et tourna la clef de contact, visiblement pressée de se mettre en route. Dès que ses deux passagères furent installées, elle démarra et se glissa dans la circulation animée des rues de Harrogate.

Elles atteignirent très vite le centre de la ville et, comme elles longeaient une vaste étendue d'herbe, Xenia fit signe à Katie et tapota la vitre de son côté.

– Regarde, c'est le Stray, un bout de terre qui est devenu célèbre avec les siècles. En ce moment, il a l'air affreusement râpé mais, au printemps, des centaines de crocus le transforment en une tapisserie violette, jaune et blanche. Et là, plus bas, ce sont les grilles qui mènent à Valley Gardens, des jardins également réputés pour leurs magnifiques floraisons en été. Je venais m'y promener avec ma mère quand j'étais petite.

Katie regarda dans la direction indiquée par Xenia et indiqua d'un léger signe de la tête qu'elle avait vu ce qu'elle lui montrait. Il lui semblait avoir perçu une note triste ou nostalgique dans la voix de son amie quand celle-ci avait mentionné sa mère. Katie décida donc de changer de sujet.

– Les bâtiments sont très beaux. Harrogate est une ville très ancienne, je crois ?

– Oui. La rangée de maisons mitoyennes que nous venons de passer remonte à l'époque géorgienne. En fait, Harrogate possède de nombreuses rues élégantes comme celle-ci, ainsi que des rues en demi-cercle et des places. Certaines sont d'époque victorienne ou édouardienne. Imagine-toi, Katie, que la ville était une ville d'eaux réputée, autrefois. C'est pour cela que tu peux voir quelques maisons et quelques villas vraiment très belles, ainsi que de grands hôtels. Je dirai même des palaces, en réalité.

Depuis le siège avant, Lavinia intervint :

– Katie, avez-vous vu ce film avec Vanessa Redgrave et Dustin Hoffman qui s'appelait *Agatha* ?

– Je ne crois pas, répondit Katie.

Le nom ne lui était pas inconnu mais elle n'arrivait pas à s'en souvenir plus précisément.

– Peu importe, reprit-elle. Pourquoi me demandez-vous cela ?

– Parce qu'il a été tourné à Harrogate dans les années soixante-dix, répondit Lavinia. Et les événements sur lesquels il est basé se sont déroulés ici, il y a une cinquantaine d'années. L'histoire commence en 1926. Agatha Christie, l'écrivain bien connu de romans policiers, avait disparu. Ce fut un scandale terrible. Personne ne savait où elle était. Quelque temps plus tard, on la repéra ici, au

Old Swan Hotel où elle s'était inscrite sous le nom de Theresa Neele. Ses éditeurs déclarèrent alors que le surmenage avait provoqué une dépression nerveuse et que, après avoir vu une affiche vantant les beautés de Harrogate dans une gare, elle avait tout simplement pris le train pour s'y rendre. C'était très mystérieux, comme dans un de ses romans.

Katie reporta son regard sur la ville, admirant la beauté des vieux immeubles. Elle aurait aimé pouvoir s'arrêter et se promener dans les rues. Il y régnait un charme démodé et dépaysant qui la séduisait beaucoup. Ses seuls déplacements hors de Londres, depuis un an qu'elle y vivait, avaient été pour se rendre à Stratford-upon-Avon et assister à une série de représentations des pièces de Shakespeare. Elle se sentait intriguée par la campagne et avait très envie d'explorer ces paysages bucoliques si nombreux en Angleterre.

Xenia interrompit le cours de ses pensées pour lui donner quelques précisions sur Harrogate.

– C'est une très vieille ville, Katie. Je crois qu'elle a été fondée au début du XIVe siècle. Plus tard, en 1571, on y a découvert des sources thermales, et les gens ont commencé à affluer pour prendre les eaux. On a construit la Royal Pump Room et les Royal Baths, où les gens venaient se faire soigner de toutes sortes de maladies. Harrogate est devenue le meilleur centre d'hydrothérapie au monde, ainsi qu'un lieu de villégiature très mondain. Tous ceux qui avaient un nom voulaient prendre les eaux à Harrogate, les rois et les reines, les princes et les princesses, les ducs et les duchesses, les maharajahs, les politiciens, les actrices, les chanteuses et les écrivains. Ils sont tous venus à Harrogate. Même Byron y a fait une cure !

– C'est toujours un centre thermal ? demanda Katie.

– Non. Tout a été fermé après la Seconde Guerre mondiale. D'une certaine façon, c'est honteux qu'on ait laissé disparaître des sources aussi anciennes.

– Mais elles existent toujours, dans le sous-sol, intervint Lavinia. Du moins, c'est ce que dit Verity.

– Ces vieux puits seront-ils jamais restaurés ? dit Katie d'une voix pensive.

– Je ne pense pas, répondit Xenia avec un haussement d'épaules. La médecine moderne et les progrès de la diététique ont rendu inutile ce genre de station thermale.

Comme elles quittaient les hauteurs de la ville et s'engageaient sur une route droite et plate, Lavinia tourna légèrement la tête vers ses passagères.

– Katie, nous sommes sur la route des Dales, maintenant. Vous verrez, c'est superbe.

– Quelle distance y a-t-il jusqu'à Burton Leyburn ?

– Ce n'est pas très loin, répondit Xenia. Environ une heure vingt. Il n'y a rien de mieux à faire que de s'installer confortablement et de profiter du paysage.

Bien qu'on fût en octobre, les Dales étaient encore très vertes. Les lignes doucement vallonnées de la contrée étaient découpées en parcelles par des murets de pierre sèche derrière lesquels des moutons broutaient paisiblement. Les feuilles n'étaient pas encore tombées et les arbres plantés de chaque côté de la route formaient une tonnelle verte sous laquelle la voiture progressait à vitesse régulière.

Katie gardait les yeux rivés sur le paysage, comme si elle avait craint d'en perdre une seule miette. Elle s'étonnait de découvrir une région aussi luxuriante, loin de l'image qu'elle s'en était forgée. Elle avait imaginé le Yorkshire comme une région triste et hostile, et ce n'était pas vrai. A moins que cela ne le soit à Haworth, au pays des Brontë.

Dans le train, Xenia lui avait expliqué qu'elle avait tout organisé pour qu'elles s'y rendent le lendemain. Katie se sentait très impatiente à l'idée de cette excursion. Elle espérait ne pas perdre son courage à la dernière minute et refuser le rôle d'Emily. Elle n'avait pas besoin qu'on lui répète que cela représentait la grande chance de sa vie.

Katie était consciente que, si elle refusait l'offre de Melanie, il n'y en aurait plus d'autre. La célèbre productrice et son mari avaient repéré Katie dans une pièce qui se jouait dans un petit théâtre de New York plusieurs années auparavant. Depuis, ils avaient suivi sa carrière de près.

De toute évidence, ils appréciaient son travail de comédienne et croyaient en son talent. Sans cela, ils ne se seraient pas intéressés à elle. Ils étaient même venus la voir à Londres, huit mois auparavant, et lui avaient témoigné beaucoup d'attentions, l'emmenant à des représentations et l'invitant ensuite à dîner dans les meilleurs restaurants.

Katie tourna de nouveau la tête pour contempler le paysage. La voiture avait déjà traversé plusieurs villages et l'ancienne cité épiscopale de Ripon. A présent, d'après les panneaux routiers, elles étaient presque arrivées à Middleham.

La vie paraît si calme dans ces vieilles cités, pensa Katie. L'image de New York avait surgi dans son esprit et elle réprima un soupir. Si seulement elle n'avait pas tellement craint de rentrer en Amérique ! Cela seul la faisait hésiter à accepter le rôle offert par Melanie Dawson.

Comment aurait-elle ignoré que c'était une extraordinaire opportunité pour elle, le meilleur rôle qu'on lui ait jamais proposé ? De plus, en dehors de son inquiétude de ne pas pouvoir passer pour une Anglaise, elle savait qu'elle pouvait le jouer. Le rôle d'Emily était fait pour elle, contrairement à ceux que Melanie lui avait offerts précédemment.

Il n'y avait pas à s'y tromper : jouer Emily dans un théâtre de Broadway lui permettrait de lancer sa carrière. Katie aurait seulement aimé avoir moins peur de rentrer à New York. A cette idée, sa gorge se serrait et elle sentait un grand frisson la parcourir. Elle respira à fond, dans un grand effort pour se détourner du passé et des souvenirs douloureux, mais elle avait beau garder les yeux fixés sur le paysage, son esprit n'enregistrait rien. Elle ne voyait plus que les visages de Denise et de Carly, absentes de sa vie mais toujours présentes dans son affection et son esprit. Elle prit une autre profonde inspiration et se rencogna sur la banquette, attendant que l'angoisse se dissipe, comme cela finissait toujours par se produire.

– Quand nous arriverons en haut de la colline, dit Xenia, nous serons à Middleham. C'est une très belle région du Yorkshire qui, de plus, a joué un rôle important dans notre histoire.

Katie se força à répondre d'une voix normale.

– J'ai entendu parler de Middleham, dit-elle. Je sais que Richard III a grandi ici, dans le château. J'ai lu, aussi, qu'on l'appelait autrefois la Windsor du Nord.

– C'est exact. C'était le siège du pouvoir. D'un grand pouvoir, en réalité. Et ceci, dans les mains d'un seul homme, l'homme le plus puissant de toute l'Angleterre, à cette époque. Richard Neville, comte de Warwick, le dernier des grands barons et seigneurs du Moyen Age, celui qu'on appelait le Faiseur de rois. Il avait plus de pouvoir réel que son jeune cousin, le roi Edouard IV, qu'il installa sur le trône après la guerre des Deux-Roses. Tu vois...

Xenia s'interrompit brusquement.

– Regarde, Katie ! s'exclama-t-elle. Les ruines, c'est là ! Lavinia, ralentis un peu pour que Katie puisse bien voir !

Lavinia leva le pied comme on le lui demandait et passa devant le château le plus lentement possible.

– Si vous voulez voir Middleham, Katie, je vous y emmènerai un autre jour. Dans l'immédiat, je dois accélérer car Verity nous attend.

– Je comprends, répondit Katie qui se retourna sur son siège pour avoir un dernier aperçu des célèbres ruines.

Elles paraissaient irréelles, mystérieuses, les tours démantelées comme drapées dans les ombres qui s'allongeaient tandis que déclinait la froide lumière du Nord.

Katie eut un frisson involontaire, se sentant soudain glacée jusqu'aux os. Elle tenta de rejeter le sentiment d'appréhension irrationnel qui venait de s'emparer d'elle.

Elles laissèrent derrière elles le château en ruine, et la voiture s'engagea dans la côte raide qui menait hors de Middleham. Peu de temps après, elles roulaient sur une route pleine de virages qui traversait les landes. Le soleil avait depuis longtemps disparu mais, à l'altitude où elles se trouvaient, le ciel était encore bleu pâle, parcouru de longues traînées de nuages blancs poussés par le vent. Quelques oiseaux tournoyaient, nettement dessinés sur le blanc des nuages, habitants solitaires des landes désertes de Coverdale.

La route finit par redevenir toute droite et redescendre doucement vers une vallée luxuriante, avec des bosquets d'arbres centenaires et des pâturages délimités par les murets de pierre sèche caractéristiques du Yorkshire. Au milieu de cette vallée verdoyante, courait l'étroit ruban argenté d'une petite rivière qui s'en allait rejoindre la mer du Nord.

Dix minutes plus tard, la voiture parvint en vue d'un autre village et, cette fois, le panneau portait le nom de Burton Leyburn.

Katie jeta un rapide coup d'œil à Xenia.

– Nous y sommes ?

– Pas encore, répondit Xenia avec un sourire. La maison est à l'extérieur du village. Tu me parais impatiente d'arriver !

– Il y a de quoi, n'est-ce pas ? Tout ce que tu m'as dit à son sujet m'a rendue curieuse.

Xenia eut un nouveau sourire énigmatique mais ne fit aucun commentaire.

Burton Leyburn était un village typique des Dales, petit, joli et pittoresque. Les maisons, serrées les unes contre les autres, étaient construites en pierre grise du pays. La plupart des jardins regorgeaient de fleurs qui témoignaient du récent été indien, même si les floraisons étaient dans l'ensemble orange, jaune doré ou ambre, essentiellement des chrysanthèmes, une des plantes préférées des jardiniers à cette période de l'année.

Katie remarqua plusieurs petits commerces, un bureau de poste, un pub appelé le Cerf Blanc et une ravissante vieille église en pierre grise, dotée d'une tour carrée et de vitraux. Mais on ne voyait presque personne dans les rues, et pas de voitures. Pour Katie, le village avait l'air abandonné.

Quand elle leur fit part de ses impressions, Xenia et Lavinia éclatèrent de rire.

– Mais c'est l'heure du thé, Katie ! dit Lavinia. Tous les gens sont chez eux, en train de reprendre des forces.

Au bout de la grand-rue, Lavinia tourna à gauche et ralentit pour aborder une ruelle très étroite. Cela ne dura que quelques instants, après lesquels elle prit une route plus importante et ne ralentit plus qu'en arrivant devant une haute et élégante grille en fer forgé noir. Elle était impressionnante, intimidante, encadrée d'énormes piliers de pierre, eux-mêmes surmontés de cerfs en pierre sculptée.

La grille était fermée.

– Attendez-moi un instant, dit Lavinia. Pell doit avoir déjà tout fermé. Je vais aller faire le code.

– Je m'en occupe, s'exclama Xenia. C'est plus simple.

Elle avait déjà bondi hors de la voiture.

Contournant les buissons, elle s'arrêta devant le poteau de métal où se trouvait le clavier et composa le code sur les touches. L'instant suivant, elle se réinstallait dans la Bentley.

Les grilles de fer forgé s'ouvrirent lentement.

Lavinia les franchit à vive allure et accéléra encore dans l'allée. Elle était très large, aussi large qu'une avenue, et bordée de chaque côté d'arbres imposants. La plupart des troncs étaient couverts de mousse. Des cerfs, des biches et des faons passaient entre les arbres tandis que d'autres broutaient. Ces beaux animaux ajoutaient un charme naturel à un lieu hors du temps.

Xenia s'aperçut que Katie ouvrait de grands yeux.

– J'ai oublié de te dire que Burton Leyburn Hall se trouve dans une chasse gardée de cervidés. Il y en a toujours eu ici, même à l'époque où Elizabeth Ire a donné ces terres à Robert Leyburn. C'est lui qui a construit le château. Aujourd'hui, nous avons une cinquantaine de ces animaux.

Katie pensait aux problèmes de sa mère, à Malvern, où les chevreuils venaient brouter toutes les fleurs du jardin, mais elle choisit d'attendre un moment plus opportun pour en parler.

– De quand date la maison ? préféra-t-elle demander.

– Elle a été construite en 1577. Du moins, c'est la date qui figure au-dessus de la porte. Elle indique plus vraisemblablement l'année de la fin de la construction. La maison a donc plus de quatre cents ans mais, tu vas t'en rendre compte dans un instant, elle ne manque pas de charme.

Les bois qui s'étendaient de part et d'autre de la grande allée s'écartèrent enfin pour laisser place à une immense pelouse. Au loin, silhouette se détachant sur le ciel bleu, se dressait la maison. Katie comprit que, en disant qu'elle ne manquait pas de charme, Xenia avait utilisé une expression très faible.

Cela ne ressemblait pas à une maison de campagne ou à une gentilhommière. Même le terme de « manoir » semblait inapproprié. Burton Leyburn Hall était plus que cela, beaucoup plus. Ce que voyait Katie appartenait à la catégorie des châteaux. Même à la distance où elle se trouvait, elle se rendait compte de la magnificence des lieux.

Malheureusement, elle fut très déçue car elle ne put découvrir la maison comme elle l'aurait désiré. Alors qu'elles approchaient, Lavinia tourna brusquement et à toute vitesse dans une allée qui s'ouvrait sur sa droite.

Elle fonça sur le chemin de terre et finit par entrer dans une vaste cour pavée.

– Voici les écuries, Katie ! s'exclama-t-elle.

Elle freina brutalement et la vieille Bentley s'arrêta.

– Dépêchons-nous, dit-elle, serrant le frein à main et coupant le contact d'un même mouvement. Nous sommes en retard pour le thé. On s'occupera des bagages plus tard.

– Désolée de te faire passer par l'entrée de derrière, s'excusa Xenia en rejoignant Katie.

Elle prit son bras et la guida, lui faisant traverser la cour.

Katie entendit des reniflements et des hennissements. Elle tourna la tête et regarda derrière elle. Deux magnifiques chevaux passaient la tête avec curiosité par-dessus la porte de leur box. A peine les avait-elle aperçus que Xenia la faisait entrer dans la maison.

18

Une véritable cacophonie salua leur entrée dans le hall de derrière. La pièce servait aussi de vestiaire. Elle abritait une collection variée de bottes de cheval, de bottes en caoutchouc, d'imperméables et de Barbour.

Une voix de femme, qui chantait dans une langue étrangère, s'élevait au-dessus du bruit des casseroles entrechoquées. Un chien aboyait, une bouilloire sifflait et des voix étouffées se répondaient, poursuivant une conversation. Tous ces bruits provenaient de la cuisine proche, d'où s'échappaient de délicieuses odeurs qui rappelèrent soudain à Katie la maison de son enfance.

– C'est Anya qui chante, bien sûr! dit Xenia avec un sourire.

Elle suspendit son manteau et son écharpe à une patère.

– Je veux te la faire rencontrer, ajouta-t-elle à l'intention de Katie, mais ce sera pour plus tard. Dans l'immédiat, nous devons rejoindre Verity pour le thé.

Katie indiqua d'un signe de la tête qu'elle comprenait la situation, accrocha son loden à côté des vêtements de

Xenia puis vérifia le tombé de la veste de son ensemble pantalon bordeaux. Elle jeta enfin un coup d'œil rapide à sa montre.

– Il est presque cinq heures, dit-elle d'un ton ennuyé. Ne sommes-nous pas en retard ?

– Non, pas vraiment. Quelques minutes.

– Mais je croyais que les Anglais prenaient toujours leur thé à quatre heures ?

– Entre quatre et cinq heures. Et ici, c'est toujours assez tard, vers cinq heures moins le quart, essentiellement parce qu'on dîne vers huit heures et demie ou même neuf heures. Mais Verity ne se formalise pas d'un retard de quelques minutes pour le thé.

Elle secoua la tête d'un air amusé et précisa :

– C'est Lavinia qui fait toujours toute une histoire sur l'importance d'être à l'heure pour le thé. Allez, mes chéries, suivez-moi !

Quittant le vestiaire, Xenia prit un long couloir, un peu triste malgré les appliques placées à intervalles réguliers de part et d'autre. Katie, qui marchait juste derrière Xenia, se trouva bientôt dans un grand hall d'entrée carré, baigné dans la lumière de la fin d'après-midi, complétée par celle d'un immense lustre en bois sculpté. Le soudain passage en pleine lumière la fit cligner des yeux.

Xenia se tourna vers elle, désigna l'ensemble d'un rapide geste de la main, soudain très excitée.

– C'est par ici que tu aurais dû entrer, Katie ! N'est-ce pas un hall merveilleux ?

– Oui, merveilleux et impressionnant ! s'exclama Katie avec un sourire ravi.

D'un coup d'œil, elle nota les quatre grands vitraux, le haut plafond à poutres apparentes, le vase en pierre rempli de chrysanthèmes et de branchages posé sur une table de chêne, et les tapisseries fanées mais toujours belles.

– En été, expliqua Xenia, la tradition veut qu'on prenne le thé dans le salon bleu ou sur la terrasse juste devant. Cela dépend du temps. Mais à partir de la fin septembre, on le sert en haut, dans la grande salle haute, comme on l'appelle. La coutume remonte à l'arrière-grand-mère de Verity. Elle adorait cette pièce. Nous devons donc monter au deuxième étage.

– Ce n'est pas un problème, répondit Katie.

Leurs pas résonnèrent bruyamment tandis que Xenia, guidant Katie vers l'immense escalier, lui faisait traverser le hall au dallage usé par le temps.

Elles montèrent ensemble l'escalier de chêne sombre et poli, orné d'une balustrade sculptée au dessin complexe. Au mur, étaient accrochés des portraits des ancêtres de la famille Leyburn. Katie aurait aimé s'arrêter pour mieux les voir, mais Xenia, qui montait à toute vitesse, était déjà loin devant elle, ses hauts talons claquant sur les larges marches de bois.

Quand Katie atteignit à son tour le palier du deuxième étage, Xenia s'était assise sur une banquette pour l'attendre. Elle lui jeta un regard attentif, l'air inquiet.

– Quelque chose ne va pas, Katie ? Tu as l'air bizarre.

– Non, tout va bien. Je me demandais seulement quel est le nom de Verity. Tu ne me l'as jamais dit et je ne sais pas comment m'adresser à elle !

– Son nom de femme est lady Hawes, mais elle n'aime pas qu'on l'appelle de cette façon, sans doute parce qu'elle a divorcé de Geoffrey... c'est-à-dire de lord Hawes. Elle préfère Verity, simplement.

– Je ne peux pas l'appeler par son prénom, c'est trop familier !

– Cela ne la dérange pas, je t'assure.

– Je ne peux pas ! C'est lady Hawes et je dirai lady Hawes.

Xenia eut un sourire entendu.

– Fais comme tu veux, mais tu verras bien ! Cela ne lui plaira pas.

Ayant donné son avis, Xenia ouvrit la large porte à deux battants qui donnait sur le palier.

– Voici la grande salle haute, dit-elle en faisant signe à Katie d'entrer.

Quel nom bien choisi ! pensa Katie en suivant son amie.

La pièce était en effet très vaste et très haute, avec un plafond à caissons, richement orné de fleurs et de médaillons en stuc, tous peints de teintes pastel. Outre ses dimensions, la salle étonnait par ses six fenêtres à meneaux, presque aussi hautes que le plafond. D'un côté, il y en avait trois, dont deux avec des banquettes, de part et d'autre de la fenêtre centrale qui formait une alcôve. En fait, c'était un oriel où l'on avait serti un vitrail représentant les armes de la famille Leyburn. Deux autres fenêtres aussi hautes encadraient la cheminée, et la sixième s'ouvrait dans le mur opposé à l'oriel.

Avec de pareilles fenêtres, la grande salle devait se révéler spectaculaire par grand soleil. Même en cette fin de journée automnale, elle restait baignée d'une douce clarté. La lumière naturelle était mise en valeur par l'éclat étouffé des lampes en porcelaine à abat-jour de soie crème disposées tout autour de la pièce.

Un feu flambait joyeusement dans la cheminée. Des pots-pourris et des bougies parfumaient l'air, ainsi que de grands vases de chrysanthèmes roux et or mêlés à des branchages de hêtre cuivrés et des roses jaunes.

La teinte dominante était un crème pâle avec des touches pastel de vert et de rose relevées d'une pointe de noir. Katie enregistra la présence de plusieurs canapés profonds et de fauteuils recouverts de brocart de soie crème, d'élégantes commodes anciennes et de quelques tables. Un superbe bureau d'époque élisabéthaine richement sculpté trônait derrière l'un des grands canapés. De remarquables portraits de famille, uniquement des femmes, étaient accrochés aux murs également crème. Les couleurs vives des robes peintes rehaussaient le décor monochrome.

L'ensemble donna à Katie une impression immédiate de charme et de beauté, de chaleur et de confort accueillant.

Une femme était assise au coin du feu. Elle se leva, s'avança vers elles, tout sourire, les yeux pétillants.

– Vous devez être la célèbre Katie Byrne, dit-elle. J'ai tellement entendu parler de vous ! poursuivit-elle en prenant la main de Katie dans les siennes. Je suis ravie que Xenia vous ait invitée. Je mourais d'envie de vous connaître.

– Et moi de même, répondit Katie avec un grand sourire. Je vous remercie de votre hospitalité, lady Hawes.

– Oh, non ! Surtout pas ! Je m'appelle Verity. Je ne réponds à aucun autre nom, ici, Katie. Je vous en prie, appelez-moi Verity.

– Bien, Verity, accepta Katie avec une légère inclination de la tête.

– Et maintenant, venez vous asseoir près du feu. Non qu'il fasse très froid, aujourd'hui, mais j'aime avoir du feu, cela donne une sensation de confort, ne trouvez-vous pas ?

Katie se contenta d'un petit signe de tête approbateur et s'assit.

– Et c'est très accueillant, ajouta Xenia qui embrassa Verity avant de s'installer à son tour dans un fauteuil.

Elle se pencha pour mieux détailler le contenu des assiettes du plateau à thé posé sur la grande table de salon et se mit à rire.

– Mon Dieu ! Que de merveilles, Verity, mais des merveilles catastrophiques ! De la crème fraîche et la confiture de fraises d'Anya pour les scones ! Oh ! Et un gâteau fourré à la confiture de framboise avec de la crème... Et des éclairs au chocolat ! J'en ai l'eau à la bouche mais je crois que je vais me contenter d'un petit sandwich et d'un thé au citron. Et toi, Katie ?

– Un sandwich au concombre sera parfait, merci. Toutes ces choses délicieuses risquent d'aller directement sur mes hanches !

– Vous n'avez pas à vous inquiéter de cela, ni l'une ni l'autre, s'exclama Verity. Vous êtes incroyablement minces, toutes les deux. Mangez donc, vous devez avoir faim après le voyage. De plus, on ne dîne pas avant neuf heures, ce soir.

Verity versa le thé dans leurs tasses, ajouta du citron pour Xenia et demanda à Katie si elle voulait du lait.

– Non, du citron, s'il vous plaît.

La porte s'ouvrit au même instant et Lavinia se glissa dans la pièce.

Elle avait ôté sa veste rouge et s'était rafraîchie. Une fois de plus, Katie ne put s'empêcher de penser à quel point elle ressemblait à Audrey Hepburn à ses débuts au cinéma. Elle possédait cette allure de garçon manqué qui la rendait si spectaculaire et lui donnait tant de personnalité.

Lavinia avait un classeur à la main.

– Je suis désolée, Verity, dit-elle, mais j'ai oublié de vous donner votre courrier avant de partir à Harrogate. Je le pose sur la table, vous n'aurez qu'à le signer quand vous aurez le temps et je le mettrai à la poste demain.

Tout en parlant, elle avait posé le classeur au milieu du bureau élisabéthain derrière le canapé. Elle les rejoignit ensuite devant le feu.

– J'ai croisé Pell, dit-elle. D'après lui, il ne fera pas chaud, demain. Xenia, si vous allez à Haworth, vous aurez intérêt à bien vous couvrir. Vous pourriez avoir froid, dans la lande.

Verity tourna le regard vers Xenia.

– Je croyais que tu avais prévu d'emmener Katie au musée Brontë plutôt samedi ? dit-elle de sa voix posée. J'ai des choses importantes à voir avec toi et, très franchement, j'avais gardé la matinée de demain pour cela car, samedi, j'ai une journée chargée...

Laissant sa phrase en suspens, Verity se lova dans son fauteuil et croisa les jambes.

– Ce n'est pas un problème, répondit Xenia. Nous irons à Haworth samedi, Verity. Et demain, Katie peut se plonger dans l'atmosphère des Brontë ici même. Tous leurs livres sont dans la bibliothèque de la maison. Cela te va, Katie ?

– Oui, c'est très bien. Le jour où nous irons à Haworth n'a pas d'importance. Nous pouvons même attendre dimanche, si tu préfères.

– Et rater un des inoubliables déjeuners du dimanche d'Anya ? Pas question ! s'écria Xenia en riant.

Lavinia se servit une tasse de thé, mit une part de gâteau à la confiture sur une assiette et apporta le tout près du feu. Elle s'assit sur une banquette basse et goûta son thé.

Le silence s'installa entre elles quatre.

Katie s'enfonça dans les coussins du canapé, détendue, appréciant la chaleur et la beauté de cette pièce extraordinaire, si pleine du passé et de l'histoire de cette famille. Elle se sentait environnée d'une paix et d'une tranquillité délicieuses. On n'entendait pas d'autre bruit que le craquement des bûches dans l'âtre et le léger tic-tac de la grande pendule à poignée en cuivre, posée sur la commode toute proche. Autour de la pendule étaient disposées de nombreuses photos dans des cadres en argent. Katie aurait aimé se lever pour les regarder de près mais cela aurait été très grossier. Peut-être que plus tard, si elle était seule, elle pourrait y jeter un coup d'œil.

Elle reporta le regard sur son hôtesse et, pendant quelques secondes, l'étudia discrètement. Verity était une femme ravissante mais d'une façon feutrée, comme en sourdine. Elle avait des cheveux blond pâle, presque platine, et les portait coiffés à la page, frôlant les épaules. Elle avait un visage aux traits fins et nets, presque aigus tant les angles étaient bien dessinés, et de grands yeux bleu clair très expressifs surmontés de sourcils en arc. De taille moyenne et très svelte, elle avait beaucoup d'allure avec son coûteux pantalon gris et sa chemise en soie blanche de coupe masculine. Katie nota qu'elle portait une montre à un poignet et une série de fins joncs en or à l'autre poignet. En revanche, elle n'avait pas de bague.

Un long rang de grosses perles et des perles aux oreilles complétaient sa tenue. Malgré la simplicité de cette tenue, Verity était une des femmes les plus séduisantes que Katie ait jamais vues. Elle se sentait intriguée et avait hâte d'en savoir plus à son sujet.

Xenia rompit le silence en s'adressant à Lavinia :

– As-tu envie de nous accompagner à Haworth ? Nous serions ravies d'y aller avec toi.

– Je te remercie, Xenia, mais non. Je vais peindre tout le week-end.

– La galerie Hudson de Harrogate expose Lavinia, annonça Verity avec un sourire. Elle a déjà de nombreuses toiles à montrer mais elle veut en avoir un peu plus pour faire une exposition très forte.

– C'est merveilleux ! s'exclama Xenia. Bravo, Lavinia.

– Oui, bravo, Lavinia, ajouta Katie d'une voix plus discrète.

– J'espère que vous pourrez venir toutes les deux, dit Lavinia, les regardant tour à tour. L'exposition a lieu en janvier.

– A quel moment ? s'enquit Xenia.

– Vers la fin du mois, répondit Lavinia. Penny Hudson, la propriétaire de la galerie, n'a pas encore fixé la date définitive, mais ce sera sans doute vers le vingt-cinq. Toutes les fêtes du millénaire seront finies, à ce moment-là.

Xenia hocha la tête d'un air pensif.

– Je devrais être rentrée à Londres, à ce moment-là. Je passe les fêtes de fin d'année à New York car nous organisons plusieurs événements pour le Nouvel An.

Elle tourna ensuite les yeux vers Katie.

– Et toi, tu seras en train de répéter, je suppose ?

– Oui, répondit Katie d'un ton bref.

Elle prit rapidement sa tasse de thé, soudain peu désireuse de parler de la pièce. Tous ses amis seraient furieux si elle se désistait. Je ne peux pas le faire, se dit-elle. Ce serait de la lâcheté. Elle leva la tête et regarda Lavinia.

– Je suis désolée, mais je ne pourrai pas venir. Pourtant, si vous voulez bien, j'aimerais beaucoup voir votre travail.

– Oh ! Excellente idée, Katie, s'écria Lavinia avec enthousiasme.

Elle ne pouvait contenir longtemps son exubérance naturelle.

– Peut-être, poursuivit-elle, trouverez-vous un moment pour venir à mon atelier demain ? Verity me prête une vieille grange, pas très loin de la maison, à côté de la ferme du domaine. C'est une belle promenade mais, si vous préférez, je viendrai vous chercher avec le break.

– J'en serai ravie, murmura Katie en souriant.

De nouveau, sa curiosité était éveillée. Quelle était l'histoire de Lavinia ? Comment Anya, une Russe, était-elle devenue la cuisinière de Verity ? Elle poserait la question plus tard à Xenia.

Après avoir dévoré son gâteau à la crème et un éclair au chocolat, Lavinia se leva avec vivacité.

– Je ferais mieux de filer ! expliqua-t-elle. Merci pour le thé, Verity. Si vous avez besoin de moi, je resterai au bureau encore une heure.

– Je ne pense pas avoir besoin de toi, ma chérie, répondit Verity en souriant. Merci d'avoir fait tout ce travail aujourd'hui et d'être allée chercher Xenia et Katie à la gare.

Lavinia lui retourna simplement son sourire et quitta la grande salle haute d'un pas vif.

– A demain, mesdames ! lança-t-elle avant de fermer derrière elle la lourde porte qui retomba en résonnant.

Verity éclata de rire.

– Je donnerais beaucoup pour avoir de nouveau vingt-deux ans et déborder de vitalité comme elle !

– Tu ne manques pas de tonus, pourtant ! s'exclama Xenia en riant à son tour. Debout tous les jours aux petites heures pour sauter les haies avec ton cheval ; gérer le domaine, le village et tout ce qui t'entoure ; superviser la ferme ; bref : veiller aux intérêts de Leyburn en général. Tu es... une... un véritable chef d'entreprise ! Surtout, tu réussis ce que tu entreprends, c'est-à-dire beaucoup de choses.

Verity eut un petit sourire.

– Non, pas tant que cela, et tu n'es pas objective, Xenia.

Xenia se remit à rire.

– J'hésite à interrompre notre petite sauterie mais, si tu permets, je crois qu'il est temps d'aller chercher nos bagages dans la voiture et de montrer sa chambre à Katie.

– Bien sûr ! De toute façon, vous avez toutes les deux besoin de vous reposer un moment avant le dîner. Pour vos valises, je suis certaine que le fils de Pell les a déjà montées dans vos chambres. Lavinia le lui a certainement demandé en arrivant. Tu connais son côté « adjudant » !

19

– J'ai demandé à Verity de te donner cette chambre, dit Xenia, parce que c'est ma préférée, du moins après la mienne ! J'espère qu'elle te plaira autant qu'à moi, Katie.

Tout en parlant, Xenia avait ouvert la porte en grand et avait doucement poussé Katie dans la pièce.

Debout au milieu de la chambre, Katie ouvrit de grands yeux, le souffle coupé.

– Xenia, c'est absolument magnifique ! s'écria-t-elle avant de se retourner vers son amie, un grand sourire aux lèvres.

Xenia entra à son tour et alla s'appuyer contre une petite armoire très élégante, observant Katie qui s'approchait des fenêtres à meneaux.

– Tu ne verras pas grand-chose, ce soir, dit-elle. Il fait déjà noir. Mais demain, tu auras une vue spectaculaire sur les jardins, les terrasses et les parterres. Cela va bien au-delà des pelouses, jusqu'au lac paysager.

Katie se détourna de la fenêtre et examina plus attentivement l'aménagement de sa chambre, à commencer par les murs entièrement recouverts de boiseries peintes d'un vert très pâle, un ton rare, comme fané, entre céladon et tilleul. Chacun des murs s'ornait d'un panneau central peint de longues guirlandes de roses rouges et roses entrelacées de rubans et de nœuds.

Au-dessus d'une cheminée en marbre, de style Robert Adam, était suspendu un miroir doré à la française. On avait utilisé pour le lit à baldaquin le même taffetas vert pâle que pour les rideaux drapés et retenus par de souples embrasses. Il n'y avait pas de tapis, en revanche, à l'exception des deux descentes de lit, afin de mettre en valeur la marqueterie raffinée du parquet couleur de miel.

– Cette chambre n'a rien d'élisabéthain, déclara Katie. Je lui trouve un style très français.

– Exact ! répondit Xenia en souriant. Et devine ? On l'appelle la chambre française ! L'arrière-grand-mère de Verity, celle qui a institué la tradition du thé dans la grande salle haute, était française. Elle a décoré et meublé cette chambre pour elle, selon son goût, il y a environ un siècle.

– Et la famille l'a laissée telle quelle depuis lors. Cela ne m'étonne pas, c'est une pièce ravissante, répondit Katie.

Elle s'approcha de la coiffeuse en demi-lune juponnée de soie vert pâle et admira les beaux objets posés sur la tablette.

– Si j'ai bien compris ce que m'a expliqué Verity, reprit Xenia, tout le monde adorait son arrière-grand-mère. Une très belle femme, pleine de charme, et grande séductrice ! Elle s'appelait Lucile mais son mari et ses amis proches l'appelaient Frenchie, la Française, d'où le nom de cette chambre.

– Je suis ravie que tu l'aies choisie pour moi, Xenia. C'est une pièce qui respire la joie de vivre.

Xenia fit un petit signe d'acquiescement puis désigna une porte qui s'ouvrait à l'extrémité de la chambre.

– Ici, tu as la salle de bains. Tu verras, c'est grandiose. Et là, un grand dressing-room.

Xenia alla ouvrir la porte du dressing-room et y entra.

– Verity avait raison ! Ta valise a été montée et Dodie l'a déjà défaite. Elle a dû s'en occuper pendant que nous prenions le thé.

Elle pivota sur ses talons pour faire face à Katie.

– Dernière chose : as-tu besoin de quoi que ce soit ?

– J'allais te demander de l'eau mais je vois qu'il y a déjà une carafe sur la table de chevet.

– Oui, et une coupe de fruits sur la petite table à côté du fauteuil. Sans oublier les cookies au chocolat d'Anya dans la boîte à biscuits en porcelaine.

– Merci, mais je m'abstiendrai ! répondit Katie en riant.

Xenia traversa la chambre et se retourna avant de sortir.

– Je ne suis pas loin, juste la porte d'à côté. Tu sais où me trouver si as besoin de quelque chose.

– Merci, Xenia. A quelle heure dois-je être prête pour le dîner ?

– Vers huit heures et demie, on prend un verre dans la grande salle.

Xenia envoya à Katie un baiser du bout des doigts et referma la porte derrière elle.

Katie tourna aussitôt la clef et alla ouvrir les tiroirs d'une des commodes, cherchant où Dodie avait rangé ses affaires.

De son côté, Xenia s'attarda un moment dans le couloir, devant la porte de Katie. Pensive, elle se demandait ce qui poussait Katie à s'enfermer systématiquement. Elle le faisait sans cesse dans leur maison de Londres et, ici, elle continuait. Elle avait peur, c'était évident... mais de quoi ? Ou de qui ?

Perplexe, Xenia finit par s'éloigner pour rejoindre sa propre chambre. L'étrange conduite de Katie commençait à l'inquiéter.

Après avoir fait le tour de sa chambre et de la salle de bains attenante, Katie ôta son ensemble et son pull, les suspendit dans le dressing-room et passa son peignoir.

Elle but un verre d'eau, prit son journal intime et son stylo, et alla s'asseoir au bureau installé dans un angle de la chambre.

En ouvrant son journal, elle réalisa que les événements des cinq années écoulées tenaient en peu de pages. Elle feuilleta le volume, s'arrêtant parfois pour lire une page ou deux, et découvrit qu'elle avait essentiellement écrit à propos de sa carrière. Plus d'une page traitait des questions professionnelles qui l'avaient préoccupée depuis que, à vingt-deux ans, elle avait quitté l'Académie américaine d'art dramatique.

Le nom de Grant Miller accrocha soudain son regard. Elle se raidit, le visage crispé, avant de commencer la lecture des pages où elle racontait leur rencontre, leur premier rendez-vous et le début de leur liaison.

Avec un profond soupir, Katie finit par se laisser aller contre son dossier, se mordant les lèvres. Comment devait-elle se comporter avec lui ?

Rien, pensait-elle. Je ne ferai rien.

Au plus profond d'elle-même, elle espérait que son manque d'intérêt parviendrait à Grant avec assez de force pour qu'il abandonne. Pauvre Grant ! Il faisait tant d'efforts pour lui plaire et n'arrivait, ce faisant, qu'à l'énerver. Or, l'énervement va rarement de pair avec une relation agréable.

En réalité, cela n'avait jamais très bien marché entre eux et elle se demandait pourquoi elle avait noué cette relation. Elle qui se méfiait tellement des hommes !

A l'origine, elle s'était sentie attirée par sa beauté. Elle avait éprouvé une attirance physique, elle le savait très bien. Mais il y avait aussi son immense talent d'acteur. Elle l'admirait dès qu'il était sur scène. En revanche, à la ville, il était... terne. Impossible de se le cacher. Grant n'était intéressant qu'à partir du moment où il jouait un autre rôle que le sien. Cela expliquait peut-être son talent. Dans la vie courante, il était insipide, une espèce de nullité mais, en tant que nullité, il se coulait très aisément dans un rôle pour donner vie au personnage qu'il jouait. Il pouvait prendre n'importe quelle personnalité car il n'en avait aucune lui-même.

Elle se crispa de nouveau. Elle le condamnait sans appel mais, aussi déplaisante fût-elle, c'était la vérité. Je mourrai d'ennui et d'irritation si je reste avec Grant Miller, pensa-t-elle. Heureusement, il était loin, très loin, à New York, en train de jouer dans une pièce à Broadway. Elle n'était donc pas obligée de s'occuper tout de suite du problème de Grant et de sa cour permanente.

Quand elle rentrerait chez elle, si elle acceptait le rôle d'Emily Brontë, la question se poserait différemment. Il la poursuivrait de ses assiduités et il ne serait plus qu'un soupirant pénible.

Je ne vais pas penser à Grant ce soir, se dit-elle, et elle l'effaça de ses préoccupations immédiates.

Elle tourna jusqu'à ce qu'elle atteigne les pages blanches et se mit à écrire.

21 octobre 1999
Burton Leyburn Hall
Yorkshire

Je veux tout consigner pendant que mes premières impressions sont encore fraîches.

L'année dernière, Xenia m'a dit plusieurs fois que Burton Leyburn Hall revêt pour elle une signification particulière, que c'est la maison bien-aimée où elle a passé tant de jours heureux dans son enfance. Pourtant, elle ne m'avait jamais vraiment parlé de la maison – je veux dire en tant que bâtiment. De quoi elle a l'air, quand elle a été construite, ce genre de choses.

J'ai donc eu un choc quand je l'ai découverte, cet après-midi... se détachant dans la légère brume au bout de l'immense allée au milieu des vieux arbres. Elle se dressait à l'horizon, solitaire, sans arbres ni buissons ni reliefs d'aucune sorte pour lui faire de l'ombre, ses cheminées et ses tourelles se découpant avec précision sur le fond bleu pâle du ciel.

De loin, elle paraissait tellement... magique... On se serait cru dans un rêve. Je brûlais d'impatience de la voir de près. Quand Lavinia, au lieu de cela, nous a conduites aux écuries, j'ai été très déçue.

Lavinia m'emmènera à son atelier, demain, pour voir ses tableaux mais, avant, je veux faire le tour de la maison. Depuis dix mois que je vis en Angleterre, j'ai commencé à m'intéresser à l'architecture, comme papa. Il a une préférence pour le style colonial américain, même si ses goûts ont évolué depuis ces neuf dernières années, à cause de ses différents voyages en Irlande et en Angleterre avec maman. Comme moi, il se passionne pour les maisons géorgiennes et élisabéthaines.

Ici, on se sent hors du temps... Quand je suis arrivée dans le hall d'entrée, j'ai été saisie par l'ambiance chargée d'histoire qui y règne. Et en découvrant la grande salle haute, la phrase qui m'est venue à l'esprit a été : « Si les murs pouvaient parler... » C'est un cliché, bien sûr, mais qui s'applique tellement bien à cette demeure... J'imagine tout ce à quoi ces murs ont assisté. La même famille pendant quatre cents ans... Les mariages, les naissances, les décès. La douleur et la souffrance, la joie et le bonheur, le chagrin et le désespoir. La vie toujours recommencée, d'une génération à l'autre...

J'ai une chambre superbe, décorée dans un camaïeu de verts doux, avec des antiquités françaises pour la plupart. En tout cas, les meubles ont l'air d'origine française. J'aimerais voir le portrait de cette Lucile surnommée Frenchie, cette étrangère venue se marier ici et qui, d'une certaine façon, a laissé son empreinte dans cette maison. Oui, Frenchie m'intrigue.

Verity m'intrigue aussi. Elle m'a vraiment étonnée ! Xenia m'avait déjà parlé de sa belle-sœur mais ne me l'avait jamais décrite. Je n'avais jamais vu sa photo, non plus. D'ailleurs, j'ai déjà remarqué qu'il n'y a pas beaucoup de photos chez Xenia, à Londres. Je me demande si Verity est consciente de son extraordinaire pouvoir de séduction. Elle possède un « glamour » naturel qui vient de son allure de blonde classique, de sa façon de parler et de bouger, et de la grâce avec laquelle elle se présente. Xenia m'a dit qu'elle a quarante et un ans mais elle paraît beaucoup moins. Xenia et elle pourraient passer pour deux sœurs. Il est vrai qu'elles ont passé beaucoup de temps ensemble dans leur enfance.

Dans le train, quand Xenia m'a confié qu'elle était veuve, j'en ai été abasourdie. En fait, il a toujours été si évident qu'elle adorait Tim que son histoire de divorce n'avait pas de sens. Maintenant, je comprends pourquoi les hommes ne l'intéressent pas beaucoup... Elle doit toujours porter le deuil de Tim...

Katie reposa son stylo, fixa pendant quelques secondes le mur en face d'elle puis repoussa sa chaise et se leva. Il faisait soudain très froid dans sa chambre et elle se sentait glacée. Elle se rendit dans la salle de bains, ouvrit les robinets de l'immense baignoire puis s'assit sur une petite chaise peinte en blanc en attendant que la baignoire se remplisse. Un bon bain brûlant, voilà ce qu'il lui fallait. Elle se demanda encore, distraitement, comment on faisait pour chauffer la maison, en hiver.

Sur le mur du fond du dressing-room, il y avait un grand miroir où l'on pouvait se voir en pied. Katie s'y examina avec soin, vérifiant sa tenue avant de quitter sa chambre.

Elle portait une veste en panne de velours vert sapin, longue et souple, qui lui arrivait juste sous les hanches. Elle l'avait assortie à une chemise en soie de la même couleur et un pantalon étroit en soie noire. De hauts escarpins en soie noire et des perles d'oreilles complétaient l'ensemble.

Je n'ai pas l'air trop mal, pensa-t-elle en s'observant d'un œil critique, la tête inclinée sur l'épaule. Elle avait attaché sa chevelure fauve en catogan avec un nœud de satin noir. Le tout lui donnait l'air un peu strict mais cela lui plaisait. Elle se trouvait assez élégante, en définitive.

D'un mouvement vif, elle retourna dans sa chambre et remarqua aussitôt son journal intime posé sur le bureau, là où elle l'avait laissé un peu plus tôt. Elle le remit dans son fourre-tout, prit son petit sac du soir noir et quitta la chambre.

Katie descendit le grand escalier, s'arrêta sur le palier du deuxième étage et poussa la lourde porte en chêne de la grande salle haute.

Personne... Elle hésita un moment sur le seuil puis s'approcha de la cheminée où brûlaient d'énormes bûches. Les bougies parfumées étaient restées allumées. Du Mozart passait en sourdine et un plateau chargé de verres et de bouteilles était posé sur une commode ancienne.

Elle jeta un coup d'œil à sa montre. Il était exactement huit heures et demie mais la pendule en cuivre affichait dix minutes de moins. Peut-être sa montre avait-elle pris de l'avance. Katie fit encore quelques pas et se pencha légèrement pour regarder les photos qui avaient attiré son attention pendant le thé.

Sur l'une d'elles, on voyait Verity vêtue d'un élégant ensemble bleu pâle avec une capeline bleu marine. Le cliché était visiblement récent. Elle s'appuyait au bras d'un très beau jeune homme avec d'épais cheveux blonds semblables aux siens. Ce devait être son fils. Xenia l'avait une fois mentionné.

Il y avait plusieurs autres photos de Verity, avec différentes personnes. Katie en remarqua une, ensuite, qui représentait Tim avec un petit garçon. Elle se pencha un peu plus et l'étudia longuement, les sourcils remontés dans un geste d'étonnement. L'enfant offrait une stupéfiante ressemblance avec Xenia. Tim et Xenia auraient-ils eu un enfant ?

– Tu es descendue avant moi, dit Xenia depuis le seuil.

Sa voix parut à Katie plus saccadée et son accent encore plus anglais que d'habitude.

Tandis que Xenia s'avançait, Katie se retourna et lui adressa un petit signe de tête, inexplicablement embarrassée. Xenia l'avait-elle surprise en train d'étudier les photos ? Considérerait-elle cela comme une indiscrétion très impolie ?

Xenia vint se planter devant le plateau des boissons.

– Veux-tu du champagne ? demanda-t-elle. Ou bien préfères-tu du vin blanc ?

– Du vin blanc, ce soir. Merci, Xenia.

Xenia tendit son verre à Katie. Elle était très pâle, presque livide, et ne souriait pas du tout. Ses yeux gris si clairs contenaient plus de tristesse que Katie n'en avait jamais vu. Toute son attitude exprimait la contrainte.

Katie prit son verre et alla s'asseoir dans l'un des fauteuils, sa gêne se transformant en malaise. Elle avait l'impression de s'être fait prendre la main dans le sac. Peut-être était-ce le cas. Elle eut soudain la certitude que Xenia l'avait vue regarder la photo de Tim... Et de son enfant ? Le petit garçon ressemblait trop à Xenia pour ne pas être son fils. Mais où était-il ? A l'école ? Et pourquoi son amie ne lui en avait-elle jamais parlé ?

Xenia se servit un verre de champagne et rejoignit Katie devant le feu.

– Il n'y aura que nous trois à dîner. Verity a invité son ami Rex Bellamy à se joindre à nous pour le week-end mais il n'arrivera que demain. Il te plaira, il est très agréable.

Katie la remercia d'un petit signe de la tête et leva son verre.

– A toi, dit-elle.

– A toi, répondit Xenia en prenant une gorgée de champagne.

– Pourquoi l'appelle-t-on Boy ? interrogea Katie.

– Parce que son père portait le même prénom. Donc, quand Rex était petit, on l'appelait Boy, le garçon, ou Rex's Boy, le garçon de Rex. Et c'est devenu son surnom.

Xenia hocha lentement la tête avec un faible sourire.

– Nous les Anglais, poursuivit-elle, nous avons un penchant étonnant pour les surnoms. Je crains que ce ne soit parfois un peu déroutant.

Katie se contenta de lui répondre d'un hochement de tête puis tourna les yeux vers la porte qui s'ouvrait. Verity entra et lui sourit.

– Je viens d'envoyer Dodie mettre le chauffage dans votre chambre, Katie, s'exclama-t-elle. J'avais complètement oublié. Vous avez dû avoir affreusement froid pour vous habiller.

– Un peu, répondit Katie en lui retournant son sourire. Mais j'ai pris un bain chaud et cela allait très bien.

– Il fera bon dans votre chambre, tout à l'heure, affirma Verity avant d'ajouter : Je vous présente toutes mes excuses pour avoir été aussi négligente.

– Il n'y a aucun problème, la rassura Katie. Je suis très bien.

Xenia se mêla à la conversation.

– J'ai regardé les cartes routières dans la bibliothèque, Verity. Je me demandais quel est le meilleur itinéraire pour aller à Haworth. Il me semble que le mieux est de passer par Harrogate, Ilkley et ensuite de descendre sur Keighley.

– Je crois que tu ferais mieux de prendre la route de Skipton, après Harrogate, mais tu peux poser la question à Rex. Il t'indiquera le meilleur itinéraire. C'est le genre de choses pour lesquelles il est assez doué.

Verity se servit ensuite du champagne avant d'aller se placer devant le feu.

Katie la trouvait époustouflante dans sa jupe longue et étroite en laine rouge qui épousait les lignes de son corps. Elle l'avait assortie à un pull en cachemire à col montant également rouge. Avec une série de chaînes en or, elle portait des anneaux d'oreilles en or. Elle avait gardé ses fins bracelets en or qui cliquetaient au moindre mouvement de son bras droit.

Par contraste, Xenia avait l'air presque terne avec son ensemble pantalon gris foncé et son pull assorti. Elle n'avait pas mis le moindre bijou, ce qui ne lui ressemblait guère. Katie la trouva absente. Où était son habituelle exubérance ? Katie se sentait très troublée de voir son amie plus triste qu'elle ne l'avait jamais vue. Que lui arrivait-il ?

Verity leva sa flûte.

– A votre santé !

Elles répondirent en levant leurs verres à leur tour.

Verity goûta son champagne et relança la conversation.

– La vie à la campagne est un peu monotone, Katie. J'ai donc pensé que je pourrais inviter quelques personnes pour dîner avec nous samedi...

– Oh, non ! s'écria Xenia, l'interrompant.

Verity la regarda en ouvrant de grands yeux, visiblement déconcertée.

Katie, dont le regard allait de Xenia à Verity, reconnut aussitôt sur le visage de son amie une expression horrifiée qu'elle connaissait bien. Elle comprit que l'idée d'une réception l'épouvantait.

Katie intervint d'un ton vif.

– Ce n'est vraiment pas nécessaire d'organiser un dîner pour moi, Verity, mais je vous remercie d'y avoir pensé. Je serais très heureuse de rester seule avec vous et Xenia.

– Bien ! Alors, il n'y aura que nous quatre, puisque j'ai invité Rex à passer le week-end avec nous.

20

Dix minutes plus tard, les trois femmes descendirent pour le dîner, Verity ouvrant le chemin.

– Merci, glissa Xenia à l'oreille de Katie alors qu'elles suivaient Verity dans l'escalier.

Katie lui adressa un petit signe de tête et un clin d'œil complice mais ne fit aucun commentaire.

En arrivant dans le grand hall d'entrée, Verity prit le bras de Katie pour la guider vers une des portes.

– Il y a une salle à manger de réception, dit-elle, où on peut asseoir une centaine d'invités, mais nous l'utilisons de plus en plus rarement. La petite salle à manger est parfaite pour nous, pour les repas en famille.

Ses explications terminées, elle ouvrit la porte et fit entrer Katie.

La pièce était charmante et tout à fait originale. De forme ronde, elle avait des murs tapissés de brocart rouge et ornés de tableaux représentant de beaux paysages classiques. Autour de la table ronde nappée de taffetas rouge étaient disposées trois chaises anciennes recouvertes de soie noire. D'autres chaises identiques étaient alignées le long du mur, deux d'entre elles encadrant une desserte et une autre placée à côté d'un meuble de rangement en marqueterie. Un lustre de cristal étincelait au-dessus de la table, où l'on voyait quatre chandeliers d'argent garnis de bougies blanches et disposés autour d'une coupe de fleurs rouge foncé. Des verres en cristal et des couverts en argent complétaient le décor.

Le feu qui brûlait dans la cheminée et la douce lumière des bougies ajoutaient encore une touche d'intimité à l'accueillante salle à manger rouge que Katie admira silencieusement.

– Assieds-toi ici. Verity prend toujours la chaise du milieu, murmura Xenia en indiquant une chaise à Katie.

Katie était en train de poser sa serviette de table sur ses genoux quand une porte s'ouvrit à l'autre extrémité de la pièce.

Une femme tout en rondeurs, avec des joues comme des petites pommes rosés et des cheveux gris, apparut. Elle portait un tablier d'organdi blanc sur une robe noire et se dirigea vivement vers la desserte pour y prendre la bouteille de vin blanc mise à rafraîchir dans le seau à glace en argent.

– J'ai pensé que je pourrais servir le vin maintenant, madame, dit-elle.

– Bonne idée, Dodie, répondit Verity.

Elle se tourna vers Katie pour faire les présentations.

– Katie, voici Dodie qui s'occupe si bien de notre bien-être à tous. Dodie, voici mademoiselle Byrne.

Dodie sourit en faisant un petit salut de la tête.

– Très heureuse de faire votre connaissance, madame, dit-elle avant de faire le tour de la table pour lui servir du vin.

– Je suis ravie de faire votre connaissance, moi aussi, Dodie, répondit Katie. Merci, ajouta-t-elle en voyant son verre se remplir.

Un incident bizarre se produisit alors. L'espace d'un instant, le visage de Dodie s'empourpra. Elle posa sur Katie un regard pénétrant puis recula rapidement, presque d'un bond. Elle inclina poliment la tête mais son sourire avait disparu.

Katie, la suivant des yeux, ne put s'empêcher de se demander ce qui avait déclenché un pareil changement dans la conduite de la gouvernante. Dodie s'était écartée d'elle comme si elle sentait mauvais.

Après avoir servi du vin à Verity et à Xenia, Dodie remit la bouteille dans le seau à glace puis sortit rapidement. Elle referma la porte derrière elle avec douceur.

Katie tourna les yeux vers Xenia et se rendit compte aussitôt que son amie avait remarqué l'étrange comportement de Dodie.

Xenia haussa les épaules, l'air perplexe.

Verity, à qui rien n'avait échappé, se recula sur sa chaise, l'air pensif.

– Dodie pense avoir des dons psychiques, Katie. A la façon dont elle a réagi, je suppose qu'elle a dû sentir des vibrations particulières.

– Mais elle s'est comportée comme s'il s'agissait de mauvaises vibrations ! dit Xenia en jetant à Verity un regard entendu. Elle a... en quelque sorte... Oui, elle s'est écartée de Katie.

– On ne m'a jamais dit que j'avais de mauvaises vibrations ! s'exclama Katie avec un rire forcé. En général, c'est même plutôt l'inverse.

– N'y prêtez pas attention, lui dit Verity avec gentillesse. Je la connais depuis mon enfance. Elle a toujours vécu ici et, bien qu'un peu bizarre, elle est absolument inoffensive. N'est-ce pas, Xenia ?

– Bien sûr ! Mais elle a toujours été un peu timbrée.

Le bruit de voix qui s'approchaient et de plats qui s'entrechoquaient les interrompit. La porte s'ouvrit à nouveau. Anya, en tenue de chef, pantalon blanc et veste blanche, entra, chargée d'un immense plateau. Dodie la suivait. Anya était une femme de haute taille aux cheveux noirs et à la silhouette athlétique. Elle offrait une certaine ressemblance avec Lavinia mais ne possédait pas la beauté de sa fille.

Dodie prit une des assiettes où étaient présentés les ramequins à soufflé et la posa devant Katie avant de servir Xenia et Verity. Les deux femmes s'éloignèrent ensuite.

– Avec Jarvis absent ce soir, nous avons fait de notre mieux pour le service, madame, dit Anya avant de sortir.

– Ce n'est pas un problème, Anya.

Avec un petit salut de la tête, Anya quitta la salle à manger, Dodie sur ses talons.

– Anya fait les meilleurs soufflés au monde, dit Xenia à Katie. Mange tout de suite, avant qu'il retombe. Oh ! A propos, j'ai demandé à Verity de faire mettre ton plat favori au menu de ce soir : fish and chips !

Katie éclata de rire, de nouveau à l'aise. Et elle plongea sa fourchette dans son soufflé.

Il était presque minuit quand Xenia et Katie reprirent le chemin de leurs chambres. Elles s'embrassèrent devant la porte de Katie.

– Merci de m'avoir invitée, Xenia, dit Katie. Verity est merveilleuse... J'ai passé une soirée très agréable.

Xenia lui sourit à son tour.

– Le petit déjeuner est servi de huit heures à dix heures. Donc, tu te lèves quand tu en as envie. On le sert dans le salon-jardin. Tu le trouveras facilement si je ne suis pas encore descendue mais j'y serai sans doute déjà. Il y a du thé, du café, des petits pains... Si tu préfères, tu peux avoir un petit déjeuner plus complet, des œufs, des saucisses, ce que tu veux. Tu n'auras qu'à le demander à Jarvis. Il sera là, prêt à répondre à tes moindres désirs !

– Je ne pense pas que ce soit nécessaire. Nous allons engraisser toutes les deux, si nous ne faisons pas attention.

– Ce n'est que trop vrai, reconnut Xenia avec un petit sourire en coin.

Katie regagna sa chambre et, comme toujours, donna un tour de clef.

Dans le corridor, Xenia entendit la clef dans la serrure. Elle hésita un instant puis se décida à frapper à la porte de Katie.

Pas de réponse.

Elle frappa de nouveau.

– Oui ? Qui est-ce ? demanda Katie sans ouvrir.

– C'est moi !

Xenia fut sidérée par la question de Katie. Qui cela pouvait-il être sinon elle ?

Katie rouvrit la porte.

Xenia lui lança un regard interrogateur et prit un ton un peu acerbe.

– Je ne te comprends pas. Jarvis est sorti mais il fait toujours le tour de la maison pour fermer les portes. Et s'il ne le faisait pas, Verity s'en chargerait. C'est ridicule, cette obsession de t'enfermer... C'est... C'est fou!

– Non! s'exclama violemment Katie. C'est une habitude, rien de plus. Je ne suis pas folle.

Xenia hésita une fraction de seconde puis demanda à Katie la permission d'entrer.

– Je voudrais te parler. A moins que tu préfères que nous allions dans ma chambre? Il y a d'autres photos à regarder.

Elle s'interrompit brusquement.

De son côte, Katie se sentit devenir écarlate et repoussa le sous-entendu de Xenia d'un mouvement de tête.

– Je ne voulais pas être indiscrète, Xenia, dit-elle avec véhémence. Vraiment pas! Je suis désolée de t'avoir choquée. J'ai simplement remarqué la photo de Tim et du petit garçon...

A son tour, elle s'interrompit, navrée.

– Je sais, je sais, répondit Xenia d'une voix lasse.

Xenia acheva d'entrer et fit quelques pas dans la chambre.

– Je ne t'aurais pas invitée ici si j'avais voulu te cacher mon passé. J'avais l'intention de t'expliquer certaines choses demain. Mais tu ne m'en as pas laissé le temps. Tu as vu la photo. J'avais oublié qu'elle se trouvait là...

S'interrompant, Xenia ferma la porte et regarda Katie avec gravité.

– Cela ne t'ennuie pas? Je peux rester quelques minutes? Juste pour te parler, Katie?

– Oui, bien sûr. Mais tu n'as pas besoin de me raconter ce que tu veux garder pour toi. Tu es mon amie, je tiens à toi et je n'irai certainement pas fouiller dans ta vie! Je suppose qu'il y a des choses dont il t'est pénible de parler.

Xenia se laissa tomber dans l'un des fauteuils, se pencha jusqu'à poser sa tête sur ses genoux et resta sans bouger pendant quelques minutes. Elle finit par se redresser et prit plusieurs profondes inspirations avant de se lancer.

– Justin avait six ans au moment de l'accident. Tim l'emmenait à Harrogate. On était au mois de juin, pas en hiver. Il faisait beau, les routes étaient sèches. C'était une belle journée ensoleillée. Il n'y avait aucune raison pour qu'un poids lourd dérape et que le chauffeur en perde le contrôle. Mais c'est arrivé.

Xenia s'arrêta brusquement, serra les lèvres, ferma les yeux de toutes ses forces et renversa la tête en arrière. Elle crispait les poings et tremblait de tout son corps. Trop émue pour parler, elle s'appliqua à respirer calmement, à avaler sa salive et empêcher ses larmes de couler. Au bout d'un moment, elle se maîtrisa et réussit à ouvrir les yeux.

– Le camion a percuté la voiture de plein fouet. Ils ont été tous les deux tués sur le coup. Mon mari et mon fils. Il y a neuf ans. Je n'ai pas encore... dépassé... Désolée... de craquer comme ça.

Xenia cacha ses larmes derrière ses mains mais les larmes passaient entre ses doigts et coulaient sur son visage.

Katie alla s'agenouiller à côté d'elle et la prit dans ses bras.

– Je suis désolée, vraiment navrée, Xenia. Tu n'étais pas obligée de me le dire...

Sans un mot, Xenia s'accrocha à elle, essayant de reprendre contenance. Elle put enfin desserrer son étreinte, prendre un mouchoir dans sa poche et se moucher.

– Tant que je n'en parle pas, dit-elle d'une voix plus calme, je vais bien.

Elle se moucha de nouveau et s'éclaircit la voix.

– Je m'en sors à peu près, maintenant... Et toi ?

– Quoi, moi ?

– J'ai souvent pensé qu'il devait y avoir eu un drame dans ta propre vie, Katie, et que tu n'en parlais pas pour pouvoir mener une vie à peu près normale. Comme j'essaie de le faire, moi aussi.

Katie s'assit pesamment dans l'autre fauteuil.

Elle ne répondit pas tout de suite.

– Tu dois avoir raison, dit-elle enfin. Je n'ai jamais été capable de parler de... de ce qui est arrivé. Cela fait des années que cela dure. Je ne peux pas en parler sans m'effondrer. Mais j'y pense tous les jours. Cela m'obsède.

– Je sais ce que tu veux dire. Et à moi, peux-tu m'en parler ?

21

Katie prit le temps de s'installer aussi bien que possible dans son fauteuil. Elle avait besoin de mettre de l'ordre dans ses idées avant de pouvoir parler avec cohérence de l'agression meurtrière dont ses amies avaient été victimes à Malvern de longues années plus tôt.

Une part d'elle-même répugnait à remuer le passé, à en parler à Xenia à voix haute car, après tout ce temps, cela lui faisait toujours aussi mal.

Elle pensait tous les jours à Carly et à Denise. Leur image ne la quitterait jamais. En général, elle les revoyait avec la plus grande netteté juste avant de s'endormir ou de se réveiller complètement, c'est-à-dire à des moments où elle était tout à fait détendue. Elle ne les avait pas oubliées un seul instant, ni elles ni ce qui était arrivé, mais le fait de le raconter à Xenia lui ferait revivre les événements une nouvelle fois.

D'une certaine façon, elle ne pouvait pas reculer. Xenia avait été trop franche pour cela. Katie se rendait compte que, si elle ne se confiait pas à son amie avec la même sincérité, leur relation en souffrirait de façon irréversible. Or, c'était la dernière chose qu'elle souhaitât.

Xenia était sa première véritable amie depuis toutes ces années et elle comptait beaucoup pour elle. Xenia, d'une certaine façon, comblait le vide laissé par Denise et Carly. Personne n'en avait été capable.

Dis-lui tout, chuchotait une petite voix dans l'esprit de Katie. Dis-lui tout. Peut-être seras-tu soulagée de partager ton fardeau.

Katie se pencha légèrement vers Xenia, pressa ses mains l'une contre l'autre et accomplit ce qui représentait pour elle un exploit : elle se mit à parler.

– J'avais dix-sept ans, à l'époque.

Elle s'arrêta un bref instant, le regard perdu dans le lointain, puis ramena les yeux sur Xenia.

– C'était en octobre 1989. Il y a exactement dix ans.

Xenia l'encouragea d'un petit signe de tête. Elle sentait que l'histoire de Katie devait être pénible à raconter et il lui parut plus raisonnable de se taire. Le moindre mot de sa part risquait de bloquer son amie. Elle ne put toutefois retenir un frisson, tout son instinct lui soufflant qu'elle allait entendre une histoire affreuse. S'enfonçant un peu plus dans son fauteuil, elle concentra toute son attention sur le récit de Katie.

– Quand nous nous sommes rencontrées, il y a deux ans, je t'ai dit que je voulais être comédienne depuis l'enfance. En revanche, je ne t'ai pas dit que j'avais deux amies qui nourrissaient les mêmes ambitions, Carly Smith et Denise Matthews. Nous étions amies toutes les trois depuis le jardin d'enfants. Nous avions le même âge, nous avions grandi ensemble, nous avions fréquenté les mêmes écoles. Nous vivions dans le même quartier de Malvern. Nous avions décidé d'aller à New York suivre les cours de l'Académie d'art dramatique. Ma tante Bridget, qui avait un loft à l'époque, avait proposé de nous loger, le temps de nous habituer à New York et à l'Académie. Ensuite, nous aurions trouvé un appartement pour nous trois. Nous étions inséparables... Tout le monde savait à quel point nous étions proches.

Katie se tut, visiblement hésitante.

– Je t'écoute, Katie, dit Xenia.

Alors, lentement mais de façon décidée, Katie poursuivit son récit. Elle parla à Xenia de la vieille grange, de l'oncle Ted, des années qu'elles avaient passées toutes les trois à répéter dans cette grange, et des spectacles de fin d'année au lycée. Enfin, elle arriva à la date fatidique d'octobre 1989.

Elle déroula pour Xenia toutes les étapes de cette soirée : son départ de la grange pour aider sa mère, l'oubli de son cartable et le retour à la grange avec son frère. Elle raconta à Xenia le désordre de la grange, l'absence de ses amies et les recherches dans les bois avec Niall.

– J'ai trouvé Carly en premier, le visage couvert de sang, dit Katie d'une voix qui tremblait affreusement. Mais Niall a vérifié son pouls. Elle était vivante. Je me suis sentie si heureuse, tellement soulagée. Il m'a laissée avec Carly et il est allé à la recherche de Denise...

Katie s'interrompit et respira profondément pour reprendre le contrôle d'elle-même.

– Pauvre Denise... Elle était morte, Xenia. Violée et étranglée.

– Mon Dieu !

Xenia fixait son amie d'un regard horrifié.

– Voir leurs vies détruites, si jeunes, alors qu'elles avaient l'avenir devant elles ! C'est une horreur, pour elles mais aussi pour toi, Katie.

Elle secoua la tête avec effarement.

– Et Carly ? A-t-elle survécu ?

– Oui...

– Alors, elle a pu désigner leur agresseur, identifier l'assassin ?

– Non. C'est impossible. Carly n'est jamais sortie du coma.

Xenia ne comprit pas tout de suite et jeta un regard interrogateur à Katie.

– Elle est restée inconsciente depuis tout ce temps ? C'est ce que tu veux dire ?

– Oui. Carly est dans le coma depuis dix ans, dans un hôpital du Connecticut.

Katie ne pouvait retenir le tremblement de sa bouche et ses yeux se remplirent soudain de larmes. Elle les essuya du bout des doigts, se reprit et poursuivit.

– Mais, dans un certain sens, elle aussi est morte. Nous l'avons perdue. Elle appartient au coma.

Xenia se renfonça dans son fauteuil, muette. Quand elle reprit la parole, ce fut d'une voix étouffée, pleine d'affection.

– Je ne sais comment te dire à quel point je suis désolée, ma chère Katie, et si triste que tu aies subi cela. C'est affreusement lourd à porter pour toi. La police a-t-elle arrêté l'assassin ?

– Non, mais Mac MacDonald, le chef de la brigade criminelle de la région, n'a pas fermé le dossier. L'affaire n'est pas close, elle reste à l'ordre du jour, comme il dit.

– Tu es donc toujours en relation avec lui ?

– Non, pas moi, mais mon père et lui allaient à la même école. Depuis qu'ils se sont retrouvés, à cause... du crime, ils sont devenus des amis intimes. Mac est certain qu'il se produira quelque chose, tôt ou tard, qu'un élément quelconque reviendra à la surface et qu'il pourra résoudre l'affaire. D'après mon père, il ne supporte pas l'idée que l'assassin lui ait échappé à l'époque.

– Comment cela a-t-il été possible ?

– Il n'a pas trouvé le coupable. Il a dit à mon père qu'il était impossible de trouver le moindre indice sur les lieux du crime. Le médecin légiste a prélevé des échantillons d'ADN sur le corps de Denise mais ils n'ont servi à rien.

– Pourquoi ? Je croyais que cela aidait à trouver les coupables ? s'étonna Xenia.

– Oui, c'est vrai, mais il faut un suspect pour comparer les ADN. Si tu n'as pas de suspect, tu n'as que des échantillons d'ADN.

– Donc, personne n'a été soupçonné ni arrêté.

– C'est exact. D'après mon père, Mac a toujours pensé qu'il s'agissait d'un homme qui nous connaissait. Un homme qui menait très vraisemblablement une vie tout à fait normale, du moins en apparence. En réalité, ce serait un psychopathe. Un homme qui nous a suivies, nous a repérées... toutes les trois.

– Mais il n'a trouvé que deux d'entre vous et c'est pour cette raison que tu as si peur.

Katie ne put que confirmer de la tête la conclusion de son amie.

– Rien d'étonnant à ce que tu fermes toujours les portes à clef, murmura Xenia.

– Au début, juste après l'agression, cela me donnait l'impression d'être en sécurité et, depuis, c'est devenu une habitude, reconnut Katie. Tu sais, mes parents étaient convaincus que quelqu'un m'épiait et attendait l'occasion de me tuer. Ils ne savaient pas quoi faire. Ils voulaient que je sois à Malvern, avec eux, pour pouvoir me protéger, veiller sur moi. En même temps, ils voulaient que je quitte la région pour me mettre hors d'atteinte.

– Cela me paraît compréhensible, dit Xenia en serrant les mains avec force. C'est une réaction très normale. Est-ce pour cela que tu es allée vivre à New York avec Bridget ?

– Oui, mais je ne suis pas partie tout de suite. Je suis restée à Malvern jusqu'à mes dix-neuf ans, expliqua Katie. D'ailleurs, je n'avais plus vraiment envie d'être actrice. Sans Denise et Carly, ce n'était plus la même chose. Pour moi, le fait de jouer était marqué par leur mort. Et j'avais perdu la foi en ma vocation. Je me sentais tellement coupable de les avoir entraînées à la grange ce jour-là et d'être partie avant elles. Je les ai laissées seules ! Si j'étais restée, peut-être aurions-nous pu nous défendre et l'issue aurait été différente.

– La culpabilité du survivant... avança prudemment Xenia. Je connais bien cela, trop bien même. En principe, je devais accompagner Tim et Justin à Harrogate ce matin de juin, mais j'ai changé d'avis à la dernière minute. Je suis restée pour aider Jarvis à faire du tri dans une des pièces de rangement. Et c'est pour cela que je suis en vie alors qu'ils sont morts. J'ai toujours eu le sentiment que j'aurais dû mourir, moi aussi. Tu vois...

Elle secoua la tête d'un air navré.

– Je suis en vie à cause d'un tas de vieilleries.

Katie fit de la main un petit geste de compréhension.

– Comme je te l'ai dit, reprit-elle, je n'y croyais plus et j'ai découvert que je ne pouvais plus jouer. Il m'était littéralement impossible de me déplacer sur une scène. Un trac absolu ! Je tremblais sans pouvoir m'arrêter et mes jambes se dérobaient. L'année de l'agression, j'ai laissé tomber le spectacle de Noël au lycée. J'étais censée réciter le monologue d'Hamlet mais je ne pouvais pas. C'est ce que je répétais le jour où elles ont été attaquées. Je pense que je m'étais retirée dans... une coquille.

– Comment as-tu réussi à en sortir ?

– En fait, je n'y suis pour rien. C'est ma mère qui m'a tirée peu à peu de mon désespoir. Elle a été extraordinaire. Elle a insisté pour que j'aille à New York et que je m'inscrive à l'Académie. Elle m'a accompagnée pour me tenir la main. Elle a passé plusieurs mois chez Bridget avec moi et, avec le temps, j'ai commencé à aimer les cours. J'ai aussi réussi à maîtriser un peu ma peur.

– Mais pas complètement ? demanda Xenia.

– Non. A une époque, je suis devenue un peu paranoïaque et je regardais sans arrêt derrière moi. La peur est toujours là, au moins en partie... Comme l'idée que je suis la seule à avoir survécu. D'après Mac, le salaud – comme il l'appelle – a peut-être déménagé, quitté la région pour aller très loin et éviter de se faire prendre. Je veux croire qu'il a raison. De plus, New York est une grande ville.

– C'est vrai, mais tu es une actrice, Katie, et cela implique de te montrer, de te faire connaître, de te trouver dans la lumière des projecteurs, si bien que...

Xenia s'arrêta brusquement et se mordit la lèvre.

– Je suppose que je n'ai pas besoin de te l'expliquer, n'est-ce pas ? acheva-t-elle.

– Non, c'est inutile. Parfois, je m'inquiète en effet de me montrer en scène... comme une cible, une cible facile.

– Est-ce la raison pour laquelle tu as refusé tant de grands rôles ?

– Sincèrement, je ne pense pas. Ceux que Melanie m'a proposés n'étaient pas pour moi. Cela aurait été une erreur, et Harry, son mari, était de mon avis.

– Hésites-tu à jouer dans *Charlotte et ses sœurs* à cause de ça... Je veux dire, de la peur ?

– Je ne crois pas... Je ne sais pas, en réalité, reconnut Katie d'un ton las.

Se levant, elle fit quelques pas vers la haute fenêtre à meneaux et tenta de voir quelque chose, mais il faisait nuit noire et elle put à peine deviner les jardins.

Dans le ciel de velours sombre, les étoiles scintillaient comme du cristal et, très haut, dans un angle, brillait un croissant de lune. C'était un ciel amical, inoffensif.

Katie revint s'asseoir et poursuivit.

– Ce qui s'est passé là-bas, il y a dix ans, a bouleversé ma vie, Xenia. Cela m'a transformée à plus d'un point de vue. Cela m'a rendue un peu paranoïaque, je l'admets, et assez craintive. Pendant un moment, cela m'a détournée de ma passion pour le théâtre. Cela m'a aussi détournée des hommes. Je suis quand même devenue actrice, et jouer me procure de profondes satisfactions.

– Mais tu restes très méfiante à l'égard des hommes, je m'en suis rendu compte.

Sans un mot, Katie confirma la remarque de son amie d'un signe de la tête.

– J'espère que tu ne m'en voudras pas de te le dire, reprit Xenia, mais Grant Miller n'est pas pour toi. Je sais que c'est un comédien de grande classe, mais c'est tout. Il n'a rien à t'apporter.

– Oh ! Je le sais et, d'ailleurs, c'est fini entre nous, du moins en ce qui me concerne.

– Grant est au courant ?

– J'ai essayé de le lui dire et j'ai rendu les choses très claires quand il est venu à Londres, il y a six mois. J'espère qu'il a fini par comprendre et qu'il ne m'ennuiera pas si je rentre à New York.

– J'espère que tu accepteras ce rôle. Cela te lancerait vraiment, Katie. Je le sens... J'en ai la profonde intuition.

– Je veux jouer dans cette pièce, Xenia, pour autant que je réussisse à me pénétrer du personnage d'Emily, reconnut Katie. Parce que je veux réussir ! Pas seulement pour moi mais aussi pour elles, pour Carly et pour Denise... Elles avaient tellement envie de devenir comédiennes que je veux y arriver autant pour elles que pour moi. Jouer à Broadway... Tu vois, c'était notre rêve commun. Tu comprends ce que je veux dire ?

– Oui, et je te trouve très courageuse.

22

En ce froid vendredi matin, Katie s'était arrêtée au bout de la grande allée pour voir la façade de la maison. Elle admirait son imposante beauté. Sans être spécialiste de l'architecture comme son père, elle reconnaissait en Burton Leyburn Hall un remarquable exemple de la dernière période du style élisabéthain.

On avait utilisé pour la construction cette pierre gris clair très répandue dans les bâtiments du Yorkshire et qui s'accordait si bien avec le paysage. Les toitures des différentes ailes se découpaient sur le ciel tandis que la maison offrait l'image d'une ravissante composition d'avancées et de renfoncements, de pignons et de créneaux, de hautes cheminées et de fenêtres à meneaux. Cela formait un ensemble élancé et élégant qui brillait doucement au soleil du matin.

La veille, à son arrivée, la maison lui avait paru mystérieuse dans la brume et la lumière qui déclinait. En ce début de matinée, c'était l'inverse. Des mots comme « solide » ou « inébranlable » lui venaient spontanément à l'esprit. Elle avait été construite pour durer et, de toute évidence, les quatre siècles écoulés n'avaient pu l'affecter en rien.

Elle entreprit de faire le tour pour découvrir la façade sud. Son exploration l'amena devant une vaste terrasse qui s'étendait sur toute la longueur du bâtiment et que délimitait une balustrade. Celle-ci était coupée en son milieu par un large escalier de pierre qui descendait vers les parterres, dont les plates-bandes et les allées dessinaient un élégant motif.

Les pelouses commençaient quelques mètres après le parterre, déroulant leur tapis vert jusqu'au lac paysager qu'elle apercevait à peine dans le lointain. Le long des pelouses s'élevaient des bosquets d'arbres gigantesques aux troncs noueux et aux branchages impressionnants. Ils protégeaient les jardins de la violence des intempéries et offraient leur ombre en été.

Katie éprouvait encore cette impression d'intemporalité qu'elle avait ressentie à son arrivée. Tout, dans cette antique demeure et ces riches terres données à la famille Leyburn par la grande Elisabeth Ire, évoquait l'histoire. Elle ne pouvait s'empêcher de se demander ce que Robert Leyburn avait pu faire pour Elisabeth qui lui valût un cadeau aussi extraordinaire. Elle demanderait à Verity.

Comme il était encore trop tôt pour que le petit déjeuner soit servi, Katie décida d'aller jusqu'au lac. Tout en marchant, elle repensait à Xenia et à leur conversation de la veille. Elle était heureuse de leurs confidences réciproques. Cela les avait encore rapprochées. Sans le savoir jusqu'à hier, elles avaient toutes les deux souffert d'un choc terrible. A présent, elles se comprenaient mieux. Du moins, c'était le sentiment de Katie. Cela créait un lien supplémentaire entre elles.

Elle n'était pas encore très loin quand elle entendit crier son nom derrière elle. Elle pivota sur ses talons, s'abrita les yeux de la main pour voir ce qui se passait. Xenia arrivait vers elle en courant.

Elle portait un survêtement gris et des chaussures de course, ses cheveux bruns noués sur la nuque. Elle s'arrêta devant Katie, transpirant, à bout de souffle, et prit la serviette enroulée autour de son cou pour s'essuyer le visage. Elle était trop essoufflée pour parler.

– Eh ! Prends ton temps, reprends d'abord ton souffle ! s'exclama Katie.

Quelques secondes plus tard, Xenia avait retrouvé un rythme à peu près normal.

– Je voulais courir un peu dans l'allée, dit-elle, mais j'avais oublié qu'elle était aussi longue !

Elle s'adossa à un arbre et souffla fortement à plusieurs reprises.

– A moins que j'aie perdu la forme ! poursuivit-elle. Je revenais à la maison quand j'ai croisé Pell, le jardinier. Il m'a dit qu'il t'avait vue partir vers le lac.

Katie eut l'air étonnée.

– Mais je n'ai vu personne !

– Oh ! non, tu n'as pas pu le voir, expliqua Xenia avec un sourire entendu. Pell passe son temps dans le jardin ; il y travaille toute la journée mais il sait se rendre invisible quand il en a envie. Cela ne te dérange pas si je t'accompagne ? Ensuite, nous pourrons prendre le petit déjeuner ensemble à huit heures.

Xenia se mit à rire.

– Quelque chose me dit qu'Anya et Jarvis vont mettre les petits plats dans les grands en ton honneur ! Tu vas avoir droit à un petit déjeuner campagnard typique du Yorkshire !

– Je t'avoue que j'ai assez faim et que j'aimerais bien goûter à la cuisine de la région. Je me suis réveillée tôt, et j'ai eu envie de m'habiller pour faire un tour. Je voulais voir la façade de la maison.

– Elle est belle, n'est-ce pas ?

– Tu veux dire : superbe ! J'adore cette pierre grise. On la trouve par ici, je crois ?

– Oui. Cela m'étonnerait que tu trouves une seule demeure domaniale en briques rouges dans le Yorkshire. Dieu nous en garde !

Katie et Xenia marchèrent pendant un certain temps en silence, simplement heureuses d'être ensemble, mais, juste avant d'arriver au lac, Xenia reprit la parole.

– Tu sais, Katie, je me demande si j'ai raison... de t'emmener à Haworth demain, de t'immerger dans l'histoire des Brontë.

– Que veux-tu dire ?

– J'ai brusquement réalisé, au beau milieu de la nuit, que je te pousse à jouer le rôle d'Emily et qu'en faisant cela je te mets probablement en danger.

Katie s'arrêta net et se tourna vers son amie, les yeux écarquillés.

– Je sais ce que tu veux dire, répondit-elle au bout d'un moment. Je sais, mais je t'assure que tu ne me mets pas en danger. L'agression date d'il y a dix ans. C'est long. De plus, ces quatre dernières années, après avoir quitté l'Académie et avant de venir à Londres, j'ai joué dans différentes pièces. Je reconnais que ce n'était pas dans les grandes salles de Broadway mais j'étais néanmoins bien en vue, sur une scène. Personne ne m'a prise pour cible ! Je suis d'accord avec la théorie de Mac MacDonald ; pour lui, l'assassin a quitté la côte Est juste après son crime.

– Pourquoi pense-t-il cela ? demanda Xenia.

– D'après mon père, Mac a toujours estimé que le criminel aurait peur de se trahir auprès de ses proches s'il restait à Malvern ou dans la région, dans une des villes voisines comme Kent ou Cornwall Bridge.

– Dans ce cas, il a pu aller à New York, remarqua Xenia.

– Ce n'est que trop vrai. Il peut être n'importe où. Ecoute, quand j'ai décidé de refaire du théâtre, je savais que je gagnerais ma vie en montant sur scène et que je deviendrais très visible, si je puis dire. J'ai donc pris mon courage à deux mains et j'ai continué à vivre. J'ai essayé de toutes mes forces d'être moins paranoïaque ; j'ai essayé de ne plus regarder sans cesse derrière moi. J'ai essayé de mettre ma peur de côté.

– Je trouve que tu as remarquablement réussi, compte tenu des circonstances.

Xenia observait attentivement son amie, le regard pensif et amical.

Soudain, Katie éclata de rire.

– Je sais ce que tu es en train de penser. Tu te dis que je ne peux toujours pas m'empêcher de fermer les portes à clef !

Xenia se mit à rire à son tour. Elle glissa son bras sous celui de Katie et elles poursuivirent leur promenade d'un pas tranquille.

– Peut-être est-il difficile de se défaire des vieilles habitudes, murmura Xenia. Tu sais, Katie, je suis très heureuse de notre amitié. Cela fait chaud au cœur d'avoir une amie comme toi.

– C'est ce que j'éprouve, moi aussi, Xenia.

– A dix-huit ans, après mon mariage avec Tim, il n'existait plus que lui pour moi, lui et cette maison qui occupait beaucoup de place dans sa vie. Il gérait tout avec son père. Ensuite, j'ai été absorbée par notre fils. Bien sûr, j'ai vite perdu le contact avec mes amies d'école. Et puis, un jour, je me suis retrouvée complètement seule...

Xenia laissa sa phrase en suspens et Katie évita de rompre son silence. Elle avait perçu la tristesse dont s'était chargée la voix de son amie. Mais Xenia se ressaisit rapidement et reprit ses explications.

– Mes raisons d'être, mes raisons de vivre avaient disparu. Tout m'avait été enlevé comme ça, en un instant.

Elle souligna ses paroles d'un claquement de doigts.

– Bref, je me suis retrouvée toute seule. Il ne me restait que Verity. Je me suis enfermée ici pendant des années, à lécher mes blessures comme un chien malade. Je luttais pour ne pas devenir folle. Maintenant, quand j'y repense, ce furent cinq années très longues.

– Je comprends, répondit lentement Katie. Les raisons de ma peine sont très différentes des tiennes mais, pendant deux ans, je me suis également repliée sur moi-même.

Elle regarda Xenia à la dérobée avant de poser une question importante.

– Comment as-tu décidé de t'installer à Londres ?

– C'est Verity qui m'a convaincue de m'en aller. Elle était revenue vivre ici après son divorce, il y a presque quinze ans. Stephen, son fils, était dans un pensionnat et, de toute façon, elle n'avait pas d'autre endroit où aller. C'est sa maison d'enfance. Son père, le comte, l'a invitée à venir vivre avec nous. J'ai été très heureuse d'avoir sa compagnie et Tim aussi. Elle adorait notre bébé. Après la disparition de Tim et de Justin, je me suis raccrochée à elle. Je n'avais plus qu'elle. Le comte était détruit par la mort de son fils. C'est à cette époque qu'il a commencé à séjourner de plus en plus longtemps dans le sud de la France. Il a une amie qui possède un très beau château et il y vit presque à longueur d'année. Mais revenons à Verity. Un jour, elle a décidé de me mettre à la porte, pour mon propre bien.

Xenia fit une pause et hocha la tête avec un petit rire comme si elle se moquait d'elle-même.

– Je n'avais pas du tout envie de partir d'ici ! Mais j'aidais Verity à faire ses catalogues et elle m'a demandé d'aller à Londres au salon des cadeaux et d'acheter pour elle. C'était une très bonne ruse. Elle estimait que je devais quitter Burton Leyburn et les souvenirs qui y sont attachés, en particulier les mauvais. C'est ce qu'a fait mon beau-père. Pauvre oncle Thomas ! La perte de son fils et de son petit-fils l'a fait beaucoup vieillir.

– Le comte est vraiment ton oncle ?

– Non, pas exactement. C'est mon beau-père, mais lui et ma mère ont toujours été très proches, toute leur vie, et je l'appelle oncle Thomas depuis l'enfance.

– Il ne revient jamais dans le Yorkshire ? Pour visiter le domaine ?

– Si, en été. Il a une santé assez fragile et le climat du sud de la France est plus doux en hiver. Cela lui convient mieux. Et Véronique, son amie, s'occupe très bien de lui.

– Donc, tu es allée à Londres et tu as commencé à acheter pour les catalogues de Verity. Mais comment as-tu eu l'idée de monter ton affaire ? risqua Katie.

Xenia s'arrêta pour se tourner vers Katie.

– Quand j'ai compris que Verity voulait que je parte, cela m'a d'abord blessée, mais je ne suis pas stupide et j'ai compris son intention. J'ai donc suivi ses conseils. J'avais la maison de Farm Street et j'en ai fait mon camp de base. C'est aussi le sien car elle vient souvent en ville pour ses affaires. La maison appartenait depuis longtemps à Tim. Il l'avait héritée de sa mère et je l'ai héritée de lui. Bref, je travaillais sur les catalogues et je revenais de temps en temps pour la fin de la semaine. Et, un jour, j'ai eu la révélation... J'ai eu l'idée de « Célébrations ». J'ai appelé Alan Pearson à New York. Il avait une affaire du même type ; il organisait des séminaires, des congrès, ce genre de choses. L'idée d'organiser plutôt des réceptions l'a emballé ! Nos familles étaient amies depuis très longtemps. Alan est allé à l'école avec Tim. Nous étions associés depuis un an quand je t'ai rencontrée à la soirée organisée par Bridget pour l'anniversaire d'Alan.

Xenia reprit sa promenade et Katie dut presser le pas pour se maintenir à son niveau.

– Tu m'as déjà parlé des catalogues de Verity, dit-elle. Mais tu ne m'as pas donné de détails. Que vend-elle ?

– Toutes sortes de choses. Verity a créé ses catalogues de vente par correspondance il y a une dizaine d'années mais c'est seulement depuis deux ou trois ans que cela marche très bien. Cela rapporte même beaucoup d'argent. Tu vois, elle a été très subtile dans le choix des articles et dans leur présentation. C'est ce qu'il fallait faire.

Peu éclairée par la réponse de Xenia, Katie répéta sa question :

– Mais tu ne m'as toujours pas dit ce qu'elle vend.

– Bon ! Un des catalogues s'intitule *Les Choix pour la maison de Burton Leyburn Hall*. On y trouve toutes sortes de bougies parfumées, de bougies à la cire d'abeille, des coussins, des cache-pots, du linge de maison, des pantoufles en peau de mouton, mille objets pour la maison. Un autre s'appelle *Les Produits de soin de lady Verity*, avec une ligne de shampoings, bains moussants, pots-pourris, sachets parfumés, lotions pour le corps, savons et je ne sais quoi encore. Enfin, il y a *La Cuisine de lady Verity*, qui propose du miel, des confitures, des gelées, des condiments et des herbes aromatiques séchées qui sont conditionnées ici. Pour résumer, elle vend des articles non périssables, de longue conservation.

– C'est une véritable entreprise ! s'exclama Katie d'une voix admirative.

– Exactement ! Tout le monde travaille pour ces catalogues, moi comprise. Je continue à acheter pour Verity ; j'adore ça. En fait, c'est une affaire locale.

– Veux-tu dire que tous les habitants de la maison travaillent pour les catalogues ? Ou tous les gens du village ?

– Les deux. Verity est une sorte de chef d'entreprise, sans en avoir l'air. Elle emploie quelques-unes des femmes d'ici qui sont ravies de gagner un peu d'argent de poche. Elle emploie aussi Lavinia, Anya et son mari, Barry Thwaites, qui dirige la ferme domaniale ; sans oublier Pell et Jarvis, bien sûr.

– Je croyais que Jarvis était le maître d'hôtel.

– C'est le maître d'hôtel mais, à présent, Verity l'appelle plutôt son grand intendant, sans doute parce qu'il s'occupe de tout ! Jarvis est devenu son bras droit. De plus, il est à Burton Leyburn depuis des lustres et il est aussi attaché qu'elle au domaine. Pour que tu comprennes mieux, je dois préciser que tout l'argent gagné grâce aux catalogues sert à l'entretien du domaine. C'est pour cela que Verity et moi-même ouvrons la maison et les jardins au public, en été. Le prix des entrées aide à payer les jardiniers. La boutique où nous vendons tous les produits des catalogues nous rapporte aussi de l'argent.

Katie en resta muette pendant quelques instants, hochant la tête avec étonnement.

– Je n'y avais pas pensé, dit-elle enfin, mais l'entretien d'un pareil domaine doit coûter beaucoup d'argent.

– Tu veux dire une fortune, ma chérie ! répondit Xenia. Et il n'y a pas beaucoup de liquidités dans l'héritage familial. C'est pour cela que tout le monde est très intéressé par la réussite de Verity. Je ne sais pas ce que nous ferions sans ses catalogues. Le comte devrait sans doute céder le domaine au National Trust [1]. Nous en serions tous malheureux parce que nous ne pourrions plus vivre ici. La maison serait transformée en musée.

– Je comprends, dit Katie à mi-voix.

Décidément, pensait-elle, les choses ne sont jamais ce qu'elles ont l'air d'être.

– On l'appelle « lac » mais, en réalité, c'est plutôt un étang, dit Xenia en désignant le centre de la pièce d'eau. Il y a un jet d'eau, au milieu, mais on ne le fait fonctionner qu'au printemps et en été.

– C'est ravissant, dit Katie, et le lac est si merveilleusement intégré dans le paysage qu'il donne l'impression de flotter sur l'horizon, dans le ciel.

Elle plissa les yeux, éblouie par le soleil matinal, mit sa main en visière et poursuivit :

– Je suppose que c'est un paradis pour les animaux. J'aperçois des oiseaux sur l'autre bord.

1. Association qui gère de nombreux lieux chargés d'histoire : demeures, châteaux, domaines, jardins, maisons d'écrivains célèbres... Une proportion importante du territoire britannique est ainsi protégée et mise en valeur. Des millions de Britanniques sont membres du National Trust, qui édite un guide et vend de nombreux produits dans ses boutiques. *(N.d.T.)*

– Oui, c'est une des raisons pour lesquelles j'aime venir ici. Il y a de très nombreuses espèces d'oiseaux qui y vivent, parfois seulement pour un temps. Tu sais, nous voyons souvent des mouettes tourner au-dessus du lac, alors que la mer du Nord n'est pas tout près !

– Qui a fait faire ce lac ?

– Ce sont les Leyburn du XVIIIe siècle qui ont créé ce que l'on appelle les jardins d'agrément. Adam Leyburn et son fils Charles, plus précisément, ont eu assez d'énergie, de talent et d'argent pour le faire, sans parler du temps. Si le parc a l'aspect qu'il a aujourd'hui, c'est grâce à eux. C'étaient de grands visionnaires. Ils ont été particulièrement inspirés dans leur utilisation de la Skell, la rivière qui traverse la vallée, juste en dessous de ces arbres. En endiguant la Skell à différents intervalles, ils ont pu créer des barrages, des lacs, des canaux, toutes sortes de pièces d'eau. Oncle Thomas a toujours défini le parc comme le triomphe de l'art paysager romantique du XVIIIe siècle, et il a raison.

– Vous avez beaucoup de visiteurs ?

– Oui, heureusement ! Des gens viennent de tout le pays et de toute l'Europe pour voir les jardins et le parc. Je t'assure qu'on y trouve des choses tout à fait remarquables. En été, la promenade dans la partie du parc consacrée aux rhododendrons est une pure merveille. Il y a des perspectives inattendues, des points de vue étonnants. Les gens adorent le parc aux cervidés et les animaux. Parfois, ils l'appellent le parc Bambi !

– Cela ne vous ennuie pas, Verity et toi, d'ouvrir au public ? demanda Katie en regardant son amie du coin de l'œil.

– Non, pas du tout. D'abord, c'est une absolue nécessité. Nous avons réellement besoin de l'argent rapporté par les entrées et par les guides que nous éditons. La plupart des visiteurs les achètent. Ensuite, je pense que c'est une bonne chose de partager la beauté de Burton Leyburn avec d'autres personnes. Je suis contente qu'elles puissent voir les parterres, se promener dans les allées et visiter les jardins d'agrément dans la vallée. Cela leur permet aussi de découvrir les trésors qui se trouvent dans la maison.

Katie approuva de la tête mais garda le silence. Elle avait toujours supposé, et même cru, que Xenia était une femme riche. En effet, tout en elle respirait la richesse. La vérité était un peu différente, ainsi qu'elle commençait à le comprendre.

Xenia se détourna soudain du lac et prit Katie par le bras.

– Viens, rentrons ! Je ne sais pas pour toi, ma chérie, mais moi je meurs de faim !

– Moi aussi, reconnut Katie avec un sourire.

23

Dix minutes plus tard, Xenia faisait entrer Katie dans le grand hall et la guidait vers le salon-jardin.

– Comme je te l'ai dit, c'est ici que l'on sert le petit déjeuner, expliqua Xenia.

Elle ouvrit la porte en grand avant d'ajouter :

– Je te rejoins dans quelques minutes, le temps de prendre une douche et de changer de tenue. Ne m'attends pas pour commencer.

– Merci, je vais suivre ton conseil, répondit Katie en entrant.

Elle découvrit une pièce aux murs d'une délicate teinte tilleul. Quelqu'un, sans doute Lavinia, y avait peint d'élégants arbres tropicaux. Leurs branches étaient chargées d'oiseaux exotiques de toutes les couleurs. Ces ravissantes peintures murales contribuaient à donner un effet de relief à la décoration. De nombreuses plantes étaient disposées devant la fenêtre et sur une longue table poussée contre un mur, d'où le nom du salon, supposa Katie.

– Bonjour, Katie ! s'exclama Lavinia.

Elle venait d'entrer par une porte battante, juste après l'arrivée de Katie.

– Il n'y a encore personne, ajouta Lavinia. Ils sont encore tous « ligging in ».

– Bonjour, Lavinia. Xenia est déjà levée. Elle est sortie pour courir et nous nous sommes promenées ensemble. Elle est remontée pour prendre une douche.

– Si j'avais su qu'elle allait courir, j'y serais allée avec elle et, ensuite, je vous aurais accompagnées, du moins si vous aviez bien voulu de moi !

– Bien sûr ! Lavinia, que signifie cette expression... « ligging in » ? demanda Katie, comme toujours passionnée par les questions de langage.

– Cela veut dire être couché. C'est du vieux patois du Yorkshire. D'après Jarvis, cela vient des Vikings qui ont envahi le nord de l'Angleterre, il y a plusieurs siècles. C'est pour cela qu'il y a tellement de gens blonds avec des yeux bleus ou verts dans la région. Jarvis est très fort sur ces questions.

– Sur quelles questions suis-je très fort ? demanda Jarvis depuis le seuil.

– Le dialecte du Yorkshire et les vieux dictons, entre mille autres choses, répondit Lavinia qui se tourna vers lui en souriant avant d'ajouter : Voici Katie Byrne, qui arrive d'Amérique, Jarvis.

– Bonjour, mademoiselle, dit Jarvis en inclinant la tête.

– Bonjour, Jarvis, répondit Katie.

Quel homme séduisant, pensa-t-elle, avec sa chevelure argentée et ses traits légèrement burinés par le grand air. Mince et de taille moyenne, il avait l'air d'approcher la soixantaine. Comme il convenait au maître d'hôtel d'une telle maison, il portait un pantalon gris rayé, une veste noire, une chemise blanche et une cravate grise, soit l'uniforme de jour du parfait maître d'hôtel anglais.

– Que désirez-vous, mademoiselle Byrne ? Un jus d'orange ou un jus de pamplemousse ? Les deux sont fraîchement pressés.

– Je ne prends pas de jus de fruit, Jarvis. Merci.

– Du thé ou du café, madame ?

– Du café, je vous prie.

Jarvis inclina de nouveau la tête et se dirigea vers la desserte où, sur plusieurs réchauds de table, étaient posés des plats en argent à côté d'une cafetière électrique et d'une grosse théière gardée au chaud sous son couvre-théière ouatiné.

Lavinia sauta sur ses pieds et le rejoignit devant la desserte.

– Je crois que je vais prendre un petit déjeuner chaud, ce matin, Jarvis. Que me conseillez-vous ?

– Il y a tout ce que vous aimez, Lavinia. Du pouding noir frit, des tomates grillées, des saucisses, du bacon grillé, des œufs brouillés, et vos deux plats préférés, des harengs et du haddock. Et j'oubliais : votre mère a fait griller quelques *pikelets*.

– Oh, fantastique ! Maman nous a gâtées, dit Lavinia en soulevant le couvercle des différents plats.

– Qu'est-ce que le pouding noir ? demanda Katie à Jarvis.

– C'est une spécialité du Yorkshire, répondit-il. Un boudin noir que fabrique le boucher de Ripon. On peut le manger froid mais, en général, Anya le coupe en tranches et le fait frire avec de fines tranches de tomate. Aimeriez-vous le goûter ?

– Non, pas vraiment, dit Katie. Mais je vous remercie. Je prendrai une saucisse, une tranche de bacon et peut-être une tomate grillée. Et des toasts. Merci, Jarvis.

Jarvis prépara une tasse de café et l'apporta à table. Katie le remercia à nouveau.

– Vous devriez goûter le *finnan haddie*, Katie, dit Lavinia qui ajouta aussitôt : Savez-vous ce que c'est ?

– Pas du tout !

– C'est du haddock, de l'églefin d'Ecosse fumé.

Lavinia en disposa une portion sur une assiette et la montra à Katie.

– Regardez, lui dit-elle, c'est le fumage qui lui donne cette couleur jaune clair. Ma mère le fait pocher dans un peu de lait et le sert avec un morceau de beurre frais et du persil. En voulez-vous ? acheva-t-elle en tendant l'assiette à Katie.

Katie refusa de la tête.

– Merci, mais je n'y tiens pas. En revanche, pourriez-vous m'expliquer ce qu'est un *pikelet* grillé ?

La question fit rire Lavinia.

– C'est une sorte de petit pain rond et plat avec de petits trous sur le dessus. Une fois grillé et beurré, c'est absolument délicieux.

– Certaines personnes appellent cela un *crumpet*, intervint Jarvis qui déposait l'assiette de Katie devant elle.

– Merci, dit Katie.

– J'ai cru comprendre que Lavinia va vous montrer sa peinture après le petit déjeuner, mademoiselle Byrne. Elle a beaucoup de talent, murmura Jarvis d'un ton plein de fierté.

De la desserte où elle garnissait son assiette, Lavinia lui adressa un sourire rayonnant.

– Je n'en doute pas, Jarvis, répondit Katie.

Elle regardait en même temps la ravissante silhouette de la jeune fille. On aurait dit qu'elle arrivait directement des années soixante, ce matin-là, avec sa chemise écossaise rouge, son blue-jean, ses chaussettes blanches et ses mocassins. Elle portait un petit foulard de soie blanche noué autour du cou et des anneaux d'oreilles en or.

– Lavinia, vous faites vraiment beaucoup penser à Audrey Hepburn, ce matin, dit Katie sans réfléchir.

Lavinia sourit avec un plaisir évident.

– Oh, je vous en prie, mademoiselle Byrne, ne le lui dites pas ! s'exclama Jarvis. Cela lui monte toujours à la tête quand on remarque cette ressemblance, et cela arrive assez souvent ces derniers temps !

– Bonjour, Jarvis, dit Xenia qui venait d'apparaître sur le seuil du salon.

Elle avait mis un twin-set jaune sur un pantalon beige et avait attaché ses cheveux sur la nuque avec un nœud de soie noire. Elle avait l'air toute fraîche, comme quelqu'un qui vient de sortir de sa douche.

– Bonjour, mademoiselle Xenia, dit Jarvis. Qu'est-ce qui vous ferait plaisir ?

– Juste un toast avec une saucisse, Jarvis, s'il vous plaît. Et du thé, bien sûr. Merci.

Xenia se tourna vers Katie.

– Je dois me dépêcher. Verity est déjà au bureau et le comptable arrive dans dix minutes. Cela va me prendre toute la matinée, apparemment. J'espère que cela ne t'ennuie pas...

– Pas du tout, Xenia ! Ne t'inquiète pas pour moi.

– Lavinia va s'occuper de toi, n'est-ce pas ?

– Je vais faire visiter mon atelier à Katie, Xenia. Nous pouvons aussi aller nous promener. Il y a mille choses à faire.

Lavinia se tourna vers Katie.

– Savez-vous monter ?

– Pas vraiment, répondit Katie. Je vous avoue que je ne suis pas très à l'aise avec les chevaux.

– Nous avons une adorable vieille jument qui s'appelle Jess. Vous pourriez essayer avec elle. Elle est très affectueuse et docile, proposa Lavinia.

Katie répondit d'un sourire.

– Lavinia, intervint Xenia, il vaut mieux ne pas forcer Katie. Elle n'a visiblement pas envie de monter.

Jarvis interrompit les explications de Xenia.

– Lavinia, puis-je vous demander de faire le service ? Je vous laisse vous occuper de mademoiselle Byrne.

Il se tourna ensuite vers Xenia.

– Je crains d'avoir à vous quitter pour me rendre au local d'emballage. Une équipe du village arrive dans quelques minutes. Quatre garçons vont nous aider à faire les colis. Par conséquent, si vous voulez bien m'excuser, mademoiselle...

– Pas de problème, Jarvis. Moi-même, je dois m'en aller.

Tout en parlant, elle finit d'avaler sa dernière gorgée de thé et elle se leva.

– A tout à l'heure, dit-elle en pressant l'épaule de Katie avant de sortir à toute vitesse.

Katie lui répondit d'un simple signe de tête.

Jarvis sortit à son tour et Lavinia servit à Katie une nouvelle tasse de café. Un peu plus tard, Anya fit son apparition.

– Oh ! Katie, je ne vous ai pas encore présenté ma mère ! s'exclama Lavinia en se levant brusquement.

– Maman, voici mademoiselle Byrne, qui arrive de New York.

Anya s'avança, la main tendue, un grand sourire illuminant tout son visage.

– Bonjour, mademoiselle Byrne. J'espère que votre petit déjeuner vous a plu.

– Bonjour, Anya, répondit Katie qui s'était levée pour lui serrer la main. Oui, tout était excellent.

Anya alla vérifier le contenu des plats sur la desserte.

– Mais vous n'avez presque rien mangé ! marmonna-t-elle. Bah, ce n'est pas grave. Pell et Jamie ne disent jamais non à un en-cas, ils sont toujours affamés, et Pomeroy vient d'arriver à la cuisine pour son casse-croûte du matin. Il y aura bien assez pour eux et il en restera encore. Mon Dieu, mon Dieu... J'ai encore vu trop grand.

– Ne t'inquiète pas, maman, dit Lavinia. Jarvis nous a dit qu'une équipe du village vient emballer. Ils sauront quoi faire de ce qui reste si on les y invite !

– Oui, c'est une bonne idée. Je vais leur préparer des sandwiches. Je déteste gaspiller de la nourriture quand la moitié de la planète meurt de faim, dit-elle en se tournant vers Katie et Lavinia.

– Je suis d'accord avec vous, répondit Katie.

– Je dois me sauver, annonça Anya. J'étais en train de préparer les légumes du déjeuner.

Elle sortit en emportant deux des plats.

– Votre mère doit vivre ici depuis longtemps. Je veux dire : en Angleterre, demanda Katie quand elle fut de nouveau seule avec Lavinia.

– C'est exact, mais pourquoi me posez-vous cette question, Katie ?

– Elle parle un anglais impeccable.

– Oh ! Mais elle est arrivée en Angleterre, à Londres précisément, quand elle était toute petite. Elle est née à Paris. Mes grands-parents étaient russes mais étaient venus vivre en France à cause de la révolution. Ensuite, ils se sont installés en Angleterre. Ma mère a épousé David Keene, un homme originaire du Yorkshire, et plus particulièrement de Burton Leyburn. Il l'a ramenée au village pour y vivre il y a vingt-cinq ans. Je suis née ici. Mon père est mort à trente ans, d'une crise cardiaque. Je venais d'avoir trois ans.

– Je suis désolée, compatit Katie. C'est encore très jeune. Cela a dû être très dur pour vous et votre mère.

– Oui, mais maman est une femme très forte. Elle dit d'elle-même qu'elle a un très grand instinct de survie. Elle travaille ici depuis dix-neuf ans et elle en est ravie car elle adore cuisiner. Elle estime que c'est le secret de son succès : aimer ce qu'elle fait, vouloir réussir des plats que les convives aimeront. C'est important d'aimer son travail.

– Oh oui ! approuva énergiquement Katie. Oui, Lavinia. J'aime jouer, j'ai toujours aimé cela et je sais que Xenia aime faire marcher sa société et créer des réceptions exceptionnelles.

– Oui, c'est vrai. Elle m'a demandé de lui faire pour ce week-end quelques croquis des salons du Palais d'Hiver de Saint-Pétersbourg au début du siècle. C'est pour une réception qui doit avoir lieu à New York à l'occasion des fêtes de fin d'année. Je me réjouis de faire ces dessins.

– Avez-vous une idée de ce qu'était le Palais d'Hiver sous les tsars ?

– Oh oui ! Il y a quelques remarquables ouvrages illustrés dans la bibliothèque. Ils appartiennent à Xenia. C'était un cadeau de son père.

Lavinia sourit et se leva.

– C'est une bonne base de documentation. Et maintenant, Katie, voulez-vous que nous y allions ? Le vieux break nous attend dans la cour des écuries.

Katie se leva à son tour et jeta un coup d'œil à sa tenue, un pantalon en lainage beige et un pull marin.

– Je n'ai certainement pas besoin de manteau. Je n'en ai pas eu besoin tout à l'heure et il était beaucoup plus tôt.

– Vous avez raison, la température remonte, même si j'ai entendu Pell affirmer que nous allions avoir un coup de froid. Il se trompe souvent !

Le break était vieux et usé mais, avec Lavinia au volant, il fonça sur le chemin de terre aussi vite qu'une voiture de sport neuve.

– La grange n'est pas loin, juste derrière le bois, expliqua Lavinia.

Elle menait le break d'une main experte sur le chemin plein d'ornières.

– C'est à côté de la ferme domaniale où nous vivons, poursuivit-elle. Mon père la dirige. En réalité, c'est mon beau-père mais il m'a toujours traitée comme si j'étais sa propre fille. Il s'est toujours très bien occupé de maman et de moi. C'est lui qui m'a envoyée à l'école des Beaux-Arts de Leeds.

– Oh ! Vous avez fait vos études dans le Yorkshire, pas à Londres ?

– Oui, c'est une bonne école et, de toute façon, je n'avais pas envie d'aller à Londres. J'adore vivre ici.

– Cela ne m'étonne pas, Lavinia. Je trouve le Yorkshire superbe et le Hall est vraiment spécial, un lieu hors du monde.

– Grâce à Verity ! s'exclama Lavinia. C'est elle qui réussit à faire marcher les choses correctement, ici. Papa dit toujours que c'est une excellente administratrice.

– De plus, elle a vraiment l'esprit d'entreprise, semble-t-il.

– Oh oui, c'est une femme d'affaires avisée.

Lavinia jeta un rapide coup d'œil à Katie avant de reporter toute son attention sur sa conduite.

– Le comte a... en quelque sorte abandonné, quand Tim et Justin ont été tués. Son fils et son petit-fils, ses deux héritiers, tous deux disparus en un instant... Ce fut un choc terrible. D'après maman, il ne s'en est jamais vraiment remis et c'est pour cette raison qu'il ne supporte plus de vivre ici. C'est trop dur pour lui.

– Je le comprends, répondit Katie à mi-voix.

Elle pouvait très bien imaginer le chagrin du comte. Elle reprit une voix plus ferme pour poser la question qui lui était venue à l'esprit.

– A présent, qui va hériter du titre et du domaine ?

– Le fils de Verity, Stephen. A la mort de son grand-père, Stephen deviendra le comte de Burton Leyburn. Pour l'instant, il fait ses études à Cambridge.

– Je vois.

Katie se renfonça sur son siège en cuir usé, songeant au chagrin de cette famille éprouvée. Il est si difficile, pensait-elle, de surmonter le choc quand on est confronté à une mort soudaine et imprévisible, violente de surcroît. Elle ne le savait que trop bien. En y repensant, elle se rendit compte que Xenia s'était très bien reprise en main. Elle avait pleinement réintégré sa place dans la société et si, parfois, elle paraissait triste ou maussade, c'était compréhensible. Mais, pour l'essentiel, Xenia vivait comme tout le monde. Quand il s'agissait de faire le deuil de son mari et de son enfant, cinq années ne représentaient pas un délai très long.

Katie reporta son intérêt sur le paysage qui défilait. Les longs champs laissaient la place à des bois d'immenses vieux arbres, au-delà desquels s'étiraient d'autres champs, comme autant de morceaux de patchwork séparés par des murets de pierre sèche. Loin devant elle, elle aperçut une vaste étendue de terre, une ferme et plusieurs granges, à peine visibles. De vastes pâturages entouraient la ferme et, dans l'un d'eux, un troupeau de vaches de Guernesey broutaient paisiblement sous le beau soleil d'octobre. Un cheval blanc et son poulain gambadaient dans un autre pré. Ils mettaient la dernière touche, pensa Katie, à ce décor pastoral.

Dix minutes plus tard, Lavinia s'engagea sur une grande route qui dépassait la ferme et menait aux landes dont la silhouette se découpait contre le bleu du ciel. Droit devant elles, au pied des hautes landes, se dressait une grange.

– C'est là ! Mon atelier !

En marchant vers la grange avec Lavinia, Katie ne put s'empêcher de se souvenir de cette autre grange, de l'autre côté de l'Atlantique, dans le Connecticut. Un frisson la parcourut. Des souvenirs pénibles, aussi nets qu'au soir du premier jour, surgissaient dans son esprit et elle fit un effort de volonté pour les repousser. Heureusement, cette grange-là n'existait plus. Après l'assassinat de Denise, Ted Matthews l'avait rasée et avait détruit toute trace de son existence. Elle existait toutefois pour toujours dans la mémoire de Katie, et Katie savait qu'elle ne l'oublierait jamais.

Lavinia ouvrit la porte en grand.

– Voilà ! s'écria-t-elle. Nous y sommes, Katie. C'est extraordinaire, n'est-ce pas ?

Katie ne pouvait que partager son enthousiasme. La grange, de taille moyenne, avait un plafond cathédrale. Le mur du fond avait été remplacé par une grande baie vitrée. La lumière entrait à flots, transformant la grange en une pièce parfaite pour peindre.

– Papa a installé la baie vitrée, expliqua Lavinia. En

réalité, c'est une porte-fenêtre. On peut l'ouvrir et sortir facilement. Venez, Katie, je veux vous montrer mon travail.

Les tableaux de Lavinia étaient accrochés sur deux des murs de la grange, très bien éclairés par des spots fixés aux poutres du plafond. Katie vit immédiatement que ces tableaux n'étaient pas simplement bons mais réellement remarquables. Jarvis a raison de se montrer aussi fier de Lavinia, pensa Katie. Cette fille possède un talent incroyable.

Le premier tableau, une grande toile, représentait une fillette assise sur une botte de foin devant une meule. En le voyant, on ressentait aussitôt la chaleur qui devait régner ce jour-là. Lavinia avait brillamment capté et rendu toutes les caractéristiques du plein été : le bleu du ciel, le blanc de petits nuages qui ressemblaient à des fleurs de cotonnier, et le jaune d'or des foins. Le soleil semblait jaillir de la toile. La petite fille était un enchantement avec ses fossettes creusées par le rire, ses boucles noires comme celles d'une gitane et ses yeux sombres pleins d'audace. Les manches remontées de son chemisier rouge laissaient voir des bras potelés, aussi bronzés que son visage réjoui où sa petite bouche gourmande faisait écho au rouge de son chemisier. Katie était fascinée.

La technique de Lavinia était proche de celle des impressionnistes, et elle la maîtrisait parfaitement. C'étaient les peintres préférés de Katie, en particulier les grands impressionnistes français comme Renoir, Monet et Degas. Ses connaissances en ce domaine lui permettaient de prendre la réelle mesure du talent de Lavinia.

– Quel travail extraordinaire ! s'écria-t-elle après avoir étudié toutes les œuvres présentées. Lavinia, je suis certaine que votre exposition de Harrogate sera un énorme succès !

– Je l'espère. Je suis très heureuse que vous aimiez ma peinture, Katie. D'après Rex Bellamy, certains de mes tableaux ressemblent à ceux de l'école de Newlyn. C'est un groupe de peintres des années trente. Ils ont été très célèbres. Il n'arrête pas de parler d'eux et compare une partie de mon travail à celui de dame Laura Knight... Je suis flattée de son appréciation, bien sûr, mais je me contente de peindre ce que j'aime, les images que je veux transposer sur la toile parce qu'elles touchent... mon âme.

Katie inclina la tête en signe de compréhension et désigna un autre tableau.

– Celui-ci aussi me plaît beaucoup, dit-elle.

Elle venait de s'arrêter devant la représentation de deux enfants assis sous un saule au bord d'un vaste plan d'eau.

– Qui sont ces enfants? demanda-t-elle. Ils sont très beaux. Vous les avez peints d'après des modèles ou bien sont-ils nés de votre imagination?

– Ce sont les petits-enfants de Jarvis et Dodie.

– Oh!

Katie en resta bouche bée, posant sur Lavinia un regard surpris.

– Voulez-vous dire, finit-elle par demander, que Jarvis et Dodie sont mariés?

– Mais oui. Ils ont une fille, Alicia, qui a épousé Alex Johnson, et ces enfants sont les leurs, Poppy et Mark. Ils sont adorables, n'est-ce pas? Et je dois vous dire, Katie, qu'ils ont été parfaits quand je les ai fait poser. Ils sont restés assis sans bouger et sages comme des images.

Katie sourit mais elle restait perplexe.

– C'est curieux, je n'arrive pas à imaginer Jarvis et Dodie ensemble...

– Je sais ce que vous voulez dire. Ils n'ont vraiment pas l'air faits pour s'accorder. Mais ils sont mariés depuis une éternité. Ils ont tous les deux grandi ici. Le père de Jarvis était le maître d'hôtel du Hall avant lui, et la mère de Dodie a régné sur les cuisines pendant un certain temps. D'une certaine façon, je suppose que, pour Verity, ils font partie de la famille. En tout cas, ils font réellement partie des habitants du domaine.

– Je voudrais aussi vous demander, Lavinia : Dodie a-t-elle réellement un don de voyance ?

Lavinia éclata de rire.

– J'ignore quoi en penser. Je ne suis pas très portée sur l'irrationnel, si vous voyez ce que je veux dire ! Mais, quoi qu'il en soit, ma mère est convaincue des dons de Dodie, et mon père aussi.

– Je vois... Vous savez, j'ai l'impression que Verity y croit aussi.

– Oh, mais oui ! Bien sûr, elle y croit.

24

Ce furent les écrits de jeunesse des Brontë que Katie trouva les plus passionnants. Après une visite complète du presbytère de Haworth, où les enfants Brontë avaient grandi, Katie s'attardait dans le salon. Xenia et elle étaient penchées sur des manuscrits de Charlotte, Emily, Anne et Branwell.

Connus sous le nom de *Juvenilia* – les œuvres de jeunesse –, ces manuscrits étaient exposés sous vitrine. Aux yeux de Katie, leurs dimensions représentaient une de leurs caractéristiques les plus étonnantes. Aucun d'entre eux ne dépassait la taille d'une grosse boîte d'allumettes. Les pages, cousues à la main par les Brontë, faisaient à peine dix centimètres, et les textes étaient rédigés en lettres minuscules. Les caractères utilisés n'étaient pas ceux de l'écriture courante mais imitaient les caractères d'impression. Les enfants Brontë les avaient utilisés pour écrire, afin de faire ressembler leurs manuscrits autant que possible à de vrais livres imprimés.

– C'est réellement extraordinaire, commenta Katie en se penchant un peu plus sur la vitrine pour mieux déchiffrer les lignes minuscules.

– Tu sais, répondit Xenia, la première fois que madame Gaskell, l'amie et la biographe de Charlotte, les a eus en mains, elle en a été absolument ébahie. Elle ne pouvait croire qu'ils étaient nés de l'imagination des enfants. Par la suite, elle a écrit que leur lecture donnait une idée de la puissance créatrice portée à la limite de la folie. Et, d'après ce que j'ai lu sur les Brontë, le monde imaginaire d'Angria était vraiment devenu la vie de Charlotte et des autres, et cela dura longtemps. D'ailleurs, Charlotte a été la force motrice de leur groupe et de leur œuvre.

– Et le monde de Gondal ? N'était-il pas aussi important, pour eux ?

– Pour Emily et Anne, c'est certain. En fait, les premières histoires furent celles de la Confédération de Glasstown écrites par Branwell et Charlotte. Les quatre enfants n'ont partagé ce monde imaginaire que plus tard. Puis ils l'ont divisé en deux entités distinctes, le royaume d'Angria et le royaume de Gondal. Emily et Anne se sont attribué le royaume de Gondal, et nombre des meilleurs poèmes d'Emily sont de la poésie de Gondal, bien qu'elle les ait écrits plus tard.

– Je vois... Mais il me semble qu'il n'y a que des textes en rapport avec Angria dans le musée. N'y avait-il pas de nombreuses histoires sur Gondal ou d'autres petits livres ?

– Je crois que oui, répondit Xenia, mais ils ont été rédigés plus tard par Emily et Anne, même si Anne a commencé à s'en désintéresser avant Emily. On dit que Charlotte a détruit les manuscrits après la mort d'Emily.

– Mais pourquoi ? s'exclama Katie d'un ton indigné. Penses-tu que Charlotte était jalouse du talent de sa sœur ?

Xenia repoussa la suggestion d'un mouvement de la tête.

– Non, je ne crois pas. Mais comment pourrions-nous connaître la vérité ? Les universitaires et les spécialistes des Brontë ont émis la théorie d'après laquelle Charlotte n'a fait qu'obéir à la volonté de sa sœur, à son profond désir de préserver sa vie privée. Charlotte croyait qu'Emily n'écrivait que pour elle-même et ne désirait pas voir ses textes lus par d'autres, en particulier les étrangers, c'est-à-dire le public.

Cela rendit Katie pensive.

– Tu veux dire, reprit-elle d'une voix lente, qu'elle écrivait parce qu'elle ne pouvait pas faire autrement, parce que cela lui était nécessaire pour s'accomplir en tant qu'être humain.

– Exactement. Emily reste un personnage curieux, énigmatique et mystique. Emily n'obéissait qu'à ses propres démons... et c'est un rôle formidable pour toi, Katie.

Katie se redressa, se tourna vers Xenia et lui sourit.

– Oh ! Je le sais. Et plus je connais Haworth, plus je me sens intriguée.

Elle jeta un regard circulaire dans le salon puis se rendit à la fenêtre où elle s'attarda un instant, étudiant la vue sur le cimetière.

– Il y a mieux comme terrain de jeux pour des enfants, non ?

Xenia la rejoignit à la fenêtre pour regarder aussi le triste paysage de pierres tombales.

– C'est vrai, reconnut-elle. Mais il y a un petit jardin à l'arrière et, apparemment, Emily avait l'habitude d'y emporter son écritoire pour écrire assise à l'ombre d'un arbre. Il semble qu'elle n'aimait pas beaucoup s'éloigner de Haworth, de la maison, du jardin et des landes. Je suppose qu'elle se sentait à l'abri, ici... en sécurité, sans rien qui lui fasse peur.

– Je ne peux croire qu'Emily Brontë, le génial auteur des *Hauts de Hurlevent*, ait été peureuse !

– Je n'ai pas dit cela.

– C'est ce que cela impliquait, Xenia.

– Peut-être. Tu sais, à un moment, Charlotte et Emily sont allées à l'école de madame Héger à Bruxelles. Le professeur Héger, qui enseignait dans cette école et dont Charlotte était tombée amoureuse, a écrit au révérend Brontë qu'Emily semblait un peu moins timorée depuis son arrivée à l'école. C'était un fait connu de sa famille et de ses amis qu'elle voulait réellement rester à Haworth, qu'elle n'avait aucune envie de découvrir le monde, même s'il lui est arrivé de s'éloigner de Haworth.

– Peut-être était-elle égocentrique, comme la plupart des écrivains, et désirait-elle seulement rester dans un environnement familier pour écrire, suggéra Katie.

– C'est vrai. Je pense qu'elle ne pensait qu'à écrire toujours mieux.

– Et qu'est-il advenu de l'histoire de Charlotte et du professeur Héger ?

– Oh ! Cela n'est jamais devenu une véritable histoire d'amour. N'oublie pas qu'il était marié ! L'école appartenait à madame Héger et, à un moment, celle-ci a soupçonné Charlotte et son mari d'avoir des relations. Je crois qu'elle s'est rendu compte de la situation lors du second séjour de Charlotte à Bruxelles.

– Penses-tu que le professeur éprouvait les mêmes sentiments que Charlotte ? demanda Katie.

– Non. Quoique... Pourquoi suis-je aussi affirmative ? Comment le saurions-nous ?

Xenia réfléchit quelques instants sans rien dire, l'air perplexe.

– Nous n'y étions pas, reprit-elle. Nous n'avons pas assisté à leurs rencontres. Et ceux qui l'ont fait sont à présent tous morts et enterrés. Sincèrement, Katie, qui peut savoir ce que font un homme et une femme quand ils éprouvent une passion physique et sentimentale ?

– Presque tout et n'importe quoi, à mon avis ! répondit Katie. Tu sais comment sont les hommes.

Xenia éclata de rire.

– Il faut être deux pour faire une bêtise, Katie ! Tu oublies qu'un homme n'est jamais tout seul dans l'affaire ; les femmes aussi sont impliquées. Il y a un autre point à prendre en considération. S'il n'y avait pas eu le professeur Héger dans la vie de Charlotte, ne serait-ce qu'en tant que professeur, elle ne nous aurait pas laissé ces deux merveilleux romans, *Le Professeur* et *Villette* !

– Je ne les connais pas mais j'ai lu *Shirley* et je l'ai beaucoup aimé. Charlotte a été bien plus prolifique qu'Emily, je crois ?

– Absolument et, de plus, très professionnelle. Elle s'est aussi occupée de la promotion. Je veux dire par là que c'est elle qui a cherché un éditeur, qui a été en contact avec le public. Elle a agi comme une attachée de presse moderne. En un certain sens, elle a tiré toutes les ficelles. Sans son énergie et sa volonté, son ambition également d'améliorer leur existence à tous, le monde n'aurait peut-être jamais entendu parler des sœurs Brontë qui, au XIXe siècle, se sont assises devant leurs écritoires pour écrire des romans et de la poésie, dans les landes du Yorkshire.

Un peu plus tard, Xenia et Katie quittèrent le musée Brontë pour se promener dans les rues pavées. Xenia connaissait bien Haworth et guida Katie. Elles dépassèrent l'église avec sa tour carrée et entreprirent la montée vers le point culminant de la colline où se perchait le village. Loin en dessous, on apercevait la vallée industrielle du West Riding.

Quelques minutes de marche leur suffirent pour pouvoir contempler les landes infinies et désolées. Elles s'étendaient plus loin que le regard ne pouvait porter, en un océan de bruns grisâtres et de mauves.

– C'est superbe, dit Katie, mais un peu impressionnant.

La dureté de ce paysage monotone et désert l'effrayait presque.

– Oui, je suis d'accord avec toi, dit Xenia en s'abritant les yeux de la main. J'ai toujours trouvé cet endroit impressionnant, moi aussi. Cette solitude, ce vide balayé par le vent sont pourtant d'une beauté à couper le souffle.

Elle eut un sourire qui paraissait destiné à elle seule.

– Je suppose, poursuivit-elle, que j'y ai pris goût. Pour beaucoup de gens, c'est trop âpre, trop dur. Tu sais, je regrette que tu ne voies pas les landes en août ou en septembre quand la bruyère est en fleur. C'est absolument splendide. A cette période de l'année, tu ne peux en avoir qu'une faible idée. C'est la fin de la floraison des bruyères communes.

– Pourquoi dis-tu « communes » ?

– C'est la bruyère d'ici. Elle n'est pas aussi jolie que la bruyère d'Ecosse. Nous sommes à environ cinq kilomètres de Top Withens où est censée se dérouler l'action des *Hauts de Hurlevent*, comme je te l'ai déjà dit. Pourtant, de nombreux chercheurs pensent que la vieille ferme n'a jamais servi de modèle à la ferme Earnshaw. Ils pensent qu'Emily a décrit les Hauts de Hurlevent en s'inspirant de la demeure bien plus élégante de High Sunderland Hall. Elle aurait transposé ces images en imagination à Top Withens. Mais, de toute façon, maintenant c'est en ruine. Si cela te fait plaisir, nous pouvons y aller par la lande. Je me sens d'attaque !

Tout en parlant, Xenia avait levé la tête pour interroger le ciel bleu.

– Apparemment, il fait beau, poursuivit-elle, mais on ne sait jamais comment le temps peut tourner dans les landes. C'est tout à fait imprévisible. En moins d'une minute, il peut se mettre à pleuvoir à verse. C'est pour cela que j'ai emporté un parapluie !

Ce disant, elle tapota son sac d'un air satisfait.

– J'aimerais me promener sur la lande, répondit Katie, mais il n'est pas nécessaire d'aller jusqu'à Top Withens. Je n'ai pas besoin de voir les ruines de la ferme. Je voudrais juste pouvoir me faire une idée du paysage, sentir les lieux. Emily y a passé beaucoup de temps.

– Alors, on y va !

Les deux jeunes femmes suivirent d'abord le sentier en silence, chacune plongée dans ses pensées.

Katie réfléchissait au cas d'Emily Brontë, une femme qui semblait avoir été si énigmatique qu'elle en devenait par moments indéchiffrable. Pour jouer son rôle, Katie savait qu'elle devait parfaitement comprendre la personnalité et le caractère d'Emily. Elle n'arriverait à un résultat satisfaisant qu'avec la connaissance la plus complète des motivations, des intentions, des passions, des désirs et même des rêves de son personnage.

Cela représentait un travail colossal mais la bibliothèque de Burton Leyburn Hall possédait de nombreux livres très utiles. Verity avait sélectionné plusieurs biographies et études sur les sœurs Brontë, ainsi qu'un certain nombre de leurs romans. Elle lui avait offert de les emprunter aussi longtemps qu'elle le désirait, sous la seule condition de les rapporter. En effet, avait-elle expliqué à Katie, ils étaient tous répertoriés dans le catalogue de la bibliothèque.

Katie décida de lire tout ce qu'elle pourrait sur Emily pendant son séjour dans le Yorkshire et, s'il le fallait, elle emprunterait certains de ces livres.

De son côté, Xenia réfléchissait au réveillon du Nouvel An dont l'organisation avait été confiée à sa société. Alan avait appelé la veille de New York et lui avait définitivement confirmé le choix du thème du Palais d'Hiver de Saint-Pétersbourg pour la décoration.

Lavinia devait lui faire des croquis pendant le week-end, en s'inspirant des livres de photographies de la bibliothèque de Burton Leyburn. L'espace d'un instant, cela ramena Xenia à l'époque où son père les lui avait offerts, l'année où il l'avait emmenée en voyage en Russie.

Transformer la salle de bal du Plaza Hotel de New York pour qu'elle ressemble à celle du Palais d'Hiver au temps des tsars ne serait pas simple. Cela représentait un énorme défi mais Xenia avait hâte de se mettre au travail. Relever des défis l'aidait à ne pas penser à la perte de son enfant et de son mari, l'aidait à ne pas succomber au chagrin qui la rongeait. Les défis l'aidaient à tenir à distance sa peine et son angoisse, au moins pendant quelque temps.

Elles marchaient depuis une vingtaine de minutes quand le temps changea subitement, comme Xenia l'avait annoncé. Sans avertissement, des cumulus d'orage s'amassèrent soudain dans le ciel qui s'obscurcit, passant en un instant du bleu au gris sombre. Au loin, le tonnerre gronda.

– Je crois que nous devrions faire demi-tour ! s'exclama Xenia. Nous allons nous faire tremper.

– Dans ce cas, il n'y a pas à hésiter. De toute façon, j'ai déjà pu me faire une idée des landes. Dépêchons-nous, Xenia ! ajouta rapidement Katie qui sentait les premières gouttes s'écraser sur son visage.

Elles se mirent à courir dans le sentier en direction de Haworth. La pluie se mit à tomber à verse au moment où elles atteignaient la limite de la lande. Se serrant sous le parapluie de Xenia, elles descendirent la rue principale en courant, éveillant l'écho des pavés ruisselants.

– Nous l'avons échappé belle, dit Xenia. Quelques minutes de plus et nous étions trempées jusqu'aux os.

Elle prit une poignée de mouchoirs en papier pour s'essuyer le visage et tendit la boîte à Katie.

– Merci, dit Katie.

Elle se servit à son tour et, tout en se séchant, s'enfonça dans le siège de la voiture.

– Je regrette que nous ayons dû abréger, poursuivit-elle. Tu as bien fait d'insister pour venir, Xenia. Maintenant, je me fais une image d'Emily beaucoup plus précise.

– C'est ce que j'avais pensé.

Xenia tourna la clef de contact de la Bentley et quitta le parc de stationnement. Il était presque vide en ce frais samedi d'octobre. La plupart des gens visitaient Haworth au printemps ou en été, ou pour admirer les bruyères en fleur, en août et septembre.

Un peu plus tard, elles roulaient sur la route de Keighley en direction de l'autoroute de Skipton et Harrogate. Xenia conduisait assez vite, échangeant de temps en temps un commentaire avec Katie.

– Si tu as besoin d'autres informations sur Emily Brontë, dit-elle à un moment, tu devrais parler avec Rex Bellamy. Il sait tout sur la famille Brontë.

– Vraiment ? En fait, cela ne m'étonne pas. Hier soir, il m'a paru très au courant de leurs romans et de leur poésie.

– Je ne me souviens pas de l'avoir entendu parler des Brontë pendant le dîner.

– Non parce que, à ce moment-là, tu étais montée pour prendre un cardigan.

– Ah ! Je comprends.

– Que fait-il ? Il a l'air d'un universitaire. Il enseigne ?

Xenia se mit à rire.

– Non ! Ne te laisse pas avoir par son air de professeur de Cambridge. C'est très trompeur et je suis certaine qu'il le fait exprès.

– Alors, que fait-il ?

Xenia ne répondit pas.

Katie attendit un moment, l'étudiant du coin de l'œil. Pourquoi Xenia devenait-elle soudain mystérieuse au sujet de Rex ? Elle répéta sa question.

– Il n'est donc pas professeur ?

– Non, dit Xenia qui fit une petite pause avant d'ajouter : C'est un espion.

– Un espion ? Je ne comprends pas ! s'exclama Katie, très étonnée.

– C'est simple : un espion, du moins à mon avis. Je crois qu'il travaille pour le MI6 [1].

1. Military Intelligence Section 6, service d'espionnage britannique. *(N.d.T.)*

– Le MI6... je ne sais pas vraiment ce que c'est demanda Katie.

– C'est l'équivalent de la CIA, en ce sens qu'il opère à l'extérieur du territoire de la Grande-Bretagne. Le MI5, qui opère à l'intérieur, correspond au FBI.

– Je vois.

Katie réfléchit quelques instants avant de poursuivre, étonnée.

– Je ne savais pas qu'un espion disait ce qu'il fait... Je croyais qu'il devait garder le secret sur ses activités.

– Oh, bien sûr! Rex ne clame pas partout qu'il est un espion, pas du tout! En réalité, il adore qu'on le prenne pour un professeur d'université, comme tu l'as cru, ou pour un écrivain. Il est vrai qu'il est très cultivé, qu'il connaît très bien l'art et la littérature. Mais c'est un espion, J'en suis presque certaine.

– C'est aussi ce que pense Verity?

– Parfois. A d'autres moments, elle le nie. Quand il était à l'armée, il était dans les services de renseignement et je pense qu'il est maintenant au MI6. Il est souvent à l'étranger mais ses voyages restent très mystérieux, et il en sait beaucoup trop sur certains sujets. Tu vois ce que je veux dire : il laisse tomber une petite information par inadvertance et, ensuite, il essaie de le faire oublier.

– C'est l'ami de Verity? risqua Katie.

– Ils n'ont pas de liaison, si c'est ce que tu veux dire, mais c'est son ami masculin le plus proche. Disons que ce sont les meilleurs copains du monde. Ils sont amis depuis une éternité et, maintenant qu'il a divorcé, il vient souvent voir Verity. Il vit une partie de l'année dans le Yorkshire. Sa mère possède une superbe maison de style géorgien à côté de York, mais j'ai déjà dû te le dire.

– Et le reste du temps, il voyage pour le MI6?

Xenia eut un petit rire.

– Je le pense, mais il a aussi un appartement à Londres. Tu sais, si tu lui demandes ce qu'il fait, il te répondra de façon relativement honnête. Il te dira qu'il travaille pour le gouvernement britannique, au ministère des Affaires étrangères, ce qui est vrai. Mais comme je te l'ai dit, personnellement, je suis certaine qu'il fait partie des services de renseignement.

– Pourquoi Verity en doute-t-elle ? Pourquoi en rejette-t-elle la possibilité ?

– Parce qu'elle ne veut pas qu'il lui arrive quelque chose, je suppose. Mais je ne voudrais pas me faire mal comprendre. J'adore Rex et je me moque de savoir s'il travaille pour les services secrets ou pas. Il est gentil, civilisé, beau et plein de charme. Par-dessus tout, Verity l'aime énormément. Comme moi !

– Pourquoi connaît-il si bien l'histoire des Brontë ?

– Je ne sais pas. Tout ce que je peux te dire, c'est que les Brontë sont les grands écrivains du Yorkshire par excellence et que Rex est un homme du Yorkshire de toutes ses fibres !

Elle rit de nouveau.

– Il est très fier de ses racines ! De plus, il a un fort penchant pour la littérature. Mais tu devrais lui demander pourquoi il s'intéresse tant aux Brontë. Il en sera ravi. Mais ne lui demande pas s'il est un espion !

La voix de Xenia avait presque pris une nuance d'appel à la prudence.

– Comment peux-tu croire que je le ferais, Xenia ! Je ne suis pas stupide à ce point.

Xenia lui jeta un rapide coup d'œil et hocha la tête.

– Tu es même une des personnes les plus intelligentes que je connaisse, Katie.

25

La bibliothèque de Burton Leyburn Hall se trouvait dans une longue pièce de style Tudor avec une cheminée et un plafond aux poutres apparentes. Les murs étaient couverts de rayonnages sur toute leur hauteur et, devant la cheminée, étaient disposés un grand canapé en cuir et plusieurs fauteuils d'aspect très confortable.

Katie se dirigea vers la grande table de réfectoire placée devant l'une des fenêtres à meneaux. Elle examina une nouvelle fois les livres que Verity avait sélectionnés à son intention. Son regard s'arrêta sur celui que la romancière Muriel Spark et Derek Stanford avaient consacré à Emily Brontë.

Comme elle se détournait de la fenêtre pour aller s'installer dans le canapé avec son livre, elle sursauta violemment. Rex Bellamy venait de se lever de son fauteuil à oreilles devant la cheminée.

Il eut aussitôt un sourire d'excuse.

– Je suis désolé, Katie. Je vois que je vous ai fait peur. Pardonnez-moi, ma chère.

– Tout va bien, Rex, répondit-elle en lui rendant son sourire. Je ne savais pas qu'il y avait quelqu'un.

– Ah! Je vois que vous avez choisi le livre de Muriel Spark. Il est très bien fait, un excellent travail. Dites-moi, comment s'est passée votre excursion à Haworth, ce matin?

– C'était très intéressant, et je suis heureuse que Xenia m'y ait emmenée. J'en sais beaucoup plus sur Emily Brontë, à présent. Cela m'a été très utile.

Elle hésita un bref instant avant de poursuivre.

– Xenia m'a dit que vous êtes un spécialiste de la famille Brontë et que vous pourriez m'apprendre beaucoup de choses à leur propos, surtout sur Emily. Cela vous ennuierait-il de m'en parler, Rex?

– Non, bien au contraire! Je serai ravi de vous parler d'elle. Voulez-vous que je le fasse maintenant, Katie? Si vous avez le temps, nous pourrions bavarder un peu en attendant l'heure du thé.

Katie accepta d'un hochement de tête et s'installa sur le canapé, le livre posé sur la table basse à côté d'elle.

Rex se rassit dans son fauteuil à oreilles et l'interrogea du regard, comme s'il attendait une question.

– Si ce n'est pas indiscret de ma part, dit Katie, puis-je vous demander quelles sont les raisons de votre intérêt pour les Brontë ?

– Cela n'a rien d'indiscret, c'est une question tout à fait normale. Je m'y suis intéressé à cause de ma sœur, Eleanor. Il y a des années de cela – elle était encore au collège –, elle préparait un exposé sur les Brontë, pour un examen. Cela m'a... comment dire ? Intrigué.

Rex se pencha légèrement vers Katie, les mains posées sur les genoux, le regard soudain plus vif.

– Vous voyez, Katie, je ne résiste pas à l'appel du mystère et j'ai été tout de suite frappé par celui qui entoure cette famille. J'ai donc commencé à lire les livres d'Eleanor et je me suis senti de plus en plus fasciné. L'étude des Brontë est devenue depuis lors mon paisible violon d'Ingres !

– Vous êtes dans un domaine littéraire ? Je veux dire : êtes-vous professeur de lettres ? demanda Katie.

Elle se sentait curieuse d'entendre sa réponse et le fixait avec intensité. Rex était un bel homme avec un visage étroit mais bien dessiné, de hautes pommettes, un grand front, d'épais cheveux noirs grisonnant sur les tempes et coiffés vers l'arrière. Enfin, ses yeux noirs brillaient d'intelligence et d'esprit. Grand, mince et pourvu de longues jambes, il avait beaucoup de classe dans ses vêtements décontractés mais visiblement coûteux.

– Non, je ne suis pas professeur, répondit Rex au bout d'un moment. Je travaille pour le gouvernement britannique, précisément pour les Affaires étrangères.

– Oh ! Comme c'est intéressant. Que faites-vous ?

– Je m'occupe de recherche d'informations... Les services de renseignement, si vous préférez.

– Oh ! s'exclama Katie, se demandant si elle avait l'air aussi étonnée qu'elle l'était.

Rex se mit à rire, l'air très amusé, ses yeux noirs plus pétillants que jamais.

– Je parie que Xenia m'a présenté comme un espion... Un agent britannique ! Mais non, ce n'est pas vrai. Je fais un travail sédentaire, je suis ligoté à mon bureau, enseveli sous les papiers. Je ne vais pas faire l'espion au grand air, même si Xenia aime bien cette idée ! D'une certaine façon, c'est même un travail très ennuyeux.

Katie riait avec lui et, ne voulant pas trahir son amie, prit le parti d'un petit mensonge.

– Non, Xenia ne m'a pas parlé de votre travail, seulement de votre érudition en ce qui concerne les Brontë. Je crois qu'elle espère que vous m'aiderez à y voir un peu plus clair. Comme je vous l'ai expliqué hier soir, j'envisage d'accepter le rôle d'Emily dans *Charlotte et ses sœurs*. Or, vous nous avez dit que vous avez vu la pièce.

– Oui, dit Rex. Je ne l'aurais manquée pour rien au monde. Je ne voudrais pas vous influencer mais je peux vous dire que, tout en aimant beaucoup la pièce, je n'ai pas été totalement satisfait de la façon dont le rôle d'Emily était interprété.

– Comment cela ?

Rex hésita et prit le temps de peser sa réponse.

– Je vous ferai une critique complète de ce rôle plus tard, dit-il enfin. Dans l'immédiat, je pense que je dois d'abord vous parler un peu des Brontë, telles que je les vois.

Katie le remercia d'une légère inclination de la tête.

– Je vous serais très reconnaissante de me parler d'elles.

Il s'enfonça confortablement dans son grand fauteuil et commença.

– Notre conversation d'hier soir m'a permis de me rendre compte que vous connaissez déjà un peu le sujet.

– Oui, et grâce à Xenia j'en sais plus aujourd'hui.

– Alors permettez-moi de vous les présenter rapidement, elles et leur famille. Les quatre enfants étaient très proches, bien que divisés en deux groupes : Charlotte et Branwell, Emily et Anne. Par la suite, à l'âge adulte, Charlotte a toutefois été fascinée par l'immense talent d'Emily. Ils avaient tous les quatre beaucoup de talent et la plus vive imagination. Branwell était aussi peintre. Il a même suivi des cours de peinture. Mais c'était un alcoolique, comme vous le savez certainement, et un drogué. Il s'adonnait au laudanum et à l'opium. Il s'est détruit et il est mort très jeune. Ses trois sœurs éprouvaient des sentiments mélangés à son égard. Elles l'aimaient, bien sûr, et se sentaient fascinées par lui, mais aussi très en colère et très effrayées quand ses frasques étaient découvertes. Puis, quand les employés des offices de recouvrement de dettes se mirent à les harceler, elles commencèrent à avoir réellement très peur des conséquences.

Rex fit une petite pause, s'éclaircit la voix et reprit :

– Pour résumer, Branwell était la brebis galeuse de la famille Brontë !

– Et ses sœurs ont dû le gâter à le pourrir, je suppose, dit Katie.

– Par moments, oui, mais pas toujours. Leur mère était morte encore jeune, de la tuberculose, et le révérend Brontë était un père absent en ce sens qu'il passait son temps dans son église, occupé à écrire ses sermons ou, tout simplement, perdu dans ses pensées. Il n'y avait que la tante Branwell et Charlotte pour veiller sur eux quand ils étaient petits, mais Charlotte n'avait qu'un an de plus que Branwell. D'une façon générale, l'écart d'âge entre les enfants Brontë était très réduit, à peine un an. A l'exception d'Anne qui avait presque deux ans de moins qu'Emily.

– Charlotte a été leur... Je pense qu'on peut dire leur agent littéraire, dit Katie. C'est elle qui s'est occupée de chercher un éditeur.

– En effet ! Charlotte était l'aînée et, de loin, la meilleure romancière parmi les quatre enfants Brontë. La plus prolifique, également. En revanche, Emily était le vrai génie de la famille avec ses six grands poèmes épiques et cet extraordinaire et unique roman. Anne était aussi une très bonne romancière et poétesse. Affectivement, elle était très proche d'Emily. Pour revenir à Charlotte, elle a effectivement servi d'agent à ses sœurs et a réussi à les faire publier pour la première fois en payant l'impression d'un recueil de poésie. Deux exemplaires seulement trouvèrent acquéreur. En revanche, il y eut une excellente critique, en particulier des poèmes d'Emily qui, pour l'occasion, avait pris le pseudonyme d'Ellis Bell. Anne était devenue Action Bell et Charlotte, Currer Bell. Elles ne voulaient pas que l'on sache qu'il s'agissait, en réalité, des trois sœurs Brontë.

– Oui, j'avais lu cela.

– Charlotte les a encouragées à écrire des livres susceptibles de se vendre, c'est-à-dire des romans. Elle avait de l'ambition pour elle et ses sœurs. Elle voulait qu'elles réussissent.

– Mais le succès n'intéressait pas Emily, n'est-ce pas ?

– Non, en effet, confirma Rex. Elle-même n'a fait aucun effort pour être publiée ou obtenir la reconnaissance du public. Son seul souci véritable était de perfectionner son travail. Elle travaillait beaucoup son écriture et, en ce sens, se comportait de façon très professionnelle. Je pense que c'est la raison pour laquelle elle a détruit une grande partie de son œuvre. Elle n'en était pas satisfaite, surtout après la publication des *Hauts de Hurlevent*. Il est également probable que Charlotte en a détruit une partie elle-même après la mort d'Emily, pour protéger la vie privée de sa sœur.

– Que pensez-vous des *Hauts de Hurlevent* ?

– Pas ce que l'on pense en général, c'est sûr ! s'exclama-t-il.

– Voudriez-vous m'expliquer pourquoi ?

– Pour tout le monde, c'est une grande histoire d'amour, mais ce n'est pas vrai, commença Rex. C'est avant tout un roman très violent de vengeance et de haine, qui tourne autour de Heathcliff, un héros très romantique qui veut se venger des Earnshaw et de Cathy Earnshaw en particulier.

– Je comprends ce que vous dites, mais c'est quand même une histoire d'amour, d'une certaine façon, affirma Katie, les sourcils levés avec perplexité.

– Pas dans le sens où l'on entend les histoires d'amour, certainement pas, répondit Rex. C'est un roman beaucoup trop sombre, beaucoup trop noir pour cela, et trop violent, presque démoniaque. Ces prétendus amants n'ont jamais de relation physique, à aucun moment de l'histoire. Ils restent célibataires, tout en se montrant, il est vrai, très passionnés. Je crois que c'est, en réalité, un hymne à la mort comme seule Emily Brontë pouvait en écrire un. C'est un livre complexe. On est emporté par la puissance de la narration et la personnalité des deux narrateurs, Nelly Dean et Mr. Lockwood. Je ne me fatigue jamais de le relire. Je suis toujours aussi touché.

– Et Emily ? Comment la voyez-vous ?

– Comme une jeune femme plutôt normale, dit Rex. Par là, j'entends qu'elle possédait une bonne dose d'esprit pratique, terre-à-terre. D'après sa famille et ses amis, elle avait le mal du pays dès qu'elle s'éloignait de Haworth. C'est sans doute exact mais, à mon sens, la vérité est ailleurs. Elle aimait rester chez elle et s'occuper de la maison parce que cela lui permettait de vivre selon son rythme et de s'éclipser pour écrire dès qu'elle le voulait. Et il n'y avait que cela qui l'intéressait, Katie. Le mal du pays ? Peut-être. A mon avis, elle voulait être à Haworth pour diriger la vie au presbytère en fonction de ses propres besoins, donner ses ordres aux domestiques et faire ce qui lui plaisait. Quand Charlotte et Anne se plaçaient comme gouvernantes dans d'autres familles, et que Branwell travaillait au chemin de fer à Luddenden Foot, Emily restait seule pour s'occuper de tout. C'était elle la « patronne », et la patronne passait presque tout son temps à écrire.

Katie eut un petit sourire.

– L'égoïsme de l'artiste, c'est de cela que vous voulez parler ?

– En un sens, oui, concéda Rex. Si un artiste veut réussir, qu'il soit peintre, écrivain ou comédien, il doit se donner entièrement à son art. Et si cela implique de se conduire avec égoïsme, il sera égoïste. Je suis arrivé à cette conclusion au sujet d'Emily après avoir lu les lettres de Charlotte à ses amies Ellen Nussey et Mary Taylor, ainsi que celles qu'elle a échangées avec Emily.

– Pourquoi définissez-vous Emily comme quelqu'un de « normal » ? En général, on la décrit plutôt comme une jeune femme étrange, mystérieuse et volontiers mystique.

– Je crois que c'est vrai, Katie, répondit Rex avec chaleur, mais c'était une jeune femme normale en ce sens qu'elle pouvait écrire une lettre très banale à propos de ses occupations quotidiennes, sur un ton banal et joyeux. Mais, le même jour, elle avait passé des heures à écrire des pages d'une rare intensité dramatique. En d'autres termes, quand elle écrivait, elle se mettait dans la peau de ses personnages, et devenait ces personnages pendant ce temps-là. Ensuite, quand elle reposait sa plume et quittait son bureau, elle redevenait simplement Emily Jane Brontë, la fille du pasteur, qui avait la charge de la maison et du bien-être de son père.

– Je devrais peut-être revoir mes idées sur Emily. Pour la pièce, je veux dire. Du moins, si j'accepte le rôle.

– Vous devez accepter, Katie ! dit Rex d'un ton ferme. C'est un rôle parfait pour vous, j'en suis convaincu. Je vais vous rédiger quelques notes sur le sujet. Cela vous épargnera un certain nombre de lectures. Je pense toutefois que vous devriez lire le livre de Muriel Spark sur Emily. Mes notes vous aideront peut-être à gagner du temps.

Rex se pencha vers Katie et la regarda avec attention.

– Je vous en prie, dit-il enfin, ne refusez pas ce rôle. Nous venons seulement de nous rencontrer mais je suis sûr que vous serez parfaite.

Il avait parlé avec tant de ferveur que Katie se sentit tenue de tout lui avouer.

– J'ai déjà dit aux producteurs que j'acceptais. J'ai seulement besoin d'avoir confiance en moi, d'être certaine de pouvoir incarner Emily.

– Vous en êtes tout à fait capable, ma chère.

La porte de la bibliothèque s'ouvrit à ce moment et Rex se leva vivement : Verity entrait en coup de vent.

– Ah ! Vous voici, ma chérie, dit-il tandis qu'elle venait vers lui de son pas rapide.

Il la prit dans ses bras et la serra contre lui en embrassant ses cheveux blonds.

Katie vit le visage de Rex plein d'amour, ses yeux noirs rayonnants de chaleur et de tendresse, et elle n'eut plus aucun doute. Quoi que Xenia pût en penser, ces deux-là étaient très proches, très attachés l'un à l'autre.

Verity s'arracha finalement à l'étreinte de Rex et se tourna vers Katie en souriant.

– J'espère que Rex a pu vous donner quelques indications sur Emily. C'est un grand spécialiste des Brontë, vous savez.

– Pas vraiment ! protesta Rex en riant.

– Dans cette maison, si ! riposta Verity qui ajouta à l'intention de Katie : Xenia m'a dit que vous êtes allées jusqu'à Haworth mais que la pluie vous a obligées à rentrer. Ce n'est pas grave, vous en avez sûrement vu plus qu'assez pour que cela vous aide. Et maintenant, si nous montions pour le thé ?

Le coup de froid que Pell, le jardinier, avait annoncé, était arrivé. Katie se sentit glacée en traversant le grand hall d'entrée vers l'escalier.

Verity remarqua le rafraîchissement soudain de la maison quand elle poussa la porte à double battant de la grande salle haute.

– Il fera meilleur près de la cheminée, dit-elle. La prévision de Pell s'est finalement réalisée. Je dois avouer qu'il a souvent raison.

– Bien sûr, c'est un campagnard dans l'âme, répondit Rex. On peut lui faire confiance pour savoir à tout moment le temps qu'il va faire. Harold, le jardinier de ma mère à Great Longwood, est exactement comme lui. Je le taquine toujours en disant qu'il devrait présenter la météo à la télévision !

Jarvis avait déjà apporté le grand plateau à thé en argent ainsi qu'un autre plateau couvert de sandwiches et d'appétissantes pâtisseries. Le tout était posé sur la table basse carrée devant le feu. Verity prit sa place devant la théière et Rex s'assit à côté d'elle tandis que Katie s'installait dans un fauteuil en face d'eux.

Quelques instants plus tard, Xenia fit son entrée, suivie à peu de distance par Lavinia, toujours aussi ravissante. Elle portait une combinaison pantalon en lainage rouge vif avec des ballerines assorties.

Verity servit le thé comme d'habitude tandis que Lavinia et Xenia se chargeaient de passer les tasses puis les petits sandwiches aux garnitures variées, salade et œuf dur, terrine de porc, saumon fumé, concombre et tomates en rondelles.

Katie adorait ces petits sandwiches au pain de mie mais se limita à trois, un à l'œuf dur, un autre au saumon fumé et un dernier au pâté. Rex l'encouragea à aller au moins jusqu'à six mais elle sut résister à la tentation.

Elle se renfonça dans son fauteuil pour savourer ses sandwiches, bercée par la chaleur du grand feu qui ronflait dans l'âtre, le confort et l'intimité de la pièce. Ses dimensions ne l'empêchaient pas de donner une sensation d'intimité et de chaleur. Engourdie de bien-être, Katie revoyait en esprit les deux jours qu'elle venait de passer dans le Yorkshire et se rendit compte qu'elle avait été occupée en permanence. La journée écoulée avait sans doute été la plus fructueuse pour son travail grâce à la visite de Haworth et à sa conversation avec Rex.

Elle lui jeta un rapide regard. Elle trouvait Rex Bellamy bel homme et l'appréciait beaucoup. Elle aimait beaucoup les personnes présentes dans la pièce, en fait, même si chacune était un peu étrange à sa façon. Tous ces gens lui donnaient l'impression d'avoir un secret. Cela la fit rire intérieurement. Tout être humain n'a-t-il pas un secret ? Un squelette dans le placard ?

Katie reporta son attention sur Xenia et dressa l'oreille en entendant ce que disait son amie.

– J'ignore où il se trouve, Rex. Je l'ai cherché hier soir. J'aimerais bien qu'on puisse le passer. Laurence Olivier est un Heathcliff remarquable et Merle Oberon superbe dans le rôle de Cathy Earnshaw. Curieusement, elle n'a pas l'air *chi chi* alors qu'elle l'était.

– Que veut dire *chi chi ?* demanda Lavinia.

– Anglo-Indien, répondit Rex.

Xenia reprit le cours de ses réflexions.

– De temps en temps, on a l'impression que certains passages ont été tournés en studio à Hollywood mais, dans l'ensemble, il est d'une grande authenticité.

– Vous parlez du film tiré des *Hauts de Hurlevent* ? interrompit Katie.

– Oui, répondit Verity. Nous l'avions en cassette vidéo mais on ne le trouve plus. De toute façon, il est inutile de le regarder puisque Xenia le voue aux flammes !

–Non, pas du tout ! s'écria Xenia. De plus, c'est un classique, maintenant. Cette version vaut cent fois mieux que les affreux remakes de ces dernières années. Personne n'est capable d'adapter ce roman, tu sais.

– J'aurais bien aimé le voir, dit pensivement Katie d'une voix déçue.

– Je crois que je sais où est cette cassette, déclara Lavinia en se levant. Je suis certaine de l'avoir vue sur un rayonnage de la bibliothèque, et il n'y a pas longtemps, en plus.

– Dans la bibliothèque ! protesta Verity. Mais que fait-elle là ? Je range toujours les vidéos dans le studio à côté de mon bureau !

– Je sais que je l'ai vue dans la bibliothèque, cria Lavinia qui sortait déjà.

Elle était visiblement très décidée à la retrouver et n'écoutait plus Verity qui lui disait de le faire plus tard.

– Avez-vous vu ce film, Katie ? demanda Rex. Non ?

Elle fit non de la tête.

– Je ne l'ai pas vu mais je suis une grande admiratrice de Laurence Olivier. C'est le plus grand acteur qui ait jamais existé, n'est-ce pas ?

– Un acteur absolument extraordinaire, approuva Rex en proposant une assiette de pâtisseries à Katie.

Elle accepta une part de gâteau à la crème et se promit de se mettre au régime dès son retour à Londres. Toutes ces délicieuses nourritures faites maison étaient une catastrophe pour sa ligne !

Quelques minutes à peine après son départ précipité, Lavinia revint dans la pièce, toujours courant. Elle brandissait la cassette avec excitation. Elle la donna à Xenia et retourna s'asseoir près du feu.

– J'étais certaine de l'avoir vue dans la bibliothèque, dit-elle à Verity.

– Quelle distribution ! s'exclama Xenia en examinant la jaquette du film.

Elle se tourna vers Katie.

– Ecoute ! Voici la liste des acteurs : Laurence Olivier, Merle Oberon, David Niven, Flora Robson, Géraldine Fitzgerald et Donald Crisp. Dirigé par William Wyler, produit par Sam Goldwyn, écrit par Ben Hecht et Charles MacArthur. Dis donc ! J'avais oublié qu'il y avait autant de grands noms au générique ! C'est formidable de l'avoir retrouvé, Lavinia ! Verity, que penserais-tu de le regarder ce soir, après le dîner ?

Verity lui adressa un grand sourire.

– Je pense que ce serait une excellente idée. Katie va l'adorer. A propos, Rex ! Le fait de parler de ces merveilleux comédiens me rappelle la soirée des Wainright, en novembre. Vous êtes toujours d'accord pour m'accompagner ?

– Bien sûr, quoique je sois damné si je sais sous quel déguisement ! Les étoiles du cinéma d'hier ! Quel thème ! J'ai vraiment horreur de ces soirées costumées.

– Mais vous m'avez promis... dit Verity en lui adressant un regard chargé de reproche.

– Vous pourriez vous déguiser en Harry Lime dans *Le Troisième Homme*, suggéra Xenia. Je ne parle pas du film avec Orson Welles dans le rôle mais de la série télévisée avec Michael Rennie. Vous lui ressemblez un peu, vous savez.

– Je prends cela comme un compliment, répondit Rex en s'inclinant. J'ai aussi une idée de déguisement pour vous, Verity. Vous devriez vous habiller comme Ann Todd, ma chérie, avec le costume qu'elle avait dans *Le Septième Voile* !

– Cela remonte un peu trop loin pour moi, répondit Verity en riant, mais je me souviens vaguement d'Ann Todd. C'était une des actrices préférées de papa. Il n'arrêtait pas de se repasser les vieux films où elle jouait. Je parie qu'en cherchant parmi les cassettes, nous en trouverions encore !

26

Le chauffage était allumé mais la chute de la température se faisait quand même sentir dans la chambre de Katie. Elle s'en rendit compte en remontant après le thé.

Avec un léger frisson, elle courut à la cheminée, s'agenouilla devant la grille où avaient été placés des journaux et des copeaux de bois, et s'empressa de gratter une allumette. Dès que le petit bois eut pris, elle ajouta plusieurs bûches puis se hâta vers la salle de bains attenante.

Katie se plongea longuement dans un bain de mousse qui la réchauffa un peu. Ensuite, elle se sécha énergiquement et, vêtue de sa robe de chambre, regagna sa chambre.

Elle prit son journal dans son sac fourre-tout et s'assit devant le petit bureau à la française installé dans l'angle de la pièce, tout près du feu qui crépitait. Elle sentait la chaleur se répandre dans tout son corps et se réjouissait au spectacle des flammes qui bondissaient.

Elle prit son stylo et ouvrit son « journal pour cinq ans » à une nouvelle page. Elle demeura quelques instants sans bouger, occupée à mettre de l'ordre dans ses pensées, puis commença à écrire.

23 octobre 1999
Burton Leyburn Hall
Yorkshire

Je veux consigner différentes choses ici car je ne veux pas oublier ce week-end dans le Yorkshire. Je ne me souviens pas d'avoir passé un moment aussi agréable depuis longtemps. Cela tient en grande partie à mon propre état d'esprit... Je me suis sentie beaucoup plus détendue que d'habitude dans cette vieille demeure aux habitants si attachants.

Ils sont tous très individualistes et très différents de tous les gens que j'ai pu rencontrer dans ma vie. Je les trouve même un peu bizarres, pour être tout à fait honnête. Les mystères abondent ! Cela ne m'empêche pas de beaucoup aimer cet endroit.

J'aimerais savoir la vérité sur les liens entre eux tous mais je suppose que ne la saurai jamais. Pour commencer, il y a Lavinia. On la traite comme un membre très cher de la famille mais elle n'a aucun lien de parenté avec Verity ou Xenia. C'est la fille de la cuisinière et elle est elle-même employée par Verity. Elle s'occupe de son secrétariat, fait les courses, va chercher les invités à la gare, etc. Verity la traite pourtant comme sa propre fille.

J'y ai fait allusion devant Xenia, aujourd'hui, mais elle m'a lancé un tel regard que j'ai préféré me taire. Un peu plus tard, comme si elle se sentait obligée de me donner une explication, elle m'a déclaré que Verity faisait les choses de façon très démocratique ici, qu'elle refusait de se servir de son titre et de jouer à la dame du château. Cela n'empêche pas qu'elle soit réellement la maîtresse du château en l'absence de son père. Hier, à l'atelier, Lavinia m'a expliqué que Verity était née avec le titre de lady Verity Leyburn parce que, en tant que fille d'un comte, elle avait droit à un titre honorifique. Quand elle a épousé lord Hawes, elle est devenue lady Hawes, ce qui fait d'elle une double lady, d'après Lavinia. Durant son mariage avec Geoffroy Hawes, toutefois, on l'appelait lady Verity Hawes car être la fille d'un comte lui donne le droit d'utiliser son prénom. Si elle n'avait été qu'une simple roturière elle aurait seulement porté le titre de lady Hawes. Quand vous êtes une fille comme tout le monde, le fait d'épouser un lord vous donne le droit de porter son titre mais pas votre prénom !

Lavinia a mis un temps fou à me l'expliquer car, en tant qu'américaine, je trouve tout cela un peu compliqué. Mais pas Lavinia ! Elle semble faire grand cas de ces subtilités. Il est vrai qu'elle est à moitié anglaise et qu'elle a été élevée ici.

Ensuite, il y a Rex. Il est adorable, très aimable et plein de charme. Je lui suis très reconnaissante de me préparer quelques fiches sur Emily Brontë. Lui, c'est un vrai mystère ! D'après Xenia, c'est un espion, ce qu'il nie. Mais l'avouerait-il ? Qui sait ? Pourtant, il m'a spontanément déclaré qu'il fait du renseignement. En plus, je pense qu'il est amoureux de Verity et qu'elle le lui rend bien, quoi qu'en pense Xenia. Ils se regardent d'une façon très révélatrice de leur intimité.

Je suis sûre qu'il se passe quelque chose entre eux. Ils doivent être amants. Une chose m'a frappée pendant que nous prenions le thé, c'est la conduite de Rex à l'égard de Lavinia. Il se montre très paternel et très aimant et Verity la regardait avec adoration. Si je ne savais pas la vérité, je les aurais pris pour ses parents.

Lavinia m'a confié que le comte, le père de Verity, reste à l'étranger à cause de son chagrin, mais elle avait l'air un peu bizarre en le disant. Cela m'étonne qu'il puisse ainsi négliger ses devoirs envers son domaine. J'ai vu une photo de lui dans la bibliothèque. Xenia m'a dit que c'était son oncle Thomas. Il portait l'uniforme de la Royal Air Force. La photo a été prise pendant la Seconde Guerre mondiale où il s'est conduit en héros. Il faisait partie de ces jeunes aviateurs qui se sont illustrés pendant la bataille d'Angleterre. Il était très beau, si j'en juge d'après ce portrait. D'après Xenia, il a conservé beaucoup d'allure. Lavinia m'a dit qu'il a une liaison avec une Française qui s'appelle Véronique.

Lavinia est assez bavarde. Elle m'a raconté mille choses quand je suis allée voir ses peintures. Il est exact que la famille n'est pas très riche à présent et que, si le domaine continue à exister, c'est grâce à l'inventivité de Verity. D'après Lavinia, les catalogues de vente par correspondance aident mais Verity a dû vendre une partie des bijoux de famille et plusieurs tableaux, quoique le comte en ait été assez fâché. Elle m'a dit aussi que Xenia n'aimerait jamais un autre homme parce qu'elle ne s'y autoriserait pas. Selon son expression, Xenia « entretient la flamme du souvenir ». J'ai aussi appris que Xenia a un titre de noblesse parce que Tim, le fils unique du comte, était vicomte, mais Xenia ne le porte pas.

Toutes ces subtilités et ces relations compliquées ne m'intéressent pas. Tout ce que je sais, c'est que je les aime beaucoup. Ils m'ont tous si bien accueillie, ils sont tous si gentils avec moi, surtout Xenia. C'est merveilleux d'avoir une aussi bonne amie qu'elle, une véritable amie, après toutes ces années. Elle ne remplacera jamais Denise et Carly mais je sais qu'elle a du cœur et qu'elle se soucie de moi, comme moi d'elle. J'aime beaucoup Xenia. Elle est particulière. J'espère que Lavinia se trompe et qu'elle retrouvera un homme à aimer.

Denise n'est plus là, mais Carly est toujours sur son lit d'hôpital, dans le Connecticut. Je ne l'ai pas vue depuis un an, à présent, mais maman y va environ une fois par mois, comme elle le fait depuis dix ans. Carly est toujours dans le même état, dans le coma... « Perdue pour nous », selon l'expression de maman.

J'hésite toujours à jouer le rôle d'Emily Brontë, et pour plus d'une raison. Je ne suis pas encore certaine d'en être capable et, surtout, je sais à quel point me terrifie l'idée de retourner à New York. Non que je ne m'y sente en sécurité. Ce n'est pas le cas. Oui, il y a un assassin en liberté, un homme qui n'a pas été puni pour son crime. Mais je ne crois pas qu'il me traque, même s'il l'a fait, à l'époque. La raison pour laquelle je redoute d'y retourner, c'est que je n'ai jamais été heureuse à New York. Les mois que je viens de passer à Londres n'ont fait que le souligner...

A ce moment, on frappa énergiquement à la porte. Katie interrompit sa phrase et posa son stylo puis courut voir qui c'était.

Dodie, la gouvernante, se tenait sur le seuil, les bras chargés de linge de toilette.

– Désolée de vous déranger, mademoiselle Byrne, mais j'ai pensé que vous pourriez en avoir besoin... Elles viennent tout juste de la blanchisserie.

– Merci, Dodie.

Katie ouvrit sa porte en grand pour laisser entrer la gouvernante qui se dirigea vers la salle de bains.

Quand elle revint dans la chambre, elle se tourna vers Katie qui se tenait debout, le dos au feu.

– Oh ! Je vois que vous avez allumé le feu, dit Dodie. Je vais dire à Pell de vous monter du bois.

– Merci.

Dodie lui adressa un léger signe de tête et sortit. Soudain, sur le seuil de la porte, elle se ravisa et s'arrêta. Elle fit demi-tour, referma la porte avec soin et revint vers la cheminée.

– Puis-je vous dire un mot, mademoiselle Byrne ? demanda-t-elle d'une voix étouffée.

– Bien sûr !

Katie la regardait d'un air intrigué, le sourcil levé.

– Voilà, miss. J'ai été ridicule, un peu bizarre, jeudi, la première fois que je vous ai vue. Je sais que vous vous en êtes rendu compte, et madame la comtesse aussi. Et mademoiselle Xenia.

Katie acquiesça d'un bref hochement de tête, incertaine de la réponse à apporter à une telle déclaration.

Dodie resta ensuite silencieuse, se contentant de la dévisager avec intensité.

Cet examen soutenu la mit soudain mal à l'aise.

– Il n'y a pas de problème, Dodie, dit-elle. Ne vous inquiétez pas pour cela.

Dodie avança d'un pas, scrutant toujours le visage de Katie.

– J'ai toujours vécu ici, je suis née ici... au village. Je fais en quelque sorte partie de la famille.

– Oui, répondit Katie.

– Vous savez donc que je ne suis pas folle. Je veux dire que Madame me fait confiance, elle me connaît bien, mademoiselle. Lady Verity sait que je « vois ». Mademoiselle Xenia le sait aussi, même si elle ne l'accepte pas toujours. Elle me croit toquée mais ce n'est pas vrai. Bien au contraire, mademoiselle ! J'avais dit à lord Tim de ne pas aller à Harrogate, ce jour-là. J'avais un mauvais pressentiment. J'avais vu la mort. Mais il ne m'a pas écoutée. Et ils ont eu ce... cet accident.

Katie l'écoutait, les yeux écarquillés, se demandant ce qui allait suivre.

– Vendredi soir, quand je me suis trouvée près de vous, je vous ai captée, mademoiselle Byrne... Je veux dire : votre aura... Vous portez un très grand chagrin et vous le cachez. Mais je l'ai vu. Je l'ai vu, vous en êtes tout enveloppée.

Katie eut du mal à avaler sa salive. Les yeux toujours fixés sur Dodie, elle ne fit aucun commentaire.

– Il y a de la violence dans votre passé... De la violence qui a changé votre vie... Vous devez rentrer chez vous, mademoiselle Byrne.

– A New York ?

– En Amérique. Vous devez partir. Il y a quelque chose qui n'a pas été terminé... On a besoin de vous.

– Qui a besoin de moi ?

Dodie secoua la tête.

– Je vous en prie, mademoiselle Byrne, rentrez chez vous. *Chez vous !*

Dodie répéta « chez vous » en insistant fortement et ajouta :

– Tout s'éclaircira.
– J'ai prévu d'y aller pour Noël.
– Non, plus tôt.
– Dodie, vous vous sentez bien ?
– Oui, mademoiselle.
– Etes-vous sûre ? Vous êtes toute pâle, dit Katie qui fronçait de nouveau les sourcils.

Dodie s'approcha à la toucher et lui mit la main sur le bras.

– Ecoutez-moi, mademoiselle. Votre avenir... Je le vois dans votre aura. C'est en Amérique qu'il se trouve. Et il y a une chose qui doit être réglée, comme je vous l'ai dit. Une vieille histoire. Je ne vous veux aucun mal, mademoiselle.

– Oh ! Je le sais, Dodie, mais je ne peux pas quitter Londres tout de suite. J'ai encore des cours...

Sous le regard perçant de Dodie, Katie ne put achever sa phrase.

– Vite, reprit Dodie. Rentrez vite, c'est le mieux.

Elle s'éloigna et se dirigea vers la porte.

– Je dirai à Verity que je vous l'ai dit, ajouta-t-elle. Je le lui dis toujours quand je vois... quelque chose.

Elle s'arrêta encore une fois sur le seuil, se retourna vers Katie.

– Je vais demander au garçon de vous apporter du bois, acheva-t-elle sur un ton terre-à-terre.

L’aile de l’amour

New York-Connecticut 2000

Hélas ! J'ai tant pleuré que je me
suis endurcie à l'amour
Pourtant, aime-moi ! – veux-tu ?
Ouvre grand ton cœur...

ELIZABETH BARRETT BROWNING

Dans le premier rêve de mon
premier sommeil,
Je cours, je cours et je me trouve
serrée contre ton cœur.

ALICE MEYNELL

27

Katie était debout, seule, au milieu de la scène, devant la salle vide et plongée dans l'ombre, comme la scène, à l'exception de l'unique projecteur qui illuminait sa chevelure rousse et son fin visage.

Elle avança de plusieurs pas pour s'asseoir sur le banc où, légèrement penchée, le coude droit sur le genou, la tête sur la main, elle commença :

– « Etre ou ne pas être : telle est la question. Y a-t-il pour l'âme plus de noblesse à endurer les coups et les revers d'une injurieuse fortune, ou à s'armer contre elle pour mettre fin à une marée de douleurs ? Mourir : dormir, c'est tout. Calmer enfin, dit-on, dans le sommeil les affreux battements du cœur, quelle conclusion des maux héréditaires serait plus dévotement souhaitée ? Mourir, dormir ; dormir... rêver peut-être. C'est le hic ! Car, échappés des liens charnels, si, dans ce sommeil du trépas, il nous vient des songes... halte-là ! Cette considération prolonge la calamité de la vie... »

Dans une brève pause où Katie reprenait son souffle, dans ce si court instant de silence, des applaudissements éclatèrent, venus de la salle.

Elle sursauta et leva les yeux, sa profonde concentration dissipée en un éclair. Elle se leva et traversa la scène pour essayer de percer l'obscurité. Un brusque mouvement se produisit du côté des fauteuils d'orchestre et une mince silhouette apparut, qui s'approchait.

Katie reconnut enfin Melanie Dawson.

– Je ne savais pas que tu étais là! s'exclama-t-elle. Je croyais être seule.

– Fais-moi penser à te donner le rôle si, Harry et moi, nous décidons de produire *Hamlet* ! C'est une des meilleures versions du monologue que j'aie jamais entendues. Qu'en dirais-tu ? Ce n'est pas une mauvaise idée, n'est-ce pas ? Une femme dans le rôle d'Hamlet !

– J'adorerais cela, répondit Katie. Mais tu n'as entendu que la moitié...

– Je sais. Tu as beaucoup de talent, Katie. Je me sens à la fois excitée et soulagée que tu aies accepté le rôle d'Emily Brontë. Excitée parce que je sais que tu seras formidable, soulagée parce que j'aurais détesté te voir gâcher tes dons.

– Merci de me le dire, Melanie. Ton opinion sur mon travail de comédienne compte beaucoup pour moi.

Melanie regardait Katie depuis l'avant-scène, l'air soudain sérieux, comme le ton qu'elle prit pour poursuivre leur conversation.

– Le rôle d'Emily est taillé pour toi, Katie, tu ne pouvais pas rêver mieux. Crois-moi, cela va lancer ta carrière comme tu ne l'imagines pas !

– Je suis contente que tu aimes ma façon de le jouer. Au début, cela m'inquiétait parce que mon interprétation est très différente de celle de Janette Nerren à Londres.

– Très différente, en effet, mais j'ai aimé ce que tu en faisais dès le début des répétitions. C'est la façon dont tu te représentes Emily qui rend ton personnage différent. Ton Emily Brontë est une femme très moderne. Je pense que c'est cela qui me plaît. Mais je t'ai déjà dit tout cela ! A propos, si tu t'en souviens, il y a quinze jours tu étais en train de m'expliquer pourquoi tu interprétais ton rôle comme tu le fais. Et, comme d'habitude, on nous a dérangées ! Si tu veux bien m'en parler maintenant...

– C'est un ami que j'ai rencontré dans le Yorkshire, Rex Bellamy, qui m'a aidée à envisager différemment le personnage d'Emily. C'est un spécialiste des Brontë et il m'a donné des indications précieuses. Bien sûr, il ne m'a pas dit comment jouer le rôle ! Mais il m'a expliqué beaucoup de choses sur la véritable personnalité d'Emily, et non pas celle qu'on lui prête depuis un siècle !

– En d'autres termes, il t'a fait découvrir la vraie femme, celle qui se trouve derrière le mythe.

– Exactement !

– Il a eu raison, Katie ! Tu es en train d'en faire quelque chose de très intéressant.

– Emily était très moderne, Melanie, très en avance sur son temps, indépendante et très audacieuse. Elle se prenait vraiment pour une superwoman, capable de tout faire et de tout réussir par la force de sa volonté ! Elle s'est émancipée, en un sens.

– Cela ressemble à plus d'une femme de ma connaissance ! s'exclama Melanie en riant, l'air amusé.

Katie se mit à rire, elle aussi.

– Je descends, dit-elle.

– Non, c'est moi qui te rejoins ! répondit Melanie. Je te raccompagne à ta loge.

Elles continuèrent leur conversation tout en traversant la scène vers les coulisses.

– Je te cherchais, dit Melanie, mais Paul Mavrolian m'a arrêtée pour me parler des éclairages. Je t'ai vue te diriger vers la scène et, quand j'ai pu enfin te suivre, je me suis rendu compte que tu t'apprêtais à jouer et j'ai préféré descendre dans la salle pour te regarder.

– Je comprends, mais pourquoi me cherchais-tu ? Tu voulais me parler ?

– Oui. Tu as rendez-vous avec Selda Amis Yorke, pour les derniers essayages. Elle t'attend à son atelier demain matin et, ensuite, tu reviens aussi vite que possible pour répéter.

– D'accord. Et merci encore, Melanie.

– Tu m'as déjà remerciée.

– Je sais, mais je me sens si touchée par ta confiance... Je te promets de ne pas te décevoir.
– Je sais que cela n'arrivera pas.

Maureen Byrne était occupée à épousseter le salon du petit appartement new-yorkais de Katie quand le téléphone sonna. Elle décrocha aussitôt.
– Katie ? C'est toi ?
– Non, c'est sa mère. Qui la demande ?
– Oh ! Bonjour, madame Byrne. Comment allez-vous ? C'est Grant... Grant Miller.
– Bonjour, Grant... Katie n'est pas là. Elle répète.
– Mais bien sûr ! Je suis stupide. J'oublie sans arrêt qu'elle est dans la pièce sur les Brontë. A quelle heure l'attendez-vous ?
Maureen hésita. Elle ne supportait pas Grant Miller et faisait un grand effort sur elle-même pour rester courtoise avec lui. Grant n'était qu'un sac d'ennuis ambulant. Maureen toussota pour s'éclaircir la voix, ses bonnes manières reprenant le dessus, et se décida à lui répondre.
– Je crois qu'elle sort de répétition vers six heures.
– Cela devrait aller... Six heures moins dix. Ces huit heures de travail que vous imposent les producteurs, c'est dur, très dur, madame Byrne. Je ne dirai jamais assez combien je suis heureux d'avoir abandonné le théâtre pour le cinéma.
– Vous avez vraiment fait cela, Grant ?
Maureen espérait avoir réussi à faire disparaître toute trace de sarcasme de sa voix.
– Avez-vous un message pour Katie ? reprit-elle.
Ce fut au tour de Grant de toussoter.
– Eh bien... euh... je ne suis pas sûr, madame Byrne... Je déteste laisser un message. J'ai vraiment besoin de parler à Katie de...
Il laissa sa phrase en suspens et se tut brusquement.

Maureen l'entendait respirer à l'autre bout du téléphone. Elle attrapa le stylo et le petit bloc de papier blanc et prit un ton presque sec.

– Donnez-moi votre numéro, je vous prie. Je lui dirai de vous rappeler quand elle rentrera, si elle n'est pas trop fatiguée.

– Je suis à Beverly Hills, répondit-il avant d'énumérer à toute vitesse une série de dix chiffres. Mais comme je viens de vous le dire, madame Byrne, je ne veux pas laisser un message à propos d'une question aussi délicate, donc...

– Vous ne m'avez pas dit qu'il s'agit d'une question délicate, Grant, l'interrompit Maureen.

– Pourtant, c'est bien le cas, vous savez... Ecoutez, madame Byrne, le mieux serait peut-être que je vous explique tout. Ensuite, vous pourrez me donner votre impression, me dire ce que vous en pensez.

– Allez-y, Grant.

– Eh bien, voilà, madame Byrne... Je me marie. Je sais que ce sera un choc pour Katie mais je ne veux pas qu'elle le prenne trop mal, que cela la rende malade.

Maureen en resta muette.

Un court silence s'écoula puis Grant toussota de nouveau, plus nerveusement que la première fois, et demanda :

– Vous êtes là, madame Byrne ?

– Je suis là, Grant.

– C'est juste que... Ecoutez, je ne veux pas faire souffrir Katie. Comment va-t-elle réagir ?

Avec un grand soulagement, j'en suis certaine, pensa Maureen. Elle s'abstint de lui faire part de ses commentaires et répondit d'un ton sans ambiguïté :

– Oh ! Ne vous inquiétez pas pour Katie ! En ce moment, elle ne vit que pour la pièce. Elle sera la première à vous souhaiter beaucoup de bonheur, comme moi. Au revoir, Grant.

Il grommelait encore un adieu surpris quand elle raccrocha.

Bon débarras ! pensa Maureen avec un coup d'œil à l'adresse du téléphone. Puis elle pirouetta, envoyant gaiement le plumeau par-dessus la bibliothèque. Pour la première fois depuis très longtemps, elle avait envie de chanter mais, au lieu de cela, elle éclata de rire. Michael avait toujours décrit Grant Miller comme un homme pompeux, et Grant venait de lui donner raison !

C'était typique de Grant d'imaginer que son prochain mariage allait faire souffrir Katie. Quel égocentrisme ! pensa-t-elle. Maureen et Katie étaient aussi proches qu'elles l'avaient toujours été, peut-être même encore plus depuis quelque temps. Katie lui avait confié, environ un an plus tôt, que sa relation avec Grant ne la menait nulle part et que, au moins pour elle, c'était fini.

Depuis, Katie avait continué son chemin, pas avec un autre homme, malheureusement, mais en acceptant un rôle important. Cela représentait un pas décisif.

Maureen se sentait soulagée de voir la situation évoluer ainsi, soulagée aussi de voir sa fille de retour en Amérique. Elle avait compris son besoin de suivre les cours de l'Académie royale d'art dramatique. Katie se passionnait pour la technique anglaise et les comédiens anglais. Il était normal qu'elle ait voulu se perfectionner là où elle estimait trouver le meilleur enseignement.

Maureen et Michael lui avaient volontiers apporté une aide financière pendant cette période, de la même façon qu'ils avaient repris la location de son appartement pendant son absence.

Bridget, la sœur de Maureen, l'avait trouvé pour Katie quand celle-ci était venue à New York faire ses études. Situé sur West End Avenue dans un petit immeuble avec concierge, il était sûr, pratique et d'un accès facile par rapport à Broadway.

L'année précédente, quand Katie avait annoncé son intention d'aller à Londres, Bridget avait conseillé à Maureen de ne pas la laisser résilier son bail.

– Un an, cela passe très vite, et elle bénéficie d'un loyer encadré. Elle ne retrouvera jamais une aussi belle occasion. Cela resterait une bonne affaire même si l'immeuble devenait une copropriété. Et je te parie que cela arrivera ! Je te conseille donc de le garder, même si tu dois le prendre pour toi.

Les parents de Katie avaient écouté Bridget et s'en étaient félicités. Pendant l'absence de Katie, ils étaient régulièrement venus passer le week-end à Manhattan. Ils allaient au théâtre ou au cinéma, faisaient les magasins et dînaient avec Bridget. Niall lui-même utilisait de temps en temps l'appartement quand il devait venir en ville pour ses affaires.

Niall... Son aîné ! Maureen se faisait du souci pour lui. A sa grande déception, malgré ses vingt-neuf ans, il n'était pas encore marié. Elle avait toujours pensé qu'à ce moment de sa vie, elle serait déjà grand-mère, au moins une fois. Malheureusement, Niall ne courtisait même pas une femme plus qu'une autre. Il avait beaucoup de petites amies, comme si la quantité le rassurait.

En revanche, elle ne s'inquiétait pas pour Finian. A vingt-deux ans, il faisait ses études à l'université d'Oxford et obtiendrait son diplôme l'année suivante. Elle s'étonnait toujours de le voir parfaitement bien dans sa peau, sûr de lui, peu impressionné par sa réussite universitaire. Il ne la prenait pas vraiment pour un dû, mais l'acceptait comme une chose naturelle. Un peu solitaire, bien sûr, mais Katie et Niall l'avaient rendu ainsi en le tenant souvent à l'écart. Mais cela n'empêchait pas Finian de toujours aller de l'avant. Non, il ne me donne réellement aucun souci, pensa Maureen. Bien sûr, il n'avait pas été aussi profondément affecté que Niall et Katie par les tragiques événements survenus dix ans plus tôt.

Maureen soupira et regarda la photographie encadrée de bois sombre qui était posée sur les rayonnages de la bibliothèque.

Katie, Carly et Denise.

La photo avait été prise l'année de leurs seize ans, à la soirée d'anniversaire de Katie. Maureen posa son plumeau sur le bureau et prit la photo, contemplant les trois visages si jeunes, si innocents, si doux.

Les yeux de Maureen se remplirent soudain de larmes à la pensée de la grande promesse qui les avait unies... Tout cela leur avait été dérobé si brutalement.

Katie était vivante mais la violence subie par ses amies l'avait profondément marquée. De la même façon qu'étaient marqués Maureen, son mari et son fils.

La violence avait détruit leur existence, avait tout bouleversé, mais Maureen et Michael avait réussi à surmonter le choc. Michael s'était jeté dans le travail à corps perdu pour lutter contre son chagrin. Finalement, sa réaction avait eu des retombées positives pour toute la famille car il avait très bien réussi. Sa petite entreprise de bâtiment avait pris de l'ampleur. D'après Niall, ils avaient même trop de travail. Niall était devenu l'associé à parts égales de son père, se révélant un homme d'affaires très subtil.

Leur région voyait arriver beaucoup de nouveaux habitants, en général des New-Yorkais à la recherche d'une résidence secondaire dans les collines autour de Lichtfield. Ils recherchaient de préférence une maison de style américain du XVIIIe siècle. Qu'il s'agisse de restaurer ou de construire ces maisons, c'était à Michael que l'on s'adressait pour dessiner les plans et à sa société pour les exécuter.

Maureen savait que, parmi eux, sa fille était celle qui avait le plus souffert. Elle ne s'était jamais remise de l'horreur et du chagrin causés par l'assassinat de Denise et le coma prolongé de Carly. Non seulement sa carrière en avait été retardée, mais aussi sa vie sous tous ses aspects, du moins jusqu'à présent.

Katie, se disait Maureen, avait enfin trouvé le courage d'accepter le rôle d'Emily Brontë. Cela transformerait peut-être sa vie. Maureen avait été frappée, à peine quelques jours plus tôt, de voir Katie accepter apparemment New York pour ce qu'elle était : une métropole extraordinaire et fascinante, un endroit unique au monde.

Dans le passé, Katie n'avait pas été heureuse à New York, ce que Maureen attribuait au manque d'amis. A l'époque, elle s'était raccrochée à sa tante, et Bridget avait été heureuse de la prendre sous son aile. Elles étaient devenues très proches. Bridget ne s'était jamais mariée et, pour elle, Katie était un peu la fille qu'elle n'avait jamais eue.

Maureen était très reconnaissante à sa sœur de s'être occupée de Katie. Grâce à elle, Maureen ne s'était jamais inquiétée de savoir sa fille livrée à elle-même dans une grande ville. Katie était sensée, intelligente et très capable de prendre soin d'elle-même. Si Maureen s'inquiétait, c'était lors des séjours de sa fille dans le Connecticut. En effet, à l'inverse de son mari, de Mac MacDonald et de Katie elle-même, Maureen ne croyait pas que le meurtrier avait quitté la région de Malvern.

Elle savait, au plus profond de son âme de Celte, qu'il était toujours là, tout près, vivant comme il vivait avant son crime. Avait-il tué d'autres jeunes filles ? Elle l'ignorait. Du moins n'avait-elle pas entendu parler d'autres meurtres dans la région. Si cela s'était produit, Mac aurait averti Michael. Pourtant, cela ne signifiait pas qu'il n'avait pas de nouveau tué au cours des dix dernières années. *Dans un autre endroit*.

Très doucement, Maureen caressa du bout du doigt le visage de Carly sur la photo, du même geste qu'elle lui caressait le visage chaque fois qu'elle allait la voir à l'hôpital. Cela n'entraînait jamais la moindre réaction de la part de Carly, mais Maureen se sentait mieux quand elle y allait. Elle espérait que ses visites avaient un effet positif sur Carly, d'une façon ou d'une autre. Maureen ne perdait pas l'espoir que Carly entende sa voix et soit consciente, même très faiblement, de sa présence et de son affection.

Janet, la mère de Carly, se rendait à son chevet toutes les semaines. Maureen le savait. En revanche, personne de la famille Matthews n'y allait. Sans doute était-ce trop pénible pour eux, pensait Maureen. Ils avaient déménagé peu après l'enterrement de Denise. Ils avaient vendu leur maison et leur restaurant, et ils étaient partis, sans que personne sache où. Ils avaient dû trouver trop dur de rester à Malvern où tant de souvenirs les hantaient. Maureen le comprenait très bien.

Attristée, elle reposa la photographie à sa place et reprit son plumeau avant de se rendre dans la cuisine. Avec un grand effort, elle essaya de chasser les mauvais souvenirs, comme elle avait l'habitude de le faire. On finissait par vivre avec eux, mais c'était parfois très difficile.

Elle remplit machinalement la bouilloire et la mit a chauffer. Katie ne tarderait pas à rentrer et elle appréciait une tasse de thé chaud après les répétitions.

Le téléphone sonna, la faisant sursauter.

– Bonjour, madame Byrne. C'est Xenia.

– Oui, j'ai reconnu votre voix. Comment allez-vous, ma chère Xenia ?

– Bien. Et vous ?

– Pas trop mal ! Katie n'est pas là. Elle n'est pas encore rentrée. Où êtes-vous ? Peut-elle vous rappeler ?

– C'est difficile. Je suis à Chicago et j'attends un client pour une réunion importante. Mais je viens à New York la semaine prochaine, pour deux ou trois jours. J'espère que Katie sera disponible.

– Certainement ! Voulez-vous que je lui dise que vous la rappellerez plus tard ?

– Oui, je vous en prie. Et la pièce ? Comment cela marche ?

– Très bien, si j'en juge d'après ce qu'elle me dit. Je suis vraiment heureuse que vous l'ayez encouragée à accepter, Xenia. Je pense que cela va changer sa vie.

– J'en suis certaine.

– Cette semaine est celle des techniciens, vous savez, où ils règlent les lumières, le son, etc. Mais Katie est très excitée parce que c'est la première fois que toute l'équipe se retrouve au théâtre. La semaine prochaine, les répétitions en costume commenceront.

– La pièce se joue au Barrymore Theatre, je crois ?

– Exactement ! C'est une très petite salle mais elle est idéale pour une pièce intimiste comme celle-ci. Katie pense qu'une de ces grandes salles de comédie musicale qui font presque deux mille places aurait été trop grande.

– Je l'imagine bien ! Je meurs d'impatience d'aller applaudir Katie. Quelle est la date de la première ?

– A peu près dans un mois. Il y aura d'abord trois semaines d'avant-premières, et la première proprement dite aura lieu le dimanche 20 février. Tenue de soirée et, ensuite, réception à la Tavern on the Green. Ce sera très chic ! Katie m'a dit que les invitations viennent d'être envoyées. J'espère que vous pourrez venir, Xenia.

– Je ne manquerai cela pour rien au monde ! Je serai très heureuse de vous voir ce soir-là, madame Byrne.

– Moi aussi, Xenia, répondit Maureen qui, tout en parlant, se pencha pour éteindre sous la bouilloire.

Elles se dirent enfin au revoir et Maureen raccrocha avant de retourner dans le salon. Elle s'installa sur le petit canapé sans cesser de penser à la soirée de la première. C'était une des raisons pour lesquelles elle était venue à New York. Elle possédait une robe du soir très élégante, un long fourreau de lainage noir qui soulignait sa silhouette mince. Cela faisait partie des modèles de Trigère qu'elle conservait comme des trésors. Elle l'avait acheté quinze ans plus tôt. Juste avant que Mlle Trigère ferme sa maison. Peu portée, la robe était impeccable. Maureen était venue acheter des escarpins en soie noire et un sac de soirée noir pour remplacer l'ancien. Bridget l'avait accompagnée dans les magasins. C'était seulement à ce moment-là que Maureen avait pleinement pris la mesure de la réalité.

C'était donc enfin arrivé. L'accomplissement du rêve d'enfant de Katie... Le rêve où elle se voyait jouer sur une scène de Broadway... C'était très enthousiasmant. Tout le monde se sentait excité, Bridget, leurs parents Sean et Catriona O'Keefe, et toute la belle-famille. Toute la famille descendrait du Connecticut pour assister à la première et à la soirée. Ils attendaient tous cela comme un très grand événement.

A certains moments, Michael se faisait du souci pour sa petite fille chérie, inquiet de savoir si elle tiendrait jusqu'au bout. Maureen, quant à elle, n'avait aucun doute. Elle éprouvait une confiance totale et absolue en sa fille. Elle croyait tellement en elle que cela ne laissait aucune place au doute. Ce serait un triomphe... Le triomphe de Katie Byrne. Et elle l'aurait bien mérité.

Maureen se pelotonna un peu plus dans les coussins et ferma les yeux, ses pensées se tournant vers Xenia. Sans elle, Katie n'aurait peut-être jamais fait ses débuts à Broadway. Maureen était très heureuse que sa fille ait enfin une amie. Elle repoussait depuis trop longtemps les offres d'amitié d'autres jeunes femmes, se réfugiant dans la solitude. A cause de Carly et de Denise. Katie ne voulait pas de nouvelle amie par souci de loyauté envers elles, pour ne pas trahir leur mémoire. Sans compter un sentiment de culpabilité qui avait joué un rôle important.

Pourquoi ne s'en était-elle encore jamais rendu compte ? se demanda Maureen. Mais le bruit de la clef dans la serrure l'arracha à ses réflexions et elle tourna la tête pour voir Katie pénétrer dans la petite entrée.

– Bonsoir, maman !

Maureen se leva et, un grand sourire éclairant son visage, alla embrasser sa fille.

– Bonsoir, ma chérie. Tu as l'air gelée. Je vais te faire chauffer du thé.

– J'accepterai volontiers ! répondit joyeusement Katie.

Elle était occupée à ôter son manteau noir et les écharpes en pashmina bleu pâle et violet dont elle s'était entouré le cou. Elle accrocha le tout dans le placard de l'entrée et rejoignit sa mère dans la minuscule cuisine. Elle s'appuya dans l'ouverture de la porte.

– Comment s'est passée ta journée, maman ?

– Très occupée ! J'ai fait le ménage.

– Tu n'aurais pas dû ! D'ailleurs, ce n'était pas sale, protesta Katie.

– Juste un peu de poussière, dit Maureen.

Elle avait parlé d'une voix distraite, comme si elle ne s'adressait qu'à elle-même. En même temps, elle avait sorti des tasses.

– Ton cher Grant Miller a appelé.

– Oh non ! J'espère qu'il n'est pas à New York, s'exclama Katie, l'air horrifié.

Maureen se mit à rire.

– Non, il a appelé de Beverly Hills. Il a laissé son numéro. Il aimerait bien que tu le rappelles.

– Pas question !

– Je crois que tu devrais, mon chou.

– Pourquoi ? Pour quoi faire ? Je ne le supporte pas !

– Il se marie. Le moins que...

– Youpi ! C'est formidable !

– J'allais dire : le moins que tu puisses faire est de le féliciter.

– Tu as raison, grogna Katie en faisant une petite grimace à sa mère.

– Il dit qu'il fait du cinéma, maintenant, qu'il a abandonné le théâtre.

– Cela ne m'étonne pas. Il est très photogénique.

Maureen lui rapporta leur conversation, qui fit rire Katie.

– Quel crétin ! fut son seul commentaire.

– Xenia a aussi appelé. Elle est à Chicago et elle te rappellera plus tard.

– Est-ce qu'elle vient à New York ? Elle ne t'a rien dit à ce sujet, maman ?

– Si. Elle sera là pour un jour ou deux, la semaine prochaine. Elle aimerait te voir. Ah ! Et elle s'organise pour venir à ta première.

– C'est merveilleux !

– Oui, n'est-ce pas ?

Maureen prit leurs tasses de thé et elles regagnèrent le salon. Maureen reprit sa place dans la causeuse tandis que Katie s'asseyait en face d'elle avant de reprendre la parole d'une voix lente, pleine de précautions.

– J'ai souvent pensé que tu n'aimais pas vraiment Xenia, maman.

Maureen hocha légèrement la tête.

– J'ai longtemps hésité à son propos, surtout quand tu l'as rencontrée.

– Pourquoi ? Elle est adorable.

– Je la trouvais sans doute un peu trop chic pour toi. Elle vient d'un milieu tellement prétentieux ! Vous n'avez rien de commun, à priori. Je ne pensais pas que vous puissiez être amies.

Cela fit rire Katie.

– Tu veux dire : parce que je suis une banale fille de la campagne, une simple roturière ?

– D'une certaine façon, oui, quoique je ne pense pas que tu sois en rien banale.

– Xenia n'est pas une snob, maman. Elle et sa belle-sœur travaillent énormément. Elles n'ont pas le choix car, tu peux me croire, elles n'ont rien de riches héritières. Elle et moi... Nous avons tout de suite « accroché ». Nous nous sentions bien ensemble, réellement, et nous avons ensuite découvert que nous avons certaines choses en commun.

La dernière remarque de Katie avait éveillé la curiosité de sa mère.

– Par exemple, ma chérie ? demanda-t-elle.

– L'expérience de l'horreur infligée par une mort brutale et inattendue. Le chagrin, la peine, la souffrance...

Maureen regardait sa fille, les yeux écarquillés.

– Xenia a vécu ce genre d'expérience, elle aussi ?

– Oui, maman. Si tu veux, je vais te raconter son histoire.

28

La répétition était en cours.

Charlotte et Anne Brontë, incarnées respectivement par Georgette Allison et Petra Green, étaient assises dans le salon victorien du presbytère de Haworth. Par la fenêtre ouverte, on apercevait un ciel d'orage pesant sur les landes sauvages du Yorkshire.

Le décorateur s'était attaché à reconstituer avec exactitude le décor où avaient vécu les Brontë, cherchant l'authenticité jusque dans le moindre détail. Très respecté dans la profession, Larry Sedgwick était anglais et détenteur de longue date du Tony Award, une récompense prestigieuse. Il avait tenu à se montrer à la hauteur de sa réputation, et son décor évoquait à la perfection un autre temps.

Les deux femmes étaient assises de part et d'autre d'une table, des livres ouverts devant elles. Elles avaient des visages graves. Charlotte était en train de dire sa réplique.

Dans les coulisses, Katie attendait le moment d'entrer en scène.

Enfin, elle s'avança, sûre d'elle, prête à jouer son rôle. Clignant un peu des yeux sous la violente lumière des éclairages de scène, elle commença, d'une voix à l'accent anglais prononcé.

– J'ai réfléchi à ce que tu m'as dit, Charlotte, et j'ai pris ma décision. Nous ne pouvons pas publier sous notre vrai nom. Pour le dire plus simplement, je ne veux pas.

Charlotte lui répondit avec beaucoup de gentillesse.

– Allons, Emily ! Tu sais très bien que je ne peux pas supporter un pareil entêtement.

Anne, qui se tenait légèrement penchée, intervint.

– Ma chère Charlotte, Emily a raison. Ce ne serait pas... pas convenable d'utiliser notre nom.

Charlotte répondit, mais Katie ne l'entendait plus, pas plus qu'elle n'était capable d'enchaîner sa réplique suivante.

Georgette n'était plus Georgette en train de jouer Charlotte.

Elle était Carly Smith. Ses cheveux noirs brillaient sous les projecteurs et ses yeux violets débordaient de vie.

Petra était devenue Denise avec ses longs cheveux blonds flottant sur ses épaules, son regard brun profond toujours aussi doux et séduisant.

Etait-ce une illusion créée par les éclairages ? Katie le crut un bref instant. Elle cligna plusieurs fois des yeux et fit un pas vers elles, essayant de mieux les distinguer. Puis elle ouvrit la bouche mais aucun mot n'en sortit. Elle se tenait au milieu de la scène, muette, perdue. Elle ne pouvait pas continuer à répéter. Elle se mit brusquement à trembler et son corps se couvrit d'une sueur froide.

Elle voyait Carly et Denise, dans la grange, la dernière fois qu'elles s'étaient trouvées ensemble. Assises autour de leur petite table, elles étaient en train d'apprendre leur texte pour la fête du lycée.

Katie ferma les yeux de toutes ses forces, luttant pour se maîtriser et arrêter de trembler, mais rien n'y fit. D'autres images lui revenaient, très vite et avec beaucoup de force : Carly et Denise telles qu'elle les avait vues pour la dernière fois, puis des images d'elles dans les bois – Carly frappée à la tête, le visage plein de sang ; Denise étalée de tout son long sur le sol, la jupe remontée à la taille. Violée, assassinée. D'autres images encore... la violence, la mort...

Katie était pétrifiée au milieu de la scène, tremblante, incapable du moindre mouvement.

Elle entendit soudain une voix d'homme qui lui parut venir de loin, très affaiblie. C'était Jack Martin, le metteur en scène.

– Katie, ça va ? Que se passe-t-il ? Quelque chose ne va pas ?

A la limite de la perte d'équilibre, clignant des yeux avec effort, elle réussit à murmurer quelques mots.

– Je ne sais pas... Je me sens mal... le vertige... Je me sens nauséeuse.

L'instant suivant, il était à ses côtés, la soutenant d'un bras passé autour de la taille. Il l'aida à regagner les coulisses et la ramena jusqu'à sa loge. Des pas sonores les suivaient. Des hauts talons qui résonnaient sur le plancher. Melanie ! Elle savait que c'était Melanie.

Elle avait trahi Melanie. Elle ne l'avait pas fait exprès, mais elle l'avait fait.

– Peux-tu m'expliquer ce qui vient de se passer ? demanda Jack Martin d'une voix fâchée.

Il était célèbre pour son extraordinaire talent de directeur d'acteurs mais aussi pour son irascibilité.

Katie secoua lentement la tête, une main crispée sur le bras du fauteuil où elle s'était assise.

Jack se dressa de toute sa hauteur pour la dévisager, l'air furieux. Ses yeux bleus étaient devenus d'une dangereuse froideur.

– Le chat a avalé ta langue ? Sur scène, c'était le cas ! Allons, Katie, que t'est-il arrivé ?

– Je ne sais pas. Sincèrement, je ne sais pas, Jack.

Elle s'appuya au dossier de son fauteuil, luttant pour ne pas pleurer.

– Tu as attrapé un virus ? Bon Dieu ! On commence les répétitions en costume cette semaine. Quelle vacherie ! C'est tout ce qu'il me faut : un second rôle qui ne tient pas debout ! Et merde !

Katie avait réussi à dominer son émotion.

– Je me sens mieux, dit-elle. Je retourne sur scène.

– Non, Katie, intervint Melanie.

Elle lui tendit une boîte de mouchoirs en papier.

– Tu transpires encore beaucoup et il ne fait pas très chaud dans ce théâtre. J'espère que tu ne couves pas une grippe.

Katie s'essuya le cou et le visage puis secoua de nouveau la tête.

– Non, je ne pense pas... Je commence à me sentir mieux. Pourrais-tu me donner un peu d'eau, s'il te plaît ?

Melanie lui tendit le verre d'eau qu'elle tenait à la main.

– Tiens, bois-le entièrement.

– Merci, Melanie.

Jack se dirigea vers la porte avec brusquerie, son énervement devenu une vraie colère.

– Je ferais mieux de m'occuper de la pièce ! De reprendre les répétitions sans mon second rôle !

– Bonne idée, Jack.

Melanie lui lança un regard rassurant et lui sourit.

– Ça va aller. Je te rejoins tout de suite.

Il tourna les yeux vers Katie.

– Soigne-toi !

Et il sortit en claquant la porte derrière lui.

Une fois seule avec Katie, Melanie s'assit sur une petite chaise à côté de la coiffeuse. Elle observait Katie sans se cacher.

– Je te connais, dit-elle, et je sais que ce n'était pas un trou de mémoire. Alors, que s'est-il vraiment passé ?

– Je ne sais pas, Melanie. Je me suis sentie mal, d'un seul coup, et incapable de continuer. C'est vrai, je te dis la vérité.

Melanie gardait une expression perplexe. Elle fronça les sourcils, joignit les mains et se pencha vers Katie.

– Si tu es malade, tu dois me le dire. La date des avant-premières et de la première approche à toute vitesse. Je ne peux pas me permettre d'avoir le moindre problème, à ce stade. Alors, je te prie de me dire la vérité.

Katie resta silencieuse. Elle se mordit la lèvre, au bord des larmes.

Melanie poursuivit de la même voix basse et amicale.

– Tu n'es pas stupide, Katie. Au contraire ! Tu es très, très brillante et intelligente. Donc, tu sais que le coût de cette production est très lourd, plusieurs millions de dollars. J'ai plusieurs financiers importants et généreux qui me font confiance pour monter une bonne pièce. Non, pas seulement bonne. Excellente. Et par-dessus tout, ils veulent un succès. J'ai une responsabilité envers eux, et envers Harry qui a aussi investi beaucoup d'argent.

Melanie fit une pause avant de conclure.

– Tu as aussi une responsabilité envers moi. Je ne peux pas me permettre de faire un four à la première parce que tu oublies ton texte et que tu es paralysée sur scène. Tu me comprends ?

– Oui, bien sûr, je suis désolée. Vraiment désolée. Cela n'arrivera plus.

– Quelle est cette chose qui n'arrivera plus ? Allons, dis-moi tout, Katie. Tu me le dois.

– Oui, je le sais. Tu as été très chic avec moi.

Katie n'hésita plus. Le chagrin et un soudain sentiment de culpabilité l'envahissaient à l'idée d'avoir perturbé la répétition et créé une situation délicate. Elle devait se montrer honnête avec Melanie, qui lui avait fait confiance.

Elle prit son courage à deux mains et se lança.

– Je ne sais pas comment expliquer ce... ce qui vient de m'arriver. C'était comme... un flash-back, un retour en arrière. Je ne vois pas d'autre mot...

Elle s'interrompit.

– Continue, Katie !

Katie leva les yeux vers Melanie, aussi élégante que d'habitude en combinaison-pantalon noire et chemise de soie blanche, ses cheveux brun foncé soigneusement coupés. Melanie Dawson, la productrice de Broadway par excellence. Des entrées assurées. Des critiques très bien disposés. Plusieurs « Tony » à son palmarès. Melanie, sa fidèle amie et sa protectrice. Katie savait qu'elle lui devait la vérité.

– Il est arrivé quelque chose, un jour, il y a dix ans. Je ne sais pas pourquoi mais des images de cette journée ont commencé... à jaillir dans mon esprit, juste à ce moment-là, sur scène. C'était comme... si j'y étais de nouveau, comme si je revivais tout cela.

– Et cette chose qui est arrivée a été terrible, Katie, c'est bien cela ?

– Oui.

– J'ai toujours eu l'impression qu'une partie de ton passé te perturbait... et que cet... événement t'a poussée à partir à Londres, de la même façon qu'il t'empêchait de revenir à New York.

Elle souligna ses propos d'un mouvement de tête, comme pour se confirmer à elle-même ce qu'elle pensait.

– J'avais l'impression que tu te heurtais à une sorte de... d'obstacle...

Melanie laissa sa phrase en suspens et, prenant une profonde inspiration, Katie lui parla de ce qui s'était passé, dix ans plus tôt...

– Oh, mon Dieu ! dit Melanie, les yeux écarquillés.

Elle ne s'était pas attendue à une histoire aussi horrible et se trouvait à court de mots pour exprimer ce qu'elle ressentait.

– Quelle horreur pour ces pauvres filles, dit-elle enfin d'une voix étouffée. Et quel lourd fardeau pour toi, Katie.

– Ce sont des images de cet après-midi-là qui me sont revenues, tout à l'heure... Mais je ne comprends pas bien pourquoi.

Melanie réfléchit quelques instants sans rien dire.

– Cela t'est-il déjà arrivé ? D'avoir ce genre de flash-back ?

– Non, et certainement pas quand je suis sur scène. Tu sais que j'ai acquis une solide formation avant d'aller à Londres suivre les cours de l'Académie royale.

– Ce sont des souvenirs terribles, un traumatisme que tu ne peux oublier, de toute évidence. En as-tu jamais parlé à un psychiatre, Katie ?

– Non.
– Tu devrais peut-être essayer.
– Je ne pense pas, Melanie, vraiment pas. Personne ne peut m'aider. Je crois que je dois y arriver moi-même.
– Tu peux me parler à moi, Katie, te décharger sur moi. Dieu sait que je ne suis pas psychiatre ! s'exclama Melanie avec un demi-sourire. Mais, parfois, je finis par croire que j'ai acquis quelques compétences en ce domaine, à devoir gérer tous les jours les caractères d'écorchés et d'instables que vous avez, vous les acteurs doués ! Alors, parle-moi, libère-toi de ce que tu as sur le cœur... J'ai des oreilles pour t'écouter et une épaule accueillante si tu as besoin de pleurer.

Avec de nombreuses interruptions, Katie raconta lentement à Melanie l'histoire de ses amies d'enfance, de la profonde amitié qui les liait, de leurs rêves, de leurs espoirs, de leurs ambitions. Elle lui raconta les souvenirs qu'elle avait d'elles, la plupart heureux et certains pénibles. Melanie apprit tout sur le meurtre et le meurtrier toujours inconnu. Katie dut s'arrêter à plusieurs reprises, submergée par l'émotion, mais réussit le plus souvent à garder le contrôle d'elle-même.

Quand Katie se tut. Melanie dut se moucher et s'essuyer les yeux.
– Je l'ai déjà dit, et je le répète, c'est un lourd fardeau que tu portes, Katie.
– Catriona, ma grand-mère irlandaise, dit toujours que Dieu ne nous envoie jamais des épreuves trop lourdes pour nous, mais je ne suis pas certaine d'adhérer à cette idée, dit Katie d'une petite voix.
– C'est une question de foi. Ta grand-mère a peut-être de la chance d'y croire. En tout cas, je comprends ce que tu veux dire. Il n'en reste pas moins que nous devons tous affronter des problèmes un jour ou l'autre, n'est-ce pas ?

Melanie soupira, se leva et alla passer son bras autour des épaules de Katie.
– Je suis vraiment touchée que tu m'aies tout dit, Katie, et je te promets que cela restera entre nous. Ne

t'inquiète pas, je n'en parlerai pas à Jack. C'est ta vie privée.

– Merci, merci pour tout, Melanie.

– Et maintenant, j'ai quelque chose à te demander, Katie.

– Tu n'as qu'à me le demander. Je ferais n'importe quoi pour toi.

– Je pense que tu devrais prendre ton week-end. Ne va pas aux répétitions de demain. Profite du samedi et du dimanche pour te reposer. Tu reviendras lundi matin.

– Mais que dira Jack ?

– Laisse-moi régler cela avec lui. Ne te fais aucun souci à ce propos ou au sujet du spectacle. Tu sais ton texte sur le bout des doigts et tu es tout à fait entrée dans ton personnage. Je te fais entièrement confiance et ce n'est pas de rater une ou deux répétitions qui te fera du mal. Au contraire, cela te fera même sans doute beaucoup de bien.

– Mais... tu es sûre ?... Je ne veux pas que la situation avec Jack risque de devenir...

– Difficile ? dit Melanie en souriant. Jack est un de tes plus grands admirateurs, même s'il ne le montre pas. Il est comme ça ! Pas de préférences ! Quoi qu'il en soit, c'est moi qui décide, au bout du compte. Je suis la productrice et je te dis te prendre ton week-end !

Sa chambre n'avait pas changé. Elle retrouvait les harmonies de couleurs et le mobilier qu'elle avait toujours connus. Son père la repeignait de temps en temps pour la rafraîchir mais c'était toujours dans les mêmes teintes : vieux rose pour les murs et blanc pour les fenêtres et les portes. Katie aimait beaucoup ce rose peu courant. Un jour, son père lui avait expliqué que c'était un rose vif atténué par du gris qui le rendait « plus doux à l'œil », comme il disait. Elle savait que son père apportait un soin particulier à sa chambre.

Elle était heureuse de revenir à Malvern pour la fin de la semaine. Cette maison avait toujours été importante pour elle, c'était son foyer. Elle y avait grandi et cela représentait la sécurité, le bien-être et des réserves d'amour inépuisables. L'amour de ses parents, de Niall et du petit Finian. Plus si petit, d'ailleurs ! pensa-t-elle avec amusement. Finian était devenu un très beau jeune homme d'un mètre quatre-vingt-dix.

Katie suspendit à un cintre le pantalon de flanelle grise et la veste en tweed couleur de bruyère qu'elle avait apportés pour le week-end, puis acheva de vider sa petite valise.

Quand tout fut rangé, elle consulta le réveil posé sur la table de chevet. Quatre heures et demie... Sa mère était allée faire son marché et ne serait pas rentrée avant une heure au moins. Katie prit donc son journal dans son fourre-tout. La reliure de cuir vert lui parut soudain un peu usée mais, après tout, elle l'avait depuis cinq ans. Il serait bientôt temps d'en commencer un nouveau. Celui-ci était presque plein.

Elle s'assit à son bureau en face de la fenêtre qui donnait sur le jardin de derrière, et se mit à écrire.

21 janvier 2000
Malvern, Connecticut

Je me sentais très coupable en rentrant à l'appartement, il y a seulement quelques heures. J'avais dérangé Jack et Melanie, mais ce qui est arrivé au théâtre ne dépendait pas de ma volonté. C'est arrivé sans que je m'y attende. Au début, je ne pouvais absolument pas me contrôler. Je ne pouvais pas plus arrêter les événements que je ne pourrais m'envoler vers la lune !

Une fois, Xenia m'a dit que Verity est « impeccable ». Aujourd'hui je comprends vraiment ce qu'elle entendait par là et je ne peux que reprendre son expression. Le fait de parler à Melanie m'a fait du bien. Elle s'est montrée chaleureuse, compréhensive et très gentille. Impeccable. Ce mot me plaît beaucoup. Melanie est impeccable, dans tous les sens du terme.

Je n'avais pas d'autre choix que de prendre mon week-end mais je me suis sentie coupable en quittant le théâtre. C'était encore pire en arrivant à l'appartement. Maman était très étonnée de me voir et elle a tout de suite eut l'air paniquée, comme si elle croyait que j'avais été mise à la porte. Mais quand je lui ai expliqué que Melanie m'avait envoyée me reposer jusqu'à lundi matin parce que j'avais eu un malaise, elle s'est réjouie et a insisté pour que je rentre à Malvern avec elle. Je n'avais pas besoin qu'elle insiste beaucoup ! J'étais trop contente de voir papa et Niall. Contrairement à d'autres personnes, j'ai eu une enfance heureuse. Je ne hais pas mes parents, ni mes frères, ni d'autres membres de la famille. Je les aime tous et je les trouve merveilleux. Humains, bien sûr, et donc avec des faiblesses humaines. Mais merveilleux.

Le fait de rentrer à Malvern me permettra aussi d'aller voir Carly à l'hôpital. J'y suis allée à Noël dernier à mon retour de Londres. C'était la première fois depuis un an et elle n'avait pas du tout changé, pas plus qu'elle n'a changé au cours des dix dernières années.

Je ne m'attendais pas à la trouver différente mais j'avais profondément besoin de la voir. Je voulais lui tenir la main et lui parler comme avant. Je voulais lui transmettre tout l'amour que j'ai pour elle, dans l'espoir qu'elle le sente et que cela l'aide.

Sur la route, j'ai parlé de tout cela à maman. Elle m'a confié qu'elle pense que Carly est sensible à sa présence. Elle ne sait pas pourquoi, mais elle en est certaine. Elle pense aussi que Carly saura que je suis à côté d'elle, parce qu'elle sentira mon affection pour elle. J'aimerais bien croire ma mère. J'en ai sans doute besoin. Elle n'est pas celte pour rien, plus qu'intuitive par moments, et toujours très à l'écoute de ses sentiments et de ses impressions.

J'ai somnolé pendant une partie du trajet, comme toujours en voiture. Cela doit être lié au mouvement... Comme si cela me berçait. J'ai dormi et je ne me suis réveillée qu'à New

Milford. Nous venions tout juste de traverser la ville quand le déclic s'est produit. D'un seul coup, j'ai compris pourquoi j'avais fait ce retour dans le passé, j'ai compris ce qui s'était passé.

Nous aurions dû être là toutes les trois, sur cette scène, en train de jouer les sœurs Brontë. Trois sœurs très proches les unes des autres, et qui s'aimaient, comme nous pendant toutes ces années. Et nous avions toujours rêvé de jouer ensemble à Broadway.

Tout est devenu clair comme du cristal. C'était si simple! Mais ce matin, ce n'était vraiment pas le cas. Il y a autre chose. Georgette a la même couleur de cheveux que Carly et Petra est blonde comme Denise l'était. De plus, elles portaient toutes les deux une jupe et un pull. Cela m'a rappelé mes amies... et un ressort s'est déclenché.

J'avais besoin de mettre tout cela sur le papier, noir sur blanc. Ecrire m'aide à comprendre les choses, à mettre de l'ordre dans le chaos. Si je n'étais pas comédienne, je crois que je serais écrivain. J'aime écrire. Mais y trouverais-je toujours autant de plaisir si c'était mon métier? Je n'en suis pas certaine.

Maman était étonnée que je ne l'accompagne pas au supermarché. Elle sait que j'ai toujours adoré y aller, ici. J'aime aussi les librairies. J'aime traîner dans les supermarchés de notre région comme dans les librairies. Je n'y suis pas allée parce qu'il était plus important pour moi d'écrire. Urgent, même.

J'ai été très surprise quand Melanie m'a dit que Jack fait partie de mes admirateurs. C'est un formidable directeur de comédiens mais il a la réputation d'un caractère difficile, très susceptible. Pourtant, je sais qu'il apprécie mon interprétation d'Emily, aussi différente soit-elle de celle de Janette Nerren à Londres.

Rex m'a vraiment aidée à comprendre Emily. Il m'a offert un livre sur elle qui contient ce qu'il estime être un de ses meilleurs poèmes épiques. Elle l'a composé à vingt-six ans. Elle avait donc un an et demi de moins que moi. J'aurai vingt-huit ans cette année. Passons ! D'après Rex, ce poème souligne l'obsession du souvenir qui taraudait Emily. Tout ce que je sais, c'est que j'adore aussi ce poème.

Katie s'arrêta d'écrire, posa son stylo et alla fouiller dans son fourre-tout. Elle finit par en sortir le livre de Rex et retourna à son bureau. Quand elle eut trouvé la page qui l'intéressait, elle appuya le volume contre le pied de la lampe. Elle commença par lire lentement le poème le plus célèbre d'Emily, puis entreprit de le recopier dans son journal. Ainsi, elle pourrait le lire aussi souvent qu'elle le voudrait.

Transi dans la terre, et sur toi cet amas de neige profonde !
Loin, loin de toute atteinte et transi dans la morne tombe !
Ai-je donc oublié, mon Unique Amour, de t'aimer
Séparée enfin d'avec toi par le flot ruineux du Temps ?

A présent, lorsque je suis seule, mes pensers ne s'en vont-ils plus
Planer parmi les monts des rivages d'Angore
Et reposer leurs ailes lasses là où la fougère et la brande
Couvrent ce noble cœur à jamais, à jamais ?

Transi dans la terre et depuis, dévalant ces collines fauves,
Quinze inexorables hivers s'en sont venus fondre en printemps :
Fidèle est-il en vérité, l'esprit qui se souvient encore
Après pareille somme d'épreuves et de changements !

O tendre Amour de ma jeunesse, pardonne-moi si je t'oublie
Cependant que de-ci de-là m'emporte la marée du monde :
De plus implacables désirs, de plus sombres espoirs m'assiègent
Qui t'obscurcissent, il est vrai, mais sans pouvoir te faire tort.

Nul soleil autre que le tien jamais n'a brillé dans mon ciel,
Nulle étoile autre que la tienne jamais n'a resplendi pour moi ;
La seule joie qu'ait eue ma vie m'est venue de ta chère vie,
La seule joie qu'ait eue ma vie est ensevelie avec toi.

Mais lorsqu'eurent péri les jours visités de songes dorés
Et que fut le Désespoir même sans pouvoir pour t'anéantir
Alors j'appris que l'existence se pouvait entretenir,
Réconforter, sustenter sans le secours du bonheur.

Alors, refusant mes pleurs de vaine désespérance,
Déshabituant ma jeune âme d'aspirer après la tienne,
J'ai réprimé d'un « non » sévère mon brûlant désir de rejoindre
Une tombe qui était déjà plus que mienne !

Et je n'ose, aujourd'hui encore, l'abandonner à la langueur
Non plus qu'à la poignante extase du souvenir :
Si je m'abreuve à longs traits d'une angoisse aussi divine,
Comment pourrai-je à nouveau rechercher le monde vide ? [1]

Quand elle eut fini de le recopier, Katie s'appuya au dossier de sa chaise, repensant aux explications de Rex. Elle aimait par-dessus tout ce poème pour la beauté de la langue, le rythme des vers et les émotions évoquées. Rex lui avait appris que la femme qui s'exprimait dans ce poème était lady Rosa of Alcona, un personnage emprunté aux écrits d'enfance d'Emily. Souvenir, se répéta Katie. Cela parle du souvenir d'un amant mort mais, pour moi, cela me rappelle Denise et Carly...

Katie reprit son stylo et se remit à écrire :

J'ai dit à Melanie que je n'ai jamais parlé à un psychiatre de ce traumatisme, l'agression de mes amies. Je n'ai aucune intention de le faire. Je dois m'en sortir toute seule et je crois

1. Poème daté du 3 mars 1845, traduction de Pierre Leyris, éd. Gallimard.

que je commence à y arriver. Je me sens bien à New York, maintenant ; je suis très motivée par la pièce et par mon travail. Le travail est une excellente thérapie, comme maman me l'a toujours dit !

J'ai décidé de voir Carly plus régulièrement que je ne l'ai fait jusqu'à présent. J'irai à l'hôpital demain et j'y retournerai dimanche avant de repartir à Manhattan. Maman veut m'y emmener mais je peux aussi prendre le bus.

Je suis contente d'avoir compris ce qui a déclenché mon « retour en arrière ». Pendant un moment, j'ai cru que je devenais folle. Cela fait plusieurs semaines que les répétitions ont commencé mais nous travaillions dans une salle de répétition et non pas au théâtre. Nous n'étions sur scène que depuis quelques jours et le fait de m'y trouver avec mes deux partenaires a joué un rôle déterminant pour me renvoyer dix ans plus tôt... J'étais de nouveau dans notre grange... Il me venait des images si précises que j'avais l'impression de revivre ces heures-là. Mais je vais bien, je suis en bonne santé... Du moins, tant que je comprends pourquoi telle ou telle chose se produit.

Je pense que je ne devrais m'occuper que de foncer, maintenant. Essayer d'oublier le passé autant que possible...

Katie entendit alors la porte d'entrée qui claquait. Elle referma son journal, le rangea dans le tiroir de son bureau et sortit de sa chambre. Elle descendait l'escalier quatre à quatre pour accueillir sa mère quand elle entendit la porte claquer une seconde fois.

– C'est moi, maman ! cria quelqu'un.

L'instant suivant, elle sautait au cou de son frère, riant de plaisir tandis qu'il la soulevait et la faisait tournoyer.

– Katie ! Tu es là ! C'est formidable, dit-il en la reposant mais en la gardant serrée dans ses bras. Quel bon vent t'amène ? Je croyais que tu étais trop occupée à devenir une vedette pour nous faire une visite ?

Elle lui fit une joyeuse grimace.

– J'ai mon week-end. Un peu de repos avant les répétitions en costumes la semaine prochaine.

– N'est-ce pas la célèbre voix de Katie Byrne que j'entends ? demanda une autre voix masculine et chaude.

Katie tourna la tête. Son père venait d'arriver. Elle traversa la cuisine en courant pour se jeter dans ses bras, riant de nouveau.

– Oui, papa ! C'est moi !

Michael Byrne prit sa fille dans ses bras et l'étreignit longuement, adressant au Ciel une silencieuse action de grâces, comme il le faisait si souvent. Dieu merci, elle était vivante !

Ils se retrouvèrent tous les quatre autour de la table de la cuisine pour prendre le thé.

La conversation revenait toujours sur la pièce, la première et la soirée à la Tavern on the Green.

Son frère et son père bombardaient Katie de questions sur la production, la date des premières représentations et tout ce qui pouvait concerner ses débuts à Broadway. Katie faisait de son mieux pour leur répondre clairement.

Pendant ce temps, Maureen servit le thé et le cake. Elle souriait avec satisfaction, heureuse de les voir réunis pour deux jours. La présence de Katie représentait, en quelque sorte, la « cerise sur le gâteau ». Si seulement Finian avait pu être avec eux ! pensa Maureen. Le cercle de famille aurait été au complet. Mais Finian était reparti un peu plus tôt à Oxford pour poursuivre ses études. Michael lui avait pris un billet d'avion pour assister à la première de *Charlotte et ses sœurs* mais c'était un secret, une surprise pour Katie.

A un moment, Katie se recula sur sa chaise, écoutant ses parents discuter de l'organisation de leur séjour à New York. Son regard allait de l'un à l'autre, les années semblaient à peine les avoir touchés, se dit-elle.

Quelques fils d'argent étaient apparus dans la chevelure noire de son père et son visage était un peu plus marqué par le grand air. Il passait en effet beaucoup de temps à l'extérieur, sur ses chantiers Mais, à cinquante-sept ans, il restait aussi séduisant que dix ans plus tôt.

Quant à sa mère, elle était superbe, toujours aussi mince et sans aucune ride. Le bleu vif de ses yeux avait légèrement pâli mais sa chevelure avait gardé la rousseur cuivrée de sa jeunesse, sans le moindre cheveu gris. Elle avait pourtant déjà cinquante-cinq ans. Katie se demandait parfois si sa mère recourait à la teinture. Mais, dans un cas comme dans l'autre, quelle importance ? Maureen avait toujours été une très belle femme et, pour Katie, personne ne lui arrivait à la cheville !

Niall était, en plus jeune, le vivant portrait de leur père. Un vrai Byrne. Un Irlandais brun. Il y avait toujours eu une grande ressemblance entre eux mais, pour Katie, elle s'était encore accentuée. Niall respirait la santé et possédait un corps d'athlète entraîné, dû à son goût pour le sport et à son travail sur les chantiers. Le visage bruni par le grand air, il était d'une beauté un peu rude. Son épaisse chevelure noire était coiffée en arrière, dégageant son grand front. Rien d'étonnant à ce que les femmes soient folles de lui !

Une copie conforme de papa, pensa Katie. Toutefois, s'ils possédaient une grande ressemblance physique, ils se révélaient très différents dans leur personnalité. Niall n'était pas aussi ouvert ni aussi charmeur que leur père. De plus, Katie avait la sensation que, depuis le dernier Noël, il s'était replié sur lui-même.

Comme sa mère, Katie se demandait souvent pourquoi Niall n'était pas marié. Soudain, l'image de Denise surgit dans sa mémoire. Elle était certaine que son frère avait éprouvé des sentiments à l'égard de la jeune fille. Etait-il possible qu'il l'aime encore ? Après tant d'années ? Alors qu'elle était morte ?

Katie n'avait pas de réponse à une pareille question.

29

Niall avait offert de conduire sa sœur à l'hôpital pour voir Carly. Ils partirent donc le samedi matin juste après neuf heures. Il faisait un temps superbe, avec un grand soleil dans un ciel bleu sans nuages. De plus, en dépit des prévisions du bulletin météo de la télévision, il n'était pas tombé un seul flocon de neige.

En sortant de la maison, Niall se tourna vers Katie.

– Je viens de changer de voiture. Veux-tu que nous la prenions ?

– Pourquoi pas ? Qu'est-ce que tu as choisi ?

– Une BMW. Elle est magnifique.

– Eh bien, mon cher ! Quelle élégance !

Niall éclata de rire.

– Non, je ne l'ai pas choisie pour cela mais pour des raisons pratiques. Ce sont de bonnes voitures. Ce sont même les meilleures, et c'est ma seule faiblesse dans la vie, si cela mérite ce nom. Pour moi, c'est essentiel, surtout pour le travail.

– Tu n'utilises plus de fourgonnette ?

– Bien sûr que si ! Tous les jours, pour aller sur les chantiers. Mais quand je vais à New York ou à Litchfield, je prends la voiture.

Tout en discutant, ils étaient arrivés au garage. Niall ouvrit la portière côté passager pour Katie avant de se glisser derrière le volant. Quelques secondes plus tard, il s'engageait sur la grand-route en direction de Warren et New Preston.

Ils roulèrent sans parler pendant quelque temps puis Katie se décida soudain à poser une question qui la tracassait.

– Niall ? Pourquoi vis-tu toujours à la maison ? Pourquoi n'as-tu pas ta propre maison ?

– Pour plusieurs raisons. Avant tout, je ne veux pas laisser papa et maman tout seuls... Tu es partie, Finian est parti et je me rends compte qu'ils ont besoin de moi, surtout maman. Mais ce n'est pas tout.

– Quoi d'autre ?

Il lui jeta un rapide regard en coin et se mit à rire.

– Je vis chez papa-maman pour me protéger.

– Te protéger ? Mais de quoi ?

– Des femmes !

Katie se mit à rire, elle aussi.

– Toi ? Tu as besoin qu'on te protège ? Quelle blague !

Il sourit d'un air entendu et répondit d'un ton réticent.

– Bien sûr que j'en ai besoin ! Je ne veux pas être obligé de m'installer avec quelqu'un. Ni avoir une relation permanente, d'ailleurs.

– Tu n'as personne en particulier, alors ?

Il fit non avec la tête en gardant le regard fixé sur la route, visiblement peu désireux de poursuivre la conversation.

– Ecoute, Niall ! Tu es sorti avec un certain nombre de femmes, déjà. Je suppose donc qu'elles ont toutes un domicile personnel ?

– Bien entendu.

Elle remarqua enfin le sourire espiègle qui flottait sur le visage de son frère et lui donna un léger coup de poing sur le bras.

– Tu es un affreux ! s'exclama-t-elle. Mais, sérieusement, je sais que maman adorerait te voir t'installer avec quelqu'un.

– Je suis installé. Avec eux. Et ils en sont ravis.

– Elle aimerait encore plus avoir des petits-enfants.

– Et toi ? Quel est le problème ? Je peux te retourner la question !

– Je sais, mais je n'ai pas encore rencontré d'homme qui m'intéresse réellement. Et je le regrette, crois-moi.

– Qu'est-il donc arrivé à ce type qu'on appelait le Mannequin ?

– C'est fini depuis longtemps, et oublié ! De toute façon, il se marie.

– Tant mieux pour lui !

– Alors, tu as donc décidé de rester célibataire ?

– Oui, pourquoi pas ? Le monde est plein de célibataires.

Katie comprit qu'il voulait changer de sujet de conversation et elle cessa donc de l'interroger. Elle se laissa aller dans le profond siège en cuir et tourna le cours de ses pensées vers Carly. A chaque visite, elle avait l'estomac noué, ignorant ce qu'elle allait trouver. Elle le savait pourtant car rien ne changeait jamais.

– Niall ! s'écria-t-elle soudain. Arrête-toi chez le fleuriste de New Milford, s'il te plaît. Il me faut des fleurs pour Carly.

L'homme franchit les portes battantes en courant presque et, ce faisant, faillit faire tomber Katie. Elle se recula vivement pour éviter le choc mais son bouquet lui échappa.

L'homme marcha sur ses fleurs et s'arrêta.

– Oh ! Mon Dieu ! Excusez-moi, je suis absolument désolé. Toutes mes excuses ! Attendez, je vais les ramasser.

Il lui sourit piteusement et se baissa pour récupérer les fleurs.

Katie le fixait sans un mot, furieuse, le traitant mentalement de stupide maladroit.

– Excusez-moi, dit-il encore en se relevant.

Il tenta d'arranger le papier froissé et en ôta la poussière.

– Je ne devrais pas courir comme ça, surtout dans un hôpital, ajouta-t-il.

– C'est exact, répondit Katie d'un ton sec.

Il risqua un nouveau sourire en lui tendant le bouquet.

– Je crois qu'elles n'ont pas trop souffert, dit-il.

Katie prit les fleurs en silence. Apparemment, il avait raison. Elles étaient intactes.

– Oh ! Mon Dieu ! s'exclama-t-il soudain. Vous êtes Katie Byrne !

Katie lui jeta un regard glacial.

– Oui, c'est moi.

Il lui tendit la main.

– Christopher Saunders.

Katie n'avait pas d'autre choix que de serrer la main tendue.

– Je ne crois pas vous connaître ? dit-elle en même temps.

– Non, non, nous ne nous sommes jamais rencontrés. Mais je vous ai vue dans une pièce, il y a deux ans. C'était une reprise d'*Un lion en hiver*. Vous jouiez le rôle d'Alice.

– « *Le* » *Lion en hiver*, corrigea Katie. C'est exact, je tenais le rôle d'Alaïs.

– J'ai vu votre photo dans le *New York Times*, la semaine dernière. Vous êtes dans le nouveau spectacle de Melanie Dawson.

Katie répondit d'un bref hochement de tête puis chercha à échapper à l'importun, impatiente de voir Carly. Serrant les fleurs contre elle, elle tenta de forcer le passage.

– J'espère pouvoir assister à l'une des avant-premières.

– Très bien, dit-elle en hochant de nouveau la tête.

– Vous jouez le rôle d'Emily. Je suis certain que vous êtes capable de faire des merveilles. Quel personnage énigmatique, n'est-ce pas ?

Son commentaire surprit Katie et, pour la première fois, elle le regarda réellement et lui sourit presque.

– Oui, concéda-t-elle d'une voix sourde.

Il lui sourit en retour, d'un grand sourire généreux qui montrait des dents très blanches. Il avait des yeux bruns pleins de chaleur et légèrement interrogateurs.

Leurs regards se rencontrèrent et Katie se rendit compte qu'elle ne pouvait détourner les yeux. Il était vraiment agréable à voir, un peu dans le style « étudiant qui sort de sa douche ». Il y avait une intensité dans son regard qui finit par la mettre mal à l'aise.

– Je dois m'en aller, dit-elle enfin.

– Oh ! oui, bien sûr. Je vous retarde. Encore désolé de vous avoir bousculée. Je vous verrai au théâtre.

Elle le dépassa et franchit les portes battantes d'un pas rapide. Cet homme avait quelque chose de déconcertant ! Christopher Saunders... Son nom ne lui disait rien.

Une des jeunes femmes qui se trouvaient au bureau des infirmières la reconnut et vint la saluer en souriant.

– Bonjour, mademoiselle Byrne. Vous êtes venue voir Carly.

– Oui, Jane. Comment va-t-elle ?

– Son état est stationnaire. Voulez-vous que j'aille mettre les fleurs dans un vase ?

– Oui, merci.

Katie lui sourit et lui donna son bouquet puis ouvrit la porte et entra dans la chambre de Carly.

La pièce était inondée de soleil et il y avait plusieurs vases de fleurs sur la commode.

Carly était couchée sur le dos dans un lit médicalisé, reliée à la perfusion. Elle avait les yeux ouverts, ce qui lui arrivait de temps en temps. Katie y plongea son regard, cherchant une étincelle, une trace de vie, mais ils étaient vides, comme ceux d'une aveugle. Ces beaux yeux, grands ouverts mais sans rien voir, étaient frappants dans ce visage pâle. Un visage également passif, sans vie, sans le moindre signe d'animation, et sur lequel le temps semblait n'avoir aucune prise.

Katie s'assit sur une chaise à côté du lit, posa son sac à ses pieds et prit la main de Carly. Elle était fraîche et sans réaction. Katie la caressa tout en la serrant doucement.

– Salut, Carly ! C'est moi, Katie. Je suis venue de New York. Je voulais te voir, Carly, te dire que je t'aime et que tu me manques. J'aimerais tant que tu puisses m'entendre ! Mais peut-être le peux-tu ?

Il y eut un bruit derrière elle. Katie tourna la tête. Jane, l'infirmière, apportait les fleurs.

– Je vais mettre le vase à côté des autres, murmura-t-elle.

Elle quitta ensuite la chambre aussi discrètement qu'elle était entrée. Katie se remit à parler à Carly sans la quitter des yeux.

– Nous répétons au théâtre, maintenant, dit-elle d'une voix douce et affectueuse. C'en est fini de la salle de répétition. C'est très excitant d'être enfin sur la scène. La semaine prochaine, nous commençons les répétitions en costumes. Je te l'avais dit la dernière fois que je suis venue, en décembre : je joue le rôle d'Emily Brontë. C'est le second rôle de la pièce, et c'est à Broadway ! C'est ce dont nous avions toujours rêvé. Maman n'arrête pas de dire que je vais enfin avoir mon nom en lettres lumineuses ! En réalité, je ne le crois pas. Georgette Allison et Harrison Jordan y auront droit. C'est normal, ce sont les têtes d'affiche. Mais moi, personne ne me connaît.

Sauf Christopher Saunders, pensa-t-elle. Elle repoussa avec énergie l'image du séduisant visage, se pencha sur Carly pour caresser sa joue pâle et reprit ses explications.

– On joue au Barrymore Theatre sur la Quarante-septième Rue Est. Il y a un peu plus de mille places. Tu te rends compte, Carly ! Mille spectateurs ! J'aimerais tant que tu en fasses partie...

Katie s'affaissa un peu sur sa chaise et ferma les yeux, la gorge nouée. Elle fit un effort pour empêcher son chagrin de se donner libre cours. Il n'y avait pas que du chagrin et elle le savait. De la frustration et de la colère, aussi. Un homme se promenait en liberté sans avoir payé pour ce qu'il avait fait à Carly et à Denise. Il n'y a pas de justice, pensa-t-elle, vraiment pas.

Elle se redressa et se concentra à nouveau sur Carly.

– Je pense sans arrêt à toi, Carly. A toi et à Denise. A Noël, je t'ai dit que j'ai accepté ce rôle pour vous deux et pas seulement pour moi. J'hésitais mais j'ai compris que, en réalité, j'avais peur d'échouer. Alors, j'ai pensé que si vous aviez été avec moi, je n'aurais pas eu peur. Et, un jour, j'ai compris que vous êtes avec moi. Vous êtes dans mes pensées et dans mon cœur, et vous y serez toujours.

Xenia m'a aidée à prendre ma décision. Elle te plairait beaucoup, Carly. Elle est très différente de nous trois et, pourtant, elle est comme nous. C'est la seule amie que je me suis faite depuis que toi et Denise...

Katie s'interrompit, de nouveau suffoquée par l'émotion.

Elle resta là pendant un long moment, la main de Carly dans la sienne. De temps en temps, elle la caressait et la serrait doucement. Elle lui parlait d'un ton tranquille. Elle lui récita aussi un peu de Shakespeare car Carly avait toujours aimé ses œuvres. Enfin, elle lui chuchota à l'oreille une partie du poème d'Emily Brontë, *Cold in the Earth*... Transi dans la terre...

Puis, enfin, elle se tut, laissa passer un moment et finit par se lever. Elle se pencha et embrassa Carly.

– Je dois m'en aller, maintenant, ma Carly chérie, mais je reviendrai bientôt.

Clignant des yeux pour retenir ses larmes, Katie ramassa son sac et sortit. Elle referma silencieusement la porte derrière elle. Dans le couloir, elle s'appuya au mur pour se calmer mais, brusquement, se mit à pleurer. Une voix la surprit alors qu'elle cherchait un mouchoir dans son sac.

– Ça va aller ?

Elle sursauta, leva les yeux et découvrit la silhouette du docteur James Nelson. Debout sur le seuil d'une des chambres, il tenait un dossier à la main. Elle l'avait brièvement rencontré à Noël. Il était arrivé depuis peu à l'hôpital de New Milford où il dirigeait le service de neurologie. D'après sa mère, il était là depuis environ un an.

– Ça va, docteur Nelson, répondit-elle. Je suis toujours très émue quand je vois Carly dans cet état... toujours plongée dans le coma.

– C'est tout à fait compréhensible, mademoiselle Byrne.

– Oh ! Je vous en prie. Appelez-moi Katie, comme tout le monde !

Il inclina la tête.

– Comment se passent les répétitions ?

– Très bien, merci.

Katie commença à s'éloigner de la chambre de Carly et ils descendirent le couloir ensemble. Il était grand et mince, les cheveux blond cendré, très séduisant. Il devait avoir dans les trente-cinq ans, songea Katie. Il lui avait plu dès leur première rencontre. Sa compétence et ses manières directes, calmes et attentionnées inspiraient la confiance.

Ils se dirigeaient vers le couloir central dans un silence qu'il rompit soudain de sa voix tranquille.

– Vous savez, Carly n'est pas vraiment dans le coma.

Katie s'arrêta net et il en fit de même.

Elle se tourna vers lui et lui fit face, son regard plongé dans le sien.

– Que dites-vous ? demanda-t-elle d'une voix un peu plus aiguë que d'habitude.

– Carly est restée dans un vrai coma pendant cinq ou six semaines après l'agression, expliqua-t-il. Ensuite, elle est entrée dans ce que l'on appelle un état végétatif et elle s'y trouve toujours.

– Personne ne me l'avait dit ! s'écria Katie sans le quitter des yeux. Mais je ne comprends pas. Quelle est la différence avec le coma ?

– D'un point de vue médical, on parle de coma quand les tests d'ouverture des yeux, de réponse verbale et motrice donnent un total de huit points ou moins sur l'échelle d'évaluation du coma de Glasgow. Dans le tableau clinique classique, les yeux du patient restent toujours fermés et il ne s'éveille jamais. Vous comprenez, Katie ?

– Jusqu'ici, oui.

– Dans l'état végétatif, les yeux du patient sont souvent ouverts et le cycle veille/sommeil n'est pas altéré. Le patient est toutefois incapable de parler et ne présente aucun signe indiquant qu'il a conscience de son environnement ou de la présence de ses proches. Vous me suivez toujours ?

– Oh, oui ! Très bien !

– Parfait ! A ce sujet, le terme d'état végétatif a été inventé par deux médecins, Jennett et Plum, du Royal Hospital de Putney à Londres, un hôpital spécialisé dans les affections neurologiques. Ils voulaient définir un diagnostic clinique fondé sur l'observation comportementale des patients. Je vais essayer de vous l'expliquer le plus simplement possible. Le mot végétatif a été retenu pour désigner la vie physique réduite à elle-même, ou l'existence si vous préférez, sans sensibilité ni pensée. Je suis certain que vous comprenez cela, Katie.

– Oui, docteur Nelson. Il y a une chose que j'aimerais savoir. Carly pourrait-elle sortir de cet état végétatif ?

– Je ne peux rien affirmer, dit-il avec un mouvement de tête négatif.

– Y a-t-il des cas de personnes qui en soient sorties ?

– Pas à ma connaissance, non.

– Mme Smith sait-elle que Carly n'est plus dans le coma, au sens strict ? demanda encore Katie qui avait froncé les sourcils.

Le médecin répondit oui de la tête.

– Je le lui ai expliqué l'année dernière, avec les mêmes mots que pour vous. Mais, pour être franc, à mon avis, elle croit vraiment que Carly est dans un coma profond et rien ne pourra la faire changer d'idée.

– Je vois.

Katie se mordillait la lèvre, l'air pensif.

– Je n'ai pas vu Mme Smith depuis longtemps, dit-elle enfin. Je lui ai téléphoné à Noël et je lui ai laissé un message mais elle ne m'a jamais rappelée. Elle n'a jamais répondu non plus à aucun des gestes que mes parents ont eus pour elle. Je sais pourtant que ma mère l'a croisée une ou deux fois, ici. Je ne comprends pas pourquoi elle n'a pas dit un mot à ma mère... au sujet de l'état végétatif de Carly.

James Nelson ne répondit pas tout de suite, se posant la même question.

– Katie, dit-il après quelques instants de réflexion, honnêtement, je ne pense pas que Mme Smith comprenne la différence. Elle est convaincue que sa fille est dans le coma...

Il regarda Katie d'un air découragé et hocha la tête.

– Mais c'est bizarre, je le reconnais.

– Merci de vos explications, docteur Nelson. Je réalise que Carly est vraiment inconsciente, qu'elle a subi des lésions irréversibles mais, d'un autre côté, cela ne me semble pas aussi terrible que le coma.

Katie hésita un instant sur les marches du perron de l'hôpital. S'abritant les yeux de la main, elle cherchait Niall, mais la BMW n'était nulle part en vue. Comme il faisait très beau, et même assez doux, elle alla s'asseoir sur le muret pour l'attendre. Elle savait que son frère ne tarderait pas. Comme elle, il n'était pas du genre à traîner.

Elle patientait ainsi quand une ombre s'approcha d'elle, lui faisant tourner la tête. Christopher Saunders était là, qui se penchait vers elle avec nervosité.

– Re-bonjour ! dit-il en la fixant de son regard concentré.

Il avait toujours son grand sourire qui lui faisait briller les yeux d'une expression chaleureuse et rieuse.

– Oui, répondit Katie d'une voix distante.

Etait-il possible qu'il ait guetté sa sortie ?

Comme s'il lisait dans ses pensées, il avoua qu'il l'avait attendue.

– J'espère que vous ne m'en voudrez pas mais je voulais sincèrement renouveler mes excuses. Je suis si maladroit ! J'aurais pu vous faire très mal à foncer comme ça sans regarder devant moi.

– Mais non, tout va bien, dit-elle.

Elle réussit enfin à détourner son regard de ces yeux qui l'attiraient de façon presque hypnotique. Cet homme avait réellement quelque chose de captivant et cela la troublait. Elle ne voulait pas se sentir captivée par qui que ce soit, et encore moins par cet inconnu.

– J'espère que la personne que vous veniez voir n'a pas été vexée par les fleurs que j'ai écrasées et qu'elle se sent mieux, dit-il d'un ton qui semblait sincère.

Katie soupira tristement.

– Je crains que son état ne s'améliore jamais. Quant aux fleurs, pour autant que je sache, elle ne les a pas remarquées. Le docteur Nelson m'a quand même donné quelques informations qui me permettent de me sentir un peu moins pessimiste.

– James est un médecin remarquable, vous savez. Un type brillant ! Il s'agit donc d'un problème neurologique, n'est-ce pas ?

– Oui. Vous l'appelez James ? C'est un de vos amis ?

– Absolument ! C'est même mon meilleur copain. Nous avons grandi ensemble. Nous étions dans la même école, à New York.

– Oh ! je comprends. C'est pour cela que vous êtes ici. A moins que vous soyez aussi venu voir un malade ?

– Non. Je suis venu de New York apporter quelque chose à James.

– Ah...

– Je suis désolé de savoir qu'un membre de votre famille est malade, dit encore Christopher. Je sais à quel point cela peut être lourd.

Il aurait dit n'importe quoi pour prolonger leur conversation.

– Ce n'est pas un membre de ma famille, mais ma meilleure amie. Du moins était-ce le cas jusqu'au jour où des blessures à la tête l'ont plongée dans le coma. A présent, elle ne me reconnaît même plus.

– Mon Dieu ! C'est affreux !

– D'après le docteur Nelson, il ne s'agit pas vraiment de coma mais d'un état végétatif. Cela ne me redonne pourtant pas beaucoup d'espoir car elle est toujours perdue pour nous. Et elle le restera toute sa vie.

– Je suis désolé pour vous.

Une fois de plus, le ton de Christopher paraissait refléter une authentique compassion.

– Que s'est-il passé ? reprit-il après une petite pause. Votre amie a-t-elle été agressée ? Ou bien s'agit-il d'un accident ?

Comme elle ne répondait pas, il s'assit à côté d'elle sur le muret.

– Excusez-moi, dit-il d'un ton confus. Je ne voulais pas être indiscret.

– Elle a été frappée à la tête par un psychopathe, jusqu'à ce qu'elle perde conscience. Et mon autre amie d'enfance a été violée puis assassinée par le même homme.

Christopher la dévisageait avec stupéfaction, muet d'horreur.

– C'est vraiment épouvantable, dit-il enfin d'une voix émue. Je ne sais vous dire à quel point je suis désolé pour vous. C'est terrible de devoir vivre avec ce poids.

– Oui, mais, au moins, je suis en bonne santé physique et mentale. Il ne m'a rien fait. Pas comme à elles...

Ils n'avaient plus envie de parler et restèrent assis l'un à côté de l'autre en silence, chacun plongé dans ses pensées.

Katie n'arrivait pas à croire qu'elle ait pu parler de Carly et Denise à un inconnu. Elle se sentait énervée et se reprochait violemment son indiscrétion. Comment avait-elle pu lui faire de pareilles confidences ?

Christopher Saunders était encore bouleversé par ce qu'il venait d'apprendre. Il se demandait si Katie avait été présente au moment du crime et si elle avait été blessée. Il n'osait pas lui demander le sens de sa remarque au sujet de sa santé. Il voulait l'inviter à prendre un verre ou, encore mieux, à déjeuner, mais craignait sa réponse. Il n'oubliait pas la froideur, la distance de ses premières réactions. Toutefois, il l'avait presque renversée. C'était un fait. Il n'en restait pas moins qu'il ne voulait pas commettre un impair et tout gâcher. Gâcher quoi ? se demanda-t-il, sidéré. Il ne la connaissait pas ! Non, mais il avait très envie de la connaître. Elle a un caractère très sourcilleux, se dit-il, et c'est une écorchée vive. Il devait y aller sur la pointe des pieds... Il avait peut-être une chance. Il se souvenait trop bien de la façon dont elle l'avait fasciné quand il l'avait vue dans la reprise de la pièce sur les Plantagenêts. Il se passionnait pour cette famille à l'histoire pour le moins chaotique.

Katie leva les yeux vers lui et, sans prévenir, posa une question étonnante :

– Le docteur Nelson est-il marié ?

– Non, et moi non plus. Et vous ?

– Non.

– Ecoutez, Katie... Vous permettez que j'utilise votre prénom ?

– Tout le monde m'appelle Katie.

– Bon ! Puis-je vous offrir un verre ?

– Je ne bois pas.

– Un café, alors ?

– Non, ce n'est pas possible. Ma mère m'attend pour déjeuner.

– Vous habitez loin ? Puis-je vous raccompagner ?

– Je vous remercie mais on vient me chercher. Oh ! D'ailleurs, il est là. Ravie de vous avoir rencontré, Christopher, au revoir !

Elle sauta sur ses pieds et se hâta vers la BMW qui s'arrêtait non loin d'eux.

Christopher la suivit dans l'allée, très déçu et se reprochant d'avoir agi comme un idiot. Il était évident qu'une femme comme elle n'était pas libre ! Même si elle n'était pas mariée, elle avait certainement un ami. Avec tant de beauté, de caractère et de talent, il n'y avait aucune chance qu'elle soit seule ! Sa déception en fut accrue.

– Salut, Christopher ! s'exclama Niall en sortant de sa voiture. J'ignorais que tu connaissais ma sœur.

Tandis qu'ils se serraient la main, Christopher sentit un grand soulagement l'envahir.

– Non, je ne la connais pas vraiment. Nous venons de nous rencontrer. J'étais venu voir mon ami James Nelson.

– J'en ai entendu dire beaucoup de bien, dit Niall. Il a la réputation d'être un excellent médecin.

– Eh bien ! Au revoir, Christopher, marmonna Katie.

Elle se glissa vivement sur le siège de la voiture et claqua la porte. Au dernier instant, il se pencha vers elle.

– Mes amis m'appellent Chris ! dit-il.

– A bientôt, Chris ! conclut Niall.

– A bientôt, c'est sûr, répondit Christopher.

Et, tandis que la BMW démarrait, il s'écarta du trottoir.

– Comment se fait-il que tu connaisses Christopher Saunders ? demanda Katie en jetant un regard étonné à son frère.

– Nous nous sommes occupés de la maison de ses parents, papa et moi. Nous l'avons restaurée, à l'extérieur comme à l'intérieur.

– Oh ! Je comprends. Où habitent ses parents ?

– Dans le village de Washington. Ils ont acheté une immense grange. Le bâtiment tombait presque en ruine mais l'ossature était encore saine. Il y a beaucoup de terrain et un environnement superbe.

– C'est l'endroit où nous disions qu'il y avait des fantômes ?

– Exactement ! répliqua Niall en riant. Tu devrais voir ce que c'est devenu, Katie ! Mme Saunders a beaucoup de goût et elle a obtenu un résultat superbe.

– Ils y vivent toute l'année ? Ou bien ils font la navette ?

– Un peu des deux. En été, ils y passent beaucoup de temps mais, le reste de l'année, je pense qu'ils font la navette. Ils disposent aussi d'un appartement à New York.

– Et Christopher ? Comment l'as-tu connu ?

– Il était toujours là. Je te parle d'il y a quatre ans ! Lui et sa sœur, Charlene, ont largement influencé l'organisation de la maison, si ma mémoire est bonne.

– Mais il doit vivre à New York ?

– Je ne sais pas, répondit Niall, l'air perplexe. Sans doute, mais j'ai entendu dire qu'il travaillait à l'étranger.

– Que fait-il ?

– Je l'ignore également. Mais c'est quelque chose d'inhabituel. Dis-moi, Katie, pourquoi toutes ces questions sur lui ? Il te plaît ?

– Ne soyez pas stupide, Niall Byrne !

30

– Tout cela est passionnant, Katie !

Xenia lui adressa un grand sourire par-dessus son assiette.

– N'es-tu pas heureuse d'avoir accepté, maintenant ? ajouta-t-elle.

– Bien sûr, et c'est à toi que je le dois ! A Rex, également, pour m'avoir permis de comprendre la personnalité d'Emily Brontë. Cela m'a aidée à avoir confiance en moi.

– Je savais qu'il t'aiderait et j'étais vraiment contente de sa présence à Burton Leyburn en même temps que nous.

– J'aimerais mieux connaître l'histoire des habitants de la maison, risqua Katie.

Du coin de l'œil, elle évalua la réaction de Xenia avant de poursuivre.

– Ils m'ont donné l'impression d'être entourés de secrets. Je les ai tous trouvés très mystérieux, c'est le moins que je puisse dire !

– C'est vrai, ils le sont et il y a beaucoup de mystères, confirma Xenia sur le ton de la conversation ordinaire.

Elle eut ensuite un petit sourire gentiment moqueur.

– Un jour, je te raconterai tout ! Tu sauras tous leurs secrets ! ajouta-t-elle.

– Oh ! Ne sois pas taquine, Xenia ! Dis-moi tout maintenant !

– Cela prendrait trop de temps.

– Tant pis, ce sera pour une autre fois. Tu me le promets ?

– Promis ! Comment marchent les répétitions ?

– Très bien ! Demain soir, c'est la dernière répétition en costumes. Les avant-premières commencent ensuite et vont durer trois semaines avant la première en février. Maman m'a dit que tu viendras ?

– Comme je l'ai dit à ta mère, je serai là pour faire la claque !

Katie sourit gaiement.

– J'en suis très heureuse. C'est si important pour moi de te savoir dans la salle !

– Au téléphone, tu m'as dit que Melanie a été très chic avec toi... A quel point de vue ?

– D'abord, elle m'a beaucoup aidée en m'encourageant à donner ma propre interprétation du personnage. Récemment, elle m'a dit que je connais mon texte sur le bout des doigts et que je suis tout à fait dans la peau du personnage. Le metteur en scène semble partager son opinion...

– Beau compliment ! Melanie a du caractère. C'est une excellente productrice mais elle peut être parfois dure.

– Elle *doit* l'être. Il y a beaucoup d'argent en jeu et elle doit rendre des comptes à ses investisseurs – sa responsabilité budgétaire comme elle l'appelle. En réalité, elle se montre aussi stricte avec moi qu'avec les autres. Elle n'a pas de chouchous.

Katie prit le temps de goûter une gorgée de vin avant de poursuivre ses explications.

– On travaille beaucoup et, certains jours, je me sens totalement épuisée. Mais c'est ainsi ! Les comédiens travaillent beaucoup plus qu'on ne le pense en général, surtout les civils.

– Les civils, c'est nous ? Les « non-théâtreux », n'est-ce pas ?

Katie se mit à rire en entendant l'expression qu'utilisait Xenia.

– Oui, c'est cela, les civils : les « non-théâtreux ». Mais Chris estime que le public n'a pas à connaître les difficultés des comédiens. Pour lui, il est important de préserver l'illusion de facilité et de naturel.

– Qui est Chris ?

Xenia avait l'air intriguée. C'était la première fois qu'elle entendait ce nom.

– Un ami. Un nouvel ami. Il est très agréable.

Comme Xenia la fixait soudain d'un regard scrutateur, Katie sentit le rouge qui lui montait aux joues.

– Oh, oh ! s'écria Xenia. Ma parole, tu rougis ! Je ne t'avais jamais vue comme cela ! Chris est donc ton nouveau petit ami, hein ?

– Oh, non, je ne dirais pas cela ! s'exclama Katie. Je ne le connais que depuis le week-end dernier, samedi précisément. Ce n'est pas mon petit ami, seulement un ami.

– Où l'as-tu rencontré ? demanda Xenia, intéressée.

– Chez moi, dans le Connecticut. J'étais allée voir Carly et je l'ai rencontré à l'hôpital.

– Comment va-t-elle ? Sans changement, je suppose ?

– Oui, mais le médecin m'a expliqué qu'il s'agit d'un état végétatif et non pas d'un coma au sens strict du terme.

– Qu'entends-tu par état végétatif ?

Katie lui répéta les explications du docteur Nelson avant de reprendre le fil de leur conversation.

– Bref ! Le docteur Nelson est un ami de Chris, et Chris m'a pratiquement jetée par terre en passant une porte. Il a attendu que je sorte pour renouveler ses excuses.

– Je l'aurais parié !

– Pourquoi dis-tu cela ? Et sur ce ton ?

Xenia secoua la tête, incrédule.

– Il t'arrive de te regarder dans une glace ? Katie, tu es superbe !

– Oh, arrête ! Ce n'est pas vrai.

– Avec ces cheveux roux extraordinaires, ces yeux bleu saphir et ces pommettes à tomber à la renverse ! C'est moi qui peux dire : arrête ! Revenons plutôt à ce Chris. Il a attendu que tu sortes de l'hôpital, et ensuite ?

– Nous nous sommes assis et nous avons bavardé. Niall devait venir me chercher. Chris voulait m'inviter à déjeuner mais c'était impossible. Quand Niall est arrivé, j'ai découvert qu'ils se connaissaient. Ses parents ont acheté une ruine dans le Connecticut et c'est l'entreprise de mon père qui a été chargée du chantier, y compris l'aménagement du parc.

– Donc, c'est un ami de la famille ?

– Disons qu'il connaît Niall et mon père.

– Tu l'as revu ?

– Oui.

Xenia leva un sourcil interrogateur.

– A New York, je suppose ?

– Oui. En fait, samedi dernier, il m'a appelée dans l'après-midi pour m'inviter le soir même. Je ne voulais pas sortir mais maman s'en est mêlée. Elle m'a obligée à le rappeler pour l'inviter à dîner avec nous. Il a accepté et, dans la soirée, il m'a proposé de me ramener en ville le dimanche après-midi. Je me suis sentie... en quelque sorte obligée d'accepter. Sans cela, maman aurait dû le faire. Tout est parti de là.

– Tout ? Que veux-tu dire ?

Katie se mordit la lèvre et secoua légèrement la tête.

– Il est tout à fait du genre à prendre les autres en charge. Il ne cherche pas à dominer ou à prendre le contrôle. C'est simplement son côté pratique et réaliste. Quand nous sommes rentrés à New York, il m'a dit : on va dîner, vous avez besoin de manger, de prendre des forces. Nous sommes donc allés manger des spaghettis chez Elaine.

– Et après ?

– Il n'y a pas d'« après », Xenia. Il m'a reconduite à la maison et c'est tout.

– Tu l'as revu, depuis ?

– Oui. Il m'a attendue après les répétitions pour m'emmener dîner.

– Quand ? Lundi ?

– Lundi, mardi, mercredi et jeudi.

– Eh bien ! s'écria Xenia.

Ses yeux pétillaient, tout son visage exprimant son plaisir.

– Et ce soir, conclut-elle, tu l'as laissé tomber pour moi !

Katie répondit d'abord par un sourire.

– Je ne l'ai pas laissé tomber, Xenia, précisa-t-elle. Je l'ai invité à prendre le café avec nous. Je savais que cela ne te dérangerait pas et je veux que tu fasses sa connaissance.

– Je meurs d'impatience ! Maintenant, parle-moi de lui.

– Il a trente-trois ans et il est écologiste de métier. Il est basé en Argentine, à Buenos Aires. Il vit là-bas mais il a gardé un pied-à-terre à New York.

– Oh là là ! Ne me dis pas que tu te lances dans une histoire d'amour à longue distance ! Je vois venir les problèmes, Katie.

– Ce n'est pas une histoire d'amour.

– Oh, voyons ! Ne sois pas ridicule ! Ce n'est pas à moi que tu peux raconter cela. Bien sûr, cela va être une histoire d'amour et, personnellement, je trouve cela merveilleux. Qu'éprouves-tu pour lui ?

– Je l'aime beaucoup. Il est réellement très agréable, intelligent, très cultivé, avec une conversation intéressante. Il connaît beaucoup de choses, Xenia. Par exemple, qui aurait pensé qu'un homme comme Chris sache tout sur des romancières du XIXe siècle comme les Brontë ? Or, c'est le cas. Il connaît également très bien l'histoire anglaise. Il lit beaucoup et il écrit. Au début, il avait pensé devenir écrivain ou journaliste mais il s'est pris de passion pour l'écologie.

– Il veut sauver la planète, c'est parfait, moi aussi ! Je lui tire mon chapeau.

– Je suis d'accord. Il ne faut pas se voiler la face. Notre planète a absolument besoin d'être sauvée de la destruction.

Xenia souligna son accord d'un mouvement de tête puis, l'air pensif, laissa passer quelques instants de silence.

– Tu a toujours été si méfiante à l'égard des hommes, reprit-elle d'une voix plus calme. Mais tu n'as pas l'air sur tes gardes avec Chris.

– Je sais, et cela m'étonne aussi, reconnut paisiblement Katie. En général, je reste sur la défensive quand un homme s'intéresse à moi mais, avec Chris, je me suis tout de suite sentie à l'aise.

Elle sourit.

– Cela date d'une semaine mais je l'ai vu tous les soirs et j'ai l'impression de le connaître...

– Et ?

– Pas de « et » ! Nous sommes seulement bons amis.

Sa réaction déclencha le rire de Xenia.

– Mais vous pourriez aller plus loin ?

– Je pense, avoua Katie qui parut soudain intimidée.

Le serveur arrivait avec le bar sur lit d'émincé de poireau qu'elles avaient commandé et elles se turent pendant qu'il officiait. Dès qu'il eut tourné le dos, Katie jeta un regard circulaire et dit :

– C'est adorable de ta part de m'amener ici, Xenia. J'aime le Cirque et sa cuisine. Je n'y suis venue que deux fois avant ce soir. Une fois avec ma tante Bridget et mes parents, et mercredi avec Chris.

– Grand Dieu, ma chère Katie ! Le Cirque deux fois la même semaine ! Tu deviens très snob !

Katie sourit et goûta son bar sans faire de commentaire.

– Moi aussi, j'apprécie beaucoup cet endroit et j'avais envie de quelque chose de spécial. Tu joues dans une pièce dont je suis certaine qu'elle va faire un énorme succès et, du côté de ma société, nous venons de signer un gros contrat. Une société de cosmétiques nous confie l'organisation de quatre événements dans l'année.

– Quelle société ?

– Peter Thomas Roth. Ils font des produits de soins cliniques. Ce sont d'excellents produits et la société est très inventive, pas seulement dans ses produits mais aussi dans sa promotion. Ils veulent donner quatre énormes soirées très originales par an. Ils ont pensé à « Célébrations » pour les créer !

– Je suis ravie pour toi, Xenia ! s'exclama Katie en levant son verre. Ce sont de très bonnes nouvelles.

Xenia leva son verre à son tour et elles trinquèrent joyeusement.

– Merci, dit encore Xenia en souriant. Je sens que l'année 2000 va nous être très favorable.

Les deux jeunes femmes terminaient leur poisson quand Christopher les rejoignit.

Une fois les présentations faites par Katie, il s'assit sur une chaise en face de leur banquette et commanda un café.

Il plut tout de suite à Xenia. De taille et de corpulence moyennes – il était même très mince –, avec ses cheveux brun foncé et ses yeux marron, il ne manquait pas de séduction. Il était aussi très élégant avec son allure de « beau gosse » très soigné de sa personne et remarquablement bien habillé. Pour Xenia, son costume bleu marine foncé à la coupe impeccable évoquait immédiatement un grand tailleur anglais. Sa tenue se complétait d'une chemise bleu pâle avec une cravate bleue rayée ton sur ton. Vieille fortune, environnement privilégié, éducation bourgeoise, conclut Xenia en l'écoutant parler avec Katie.

– Aimerais-tu venir, Xenia ? lui demanda Katie à ce moment.

– Excuse-moi, je crois que je rêvais et que je n'ai pas entendu, Katie. De quoi parliez-vous ?

– Demain soir, c'est la générale, la dernière répétition. Les comédiens peuvent inviter leur famille ou des amis.

J'ai décidé de ne même pas en parler à papa et maman. Je préfère qu'ils découvrent le spectacle à la première. Mais je viens d'inviter Chris et je serais heureuse que tu viennes aussi, si tu le peux.

– Avec plaisir ! Je ne rentre pas à Londres avant dimanche matin et, samedi soir, je suis libre. Je ne manquerais la générale pour rien au monde. Merci, Katie.

– Voulez-vous que je vienne vous chercher, Xenia ? proposa Chris. Nous pourrions y aller ensemble, qu'en pensez-vous ?

– Oui, volontiers. Merci.

Xenia lui sourit puis se tourna vers Katie.

– J'y pense ! Je vais pouvoir parler de ton travail sur Emily à Rex. Il meurt d'envie de savoir comment cela se passe. En fait, tout le petit monde du Hall attend avec impatience d'avoir de tes nouvelles, Katie.

Cela rappela soudain Dodie à Katie et le souvenir de la gouvernante la rendit très songeuse. Elle n'avait pas oublié leur conversation du samedi soir, à Burton Leyburn Hall.

– Quelque chose ne va pas ? s'inquiéta Xenia. Tu as l'air bizarre, Katie.

– Je viens de penser à Dodie et à ce qu'elle m'a dit quand j'étais dans le Yorkshire avec toi. Je te l'avais raconté à l'époque.

Xenia indiqua de la tête qu'elle s'en souvenait aussi mais ne fit aucun commentaire, sachant que Katie n'avait pas fini de parler.

– Elle m'a dit de rentrer chez moi – tu t'en souviens ? –, que mon avenir était ici et que l'on avait besoin de moi. Quand elle a parlé de *chez moi*, j'ai pensé qu'elle parlait de l'Amérique ou de New York. Mais à présent, je crois qu'elle voulait vraiment dire *ma maison*. Là où j'ai grandi. En d'autres termes, la maison de mes parents à Malvern.

– Qui est Dodie ? s'enquit Chris.

– La gouvernante de ma belle-sœur, expliqua Xenia. Elle est persuadée d'avoir des dons de voyance. Elle est un peu toquée.

Christopher eut d'abord l'air pensif puis reprit la parole.

– En général, quand les gens pensent être voyants, ils le sont. Ils le savent, quand ils ont reçu le don.

Les deux amies le regardèrent avec de grands yeux.

– Je suis sûr que votre Dodie est voyante, poursuivit Chris. Bien sûr, cela ne l'empêche pas d'être aussi un peu toquée ! Une chose n'interdit pas l'autre.

Katie et Xenia ne purent s'empêcher de rire.

– D'après Dodie, reprit Katie, mon avenir est ici, et c'est vrai si l'on pense au spectacle. Elle m'a dit également que l'on avait besoin de moi et je pense que c'est le cas. Et si...

– Absolument ! l'interrompit Chris. Carly a besoin de vous, votre mère a besoin de vous et moi j'ai besoin de vous.

Bouche bée, les yeux écarquillés, Katie et Xenia le dévisageaient.

Il vit leur surprise et se mit à rire en se tournant vers Xenia.

– Qu'en dites-vous ? Quelle déclaration de la part d'un homme à une femme qu'il connaît seulement depuis six jours, pas un de plus ! Même s'il me semble que cela dure depuis beaucoup plus longtemps.

Il sourit tendrement à Katie.

– Et il se trouve que je dis la vérité.

31

Katie s'assit devant sa coiffeuse pour vérifier son maquillage et sa perruque. Elle se trouvait une légère ressemblance avec Emily Brontë et en éprouvait du plaisir. Elle savait que cela venait de sa perruque et se réjouissait de l'avoir bien choisie.

Sa perruque était coiffée avec une raie au milieu et, de chaque côté, des ondulations et des boucles souples qui encadraient ses tempes et son visage. Quand elle la mettait, son apparence se trouvait radicalement transformée.

Katie sourit à son reflet dans le miroir, consciente de ressembler à présent à une femme du XIXe siècle, ce qui était essentiel. Une femme de l'époque victorienne, évidemment. Elle savait aussi qu'elle était capable d'entrer en scène et d'incarner Emily. Il n'y avait plus qu'un bref moment à patienter et elle serait dans l'action.

On était le dimanche 20 février de l'année 2000, le soir de la première de *Charlotte et ses sœurs* au Barrymore Théâtre à New York. Enfin, elle débutait à Broadway. C'était arrivé.

Katie ouvrit un des tiroirs de sa coiffeuse pour regarder une dernière fois la photo qu'elle y avait rangée. C'était celle de leurs seize ans : Carly, Denise et elle. Elle leur adressa un petit signe en pensée. Cette soirée leur appartenait autant qu'à elle.

Katie se leva, arrangea la jupe de sa longue robe bleu nuit, vérifia une dernière fois son image dans le miroir et traversa la loge.

On frappa à sa porte, juste à ce moment.

– Cinq minutes, mademoiselle Byrne ! cria le régisseur alors qu'elle s'apprêtait à ouvrir.

La première scène du premier acte se déroulait entre Charlotte et Branwell. Katie prit position dans les coulisses, attendant le moment d'entrer en scène. Elle était tendue et tremblait intérieurement. Le trac ! La peur de rater son entrée ! C'était le mal dont souffraient presque tous les comédiens. Richard Burton, par exemple, avait tellement le trac pour la première pièce dans laquelle il jouait qu'un de ses amis, pour le calmer, lui avait donné un verre de cognac. De là datait son alcoolisme.

Elle chassa ces idées de son esprit, se concentra sur ce qui se passait sur la scène et, soudain, ce fut à elle. Elle se sentit tétanisée un bref instant puis elle eut une brusque poussée d'adrénaline et s'avança. Elle se retrouva au milieu de la scène sous les projecteurs et les mots sortirent de sa bouche, facilement, sans entrave.

– « Toujours plus de factures, et toujours plus d'agents de recouvrement de dettes, Branwell ! » déclama-t-elle d'un ton précis et froid.

Elle était devenue Emily, et elle affrontait Branwell.

– « Nous allons tous finir en prison pour dettes si nous ne faisons pas attention. Il ne s'agit pas que de toi, mon cher frère. Que deviendrait notre famille ? Et notre pauvre père ? Couvert de honte et déshonoré par un fils prodigue et dissolu ! Oh ! Encore une chose, Branwell. N'envoie plus jamais Anne te chercher ton opium ! Je te l'interdis ! »

Les scènes s'enchaînèrent comme dans un rêve, les six scènes du premier acte où elle apparaissait.

Noir. Rideau. Fin du premier acte.

Comme le rideau tombait, les applaudissements éclatèrent, assourdissants, et tous les comédiens surent que la pièce allait connaître à New York un succès aussi grand qu'à Londres.

Katie courut jusqu'à sa loge pour changer de costume et retoucher son maquillage. Elle ne pensait qu'à une seule chose : le deuxième acte. Il était encore plus difficile que le premier et elle était presque en permanence en scène. Bien pis, elle avait une scène de mort.

Le deuxième acte pouvait lancer sa carrière ou la briser dans l'œuf.

Bien entendu, elle obtint un triomphe.

La soirée battait son plein quand Katie arriva à la Tavern on the Green avec Christopher Saunders. Il l'avait attendue pendant qu'elle ôtait son maquillage de scène, se recoiffait et changeait de tenue. Elle avait choisi une robe longue en velours violet qui avait un charme un peu démodé et qu'elle adorait. Pour tout bijou, elle portait de longues boucles d'oreilles en améthyste que Chris lui avait offertes la veille. Elle en avait été aussi étonnée qu'heureuse.

Pour se rendre au restaurant de Central Park, Christopher avait loué une limousine avec chauffeur.

– Katie, tu as été merveilleuse, lui dit-il en la retrouvant dans sa loge.

Il ne cessa de le lui répéter tout au long du trajet entre le théâtre et le restaurant.

– Tout le monde était bon, répondit-elle juste avant de sortir de la voiture.

Il se pencha vers elle et déposa un baiser sur sa joue.

– Mais tu les as tous éclipsés, ma chère enfant, que tu le veuilles ou non !

Melanie et Harry Dawson attendaient dans l'entrée avec Jack Martin, le metteur en scène. Ils la félicitèrent à nouveau en répétant qu'elle avait joué de façon superbe. Souriante, mais de plus en plus tendue, Katie prit le bras de Christopher, respira plusieurs fois à fond, et ils entrèrent dans la salle.

De nouveaux applaudissements éclatèrent. Et enfin sa famille l'entoura. Deux tribus de grands-parents, tantes et oncles, plus son père, sa mère et Niall. Et, soudain, elle aperçut Finian.

– Oh, Fin' ! s'écria-t-elle. Tu es venu d'Oxford ?

– Bien sûr ! dit-il en la serrant dans ses bras. Comment aurais-je pu manquer ça ? Le premier d'une longue série de succès !

Sa tante Bridget se fraya un chemin parmi les membres de la famille. Elle était superbe avec sa robe de soie rouge et sa chevelure rousse relevée en un élégant chignon.

– Tu les as tous épatés, ma Katie ! Bravo et encore bravo !

Katie la remercia, cherchant sa mère des yeux. Maureen fut aussitôt à ses côtés et elles s'embrassèrent.

– Je suis tellement fière de toi, mon petit chou, dit Maureen qui pleurait de joie. Tu as été extraordinaire.

– Merci, maman.

Elle fit signe à son père qui se tenait juste derrière sa mère.

– As-tu aimé la pièce, papa ?

– Beaucoup, Katie, dit-il en la serrant très fort dans ses bras. Mais, tu sais, pour moi tu as toujours été une star. Bravo, ma chérie !

– Eh bien ? Et moi ? Je n'ai pas le droit de l'embrasser ? s'exclama Niall.

Katie lui tendit les bras. A ce moment-là, elle se rendit compte que Chris s'était débrouillé pour rester tout près d'elle malgré l'agitation.

– J'ai une surprise pour toi, dit-il enfin.

Il la prit par la main et lui fit traverser le cercle familial. Comme ils s'écartaient pour la laisser passer, elle se trouva face à Xenia. Une expression de profond étonnement se peignit sur les traits de Katie quand elle découvrit le petit groupe qui accompagnait Xenia.

– Tu as été fabuleuse, dit Xenia. Mes félicitations !

– Vous avez été magnifique ! s'exclama Verity.

– Vous étiez Emily, ajouta Lavinia.

– Merci, Katie, d'avoir si bien compris tout ce que je vous ai dit au sujet d'Emily. Lavinia a raison, vous étiez Emily, et je peux seulement dire que vous méritez toutes les récompenses ! Je vous félicite très sincèrement.

Tout en parlant, Rex Bellamy s'était approché d'elle et l'avait prise dans ses bras.

– Vous avez éclipsé les autres comédiens, ma chère, lui chuchota-t-il à l'oreille.

– Eh bien ! Comment avez-vous fait pour être là ? s'exclama Katie quelques instants plus tard, son regard passant de l'un à l'autre.

– On a pris l'avion ! rétorqua Lavinia.

– Ils avaient tellement envie d'assister à la première et de te soutenir, dit Xenia, que j'ai appelé Melanie depuis Londres. Elle les a tout de suite invités.

Xenia jeta un regard curieux à Katie.

– En tout cas, elle connaissait bien le nom de Rex Bellamy.

– Bien sûr ! Il y a quelques semaines, je lui ai parlé de Rex et de l'aide qu'il m'a apportée.

Katie se tourna vers Rex et lui adressa un sourire affectueux.

– Je vous en suis très reconnaissante, Rex. Et merci à vous tous d'être venus ! J'en suis très touchée.

Katie leur présenta ensuite Christopher. Elle parlait avec Verity quand Xenia la prit par le bras.

– Katie, mon client, Peter Thomas Roth, est là avec sa femme. Ils sont en train de parler avec Melanie. Regarde ! Ils viennent par ici.

Quelques instants plus tard, Melanie présentait les Roth à Katie et Christopher. Ce fut ensuite le tour de Xenia de présenter les invités venus du Yorkshire.

– Peter fait partie de mes sponsors, Katie, expliqua Melanie. Ce soir, il est ravi ! Il pense que nous tenons un énorme succès. Moi aussi, d'ailleurs ! Je l'espère de toutes mes forces.

– Vous nous avez donné un grand moment de théâtre, Katie, dit Peter. Vous nous avez envoûtés.

– Merci, murmura Katie en lui retournant son sourire.

– Oui, vous êtes une magnifique Emily, renchérit Noreen Roth. Je pense que votre interprétation devrait vous valoir un « Tony ». Ce serait mérité.

Ils échangèrent encore quelques considérations sur la pièce.

Katie souriait, ses grands yeux bleus pleins de joie. Les autres comédiens arrivaient et se mêlaient aux invités déjà présents. Katie et Chris se déplaçaient de l'un à l'autre avec la famille et les amis de Katie. Les félicitations continuaient de pleuvoir sur elle. Elle goûtait chaque seconde de cette soirée exceptionnelle.

Compte tenu de l'évolution de leur relation, c'est très logiquement que Christopher passa la nuit avec Katie.

Quand la voiture s'arrêta devant l'immeuble de Katie, il en descendit et renvoya le chauffeur.

Ils prirent l'ascenseur et montèrent les étages en silence. Toujours en silence, ils entrèrent dans le petit hall de l'appartement.

Il ne la quittait pas des yeux.

Elle lui rendait regard pour regard.

Soudain, en même temps, ils s'approchèrent l'un de l'autre et chacun ouvrit ses bras à l'autre. Chris la serrait de toutes forces contre lui et elle l'étreignait avec la même passion. Il lui embrassa le cou et la joue puis l'éloigna de lui, la tenant par les épaules, pour la regarder de nouveau dans les yeux.

Ils se turent encore tandis qu'ils se regardaient, comme hypnotisés, incapables de bouger.

Ce fut Chris qui rompit leur silence.

– Katie, je disais la vérité, il y a déjà un mois, quand nous étions au Cirque avec Xenia. J'ai besoin de toi. Enormément !

– Je savais que tu ne parlais pas à la légère. Ce n'est pas dans ton caractère.

– Je t'aime.

– Je sais, Chris.

– Et toi, Katie, que ressens-tu ?

– La même chose, Chris. Je t'aime.

Un sourire à peine esquissé éclaira le visage de Chris, l'espace d'une seconde, puis s'effaça. Il prit Katie par la main et l'entraîna dans le salon. Katie jeta son étole de velours pourpre sur le dossier d'une chaise et ils se laissèrent tomber sur le petit canapé. Chris se pencha sur Katie pour déposer un léger baiser sur ses lèvres.

– Tu es la meilleure chose qui me soit arrivée dans toute ma vie, Katie, dit-il.

Elle posa sa tête sur son épaule, goûtant leur intimité.

– Tu changes ma vie, Chris, comme personne ne l'a jamais fait.

Il la prit dans ses bras et l'embrassa avec passion. Elle lui rendait ses baisers avec autant de fougue, lui caressant la nuque et les cheveux. Ils s'embrassèrent longtemps puis il se releva et lui tendit la main. Katie la prit et se redressa. Ensemble, ils se dirigèrent vers la chambre.

Ils se déshabillèrent dans la semi-obscurité. Chris l'embrassa encore, la prenant dans ses bras, puis l'entraîna vers le lit. Ils s'allongèrent, face à face, sans se quitter des yeux.

Au bout d'un long moment, Chris commença à lui caresser le visage, toujours sans un mot, puis embrassa ses seins avec tendresse. C'était la première fois qu'ils faisaient l'amour et ils avaient pourtant l'impression de se connaître.

Il sentait les doigts souples mais pleins de force de Katie lui caresser la nuque et courir sur sa peau. Sous ses propres doigts, elle avait un corps souple et fort, tout en longueur, un corps magnifique. C'était la plus belle femme qu'il ait jamais connue ou désirée, et il savait de tout son être que, sans elle, sa vie n'aurait aucun sens.

Mais il ne dit rien et continua de la caresser tendrement. Katie se sentait transportée, pleine de désir pour Chris, une attirance qu'elle avait éprouvée dès leur première rencontre. Elle éprouvait aussi une sensation de paix intérieure car elle savait qu'elle avait trouvé l'homme idéal pour elle. Chris représentait celui qu'elle cherchait depuis toujours, et elle l'aimait.

Soudain, Chris se redressa, s'appuya sur un coude et la regarda.

Elle le regarda à son tour, attendant.

Il tendit la main, cherchant l'interrupteur de la lampe de chevet.

– Je veux te voir, chuchota-t-il doucement en lui caressant la joue.

Les yeux si bleus de Katie étaient grands ouverts, un léger sourire flottait sur ses lèvres.

Chris reprit sa bouche et l'embrassa profondément, dans un moment d'intimité absolue comme il n'en avait jamais connu. Il l'aida doucement à se mettre sur le dos et se glissa contre elle. Comme ils s'accordaient ! pensa-t-il encore.

Ils trouvèrent leur rythme et enfin, emportée par un torrent de désir, Katie sentit son esprit se vider de tout ce qui n'était pas Chris.

32

Katie fit la route entre New York et Malvern en deux heures, à quelques minutes près. Elle était ravie d'avoir mis aussi peu de temps. L'horloge du tableau de bord de la voiture marquait tout juste dix heures quand elle s'arrêta devant le garage de ses parents.

– Ce n'est que moi, maman ! cria-t-elle quand elle ouvrit la porte de derrière.

Maureen leva les yeux, l'air très étonnée. Debout devant le plan de travail de sa cuisine, elle était en train de couper des pommes en tranches. Elle posa son couteau.

– Katie ! s'exclama-t-elle. Je ne t'attendais pas si tôt.

Elle baissa brusquement les yeux sur son tablier et ajouta :

– Oh, quelle horreur ! Regarde ma tenue ! Que va penser Chris ?

Katie éclata de rire.

– Il n'en penserait certainement rien de déplaisant ! Je suis sûre que sa mère met également un tablier pour faire la cuisine. Elle n'est pas si snob ! De toute façon, il n'est pas là. Je suis venue toute seule.

Maureen fronça les sourcils, interloquée.

– Mais je croyais qu'il venait avec toi, aujourd'hui, pour déjeuner avec nous. C'est ce qu'il a dit, la semaine dernière, à la soirée de la première. « Nous nous reverrons lundi prochain. J'emmène Katie voir Carly. » C'est exactement ce qu'il a dit, ma chérie. Et je lui ai répondu de venir déjeuner. Que s'est-il passé ?

Katie posa sa veste et son sac sur une chaise puis s'appuya contre le plan de travail, les yeux fixés sur sa mère et lui souriant avec affection.

– Il a pensé qu'il valait mieux qu'il aille quand même à la réunion de Boston. Il les avait prévenus de son absence mais il a changé d'avis à la dernière minute.

– Qui sont ces « ils » ? demanda Maureen en lui jetant un regard perplexe.

– Les gens avec lesquels il travaille. Son organisation écologiste.

– Greenpeace ?

– Non, pas du tout. Celle-ci s'appelle PlanetEarth, PlanèteTerre, en un seul mot. Une des branches de l'organisation s'appelle Saving PlanetEarth. C'est celle que Chris dirige en Amérique du Sud.

– Tu sais, Katie, tu ne m'as jamais expliqué exactement ce que fait Chris.

– Eh bien, dans les dix dernières années, il est devenu peu à peu un expert des forêts tropicales humides et son travail consiste à essayer de les sauver, parce qu'elles sont vitales pour la vie sur notre planète.

Maureen hocha songeusement la tête.

– Oui, j'ai entendu parler de cela, ma chérie. A mon avis, il fait un travail remarquable.

– D'après lui, soixante pour cent des forêts tropicales humides ont été détruites au profit de l'agriculture ou de l'industrie du bois. La plupart des nations industrialisées ont fait disparaître leurs forêts originelles, à l'exception du Canada et de la Russie. C'est énorme, non ? C'est même difficile à imaginer. Et très triste.

Maureen eut un petit mouvement approbateur avant de proposer une tasse de café à sa fille.

– Je viens d'en faire, dit-elle.

– Volontiers ! J'en prendrai avec toi.

Katie s'assit à la table de la cuisine, bientôt rejointe par sa mère qui apportait deux mugs fumants.

– C'est bon, maman, exactement ce qu'il me fallait, dit Katie après quelques gorgées.

– Veux-tu manger quelque chose, ma chérie ?

– Non, merci, je n'ai pas faim.

– Tu sais, j'ai beaucoup réfléchi au sujet de Chris. C'est vraiment dommage qu'il doive repartir en Argentine.

Katie regarda fixement sa mère mais ne fit aucun commentaire. Elle se demandait ce qui allait suivre.

– Il me plaît beaucoup, et à ton père aussi. Et à Niall. Mais je suppose que notre opinion n'a pas grande importance. Quand on aime, on aime, peu importe ce que pensent ou disent les autres. Tu sais, Katie, c'est vrai ce qu'on dit. L'amour est aveugle. Heureusement, tout le monde aime Christopher et, ton père et moi, nous approuvons ton choix.

Katie était rayonnante.

– J'en suis très heureuse, maman.

– Dommage qu'il y ait un vrai problème... Celui de l'éloignement, Katie.

– C'est vrai. Chris part dans deux semaines.

– Il a beaucoup de congés ? Cela fait deux mois qu'il est ici.

– Cela fera deux mois, en effet, au moment de son départ. Il avait un mois de vacances à prendre et ensuite il a consacré un mois à son travail ici, expliqua Katie.

– Je vois, répondit Maureen qui dégustait son café à petites gorgées.

Elle avait une expression triste et pensive qui n'échappa pas à Katie.

– Quel est le problème, maman ? demanda-t-elle avec vivacité. Pourquoi as-tu l'air aussi triste ?

– Parce que j'ai compris que tu es amoureuse de lui. C'est la vérité, n'est-ce pas ?

Katie répondit d'un hochement de tête affirmatif.

– Et il est évident, poursuivit Maureen, qu'il t'aime. Même Bridget et ma mère ont remarqué qu'il est complètement gâteux avec toi ! Dimanche dernier, à la soirée de la première, il ne t'a pas quittée des yeux. Mais il va repartir. Il vit là-bas, tu vis ici, et tu es juste au début d'une belle carrière au théâtre. Même le critique du *New York Times* l'a écrit, comme certains de ses confrères. C'est pour cela que je me sens triste : parce que votre histoire a peu de chances d'exister.

– Mais elle existe déjà, maman.

– Les relations ne durent pas longtemps si on ne les nourrit pas. Il faut être présent, souligna Maureen.

– Je sais...

– En avez-vous parlé ?

– Pas vraiment, maman. Je crois qu'il est aussi conscient que moi du problème que pose le fait de vivre dans deux pays très éloignés l'un de l'autre, mais nous évitons d'en parler. C'est peut-être parce que nous voulons profiter autant que possible du temps dont nous disposons.

– Je comprends ce que tu dis, Katie, mais tu n'es pas réaliste.

Katie soupira.

– Chris dit toujours qu'il faut faire confiance à la vie.

– Il a tout à fait raison mais les choses n'évoluent pas toujours comme on l'aurait voulu.

Katie ne répondit rien et, comme elle contemplait son café en silence, Maureen reprit la parole.

– Serais-tu prête à renoncer au théâtre pour aller vivre avec Chris en Argentine ?

– Tu sais très bien que c'est impossible. J'ai signé un engagement d'un an.

– Tu sais très bien ce que je veux dire, Katie.

– Oui, c'est vrai, mais je ne peux pas te répondre parce que j'ignore la réponse.

Une heure plus tard, tandis qu'elle se rendait à l'hôpital au volant de la voiture de Chris pour voir Carly, Katie repensa à cette conversation. Sa mère avait raison mais elle refusait d'envisager une décision aussi difficile à prendre. Quant à Chris, elle était certaine qu'il évitait lui aussi d'y penser.

Elle se dit qu'elle y réfléchirait plus tard et fit un effort pour ne plus penser à leur inévitable séparation. Dans l'immédiat, elle allait voir Carly et cela seul devait retenir son attention. Elle voulait raconter à son amie comment s'étaient passées la première et la réception qui avait suivi.

Vingt minutes plus tard, elle franchissait le seuil de l'hôpital. Elle courut presque dans le couloir qui menait à la chambre de Carly. En arrivant, elle rencontra Jane, une jeune infirmière qu'elle voyait à chacune de ses visites et qui faisait partie de l'équipe de jour. Elles prirent le temps d'échanger quelques mots puis Katie arriva enfin au chevet de Carly. Elle se pencha et l'embrassa.

Carly n'eut aucune réaction. Katie tira une chaise tout près du lit, de façon à pouvoir tenir la main de son amie. Elle était plus chaude que d'habitude et Katie observa attentivement le visage de Carly. Ses yeux violets étaient grands ouverts mais vides, et son visage toujours aussi dénué d'expression.

Katie s'installa confortablement sur sa chaise, prit sa respiration et commença à parler à Carly.

– J'aurais aimé que tu assistes à la première, Carly. Toi et Denise. Tu aurais adoré ça ! Avant d'y aller. J'ai regardé la photo où nous sommes toutes les trois et, tu sais, vous m'avez toutes les deux aidées à jouer jusqu'au bout. Bien sûr, je l'ai fait pour moi, mais aussi pour vous deux. Je voulais accomplir votre rêve d'enfance autant que le mien. J'ai autre chose à te dire, Carly. J'ai eu le trac. Cela ne m'était jamais vraiment arrivé mais, dimanche dernier, j'ai eu le trac ! Cela a duré quelques instants mais j'ai pensé à Richard Burton pendant que j'attendais dans les coulisses d'entrer en scène. Te souviens-tu de sa biographie par Melvyn Bragg ? Quand nous la lisions ensemble ? On y racontait que Burton était toujours mort de peur avant de jouer et qu'il avait commencé à boire à cause de cela. Il avait pris l'habitude de se donner du courage avec un verre d'alcool. Tu te souviens ? Tu m'avais fait rire en m'apportant une bouteille de whisky pour le spectacle du lycée. Sauf que ce n'était pas du whisky mais du thé froid. Oh, Carly ! Tu me manques tellement... Toi et les blagues que tu me faisais.

« Si seulement tu avais pu entendre la salle applaudir... Plus de mille spectateurs qui nous applaudissaient ! Et des rappels à n'en plus finir ! La pièce est un énorme succès et, apparemment, nous allons jouer au moins pendant un an et sans doute plus, d'après Melanie. Les critiques sont excellentes et on parle beaucoup de moi.

« Toute ma famille y a assisté, Carly, même Finian qui était venu de Londres, et mes grands-parents. Tu aurais adoré ça !

« Après, il y avait une réception à la Tavern on the Green. Tenue de soirée exigée ! J'avais une robe en velours violet. Sa couleur m'avait tout de suite évoqué celle des pensées et de tes yeux. J'aurais aimé que tu la voies. J'aurais tellement aimé que tu sois là. Si seulement tu pouvais m'entendre, Carly... Je donnerais tout pour que tu m'entendes.

Katie se tut puis se leva. Comme le soleil qui baignait la chambre l'éblouissait, elle descendit les stores vénitiens pour filtrer la lumière.

– Je... t'en... tends...

Katie se figea.

Le son se répéta, celui d'une voix râpeuse, à peine audible.

– En... tends...

Katie pivota sur ses talons et se précipita au chevet de Carly, la dévorant des yeux. Elle osait à peine en croire ses oreilles mais, immédiatement, elle se rendit compte que les yeux de Carly avaient pris un nouvel éclat. Ce n'était plus ce regard vide et comme mort qui l'avait désespérée. Une étincelle de vie y brillait.

Katie se pencha sur Carly.

– Carly ? M'as-tu réellement parlé ? Cligne des yeux si tu l'as fait, demanda-t-elle d'un ton pressant.

Aucune réponse. La vie semblait à nouveau disparaître des yeux violets. Ils redevinrent comme morts.

– Carly ! Ecoute-moi, insista Katie. Ecoute-moi de toutes tes forces. C'est moi. Katie. Cligne des yeux si tu comprends ce que je te dis !

Elle gardait les yeux fixés sur ceux de Carly et quand, enfin, Carly battit des paupières à plusieurs reprises, elle se mit à crier.

– Carly ! Carly ! Tu as cligné des yeux !

Carly battit encore des paupières, très vite, et ouvrit la bouche. Elle essaya de parler mais referma la bouche. Enfin, elle réussit à murmurer lentement : « Ka-tie. »

– Oh ! Mon Dieu, Carly ! Tu as dit mon nom. C'est un vrai miracle !

A ce moment, la porte s'ouvrit en grand et Katie tourna la tête. C'était Jane, l'infirmière, venue voir ce qui se passait.

– Il y a un problème ? dit-elle.

– Non, tout va très bien ! Jane, venez voir ! Carly a cligné des yeux, et elle m'a parlé. Je vous jure que c'est vrai.

Stupéfaite, l'infirmière courut jusqu'au lit pour regarder Carly.

– Etes-vous sûre ? demanda-t-elle en se retournant vers Katie. Elle est exactement comme je la vois tous les jours depuis cinq ans que je travaille ici.

– Ka-tie... dit Carly dans son murmure rauque et hésitant.

– Seigneur ! Elle a dit votre nom, mademoiselle Byrne ! C'est incroyable !

Jane regarda Katie, bouche bée.

– S'il vous plaît, Jane, allez chercher le docteur Nelson. Je ne veux pas quitter Carly.

Jane acquiesça de la tête et partit en courant.

Katie se pencha de nouveau sur Carly et lui reprit la main. Elle était toujours aussi tiède. Katie se demanda si cela signifiait quelque chose.

– Carly ? Peux-tu serrer ma main ? Tu veux bien essayer ?

Concentrée sur ce qui se passait, Katie vit les doigts de Carly bouger très légèrement mais sans réussir à serrer les siens. Cependant, sans aucun doute possible, elle avait fait un mouvement, ce qui n'était pas arrivé depuis le drame.

Le docteur Nelson fit alors son entrée, visiblement inquiet.

– Que se passe-t-il, Katie ? Jane me dit que Carly vous a parlé. Est-ce vrai ?

Il avait l'air très dubitatif.

– Oui, docteur Nelson, absolument vrai ! Elle a dit qu'elle m'entendait et elle a prononcé mon prénom.

James Nelson jeta un regard scrutateur à Katie, comme s'il ne croyait toujours pas ce qu'elle lui disait, et se pencha pour examiner Carly. Il pointa sa lampe dans chacun de ses yeux puis prit son pouls et vérifia son rythme cardiaque. Ayant terminé son examen, il se tourna vers Katie.

– Pouvez-vous m'expliquer précisément ce qui s'est passé, s'il vous plaît ?

– Bien sûr ! Quand je suis arrivée, j'ai été frappée par le fait que sa main était chaude. D'habitude, elle est tellement froide ! Je l'ai regardée comme je le fais toujours mais elle ne donnait aucun signe de vie. Elle avait les yeux grands ouverts mais vides. Je me suis donc assise pour lui parler. Je lui ai raconté la pièce et la soirée de la première mais elle n'a eu aucune réaction. A ce moment-là, je me suis sentie gênée par le soleil et je suis allée descendre les stores. Oh ! J'oublie un détail, docteur Nelson. Juste avant de me lever, je lui ai dit que j'aimerais qu'elle puisse m'entendre.

Katie fit une petite pause et s'éclaircit la gorge.

– Je venais juste de régler les stores quand j'ai entendu sa voix, très basse et très rauque. C'était bien elle, docteur Nelson ! Je n'arrivais pas à y croire. Je lui ai demandé de cligner des yeux si elle comprenait que j'étais là. Et elle l'a fait ! Un peu plus tard, elle a encore prononcé mon prénom, mais en séparant les syllabes *Ka-tie*. C'est comme ça qu'elle l'a dit.

Le médecin hocha lentement la tête.

– Je ne comprends pas...

Il laissa sa phrase en suspens, l'air dépassé par les événements.

Jane, qui était revenue avec lui, intervint alors.

– C'est vrai, docteur Nelson. Moi aussi, je l'ai entendue parler. Je l'ai entendue dire « Katie », comme mademoiselle Byrne vous l'a expliqué.

– Ka-tie... marmonna alors Carly.

James Nelson reporta toute son attention sur sa patiente. Il se pencha sur elle et lui prit la main avant de s'adresser à elle d'une voix claire et lente.

– Carly, serrez ma main si vous m'entendez.

Quelques instants s'écoulèrent puis il vit les doigts maigres bouger presque imperceptiblement. Il ne put cacher son étonnement.

– Carly, maintenant, essayez de cligner des yeux.

Il y eut quelques secondes d'attente puis Carly battit des paupières.

James Nelson l'observa attentivement : la conscience revenait dans les yeux de sa patiente. Il vivait là le moment le plus extraordinaire de sa carrière.

Se redressant, il se tourna vers Katie et Jane.

– C'est fabuleux, dit-il. Je suis même certain que nous nous trouvons devant une première dans l'histoire de la médecine. Carly vient de passer dix ans dans un état végétatif et je n'ai jamais entendu parler d'un cas de récupération après une aussi longue période. J'avoue que c'est stupéfiant.

– A votre avis, que s'est-il passé qui ait pu lui faire reprendre conscience ? demanda Katie.

– Je l'ignore ! Nous n'avons rien changé dans nos soins. D'ailleurs, il n'y a pas grand-chose que nous puissions faire pour elle...

Il s'interrompit brusquement, les sourcils froncés.

– Mais si ! J'ai récemment commencé à lui donner de l'amantadine, en prévention des infections pulmonaires. On en prescrit volontiers aux patients alités. Je voulais la protéger...

Il s'interrompit à nouveau, pensif, puis poursuivit ses explications.

– L'amantadine est susceptible d'agir comme un déclencheur, je le sais. Par ailleurs, Carly peut avoir souffert d'un blocage du tronc cérébral qui aurait fini par se lever. Il s'agit peut-être aussi d'une combinaison de plusieurs facteurs. Quoi qu'il en soit, ce sont d'excellentes nouvelles. Je répète qu'il s'agit probablement d'une première médicale. Toutefois, je pense qu'il lui faudra un long moment pour revenir à la normale, si elle revient jamais à la normale au sens précis du terme.

Jane, qui était restée silencieuse jusque-là, intervint.

– Nous lui avons fait bouger les jambes et les bras tout au long des cinq dernières années. Les muscles sont atrophiés mais nous avons essayé de les entretenir.

– Oui, je suis au courant, Jane. C'est une bonne thérapie mais je pense qu'il faudra quand même un long moment avant qu'elle puisse remarcher.

Jane acquiesça de la tête.

– Oui, dit-elle, mais elle est jeune, docteur Nelson.

– On dirait que des zones cérébrales se sont réveillées, expliqua-t-il. Je suis certain qu'elle va retrouver certaines capacités motrices, mais ce sera très long. La parole et la mémoire reviendront en dernier.

– Elle m'a donné l'impression de savoir qui je suis, murmura Katie.

– Oui, apparemment, reconnut-il. Et c'est très important, très encourageant.

Le médecin regarda encore longuement Carly puis se dirigea vers la porte d'un pas rapide.

– Il faut que j'appelle sa mère. Mme Smith sera folle de joie en apprenant la bonne nouvelle. Je dois aussi voir le directeur de l'hôpital.

Il avait ouvert la porte en prononçant ces derniers mots et Katie se dépêcha de le rejoindre.

– Docteur Nelson, s'il vous plaît, attendez un instant. Je dois vous parler.

Il était déjà dans le corridor et s'arrêta.

– Oui, Katie. Qu'y a-t-il ?

Katie prit d'abord le temps de refermer soigneusement la porte derrière elle puis elle prit son courage à deux mains.

– Je crains qu'il ne soit impossible de parler à qui que ce soit des signes de vie que Carly vient de donner.

– Et pourquoi pas ? C'est... un miracle ! Du moins pour autant que je sache, comme je viens de vous le dire.

– Carly est le seul témoin visuel d'un horrible meurtre, docteur Nelson. Avant de perdre conscience, elle a vu l'assassin, l'homme qui les a attaquées, elle et Denise Matthews. Denise est morte et ne peut identifier l'homme, mais Carly le peut.

James Nelson ne répondit rien mais pâlit, comprenant ce qu'impliquaient les explications de Katie.

– Carly pourrait se trouver en danger, reprit Katie. L'assassin est toujours en liberté. C'est pour cela que vous devez garder le secret et appeler la police.

Trois quarts d'heure plus tard, Mac MacDonald avait rejoint Katie et James Nelson dans le bureau de celui-ci à l'étage du service de neurologie.

– Merci, Katie, dit Mac. Tu as été très claire.

Il reporta ensuite son attention sur le médecin.

– Et vous aussi, docteur Nelson. Je vous en remercie. A présent, dites-moi si, d'après vous, Carly a une chance de récupérer complètement.

– C'est très difficile à dire, je n'ai pas encore eu le temps d'y réfléchir sérieusement. Il y a moins d'une heure que cela s'est produit. Bien sûr, c'est envisageable, mais, je le répète, son état pourrait tout aussi bien ne pas s'améliorer. Les deux possibilités existent.

Le médecin prit quelques instants pour réfléchir avant de poursuivre.

– Il y a un élément qui me rend assez optimiste sur sa guérison éventuelle, c'est qu'elle a dit le nom de Katie, et cela à plusieurs reprises. Pour moi, cela signifie que sa mémoire est intacte. Je suppose que certaines zones cérébrales se sont réveillées.

– Sous l'effet de l'amantadine ? demanda Mac.

– Peut-être, bien que je ne lui en aie fait administrer que dans un souci de prévention pulmonaire, ainsi que je vous l'ai déjà dit.

– Je comprends. Ce qui m'intéresse, c'est de savoir si Carly se souviendra de ce qui s'est passé dix ans plus tôt ? Se souviendra-t-elle de l'identité de son agresseur ?

– C'est possible, répondit le docteur Nelson. Comme je vous l'ai dit, elle semble reconnaître Katie. Toutefois, comme elle a subi une agression très violente, avec un très grave traumatisme physique et psychologique, elle peut aussi souffrir d'un blocage mental. Je ne peux rien affirmer, rien prédire.

Mac réfléchit en silence pendant quelques secondes.

– Je vais partir de l'hypothèse, dit-il, d'après laquelle elle se souviendra de tout, que cela se produise dans quelques jours ou dans un mois. Par conséquent, je dois prendre certaines mesures, docteur Nelson.

Il fixa le médecin d'un regard insistant, comme pour souligner l'importance de ses paroles.

– Il faut garder le secret absolu sur l'évolution de l'état de Carly. L'assassin court toujours et je ne veux pas qu'il apprenne la nouvelle. Il se croit en sécurité. Il est certain d'avoir échappé à son châtiment et aujourd'hui nous avons peut-être une chance de le coincer. Je ne veux pas courir le risque de le voir s'en prendre à Carly. Je dois donc vous demander le silence sur ce qui vient de se passer ici.

Le docteur Nelson hocha la tête, l'air soucieux.

– Je comprends, poursuivit Mac, que le cas de Carly présente un intérêt médical majeur pour vous, une première dans l'histoire de la médecine, une avancée dans les traitements peut-être. Mais en attendant d'informer le reste du monde, nous protégerons Carly. Je ne veux pas que la presse ait vent de quoi que ce soit. D'accord ?

– Bien sûr ! répondit James Nelson.

– Si les médias s'en mêlent, ce sera la ruée des fauves ! Vous devez aussi prévenir votre équipe. Vous devez à tout prix éviter les fuites. Personne ne doit en parler. Personne ! Je vais également prendre des précautions d'un autre ordre. Deux de mes officiers resteront devant sa porte en permanence. Ils seront relayés en temps voulu, pour ne pas prendre de risques.

– Je pense que vous avez raison, dit le docteur Nelson. Je vais parler tout de suite au personnel, l'avertir qu'il doit se taire. Il n'y aura pas de problème.

– Parfait ! dit Mac MacDonald en se levant. Et maintenant, je vais rendre visite à la mère de Carly pour lui expliquer qu'elle doit, elle aussi, garder le secret.

– Merci d'être venu aussi vite, dit Katie qui se levait à son tour.

Mac lui jeta un regard significatif.

– J'attends de pouvoir boucler ce dossier depuis dix ans et je pense que la solution approche, avec l'aide de Carly et un peu de chance.

– Je vous accompagne jusqu'à la sortie, dit Katie.

Elle traversa le bureau à la suite de Mac et se tourna vers le médecin.

– Merci, docteur Nelson. Je reviendrai demain matin, avant de rentrer à New York.

– Dans ce cas, nous nous verrons à ce moment-là.

Il se leva et les rejoignit sur le seuil de son bureau pour serrer la main de Mac.

– Je vous appellerai immédiatement s'il y a du nouveau.

– Merci, je vous en serais reconnaissant.

Katie et MacDonald regagnèrent en silence le hall d'entrée de l'hôpital mais, une fois dehors, Mac s'arrêta et se tourna vers Katie.

– Je suis désolé, Katie, mais tu devras garder le silence, toi aussi. Donc, pas un mot à tes parents.

Katie le regarda, soucieuse.

– D'accord, je comprends. C'est si facile de laisser échapper des informations. Les murs ont des oreilles.

Ce fut au tour de Mac d'avoir l'air perplexe.

– C'est une bonne formule. D'où vient-elle ?

– Je l'ai lue récemment sur une affiche datant de la Seconde Guerre mondiale dans une maison du Yorkshire. Les propriétaires ont une collection de souvenirs de la guerre. Cela m'a paru tellement... approprié...

Mac lui adressa en souriant un signe de tête approbateur.

– Ton père est très fier de toi, Katie. Il n'arrête pas de parler de toi !

Elle lui rendit son sourire, pensant qu'il n'avait pas changé. Les dix années écoulées avaient ajouté quelques fils d'argent dans ses cheveux et même de légères griffures autour de ses yeux et de sa bouche, mais il restait un très bel homme.

– Comment va Allegra ? demanda Katie.

Elle venait de se souvenir du médecin légiste, sachant qu'ils étaient très proches, bien qu'ils ne se soient jamais mariés.

– Elle va très bien et sera très heureuse de l'évolution de l'état de Carly. Je peux te le garantir ! Nous avons toujours les prélèvements d'ADN effectués à l'époque sur le corps de Denise. Si Carly nous donne un nom et que nous arrêtons le meurtrier, nous n'aurons plus qu'à comparer son ADN avec celui de nos échantillons pour le faire condamner.

– Vous voulez dire que les échantillons d'ADN restent aussi longtemps utilisables ?

– Bien sûr, Katie ! Ils ne s'altèrent pas avec le temps.

33

Katie poussa quelques-uns des pots de fard qui encombraient sa coiffeuse pour pouvoir y poser son journal intime. Elle l'ouvrit, s'adossa dans son fauteuil, réfléchit puis se mit à écrire.

1er mars 2000
Théâtre Barrymore
New York

Aujourd'hui nous jouons en matinée et, comme nous ne quittons pas le théâtre avant la représentation du soir, tout à l'heure, j'ai du temps pour écrire quelques lignes.

Débuter sur une scène de Broadway est vraiment ce qui m'est arrivé de plus extraordinaire dans toute ma vie. Absolument formidable ! Mais ce qui m'excite tout autant est l'amélioration soudaine de l'état de Carly. Quand elle m'a parlé, au début de cette semaine, j'en ai eu le souffle coupé. En fait, quand elle a prononcé mon nom, c'est moi qui suis devenue muette ! C'est un progrès incroyable. Je suis certaine que Carly va guérir. Même si elle n'y arrive pas complètement, sa vie redeviendra à peu près normale. James Nelson est assez d'accord avec moi. Il reste, lui-même, très étonné et perplexe. Il se demande ce qui a déclenché cette évolution. Quand Carly en sera capable, il lui fera subir un examen neurologique complet. Il va aussi lui faire commencer une rééducation physique et orthophonique. D'après lui, après dix années de vie végétative, elle risque de rester handicapée physiquement et mentalement. Mais moi, je parie sur elle ! Elle a toujours été une battante et elle saura se battre. De plus, je suis là pour l'aider.

Je me sens un peu frustrée de ne pas pouvoir en parler à mes parents ou à Niall. J'aurais voulu annoncer la nouvelle à la terre entière, lundi soir, mais j'ai réussi à me taire. Je ne veux pas mettre Carly en danger. Mes parents sauraient se taire, bien sûr, mais j'ai promis à Mac de ne rien dire, à personne, et je ne veux pas manquer à ma promesse. Papa m'a toujours dit que c'est un bon policier et un chic type. Mac a été très surpris en voyant Carly. Il a trouvé qu'elle n'avait pas du tout changé, qu'elle était restée une ravissante adolescente. C'est vrai, même si ses traits se sont légèrement accentués avec les années. Les miens aussi ! Mac n'a pas essayé de l'interroger. De toute façon, elle était de nouveau inconsciente et il n'aurait servi à rien de rester à l'hôpital. Dès qu'elle ira mieux, il retournera la voir avec le détective Groome. Il espère qu'elle pourra lui donner un début de piste. Je me suis toujours demandé qui avait fait cela et aucun nom ne m'est jamais venu à l'esprit. Pendant toutes ces années, le nom du criminel est resté enfoui dans l'esprit de Carly et nous allons peut-être enfin le connaître. J'ai été très étonnée d'apprendre que les échantillons d'ADN se conservent sans limite de temps. Je l'ignorais, mais je ne dois pas être la seule !

Je retourne à Malvern lundi prochain. Si Chris ne peut pas me prêter sa voiture, j'en louerai une. Je veux revoir Carly, pour l'encourager. Le docteur Nelson pense que c'est vital pour elle, parce qu'elle se souvient de moi. Comment aurions-nous jamais pu nous oublier ? Nous étions presque sans arrêt ensemble, tous les jours, jusqu'à nos dix-sept ans. Je fais partie d'elle comme elle fait partie de moi. Il existe un lien très fort entre nous. Ce lien ne peut être brisé, m'a dit James Nelson.

Pour revenir à la première de la pièce, quelle expérience fabuleuse pour moi ! Beaucoup d'excitation et de succès ! Les critiques m'aiment bien, ils parlent de moi, ils me prédisent même une grande carrière. Ma mère étouffait de fierté. Elle a dit qu'elle avait toujours cru en moi et que je venais de lui donner raison. Elle était très belle dans sa robe longue de Trigère, autant que tante Bridget avec sa robe de soie rouge et ses boucles d'oreilles en diamants. J'étais très fière de ma mère, de ma tante, et des autres femmes de la famille. Elles s'étaient toutes mises sur leur trente et un ! Même mes grand-mères étaient très chics dans leurs robes de soirée. Quant à Xenia et mes autres amis anglais, ils étaient très beaux. Bien sûr, Lavinia avait l'air d'une nouvelle Audrey Hepburn avec un étroit fourreau de soie noire, des gants noirs longs, des pendants d'oreilles, et un haut chignon. Verity était comme toujours la séduction personnifiée. Elle portait un fourreau trois quarts en dentelle noire et ses perles. Xenia s'était surpassée, en soie bleu roi et boucles d'oreilles bleues. Elle m'a dit que ce n'était pas de vrais saphirs, mais je n'ai pas vu de différence! Les hommes de ma vie étaient également très élégants, surtout papa, Niall et Christopher.

Que faire au sujet de Chris?

Maman m'a mis la puce à l'oreille quand elle m'a dit que je devais regarder la situation en face... En particulier le fait que nous ne vivons pas dans le même pays. Cela fait deux jours que j'y pense en permanence. Pourrais-je vivre à Buenos Aires? Je l'ignore. Chris me dit que c'est très beau, qu'on appelle cette ville le Paris de l'Amérique du Sud. Mais je suis comédienne! Ma vie se trouve donc à New York ou à Londres, là où il y a des théâtres. Il y en a aussi à Buenos Aires, bien sûr, mais je ne parle pas l'espagnol.

Hier soir, j'ai demandé à Chris s'il avait l'intention de s'installer définitivement en Argentine. Il m'a répondu qu'il ne sait pas. Il m'a regardée d'un air bizarre et j'ai préféré laisser tomber le sujet. Ce soir, il vient me chercher pour dîner après la représentation, mais je ne parlerai pas de l'avenir. Après tout, il n'a rien dit, lui-même! Il n'arrête pas de me dire qu'il m'aime, qu'il a besoin de moi, qu'il veut que je partage sa vie pour toujours. Mais il n'a pas parlé de se marier. Veut-il m'épouser? Je l'ignore. La seule chose certaine, c'est que je l'aime et que nous nous entendons incroyablement bien. J'aimerais qu'il revienne vivre à New York mais je suppose qu'il a besoin d'habiter dans une région de forêts tropicales humides.

Ce qui est curieux, c'est que j'ai l'impression de connaître Chris depuis toujours, alors que, en réalité, nous nous sommes rencontrés il y a seulement cinq semaines. L'autre soir, il m'a dit que l'on pouvait connaître quelqu'un depuis des années sans savoir vraiment qui il est et que le temps n'a pas grand-chose à voir dans la force d'une relation. Je pense qu'il a raison. Tante Bridget dit que nous sommes du même groupe sanguin. Il ne faut pas prendre cela au sens littéral. C'est juste une expression qu'elle utilise depuis très longtemps pour parler de certains hommes qui ont compté pour elle. Tante Bridget est la grande réussite de la famille. Elle possède une des plus importantes agences immobilières de New York. Elle a une autre expression : « La rivière creuse son lit. » Cela veut dire que Chris et moi, nous finirons par trouver une solution. Je l'espère.

Katie reposa son stylo, ferma son journal et le glissa dans le fourre-tout posé à ses pieds. Elle but un verre d'eau, mangea le sandwich qu'elle avait préparé le matin avant de partir et alla s'allonger sur le divan. Elle appréciait de pouvoir se reposer avant la représentation de la soirée. Cela lui faisait toujours du bien et elle entrait en scène avec de nouvelles forces. Donner deux représentations dans la même journée épuisait la plupart des comédiens et elle ne faisait pas exception à la règle.

Quelques heures plus tard, Christopher lui ouvrait la porte d'un taxi.

– Où veux-tu dîner ? demanda-t-il.

– Je ne sais pas... Au Fiorello ? J'aime bien cet endroit, et toi aussi, je crois.

– Parfait !

Chris donna l'adresse au chauffeur puis se serra contre Katie sur la banquette et lui prit la main.

– Comment cela s'est-il passé, ce soir ? Comment était le public ? demanda-t-il de sa voix chaude et tendre.

Elle lui sourit dans la pâle lumière du taxi. Il avait compris que le public varie beaucoup selon les jours et que cela peut influer sur le jeu d'un comédien. Il faut savoir passer au-dessus d'un mauvais public, lui avait-elle expliqué.

– On avait une bonne salle et c'était la même chose en matinée. Je n'ai eu aucun problème.

– J'ai parlé à James Nelson tout à l'heure, Katie.

Katie se raidit, le souffle coupé.

– Ah... Et comment va-t-il ?

Il n'avait certainement rien dit au sujet de Carly, pensa-t-elle.

– Très bien. Il m'a dit qu'il t'a vue, lundi.

– C'est vrai. J'ai dû oublier de t'en parler.

– Il aimerait voir la pièce, Katie. Je l'ai donc invité pour vendredi soir. Nous irons dîner ensemble après la représentation. Cela te va ? J'espère que tu ne seras pas trop fatiguée ?

– Non, c'est une très bonne idée. Je vais m'occuper de lui trouver une invitation. Sais-tu s'il vient seul ou accompagné ?

– Je ne sais pas, ma chérie, mais j'achèterai la ou les places. Ne dérange pas Melanie pour cela.

Katie se mit à rire.

– Mais il n'y a plus de places à vendre, Chris ! As-tu oublié que tout est vendu pour plusieurs mois ?

– C'est vrai, je l'avais oublié, dit-il en l'embrassant sur la joue. Je crains que tu ne doives t'occuper des invitations, alors !

Un peu plus tard, au Fiorello, alors qu'ils prenaient un verre en attendant d'être servis, Chris aborda soudain un sujet très différent.

– J'ai eu Boston au téléphone, aujourd'hui, Katie. Je dois partir dimanche.

Elle le fixa un instant avant de demander :

– Partir à Boston ? Ou en Argentine ?

– En Argentine, chérie, répondit-il en tentant de sourire.

– Je m'y attendais plus ou moins, murmura-t-elle d'une voix très douce. Combien de temps durera ton absence ?

– Six mois. Je reviendrai à New York au mois d'août. Pour deux ou trois semaines.

Il tendit le bras pour poser sa main sur celle de Katie.

– Je pense que je pourrai venir pour un week-end ou deux, entre-temps. Et toi ?

Katie le regarda d'un air surpris.

– Bien sûr que non, Chris ! Je joue dans une pièce qui est le grand succès de la saison et je tiens le deuxième rôle ! Je ne peux pas prendre de congés maintenant ni dans un avenir immédiat. Je croyais que j'avais été claire là-dessus.

– Oui, c'est vrai, mais avec toutes ces matinées, tu joues parfois deux fois dans la même journée. Melanie trouverait certainement justifié de te donner quelques jours de congé de temps en temps. Pas seulement à toi, d'ailleurs, mais à toute la troupe.

– Bien sûr que non ! Aucun producteur ne penserait cela ! Il n'est pas question de prendre des week-ends et des congés par-ci par-là, quand on travaille à Broadway. Il est exact que, si un spectacle se maintient pendant très longtemps, les têtes d'affiche prennent parfois deux ou trois jours de repos. Mais nous n'avons commencé que le 20 février.

Chris hocha la tête d'un air conciliant.

– D'accord, d'accord ! Ne t'énerve pas, je reconnais que je suis ignorant des us et coutumes de ce milieu.

– Je ne m'énerve pas, Chris.

– Tu en avais l'air, pourtant. Et je ne comprends pas pourquoi tu es toujours sur la défensive quand il s'agit de Melanie Dawson.

– Je ne suis pas sur la défensive ! répliqua vertement Katie. Je t'explique simplement les règles... Les règles du jeu, si tu veux. Et Melanie a été extraordinaire avec moi. Elle m'a donné la chance de ma carrière.

– Tu y serais de toute façon arrivée. Tu es bourrée de talent et on t'aurait découverte tôt ou tard.

– Peut-être ou peut-être pas. Il y a beaucoup de talents ignorés dans ce métier. De plus, Melanie s'est toujours conduite en véritable amie à mon égard et a toujours guetté ce qui pouvait me convenir. Elle m'a donné d'autres chances que j'ai refusées. Et tu le sais très bien !

Il s'apprêtait à répondre sur un ton aussi vif mais referma la bouche car le serveur arrivait avec leur commande. Il garda donc le silence et commença à manger ses lasagnes.

Katie, qui bouillait intérieurement, entreprit de découper son poulet. Pour une raison qui lui échappait, Chris paraissait déterminé à se disputer avec elle. Elle ne pouvait s'empêcher de se demander si James Nelson lui avait parlé de Carly. Dans ce cas, Chris lui reprochait peut-être de ne pas lui avoir fait confiance. Mais le docteur Nelson avait promis à Mac MacDonald de ne rien laisser filtrer. Il ne mettrait pas en péril la sécurité de Carly. De plus, n'aurait-il pas été contraire à l'éthique de discuter le cas d'une patiente avec un ami ? Non, se dit-elle finalement, le médecin n'avait certainement rien dit à Chris. Il devait être de mauvaise humeur, rien de plus. Sans doute, pensa-t-elle, était-il tendu à l'idée de quitter New York et, donc, de la quitter.

Elle prit une voix très calme pour lui en parler.

– Tu es tendu parce que tu dois partir, Chris. Ne nous disputons pas. Pas ce soir.

– Parce que nous nous disputons ? demanda-t-il en posant sa fourchette pour la regarder.

– Pas vraiment, mais nous nous sommes un peu énervés, dit-elle en lui caressant la main. Je t'en prie, Chris, essayons de profiter des derniers jours qui te restent à New York.

– D'accord, grommela-t-il en se forçant à sourire.

Puis il se remit à manger.

Katie l'observa discrètement du coin de l'œil. Elle ne pouvait s'empêcher de penser qu'il n'avait pas seulement l'air boudeur : il l'était. Elle retint sa langue et se pencha sur son assiette.

Quand il eut fini de manger, Chris but une gorgée de vin rouge et jeta un long regard interrogateur à Katie.

– Crois-tu que nous allons tenir longtemps ? Que notre histoire peut durer si je suis d'un côté et toi de l'autre ?

– Je ne vois pas pourquoi nous n'y arriverions pas. Nous travaillons tous les deux beaucoup. Je te verrai au mois d'août...

Sa voix s'éteignit. Elle eut soudain la certitude qu'il la provoquait et elle se demandait pourquoi.

– Nous n'avons jamais parlé de l'avenir, toi et moi ! s'exclama-t-elle. Je n'ai jamais parlé de mariage, et toi non plus !

– Il me semblait que c'était évident, répondit-il du même ton, avec un regard dur. Tu sais bien que je veux me marier avec toi.

– Eh bien, je ne lis pas dans les pensées !

– Mais tu sais quand même ce que j'éprouve pour toi ?

– Oui.

Katie posa elle aussi ses couverts et s'appuya au dossier de la banquette, ses yeux dans ceux de Chris.

– Et j'espère, poursuivit-elle, que tu connais mes sentiments. Je t'aime, Christopher.

Il sourit, son regard de nouveau plein de tendresse.

– Et moi je t'aime, Katie. Mais je me demande si cela peut marcher entre nous. Les histoires d'amour à longue distance sont assez difficiles à réussir, tu sais. Cela se termine souvent par une séparation, quelles que soient les intentions des partenaires.

– Ma mère m'a dit la même chose, l'autre jour. Je lui ai répondu que nous n'en avions jamais parlé. Ce soir, c'est la première fois.

– Je suppose que nous l'avons tous les deux évité parce que nous ne supportions pas de regarder la réalité en face. Ecoute-moi, Katie, dit-il en se penchant vers elle. Tu as signé pour un an. Je pense que nous pouvons supporter une séparation d'un an si je reviens une ou deux fois, tu ne crois pas ? Et après, tu me rejoindras en Argentine.

Katie en resta bouche bée. Elle se sentait blessée par sa proposition et secoua lentement la tête, incrédule.

– Mais je suis comédienne, Chris ! C'est mon métier, c'est ce que je suis, mon identité. Enlève-moi mon métier et je ne suis plus Katie Byrne.

– Bien sûr que si ! dit-il avec un sourire en lui serrant la main.

– Non ! s'écria-t-elle en retirant sa main. Si je ne peux pas jouer, je n'existe plus. Je ne suis qu'une femme comme les autres avec des cheveux roux et des yeux bleus.

– De très beaux yeux, d'ailleurs, dit-il.

Réalisant son erreur, il tenta de se rattraper et de lui redonner le sourire. Elle était visiblement très en colère, une facette de sa personnalité qu'il ne connaissait pas.

– Arrête ! La séduction ne marche pas. Je suis très sérieuse et je peux te retourner ta proposition, Chris. Quand ton contrat sera terminé, tu n'auras qu'à t'installer à New York.

– Mais, Katie, mon travail est en Amérique du Sud.

– Et le mien à Broadway. Ou dans le West End, ou à Los Angeles. Chris, je suis comédienne et je joue en anglais, dans des théâtres où l'on parle anglais ! C'est mon métier et c'est le métier que je veux faire. Si je devais arrêter, je ne serais plus la femme que tu aimes mais une autre personne.

– Et moi, je suis un écologiste et si tu m'empêches de l'être, je deviens aussi quelqu'un d'autre. Je crois en ce que je fais.

– Je n'en ai jamais douté, dit-elle d'une voix unie.

– Donc, nous sommes dans une impasse.

– En effet, je le crains.

– J'ai sincèrement pensé que tu me rejoindrais à Buenos Aires l'année prochaine.

– Je ne peux pas.

Il sortit son portefeuille.

– Je n'ai plus faim. Nous partons ?

– Oui. Je vais prendre un taxi. Je suis très fatiguée, ce soir. J'ai donné deux représentations aujourd'hui, Chris, et j'aimerais être seule.

– Pas de problème ! dit-il d'un ton sec en lui jetant un regard furieux. Mais je te ramène chez toi. Je n'ai pas l'intention de te laisser toute seule dans les rues à cette heure-ci.

Elle pleura à s'en étouffer. Elle savait que c'était fini entre eux, qu'elle ne l'appellerait pas le lendemain matin et que James Nelson ne viendrait pas voir la pièce. Chris était sorti de sa vie.

C'était un entêté. Elle s'en était rendu compte dès le début de leur relation. Il était aussi un peu trop gâté, à vrai dire. Tout devait se plier à sa volonté. Cela avait sans doute toujours été ainsi, et d'abord avec sa mère et sa sœur, Charlene, ainsi qu'avec les femmes qu'il avait connues avant elle. Chris était sans discussion possible l'homme le plus séduisant et le plus intéressant qu'elle avait jamais rencontré – un homme chaleureux, aimant, intelligent et gentil. Les autres femmes le voyaient sans doute de la même façon et l'avaient gâté.

Oui, c'était fini parce qu'il attendait d'elle qu'elle se plie à sa volonté. Or, elle ne le pouvait pas. Elle était peut-être aussi entêtée que lui, et sans doute aussi gâtée. Gâtée par ses parents et sa famille.

Comment pourrais-je aller vivre en Argentine ? se demanda Katie. En plus du théâtre, il y avait Carly. A présent que son état s'était aussi spectaculairement amélioré, il était hors de question de l'abandonner. Bien sûr, dans un an, Carly irait encore mieux, dans l'hypothèse où tout se passait bien. Cependant, même dans ce cas, Carly n'avait personne d'autre qu'elle, Katie. Elle ne pouvait, en effet, compter sur Janet Smith car Carly et sa mère n'avaient jamais été très proches. Elle ne pouvait pas abandonner Carly alors que dix années de sa vie avaient été effacées.

Katie enfouit sa tête dans son oreiller et se remit à pleurer. Quitter sa famille lui serait également difficile. Ils avaient toujours été si proches. Non, décidément : Chris et elle n'y arriveraient jamais, voilà tout !

C'est fini, sanglota-t-elle dans son oreiller trempé de larmes.

34

On se croirait déjà au printemps, pensa Katie. Elle se promenait pensivement dans le jardin de ses parents. Une partie des arbres et des buissons commençait à bourgeonner et les jonquilles poussaient sous les arbres au bout du jardin.

Une atmosphère de renouveau flottait dans l'air de cette belle journée d'avril ensoleillée. Katie se sentait mieux qu'elle ne l'avait été au cours des dernières semaines. A sa grande surprise, Chris l'avait appelée avant de partir en Argentine, juste pour lui dire au revoir et lui souhaiter bonne chance. La tristesse de sa voix ne lui avait pas échappé et elle lui avait parlé très gentiment, mais sans lui laisser la moindre possibilité de reprendre leur dernière et désastreuse discussion. Depuis, elle n'avait aucune nouvelle de lui.

Presque un mois, pensa-t-elle. Cela fait presque un mois qu'il est parti et il n'a pas cherché à me joindre. C'est donc bien fini, ainsi que je l'avais compris pendant notre dîner au Fiorello. Eh bien, c'est comme ça !

– Katie ! Je suis rentrée ! appela sa mère.

Elle fit demi-tour et remonta l'allée jusqu'à la porte de derrière où sa mère l'attendait.

– Déjà ! dit Katie en la rejoignant. Tu n'as dû faire qu'un aller et retour. Comment va mamie Catriona ?

– Très bien, ma chérie. Ce n'est qu'un mauvais rhume, rien de plus. Elle t'embrasse. Je lui ai expliqué que tu ne m'as pas accompagnée parce que j'avais peur qu'elle te passe son rhume.

– Maman ! s'exclama Katie en riant. Tu sais, je ne suis pas si fragile !

Désignant le jardin du regard, elle changea de sujet.

– Il est superbe, dit-elle. Apparemment, tu es en train de gagner la guerre contre les chevreuils.

– Oui, enfin ! J'ai utilisé un nouveau produit à pulvériser qui les empêche de tout manger. J'ai honte ; les pauvres bêtes sont affamées en hiver mais je ne peux pas les laisser dévorer toutes mes plantes, n'est-ce pas ?

Katie approuva d'un mouvement de la tête et sourit à sa mère avant de la suivre dans la cuisine.

– J'ai fait du café, dit-elle. J'en prendrai une tasse avec toi avant d'aller voir Carly.

– Tu as été très chic d'aller la voir tous les lundis et les mardis. Pourtant, tu as si peu de temps libre ! C'est une bonne chose que le théâtre fasse relâche le lundi.

– J'ai été absente un an, maman, quand j'étais à Londres. Je veux rattraper le temps perdu.

– Veux-tu que je t'accompagne, aujourd'hui ? demanda Maureen en posant deux mugs de café sur la table.

– Non, je te remercie, mais c'est inutile. Tu as été si gentille d'y aller tous les mois, l'année dernière. Maintenant, c'est mon tour. Je suis heureuse de te remplacer.

Katie s'assit et versa du lait dans son café. La dernière chose qu'elle voulait était bien de voir sa mère au chevet de Carly. Maureen ignorait la récente évolution de l'état de Carly, et Katie voulait la laisser dans l'ignorance le plus longtemps possible. Moins il y avait de gens au courant, mieux cela valait. Jusqu'alors, le secret avait été bien gardé.

– As-tu des nouvelles de Chris ? demanda Maureen en s'asseyant en face de sa fille.

– Non, et je pense que je n'en aurai pas. Nous nous sommes trouvés dans une impasse et je ne vois pas comment nous pourrions en sortir. Chris le sait aussi bien que moi.

– C'est vraiment dommage, ma chérie. Nous l'aimions tous beaucoup.

Maureen s'appuya au dossier de sa chaise, le regard fixé sur sa fille.

– Qu'y a-t-il ? finit par demander Katie avec un petit rire déconcerté. J'ai du noir sur le nez, ou quoi ?

– Non, non ! Je me disais juste que tu es vraiment très belle, ma Katie chérie. Belle, il n'y a pas d'autre mot. Tu t'es épanouie depuis que tu joues cette pièce. Et tu as tout pour toi, une grande carrière qui s'ouvre devant toi, des amis et une famille qui t'aiment. Ne te désespère pas pour Chris !

– Je ne me désespère pas, maman, mais il me manque. Je l'aime, mais je suis assez réaliste pour savoir que je dois suivre ma voie. Ai-je un autre choix ?

– Non, et je suis contente que tu voies les choses de cette façon, Katie. Heureusement, tu n'as jamais été du genre à te lamenter sur ton sort ! Il y a aussi la pièce qui t'oblige à aller de l'avant. Et, un jour, tu rencontreras un autre homme que tu pourras aimer. Je suis certaine qu'il y a un homme pour toi quelque part, ma chérie.

– Je l'espère, répondit Katie en posant sa main sur celle de sa mère. Merci de me remonter le moral ! Vous avez été formidables, toi et papa, ces dernières semaines.

Une heure plus tard, Katie se garait devant l'hôpital quand elle aperçut James Nelson qui traversait la route en direction de l'aile de neurologie, sa blouse blanche flottant autour de lui. Elle sortit rapidement de sa voiture de location, attrapa son fourre-tout et appela le médecin.

En entendant son nom, il tourna la tête, reconnut Katie et leva la main pour la saluer. Katie le rejoignit en quelques instants.

– J'ai décidé de m'arrêter encore une fois avant de prendre la route de New York. Je pense que plus Carly me voit, mieux c'est pour elle.

– Absolument ! Elle fait des progrès remarquables. Vous en êtes-vous rendu compte quand vous l'avez vue, hier ?

– Oui. Je trouve que, en l'espace d'une semaine, elle a fait de grands pas. Hier, j'ai été stupéfaite de la voir s'asseoir.

– Je ne pensais pas qu'elle se rétablirait aussi bien, je vous l'avoue, dit le médecin en ouvrant la porte. J'en suis arrivé à la conclusion qu'elle devait se trouver plutôt dans un état semi-végétatif, et beaucoup plus consciente de ce qui se passait autour d'elle qu'on ne l'a cru.

Katie hocha la tête pensivement avant de demander au docteur Nelson si son pronostic était bon.

– Oui, très bon. Je pense que Carly va guérir. Cela n'ira pas sans difficultés, mais il y a de grandes chances pour qu'elle retrouve son entière mobilité et la plupart de ses capacités motrices.

– Quelles bonnes nouvelles ! s'exclama Katie, les yeux brillants.

James Nelson lui sourit puis lui posa la main sur l'épaule.

– Vous avez été une très bonne amie pour elle et je sais que votre présence a fait des miracles. Je suis certain que vous l'aidez à retrouver la mémoire.

– Je suppose que lui parler du passé, lui montrer des photos et lui faire entendre la musique qu'elle connaît doit contribuer à réveiller ses souvenirs.

– Oui, continuez tout cela. Je suppose que je vous verrai la semaine prochaine ? ajouta-t-il en se dirigeant vers son bureau.

– Vous supposez bien, docteur Nelson !

Katie se hâta ensuite vers la chambre de Carly. Comme toujours, elle se rendit directement au chevet de son amie. Il y avait une grande différence : à présent, Carly était assise contre ses oreillers et la perfusion avait disparu. Le docteur Nelson lui avait prescrit une alimentation à base de nourritures molles et elle arrivait très bien à manger sans aide, une autre surprise pour l'équipe soignante.

– Me revoilà, Carly ! s'exclama Katie en se penchant pour l'embrasser.

Elle lui serra légèrement le bras avant de se redresser et de s'écarter pour la regarder dans les yeux. L'étincelle pleine de vie qui la réjouissait tant brillait dans les yeux de Carly.

Katie adressa un grand sourire à son amie.

– Je suis si heureuse, Carly, si heureuse ! Tu progresses très vite, tu sais. Personne ne s'attendait à ce que tu ailles si vite. Ta guérison est en très bonne voie ! Tu comprends ?

Carly réussit à ébaucher un sourire puis cligna des yeux.

– Sa...lut, Ka...tie !

– Bravo !

Katie lui prit la main et sentit les doigts de son amie presser légèrement les siens, ce qui la remplit de joie.

– Carly, je t'emmènerai danser plus tôt que tu ne le crois ! dit-elle gaiement.

Carly répondit par un petit bruit de gorge embarrassé et Katie fronça les sourcils.

– Tu as un problème ? demanda-t-elle d'un air inquiet.

– De...nise... réussit à dire Carly de sa voix à peine audible.

Tandis qu'elle regardait Katie, ses yeux trahissaient une terrible tension intérieure.

– *Denise*, c'est bien ce que tu veux dire ? demanda Katie en se penchant contre son visage.

Carly cligna rapidement des yeux. C'était devenu un de leurs moyens de communiquer.

– Denise... bien ? prononça-t-elle un peu plus nettement.

Katie se souvint brusquement que Carly avait perdu conscience avant la mort de Denise, et l'ignorait donc. Katie frémit. Comment pouvait-elle le lui annoncer ? Elle craignait que cela ne la fasse régresser alors qu'elle allait si bien. Mais sa décision fut vite prise, comme d'habitude.

– Oui, Denise a été blessée, Carly, répondit-elle promptement.

– Oooh..

Cela ressemblait plus à un grognement qu'à une parole, et le visage de Carly se crispa légèrement. Elle se mit à pleurer.

– Pauvre... Denise...

– Oui, pauvre Denise, murmura Katie dont les yeux se remplissaient aussi de larmes.

Elle se leva pour aller chercher la boîte de mouchoirs en papier et sécha les joues de Carly puis les siennes.

Elles restèrent silencieuses pendant un moment puis Katie se rassit au chevet de son amie et lui prit la main pour la consoler.

Un soudain changement se produisit alors dans le comportement de Carly. Elle essaya de se redresser et souleva la tête. Son regard témoignait d'une grande agitation.

– Denise... moi... on court... Katie !

Katie sursauta et se pencha sur Carly à la frôler.

– Denise et toi, vous avez couru ? C'est cela que tu me dis ? Denise et toi, vous vous êtes enfuies dans les bois ?

Carly se mit à cligner des yeux frénétiquement.

– Oui...

Katie prit une profonde inspiration avant de poser prudemment la question qui la taraudait.

– Qui vous a forcées à vous enfuir ?

Une expression déconcertée apparut sur le visage de Carly qui se contenta de retourner son regard à Katie. Ses lèvres remuèrent avec agitation puis s'immobilisèrent. Mais la vie brillait de nouveau dans ses yeux.

– Un homme vous a poursuivies. Qui était-ce ? Dis-le moi, Carly, dit Katie en lui pressant la main. Je suis là, ma Carly. Personne ne peut te faire de mal.

– Denise blessée...

– Oui Denise a été blessée, et toi aussi. Qui est l'homme qui a fait du mal à Denise ?

– Hank... Hank... fait mal... Denise... et moi

– Hank ? C'est bien ce que tu dis : Hank ?

Carly cligna des yeux, répéta « Hank » et se laissa retomber sur ses oreillers, sans quitter Katie du regard.

Katie était perplexe. Se mordant les lèvres, elle chercha de toutes ses forces dans sa mémoire de qui il pouvait être question. Elle ne connaissait pas de « Hank ».

– Hank *qui*, Carly ? Quel est son nom de famille ?

– Hank... Thurl o.

– Hank Thurloe ! s'écria Katie. C'est bien de Hank Thurloe que tu parles ?

– Oui...

– Mon Dieu !

Katie se sentait atterrée et, pendant un moment, resta immobile, incapable de bouger, le regard rivé sur Carly. Elle finit par se reprendre et voulut que Carly lui confirme sa déclaration.

– *Hank Thurloe* ? Hank Thurloe vous a agressées, Denise et toi ?

Et, à nouveau, Carly lui répondit très clairement :

– Oui... Katie.

Une heure plus tard, Katie retrouvait Mac MacDonald dans le bureau du docteur Nelson. Il était accompagné par le détective Groome qui avait travaillé avec lui sur le crime, dix ans plus tôt.

– Désolé d'avoir mis si longtemps à venir de Litchfield, mais il y avait beaucoup de circulation, lui dit Mac. Et nous avons de la chance car nous nous apprêtions à partir quand vous avez appelé.

– Cette heure m'a donné l'impression de durer une éternité ! s'exclama Katie avant de se tourner vers le détective Groome. Ravie de vous revoir, détective !

– Je suis heureux de vous revoir aussi, Katie. Vous avez l'air en pleine forme.

– Merci. Ecoutez, Mac, comme je vous l'ai expliqué au téléphone, Carly a partiellement retrouvé la mémoire, en tout cas suffisamment pour me dire le nom de leur agresseur.

Mac ne la quittait pas des yeux.

– Comment s'appelle-t-il, Katie ? demanda-t-il d'un ton pressant.

– Hank Thurloe.

– Qui est-ce ? Etait-il au lycée avec vous ?

– Oui, mais dans une des classes terminales et, en 1989, il avait quitté le lycée depuis environ deux ans. C'était la star de l'équipe de foot du lycée, un grand sportif, et grand séducteur aussi. Toutes les filles étaient folles de lui.

– Denise était-elle folle de lui ? interrompit Mac avec autorité.

– Non, non. Il avait plusieurs années d'avance sur nous, comme je vous l'ai dit. Ensuite, il a quitté le lycée. Mais les autres filles, celles des dernières classes, le trouvaient extraordinaire. Elles avaient toutes le béguin pour lui. C'est un beau garçon ou, du moins, c'était un beau garçon, à l'époque.

– Dis-moi tout ce que tu sais de lui, demanda Mac.

– D'accord. Laissez-moi juste le temps de rassembler mes souvenirs.

Katie se concentra, le front plissé par l'effort.

– Sa famille est très à l'aise, je m'en souviens bien. Ils avaient une très belle maison à Kent. Entre Kent et Cornwall Bridge, précisément. Son père avait une entreprise à New Milford, une imprimerie, je crois.

– Il y a toujours un Thurloe imprimeur à New Milford, confirma le détective Groome.

– Ce doit être son père, dit Katie.

– Peux-tu me décrire Hank Thurloe ? demanda Mac.

Il essayait de garder son calme mais bouillait intérieurement. Il savait qu'il allait enfin résoudre l'affaire après toutes ces années, et cela l'excitait beaucoup. Enfin, justice allait être rendue à Denise et Carly. Enfin !

– Oui, je peux vous le décrire tel qu'il était à l'époque, répondit Katie. Il était grand, bien bâti, avec un corps d'athlète et des cheveux châtain clair. Je ne me souviens pas de la couleur de ses yeux. Vous savez, il faut bien connaître les gens pour se souvenir de ce genre de détail.

Mac la rassura d'un hochement de tête.

– Comment s'habillait-il ? Tu dis que sa famille avait de l'argent. Il devait donc aimer les beaux vêtements ?

– Vous avez raison, Mac. Des jeans, bien sûr, mais en hiver il les portait avec des pulls en cachemire et, en été, des chemises de sport de grandes marques. Je me souviens de ses vêtements parce que Niall le trouvait toujours déplacé. Il disait que Hank faisait de l'épate, qu'il essayait d'impressionner les autres, et en particulier les filles.

Mac hocha pensivement la tête, pensant au profil psychologique tracé par Allegra dix ans plus tôt. Seigneur ! Elle ne s'était pas trompée ! Elle avait tout bonnement décrit Hank Thurloe quand elle avait esquissé le profil de l'assassin. Grand, avait-elle dit, bien fait, des cheveux châtains et, sans doute, adepte des pulls en cachemire. Il y avait des fibres de cachemire sur le corps de Denise, ainsi que des cheveux châtains. Quant aux fragments de peau retrouvés sous ses ongles, ils contenaient suffisamment d'ADN pour envoyer Hank Thurloe derrière les barreaux !

– Allons voir Carly, dit Mac à Katie. Je veux l'entendre de sa bouche. Je veux l'entendre prononcer le nom de Hank Thurloe.

Les jours qui suivirent ces événements représentèrent une période de grande tension pour Katie.

Elle se donna à fond à son métier, heureuse de pouvoir tout oublier quand elle était sur scène.

Elle eut cependant de nombreux moments d'angoisse, à propos de Carly, mais aussi de l'arrestation de Hank Thurloe.

Toutefois, Katie faisait une entière confiance à Mac MacDonald. Elle connaissait son acharnement et sa volonté de résoudre l'affaire. Comme il le lui avait dit après avoir vu Carly : « Je veux pouvoir écrire *affaire terminée* sur ce dossier. Je veux que Carly puisse à nouveau vivre sans avoir peur et que Denise repose en paix. »

Mac lui avait téléphoné dans la semaine pour lui annoncer qu'ils avaient localisé Hank Thurloe. Il était marié, avait deux enfants et vivait dans les environs de Litchfield. En raccrochant, elle avait pensé que c'était très près de Malvern. Sa mère avait eu raison de penser que le meurtrier n'avait pas quitté la région. Il était tout près.

Le feu brûlait dans la grande cheminée, les lampes d'époque victorienne nimbaient les murs d'une lumière nacrée... La cuisine paraissait encore plus accueillante et confortable que d'habitude.

Katie et ses parents étaient assis autour de la table avec Mac MacDonald et Allegra Marsh, des mugs de café devant eux. On était lundi après-midi. Mac et Allegra s'étaient arrêtés chez les Byrne pour leur donner les dernières informations.

– Comme je te l'ai dit le mois dernier, Katie, il ne nous a pas fallu longtemps pour localiser Hank Thurloe. Il a une petite société d'expertise comptable. Son père est à la retraite. Son frère Andy a repris l'imprimerie. C'est grâce à son frère que nous l'avons retrouvé.

– Avait-il l'air normal ou bizarre ? demanda Katie que la curiosité dévorait.

– Il avait l'air normal mais nous avons vite compris qu'il n'en a que l'air. Je suis allé le voir avec Dave Groome et je lui ai expliqué que nous avions repris l'enquête sur une ancienne affaire de meurtre parce que nous avions de nouveaux éléments. Je lui ai dit le nom de la victime et je lui ai demandé s'il acceptait de nous donner un échantillon de son sang pour un test ADN. Je lui ai précisé que s'il refusait, nous reviendrions avec un mandat.

– Il a accepté ?

– Oh, oui ! Il était tout à fait coopératif.

Katie fut étonnée par la réponse de Mac.

– Est-ce une réaction normale ? lui demanda-t-elle.

– Oui, je pense, car il ne savait pas qu'il courait un risque. En général, les gens ignorent tout de l'ADN. Par exemple, toi-même, tu ne savais pas que l'ADN se conserve presque indéfiniment. La plupart des gens ne le savent pas.

– Ils ne comprennent pas que l'ADN est l'empreinte génétique qui fait de chacun de nous un être unique, intervint Allegra. L'ADN ne ment pas et on peut identifier une personne à coup sûr avec un échantillon d'ADN. C'est ce que nous avons fait, Mac et moi, pour Hank Thurloe. Nous avons comparé son ADN à celui que nous avions retrouvé sur le corps de Denise et que nous avions conservé. C'était bien *son* sperme, *sa* peau, *son* sang, *ses* poils pubiens et *ses* cheveux. Nous avons même pu identifier la salive du mégot de cigarette ramassé sur les lieux du crime comme la sienne ! Nous l'avons confondu grâce aux analyses d'ADN.

– Donc, vous l'avez arrêté et il est en prison, dit Michael.

– Oui. Il a été mis en examen et il attend son procès, confirma Mac.

– Il ne peut pas s'en tirer, n'est-ce pas ? demanda Maureen avec un regard soucieux.

– Absolument pas, Maureen ! dit Mac. Les preuves sont accablantes et, de toute façon, il a avoué.

Katie sursauta et cria presque.

– Il vous a dit qu'il avait violé et étranglé Denise ? Je ne peux pas le croire !

– C'est pourtant la vérité, répondit Mac. Il a avoué ! Il est devenu enragé quelques jours après son arrestation. Il a eu une crise de folie où il a perdu tout contrôle de lui-même. Et ce n'était pas de la simulation ! Sous cette apparence de star du football, il y a un psychopathe. Il s'est mis à hurler au sujet de Denise, en jurant qu'elle lui appartenait. Il avait fait une fixation sexuelle sur elle. C'est un malade mental.

– Vous a-t-il raconté ce qui s'est passé, ce jour-là ? demanda Katie, penchée attentivement vers Mac et Allegra.

– En partie, oui, répondit Mac. Nous avons pu presque entièrement reconstituer la scène. Hank est allé à la grange avec une intention en tête. Il dit qu'il voulait seulement parler à Denise. Apparemment, il l'avait remarquée pendant sa dernière année de lycée et il était devenu fou d'elle. A un moment, il m'a dit qu'il aimait sa blondeur et sa beauté. Il voulait sortir avec elle mais, quand il le lui a demandé, elle a refusé. Elle l'a rejeté. Il lui a pris le bras en essayant de la convaincre de partir avec lui, d'aller prendre un café quelque part. Il m'a répété mille fois qu'il ne voulait pas lui faire de mal. Mais Denise l'a repoussé, cela a déclenché une lutte entre eux et, apparemment, Carly est accourue à la rescousse. Ils se sont bagarrés tous les trois dans la grange puis les filles se sont enfuies. Il dit qu'il les a poursuivies.

– Je pense qu'à ce moment-là, il ne pouvait plus contrôler sa colère et qu'il a perdu la tête, poursuivit Mac. Dans les bois, il a d'abord vu Carly. D'après Thurloe, il a essayé de l'écarter de son chemin mais elle a ramassé une grosse branche et elle l'a frappé. Il lui a arraché son morceau de bois et l'a frappée à la tête jusqu'à ce qu'elle perde conscience. Ensuite, il s'est remis à la poursuite de Denise. Il voulait... avoir des relations sexuelles avec elle.

– Mais pourquoi l'a-t-il tuée ? s'écria Katie.

– Je pense qu'il a été dépassé par les événements. C'était allé trop loin et il avait besoin de dissimuler ses actes. D'après lui, il a paniqué. Il l'avait forcée, il l'avait violée. Il savait que Denise pourrait porter plainte contre lui pour viol et il ne pouvait affronter une pareille accusation. Apparemment, il venait de se fiancer avec Martha Eddington, la fille d'une famille en vue de Sharon qu'il a d'ailleurs épousée par la suite. Il a donc paniqué. Il ne pouvait pas prendre le risque de se voir condamné pour viol. C'est pour cela qu'il l'a étranglée.

– Mon Dieu ! s'écria Maureen en se couvrant la bouche de la main.

Michael lui passa le bras autour des épaules en un geste protecteur.

– Et il a attaqué Carly parce qu'elle le gênait pour réaliser son dessein ? dit Katie en jetant un long regard à Mac.

– Oui, c'est exact. Il voulait Denise depuis toujours, c'était elle qu'il avait guettée et suivie depuis des années.

– Etais-je moi aussi en danger, Mac ? demanda encore Katie d'une voix contenue.

– Non, je ne le pense pas.

– Mais que faites-vous de mon cartable ? Vous souvenez-vous de la façon dont nos trois cartables avaient été alignés sur une seule rangée ?

– A l'époque, je vous avais dit que nous n'y avions rien trouvé qui nous paraisse lié au crime. Il n'y avait que vos empreintes à toutes les trois.

– Mais il aurait pu porter des gants ?

– Oui, Katie, c'est possible. Toutefois, à mon avis, vos amies ont trouvé votre sac dans votre loge improvisée et l'ont mis à côté des leurs dans l'intention de vous le rapporter.

Katie hocha pensivement la tête.

– Oui, vous devez avoir raison. Croyez-vous que Thurloe était encore sur les lieux quand je suis arrivée avec Niall et que nous avons appelé Carly et Denise ?

– Je le pense, en effet, et je suis convaincu que Carly a eu la vie sauve grâce à vous. Il était probablement revenu sur ses pas pour voir si elle était morte et, comme elle respirait encore, l'avait de nouveau frappée à la tête. Ensuite, en vous entendant crier leurs noms, il s'est enfui, il a foncé tête baissée dans le sous-bois en emportant le morceau de bois avec lui. Nous ne l'avons jamais retrouvé.

– Et il a cru avoir tué Carly ? dit Katie.

– J'en suis certain, dit Mac.

– Mais elle n'était pas morte, intervint Michael. Pourquoi n'a-t-il pas essayé de l'achever à l'hôpital ?

– Parce qu'elle était dans le coma, expliqua Allegra. Si vous vous en souvenez, on a beaucoup parlé d'elle dans les journaux et à la télévision. Les médias ont fait beaucoup de bruit autour de l'affaire, à l'époque. Ils ont parlé de l'état de Carly et du pronostic très défavorable des médecins. Ils avaient déclaré qu'elle ne sortirait jamais de son coma. Thurloe a cru qu'on ne le retrouverait jamais.

– Elle en est pourtant sortie, et avec une rapidité incroyable, dit Maureen à Allegra. Tout à l'heure, quand Katie me l'a raconté, j'ai été très étonnée.

– Je suis désolée, maman, mais j'avais promis à Mac de ne rien dire. Il le fallait pour assurer la sécurité de Carly.

– Mac, sais-tu s'il a commis d'autres meurtres ? demanda Michael.

– Je ne le pense pas. Pour autant que je le sache, ce n'est pas un tueur en série.

– Comment pouvez-vous en être sûr ? demanda Maureen.

La réponse vint d'Allegra.

– Parce que, dit-elle, son ADN, son empreinte génétique si vous préférez, figure maintenant dans la banque de données d'ADN de la police. Le sien ne correspond à aucun autre meurtre de jeunes femmes. Or, il s'agit d'une banque de données nationale.

Maureen se contenta d'indiquer de la tête que la réponse la satisfaisait.

– Devrai-je témoigner au procès ? interrogea Katie.

– Bien sûr, répondit Mac. Carly devra aussi témoigner si elle en est capable.

A ce moment, Maureen se tourna vers Allegra pour lui poser la question qui l'intriguait.

– Allegra, comment expliquez-vous que Carly soit sortie du coma aussi soudainement ? Je ne comprends pas.

– Je vais essayer de faire le point pour vous. Ces dernières semaines, j'ai fait quelques recherches sur les cas de coma et, à mon avis, il s'est passé la chose suivante. Le diagnostic de coma posé pour Carly a été une erreur, dès le début. N'importe qui aurait pu s'y tromper, d'ailleurs. En effet, quand on l'a amenée à l'hôpital, juste après l'agression, elle était réellement dans le coma. Un vrai coma dure en moyenne de six à huit semaines, même si l'on connaît des cas où cela a duré deux ans. Toutefois, au bout de deux ans, le cerveau du patient est endommagé. J'ai donc tendance à partager l'avis du docteur Nelson quand il pense que Carly est passée du coma à un état semi-végétatif. Elle a probablement eu conscience d'une partie de ce qui se passait autour d'elle pendant des années, mais sans réussir à le faire savoir aux infirmières puisqu'elle ne pouvait pas parler et avait perdu ses capacités motrices. Je suis également d'accord avec sa théorie d'une sorte de blocage du tronc cérébral qui a empêché son cerveau de recevoir les stimuli jusqu'au moment où elle a parlé à Katie.

– Quel rôle a pu jouer l'amantadine ? demanda Katie.

– Peut-être bien celui d'un agent déclencheur, comme le suppose mon confrère. J'ai récemment entendu parler d'un cas similaire, au Nouveau-Mexique. Il s'agit d'une femme qui est sortie du coma et à laquelle on avait aussi donné de l'amantadine pour prévenir les infections respiratoires. Cette femme était dans un état semi-végétatif depuis quinze ans.

– C'est extraordinaire ! s'exclama Katie. Vous rendez-vous compte que Hank Thurloe s'en serait tiré sans problème si Carly n'avait pas recouvré la mémoire !

– C'est exact, renchérit Allegra.

– Que va-t-il lui arriver ? demanda Michael à Mac.

– Hank Thurloe passera le reste de sa vie derrière les barreaux, sans aucune chance de liberté conditionnelle, j'en suis certain ! répondit Mac.

En fin de journée, Katie se rendit à l'hôpital pour voir Carly. Elle resta assise à son chevet pendant un long moment, lui tenant la main et la faisant parler. Quand elle sentit que Carly était détendue et tout à fait consciente de ce qui se passait autour d'elle, Katie décida qu'elle pouvait lui faire part des derniers développements.

– J'étais avec Mac MacDonald, juste avant de venir. Te souviens-tu de lui ? Le policier qui t'a rendu visite le mois dernier ?

Carly cligna des yeux.

– Oui... Katie.

– Mac m'a demandé de te prévenir. Ils ont arrêté Hank Thurloe ; il est en prison !

Un léger sourire éclaira le visage de Carly et ses yeux parurent briller d'un éclat beaucoup plus vif.

Katie s'apprêtait à lui annoncer la mort de Denise mais changea d'avis au dernier instant. Il n'y avait aucune urgence. Les mauvaises nouvelles pouvaient attendre que Carly aille encore mieux. Cela serait très douloureux pour elle, et Katie craignait une rechute qui aurait été un désastre à ce stade de sa guérison.

Elle préféra prendre son amie dans ses bras et la serrer contre elle.

– Justice a été faite, Carly, chuchota-t-elle à son oreille. Tu n'as plus rien à craindre.

35

Les rappels se succédaient. Katie savait que toute la troupe avait donné le meilleur d'elle-même, que le public avait été emballé et qu'il aimait la pièce. La représentation de ce soir-là avait été sensationnelle.

Elle savait qu'elle avait, elle-même, tout donné. Elle avait mis tout son talent, tout son métier, au service du personnage d'Emily, pour la rendre vivante, pour donner l'impression qu'elle était présente, sur la scène, en chair et en os. Elle lui avait donné vie comme elle n'y était jamais arrivée. En fait, pendant deux heures, elle était devenue Emily Brontë.

Carly était dans le public avec Niall et leurs parents. D'une certaine façon, Katie avait joué pour Carly, et pour elle seule, car elle voulait lui donner le meilleur d'elle-même.

Après le dernier salut, Katie regagna les coulisses et sa loge presque en courant. Elle voulait se maquiller et changer de vêtements aussi vite que possible. Ses parents les avaient tous invités, elle, Carly et Niall, à dîner au Cirque et elle brûlait d'impatience de les rejoindre, en grande partie parce qu'elle voulait connaître la réaction de Carly. Que pensait-elle de la pièce ? Et de son interprétation d'Emily ?

Elle se démaquilla rapidement, se brossa les cheveux puis enfila son tailleur-pantalon en coton gris perle. Il faisait assez frais pour un mois de juin et, en passant son tee-shirt blanc, elle se dit qu'elle avait bien choisi sa tenue. Quelques minutes plus tard, elle mettait sa veste, glissait son sac rouge à son épaule et dévalait l'escalier vers la sortie des artistes.

Comme elle débouchait dans la ruelle de derrière, elle bouscula un homme de toute la force de son élan. Se reculant aussitôt, elle commença à s'excuser mais se tut, bouche bée. C'était Christopher.

– C'est à ton tour de me faire presque tomber, dit-il. Tu te souviens de la façon dont je t'étais rentré dedans à l'hôpital ?

Katie fut sur le point de lui lancer une réplique sèche mais aucun mot ne franchit ses lèvres. Comment aurait-ce été possible ? Chris l'avait prise dans ses bras et l'embrassait.

Katie réussit à se dégager et s'exclama :

– Quel culot ! Tu reviens après plusieurs mois de silence et tu crois que tu peux reprendre les choses là où tu les avais laissées !

– Oui, je le crois parce que je t'aime et que tu m'aimes.
– Ah, non ! C'est fini !
– Menteuse !
– Je ne suis pas une menteuse.
– Mais si. Je sais que tu m'aimes, parce que ta mère me l'a dit.
– Ma mère ? Qu'a-t-elle à voir là-dedans ?
– Je crois qu'elle aimerait bien m'avoir pour gendre.
– Je ne me marierai jamais avec toi.
– Bien sûr que si ! Et le plus tôt sera le mieux, en ce qui me concerne.
– Retourne dans tes forêts tropicales, et bon débarras ! lui cria Katie.
– Je ne peux pas retourner dans mes forêts, parce que je les ai quittées.
– Quoi ?
– Tu m'as bien entendu. Je les ai quittées, par amour.
– Tu as fait ça ? Mais tu aimes ces forêts !
– C'est vrai, mais j'aime aussi les Everglades et elles sont aussi en danger. De plus, il faut se rendre à l'évidence, ma chérie, la Floride est plus près de New York que l'Argentine.

Katie en resta muette et ne pouvait que contempler Christopher de ses yeux écarquillés. Elle ne voyait qu'une chose : qu'il était élégant avec son blazer bleu marine et son pantalon gris !

– As-tu compris ? demanda Chris. J'ai quitté l'Argentine, Katie. Je suis rentré à New York. Je vais vivre ici, avec toi. Du moins, si tu veux de moi.
– Oh...
– Je ne te demande pas de dire « oh » mais « oui » !
– Oui !

Il la reprit dans ses bras pour l'embrasser et elle se serra contre lui, à en perdre le souffle. Quand ils cessèrent de s'embrasser, il l'écarta un peu de lui pour la regarder droit dans les yeux.

– Tu ne plaisantes pas ? Tu veux bien m'épouser, Katie ?

Elle secoua énergiquement la tête.
– Oui, oui...
Ce fut ensuite son tour de le regarder dans les yeux, l'air intriguée.
– Qu'est-ce qui t'a fait changer d'avis, Chris ?
– Toi, Katie.
– Moi ? Comment ? demanda-t-elle, visiblement interloquée.
– Je suis venu à New York au mois de mai, pour affaires. Bien sûr, je voulais te voir, mais je savais que tu m'enverrais promener. J'ai donc préféré ne pas t'appeler. A la place, je suis venu te voir jouer encore une fois. Et là, soudain, j'ai compris ce que tu m'avais dit quand nous avions rompu. Je me suis demandé comment j'avais pu croire que tu renoncerais au théâtre ! C'est ta vie, Katie, c'est toi. Maintenant, je le sais. Ç'aurait été de l'égoïsme de vouloir t'arracher à la scène. Tu as ton métier dans le sang et tu es trop douée, trop brillante pour y renoncer. Je suis passionné par l'écologie, tu le sais. Mais je peux travailler presque partout. J'ai donc décidé d'échanger les forêts tropicales contre le parc des Everglades. Pour résumer, j'ai demandé mon transfert et j'ai fini par l'obtenir. Je reste ici.
– Oh ! Chris...
– Nous ferions mieux de ne pas nous attarder à bavarder ! Nous aurons tout le reste de notre vie pour cela. Tout le monde nous attend au Cirque.
– Vous étiez tous de mèche, si je comprends bien ?
– Exactement ! Viens, chérie. La voiture est là-bas.

Maureen et Michael, comme Carly et Niall, sourirent gaiement en voyant Chris et Katie s'approcher de leur table.
Carly se tourna légèrement dans son fauteuil roulant.
– Tu as... été... formidable... Katie !
Elle parlait lentement en prenant le temps d'articuler, mais elle avait fait d'immenses progrès et, après plusieurs

mois de rééducation, avait presque entièrement retrouvé l'usage de la parole

– Merci, Carly, dit Katie en se penchant vers elle pour l'embrasser. Je suis si heureuse que tu aies pu enfin voir la pièce.

– Tu as... toujours... été... la meilleure! répondit Carly en soulignant sa déclaration de la tête. Même... à l'époque... avant...

– Nous étions toutes très bonnes, murmura Katie. Toi, moi et Denise, nous étions les meilleures. Toutes les trois.

Carly tenta de sourire puis déplaça son fauteuil roulant pour que Katie et Chris puissent se glisser sur la banquette.

– Chris, Katie, nous avons commandé du champagne, dit Maureen. Il y a beaucoup de choses à fêter!

Tandis qu'elle parlait, Michael avait fait signe au serveur qui vint ouvrir la bouteille de Dom Pérignon. Le bouchon sauta avec un petit bruit joyeux et, quelques secondes plus tard, le vin pétillait dans les verres.

Du regard, Katie fit le tour de la table. Sa mère, son père, son frère, sa meilleure amie... et l'homme qu'elle allait épouser.

– C'est une grande fête, en effet, dit-elle. La fête de la vie!

Remerciements

Je veux exprimer ici ma reconnaissance à celles et à ceux qui m'ont aidée au cours des recherches documentaires et de l'écriture de ce livre. J'ai une dette particulière envers le lieutenant Eric C. Smith qui dirige le département de police criminelle de l'Etat du Connecticut. Il m'a permis d'assister au travail de la police sur les lieux de différents crimes et aux recherches subséquentes. Ma gratitude va aussi à Bette Bartush de la police du Connecticut qui m'a expliqué d'autres procédures policières, Arthur H. Diedrick, responsable du Développement auprès du gouverneur du Connecticut pour ses renseignements sur le fonctionnement de cet Etat; Fran Weissler qui m'a révélé les coulisses du monde du théâtre à Broadway, Rosemarie Cerruti et Susan Zito de Bradford Enterprises pour leur aide sur divers points de ce livre; et enfin Liz Ferry qui a accompli un véritable marathon de dactylographie! Mes éditrices, Deb Futter de Doubleday à New York et Patricia Parkin de Harper-Collins, se sont révélées parfaites quand il s'agissait de tester mes idées et je les en remercie. Enfin, et ce n'est pas le moindre, je dois exprimer ma gratitude à mon mari, Robert Bradford, qui a cru en ma capacité à écrire un roman à mystère et dont les encouragements ne m'ont jamais manqué.

Aubin Imprimeur
LIGUGÉ, POITIERS

Achevé d'imprimer en mai 2003
pour le compte de France Loisirs
123, bd de Grenelle, 75015 Paris
N° d'édition 38769 / N° d'impression L 65272
Dépôt légal, février 2003
Imprimé en France